W0199664

mtb

Audrey Carlan

FINDING US

Vereint

Roman

Aus dem amerikanischen Englisch von
Nicole Hölsken

mtb

Die Originalausgabe erschien 2015 unter dem Titel
Justice Falling bei Waterhouse Press LLC, Destin, Florida.

1. Auflage 2021
© 2015 by Waterhouse Press, LLC
Deutsche Erstausgabe
© 2021 für die deutschsprachige Ausgabe by MIRA Taschenbuch
in der HarperCollins Germany GmbH, Hamburg
Gesetzt aus der Stempel Garamond
von GGP Media GmbH, Pößneck
Druck und Bindung von GGP Media GmbH, Pößneck
Printed in Germany
ISBN 978-3-7457-0121-0
www.mira-taschenbuch.de

Klimaneutral
Druckprodukt
ClimatePartner.com/15109-2009-1001

MIX
Papier
FSC FSC® C014496

Kapitel 1

Cami

Zehntausend Dollar. So viel hatte mein Schweigen mir eingebracht. Zu meiner Verteidigung sei erwähnt, dass ich keine Wahl hatte. Achtzehn. Schwanger. Mittellos. Keine Familie. Kein Dach über dem Kopf. Ich tat, was ich tun musste.

Als es passierte, konnte ich es kaum glauben. Welcher Mann schwängert eine Frau, fordert sie anschließend auf, das gemeinsame Kind abzutreiben, und bietet ihr Geld, damit sie sich nicht länger weigert? Doch genau das hatte er getan. Ich war total überfordert gewesen, und so hatte ich es zugelassen. Ich hatte die Dollarscheine genommen, denn ich sah keine andere Möglichkeit, für mich und für das Leben, das in mir heranwuchs, sorgen zu können.

Rückblickend glaube ich, ich hätte ihn unter Druck setzen müssen, ihn zwingen müssen, Verantwortung zu übernehmen. Aber obwohl mein Leben momentan ziemlich hart war und ich jeden Cent zweimal umdrehen musste, war Tanner das alles hundertprozentig wert. Das Zimmer verschwamm vor meinen Augen, sowie ich an jenen Tag vor vier Jahren zurückdachte, als ich zum letzten Mal mit dem Vater meines Sohnes gesprochen hatte.

»Du bist nur eine zweitklassige Hure. Ich hätte wissen müssen, dass die süße Unschuld vom Lande nur eine Masche war. Du bist nur auf die Kohle aus. Ich wette, du hast das alles eingefädelt, um mich einzufangen!«, brüllte er.

»N… nein – hab ich nicht!«, stieß ich erstickt schluchzend hervor. Ich versuchte, nach seinem Arm zu greifen, in dem verzwei-

felten Wunsch, den Mann festzuhalten, den ich zu lieben glaubte. Angewidert schüttelte er meine Hand ab. Seine Miene war bedrohlich und düster.

»Oh bitte. Du wirst schon bei unserem ersten Fick schwanger? Und das soll ich dir glauben? Ich bin seit fünf Jahren mit meiner Frau zusammen. Fünf. Verdammte. Jahre! Und keine Minute lang gab es auch nur den kurzen Verdacht einer Schwangerschaft.«

Frau. Er hatte eine Frau? Dieses eine Wort dröhnte wie ein Gong in meinem Hirn, ohrenbetäubend, alles übertönend. Schließlich konnte ich seine Worte doch wieder verstehen. »Du und ich, wir haben es nur ein paar Mal miteinander getrieben, und schon bist du schwanger?« Er schüttelte den Kopf und funkelte mich wütend an. »Wahrscheinlich ist es nicht mal von mir!«

»Es ist dein Kind! Du bist der Einzige, Tyler. Ich war dir nie untreu. Ich war noch Jungfrau!«

»Na ja, jetzt bist du's jedenfalls nicht mehr, Herzblatt. Jetzt schiebst du deinen knackigen Arsch auf direktem Weg in die Klinik und lässt eine Abtreibung vornehmen. Hier ist das Geld.« Er holte ein paar Hundertdollarscheine hervor.

»Ich werde unser Baby nicht umbringen, Tyler. Seien wir doch vernünftig. Wir kriegen das schon hin«, flehte ich, und Tränen strömten mir über das Gesicht, sodass mein Shirt schon ganz nass war. Schützend legte ich die Hand auf meinen Bauch. Er musterte mich und verzog das Gesicht zu einer Grimasse, als er die Jeans bemerkte, die ich jeden Freitag trug, das einzige Paar Schuhe, das ich besaß und das total abgewetzt war, obwohl ich es im Waschbecken des Hotels sauber geschrubbt hatte.

»Hast du deinen verdammten Verstand verloren? Wahrscheinlich.« Mit dem Zeigefinger stieß er so heftig gegen meine Schläfe, als klopfe er an eine Tür. Ich zuckte zusammen, und in diesem Moment wurde mir klar, dass er nicht der Mensch war, für den ich ihn gehalten hatte. Wie hatte ich nur so dumm sein können? Naiv.

In seinen Augen loderte ein weiß glühendes Feuer. Ich stand ganz still da, versuchte, stark zu bleiben, obwohl ich wie gelähmt war. »Krieg es in deinen dämlichen klitzekleinen Schädel. Ich will dich nicht. Ich will dein Kind nicht. Und deshalb wirst du es wegmachen lassen.«

»Werde ich nicht!« Ich reckte das Kinn, das er nun schmerzhaft umklammerte. Ich starrte in seine blauen Augen, die er zu so engen Schlitzen zusammengekniffen hatte, dass ich das, was ich an ihnen so geliebt hatte, nicht mehr erkennen konnte. Jetzt blickt er eisig und kalt drein, fest entschlossen, mir zu schaden.

»Ich werde mich weder um diesen kleinen Bastard noch um dich kümmern.« Er ging zum Schreibtisch hinüber, öffnete eine Schublade und zog eine altmodische Geldkassette hervor. Er holte zehn Bündel frischer Hundertdollarnoten heraus, legte sie übereinander auf die Tischplatte, griff nach meinem Arm und rammte mir das Geld so gewaltsam in die Hand, dass ich einen Schritt zurückwich, weil ich glaubte, er wolle mich schlagen. Nach meiner letzten Pflegefamilie war ich an Schläge durchaus gewöhnt, aber nun, da ich schwanger war, würde ich alles tun, um mich und das Baby zu schützen.

»Du nimmst jetzt dieses Geld und lässt es wegmachen. Mir egal, was du tust oder wohin du gehst. Mehr als das hier kriegst du nicht von mir. Hast du kapiert, du blöde Kuh?«

Ich konnte seine Reaktion kaum fassen. Als ob mein schlimmster Albtraum wahr geworden wäre. Ich umklammerte das Geld, hielt mich daran fest wie an einem Talisman, einer Möglichkeit, dieser Hölle zu entkommen. Ich hatte keine Ahnung, was ich nun tun würde, aber ich musste darüber nachdenken, und zwar schnell. Also sah ich zu Boden und nickte.

Das war's. Im Bruchteil einer Sekunde hatte ich meine Zukunft gewählt. Als alleinerziehende Mutter.

Ein Schaudern durchfuhr mich, während ich an einem wunderschönen, soliden Eichenschreibtisch im Rezeptionsbereich von Jensen Construction saß. Ich arbeitete nun seit drei Monaten hier für Hank Jensen als Empfangsdame/Sekretärin/persönliche Assistentin in einem.

Mit dieser Anstellung war ein Traum für mich wahr geworden. Mehr als das. Dieser Job war alles. Mein Ticket aus der Armut. Na ja, zumindest beinahe. Den *anderen* Job hatte ich trotzdem noch. Ich war keineswegs stolz auf die Beschäftigung, der ich nach Feierabend nachging. Tanner würde ich nie erzählen, dass ich es getan hatte, und ich würde das Blaue vom Himmel lügen, sollte er – oder sonst irgendjemand – es herausfinden. Nur meine Mitbewohnerin Jin wusste Bescheid, und das auch nur, weil sie selbst das Gleiche machte.

Manchmal musste man einfach Dinge tun, die man selbst niemals für möglich gehalten hätte. Wenn einem ein anderes Leben anvertraut war, für das man sorgen musste, musste man drastische Maßnahmen ergreifen. Meinen vierjährigen Sohn Tanner versorgen zu können war jegliche Hölle wert gewesen, die ich durchgemacht hatte. Er war meine Welt, und ich hätte alles getan, um ihm ein gutes Leben zu ermöglichen. In meiner Kindheit und Jugend war ich, solange ich mich erinnern konnte, von einer Pflegefamilie zur nächsten weitergereicht worden. Einige waren ganz in Ordnung gewesen, aber die meisten waren unerträglich. Kurz nach meinem achtzehnten Geburtstag nahm ich also die mageren Ersparnisse, die ich hatte zusammenkratzen können, und ließ New Jersey hinter mir, um mein Glück im Big Apple zu versuchen.

Ich wusste nicht, was ich dort tun würde. Ich hatte keine besondere Begabung, aber ich hatte vor, mir meinen Lebensunterhalt irgendwo als Verkäuferin zu verdienen, das College zu besuchen und dann Lehrerin zu werden. Davon träumte ich schon seit Langem. Und ich habe den Traum noch immer nicht aufgegeben. Natürlich hatte es nicht zu meinem Plan gehört, Tyler Thornton kennenzulernen und mich Hals über Kopf in einen reichen

Mistkerl zu verlieben. Ebenso wenig wie ich vorgehabt hatte, mit achtzehn schwanger zu werden. Durch die Schwangerschaft konnte ich nach der Highschool nicht gleich aufs College gehen.

Im ersten Jahr arbeitete ich in einem Diner. Ein mörderischer Knochenjob, doch ich beklagte mich nie. Die Besitzer beschäftigten mich weiter, auch als ich schon zu platzen drohte, denn sie wussten, dass ich das Geld brauchte. Dort lernte ich auch meine jetzige Mitbewohnerin Jin kennen. Ich wohnte in einem schäbigen Hotelzimmer, und sie hatte eine Wohnung und brauchte jemanden, der sich an der Miete beteiligen konnte. Ich war damals schon ein paar Monate lang schwanger und wusste, dass ich jeden Cent von den zehn Riesen für mein Kind sparen musste. Wie sich herausstellte, hatte Jin selbst ein einjähriges Kind. Wir teilten uns ein schäbiges Appartement in einer schlechten Gegend der Stadt, arbeiteten wie die Tiere für einen Hungerlohn und zogen gemeinsam unsere Kinder groß, als seien wir eine glückliche Familie. Es war die beste Entscheidung meines Lebens. Jin und ich verstanden uns super, und unsere Kinder waren wie Brüder füreinander. Es war die Familie, die ich nie hatte.

Unsere Wohnung war nicht groß, aber wir hielten sie sauber und warm und hatten immer genug zu essen für die Jungs. Jins Sohn Zach war mittlerweile ein fünfjähriges Energiebündel, während mein Tan Man ein kleiner Engel war. Die beiden waren total gegensätzlich, aber trotzdem beste Freunde, genau wie Jin und ich. Man sagt ja, dass Gott einem nur so viel aufbürdet, wie man bewältigen kann. Keine Ahnung, ob etwas Wahres an dieser Redensart ist, doch was mein Kind anging, hatte ich definitiv das große Los gezogen.

»Hey, Sweetie, haben Sie irgendwo die Bestellung von Bill's Lumber gesehen?« Mein Boss stützte sich mit den Fingerknöcheln auf meine Schreibtischplatte, was aufgrund seiner Größe ein ungewöhnlich lautes Geräusch verursachte. Der Mann war ein Riese. Nichts als Muskeln und Männlichkeit in einem herkulesmäßigen Cowboy-Gesamtpaket. Und bei seinem gedehnten Südstaatenakzent machte mein Herz immer einen Satz.

»Wen nennst du da gerade ›Sweetie‹?«, klang eine aufgeregte Stimme hinter ihm, nachdem sich die Tür geöffnet und wieder geschlossen hatte. Diese Stimme kannte ich. Mein Boss, Mr. Herkules Hank Jensen höchstpersönlich, drehte sich nicht um, sondern grinste nur breit und fuhr sich mit der Hand durch das sandfarbene Haar. Er schüttelte den Kopf.

»Engel«, sagte er seufzend, sah mich an und wackelte mit den Augenbrauen. Ich erwiderte sein Grinsen. Jetzt würde er sicher etwas zu hören bekommen.

Mein Gott, diese beiden gaben mir den Glauben daran zurück, dass es die wahre Liebe tatsächlich gab. In den letzten drei Monaten hatte ich es täglich beobachten können. Hank drehte sich auf dem Absatz herum, und da stand sie vor ihm. Sie hatte eine Hüfte zur Seite geschoben, und das lange, blonde Haar floss ihr in einer einzigen goldenen Welle über die Schulter. Sie trug ein sexy feuerrotes Kleid, das sich eng um ihre Kurven schmiegte. Insbesondere um den riesigen, basketballgroßen Babybauch. Aspen Jensen war eine Granate. Ob schwanger oder nicht, jeder Mann fiel ihr zu Füßen und betete sie an, und genau das tat auch Hank. Zunächst lief er um sie herum, dann kniete er sich vor ihr hin und streichelte und küsste ihren Bauch. Bei diesem Anblick wünschte ich mir plötzlich, auch einen Mann zu haben, der mich und Tanner auf diese Art liebte.

»Wie geht es meinem kleinen Mädchen? Fühlst du dich wohl da drinnen, Darlin'?«, fragte er Aspens Bauch zärtlich. Aspen ließ sich seine öffentliche Liebesbekundung gefallen, vergrub die Finger in seinem Haar und lächelte, wie nur eine Frau, die bis über beide Ohren verliebt war, lächeln konnte, egal wer sie dabei beobachtete.

»Es geht ihr gut, mein Hengst. Strampelt wie eine Verrückte, aber das war nicht anders zu erwarten.«

»In welcher Woche sind wir?«, fragte ich und wusste genau, was jetzt kommen würde.

Hanks Augen leuchteten auf, und zärtlich legte er beide Hände auf den Bauch seiner Frau. »Sie hat jetzt die Größe eines Salatkopfs«, sagte er glücklich und blickte Aspen in die Augen. »Sechsundzwanzigste Woche. Wow!«, sagte Hank jetzt zu seinem Kind. »Sei bloß lieb zu deiner Mama. Tritt nicht so fest!« Er stand auf, schüttelte den Kopf und zog seine Frau an sich, um ihr einen Kuss zu geben.

Er konnte einfach nicht die Finger von ihr lassen. Es war ihm egal, wer sich in der Nähe befand oder was gerade anstand. Immerzu berührte er sie, küsste sie und war insgesamt der hingebungsvollste Ehemann, den ich je gesehen hatte. Es war fast wie im Märchen. Es kam mir unmöglich vor, dass ein Paar, das in jeder Beziehung so unterschiedlich war, so füreinander geschaffen zu sein schien. Bei diesen beiden funktionierte es einfach. Solch eine Beziehung war mir nie vergönnt gewesen, doch immerhin hatte ich Tanner, und mehr brauchte ich nicht, um glücklich zu sein.

»Wie fühlen Sie sich, Mrs. Jensen?«, fragte ich, während Hank sie immer noch fest im Arm hielt.

»Ich bekomme zu wenig Schlaf, muss alle fünf Minuten auf die Toilette, habe erst einen Bärenhunger und bin im nächsten Moment schon pappsatt. Es krempelt mein ganzes Leben um.«

»Nur weil da drinnen das perfekteste kleine Mädchen der Welt heranwächst!« Wieder legte Hank die Hand auf ihren Bauch. Eins musste man Aspen lassen. Sie reagierte auf Hanks Anhänglichkeit, als sei es völlig normal. Für mich wäre es undenkbar gewesen, mich ständig von einem Mann berühren zu lassen. Allein schon bei dem Gedanken bekam ich Beklemmungen. Allerdings: Bei einem so gut aussehenden Typen wie Hank würde ich es mir vielleicht doch noch mal überlegen.

»Haben Sie beide schon einen Namen ausgesucht?«

Beide nickten und lächelten. »Das haben wir, aber wir halten ihn geheim. Wir wollen nicht, dass jemand unsere Entscheidung ins Wanken bringt. Ich hoffe, das können Sie verstehen.« Aspen rieb sich den Bauch.

»Oh, aber absolut. Als ich schwang…« Die Augen der beiden weiteten sich, und mir ging auf, was ich ihnen beinahe gestanden hätte. »Ähm, ich meine, ich habe natürlich volles Verständnis für Ihr Bedürfnis nach Privatsphäre.« Aspen kniff die Augen zusammen und neigte den Kopf zur Seite. Prüfend sah sie mich an. Ihr Blick war scharf. Ihr entging nichts, insbesondere, wenn man etwas geheim zu halten versuchte. Wahrscheinlich war das der Grund, warum sie Geld wie Heu hatte und den ganzen Wolkenkratzer besaß, in dem Jensen Construction untergebracht war.

»Cami, haben Sie Kinder?«, fragte Aspen rundheraus. Hank musterte mich neugierig. Ich merkte, dass ich ganz blass wurde. Ich spürte förmlich, wie meine Haut kribbelte. Doch bevor ich antworten konnte, stürmte Oliver, Aspens persönlicher Assistent und bester Freund, hinein und rettete mich, genau wie an jenem Tag, als er mir vor drei Monaten in diesem Diner über den Weg gelaufen war und mir verkündet hatte, dass er mein Leben verändern würde. Olivers markantes, glattes Gesicht war grimmig, und er ballte seine manikürten Hände zu Fäusten. Ich hatte ihn noch nie so fassungslos erlebt.

Krise abgewendet. *Gott sei Dank!* Mein Privatleben musste privat bleiben. Diese freundlichen Menschen, die so reich, bodenständig und liebevoll waren, durften nichts von Tanner oder meinem Zweitjob erfahren. Das passte weder zu ihrem guten Namen noch zu ihren erfolgreichen Unternehmen. Und wenn sie herausfanden, was ich nachts tat, war der Ofen mit Sicherheit ganz aus.

»Da seid ihr ja! Der Arzt unseres Babys wartet nicht, bis ihr beiden euch stundenlang abgeknutscht habt.« Hank war mittlerweile dazu übergegangen, seiner Frau den Hals zu küssen und ihr über den Rücken zu streicheln.

»*Unseres* Babys, Oliver«, berichtigte Hank und deutete erst auf seine Frau und dann auf sich selbst. Oliver stand in seinem makellosen Anzug nur da und wirkte zu Tode gelangweilt. Er hielt sich sogar die Hand vor den Mund und tat, als müsse er gähnen.

»Hör auf, dir die Lorbeeren für meine harte Arbeit einzuheimsen«, fuhr Hank unbeirrt fort.

Aspen zog eine Grimasse. »*Deine* harte Arbeit? Du meinst wohl eher *meine* harte Arbeit. *Ich* bin diejenige, die unter Schlafmangel leidet. Die sich zu jeder Tages- und Nachtzeit übergeben muss. Und nicht zu vergessen die Rückenschmerzen, weil ich *dein* riesiges Kind ausbrüte, Mister.« Hank drehte seine Frau um und schob sie zur Tür, während sie weiter herumzeterte.

»Nach unserem Baby-Termin bin ich wieder da«, rief er mir über die Schulter hinweg zu.

»… geschwollene Knöchel, riesige Brüste.«

»Hey, über Letzteres solltest du nicht schlecht reden. Die waren eine schöne Überraschung, über die ich mich keinesfalls beklagen werde«, meinte Hank, während sie den Flur hinabgingen.

Das Telefon läutete, und ich hob nach dem zweiten Klingeln ab. »Jensen Construction, Cami am Apparat. Wie kann ich Ihnen helfen?«

»Hallo, ist Hank zu sprechen?«, war eine sanfte britische Stimme zu hören. Dieser sexy Akzent sandte mir einen ungewöhnlichen Schauer über den Rücken. Erst als der Anrufer wieder etwas sagte, wurde mir klar, dass ich ihm gar nicht geantwortet hatte. »Hallo? Cami?«

»Ähm, ja, sorry. Nein. Mr. Jenson ist momentan nicht im Büro und wird erst in ein paar Stunden wieder zurück sein. Kann ich etwas ausrichten?«, entgegnete ich hastig, sodass es zumindest einigermaßen professionell klang.

»Tatsächlich? Er meinte, ich solle mich heute melden, um mit ihm ein Treffen zu arrangieren. Soll ich vielleicht ein andermal wieder anrufen?« Die Stimme dieses Mannes war sanft und seidig. Ich hatte den verrückten Wunsch, ihm einfach noch ein wenig länger zuzuhören.

»Ja, das können Sie natürlich tun. Äh, einen Termin mit ihm vereinbaren, meine ich. Nicht zurückrufen.« Der Fremde am anderen Ende der Leitung lachte. Der Laut fuhr mir geradewegs in den Bauch, sodass er sich erst zusammenzog und dann von einer prickelnden Wärme erfüllt wurde. »Ich bin für Mr. Jensens Terminplanung zuständig«, schloss ich ein wenig atemlos. Meine Reaktion auf diesen Anrufer war äußerst ungewöhnlich. Selten hatte ich mich von einem Fremden so ... angezogen gefühlt. Eigentlich noch nie.

Seit meinem Zusammensein mit Ty vor vielen Jahren hatte ich kein einziges Mal das Verlangen verspürt, mich mit dem anderen Geschlecht auf welche Weise auch immer abzugeben. Doch nun, da ich diesen sexy Unbekannten am anderen Ende der Leitung hörte, seine muntere Stimme, schlug ich die Beine mehrfach übereinander, um den Druck zwischen meinen Oberschenkeln loszuwerden. Das verunsicherte mich.

»Aha, Sie sind also Ms. Effizient?«, fragte er rau.

»Ich gebe mein Bestes. Lassen Sie mich einen Blick in seinen Kalender werfen.« Ich drückte ein paar Tasten, um Hanks Terminplan aufzurufen. »Mr. Jensen hätte heute Nachmittag um vier für Sie Zeit. Passt es Ihnen da?«

»Hervorragend, Liebes.« Mein Gott, so wie er mich »Liebes« nannte, *fühlte* ich mich tatsächlich irgendwie geliebt, obwohl es natürlich verrückt war, so etwas zu denken, nachdem ich mich mit diesem Fremden gerade mal ein paar Minuten unterhalten hatte. Ich kannte nicht einmal seinen Namen und war total verunsichert. Aber gleichzeitig war mir so warm ums Herz wie schon seit Jahren nicht mehr.

»Dürfte ich Sie um Ihren Namen und Ihr Anliegen bitten?«

»Natürlich, Liebes.« Diesmal kam ich mir bei dieser Anrede nicht mehr ganz so besonders vor. Vielleicht nannte er jeden so. Immerhin war er Brite. »Ich bin Nathaniel Walker von Stone, Walker & Associates.«

»Und worum geht es?«

»Ich glaube nicht, dass Sie das etwas angeht.« Seine Stimme klang nun kühl.

Ich schüttelte den Kopf und entschuldigte mich. »Oh nein, tut mir leid. Ich wollte nicht neugierig sein. Normalerweise bereite ich immer alles vor, was Mr. Jensen für seine Termine benötigen könnte. Entschuldigen Sie, dass ich so …«

»Cami, Liebes, ich habe Sie nur veralbert. Ich bin Mr. Jensens Anwalt.« Mein Gesicht wurde ganz heiß.

Sein Anwalt. Moment mal … seinen Anwalt hatte ich doch schon mal kennengelernt. Aber er hieß nicht Nathaniel. Sondern Collier Stone. »Keine Ahnung, was Sie mit dieser Behauptung bezwecken wollen. Aber der Anwalt von Jensen Construction ist Collier Stone.«

Wieder lachte er am anderen Ende der Leitung schallend, ein Laut, der mir durch den ganzen Körper ging. »Ich wollte Sie nicht übers Ohr hauen, Liebes. Collier ist mein Bruder. Er ist der Stone in Stone, Walker & Associates.« Ich umklammerte den Hörer, bis meine Fingerknöchel weiß hervortraten, und hatte alle Mühe, meine Stirn nicht auf die harte Tischplatte zu schlagen. *Dumm, dumm, dumm!* Ich spürte, wie ich vor Verlegenheit knallrot anlief.

Nate

Das Goldstück Cami am anderen Ende der Leitung schwieg so lange, dass ich schon befürchtete, sie hätte aufgelegt. Ich genoss den kleinen Plausch mit ihr. Beim Klang ihrer Stimme, der Atemlosigkeit ihrer Worte wurde mir ganz anders. Am liebsten hätte ich mich den ganzen Tag mit der jungen Frau unterhalten. Zumindest vermutete ich, dass sie jung war.

»Tut mir leid, Mr. Walker. Ich arbeite erst seit drei Monaten hier. Bitte seien Sie nicht verärgert. Ich brauche diesen Job ...«

»Wow, Liebes. Nun halten Sie mal die Luft an«, unterbrach ich sie. »Keine Sorge. Nichts passiert. Nur ein fröhliches Geplänkel zwischen zukünftigen Freunden. Okay?«

»Danke.« Ich hörte, wie sie tief Luft holte, um sich zu beruhigen. »Ähm, okay. Freunde. Klar. Ich trage den Termin ein. Soll ich für Ihr Meeting mit Mr. Jensen irgendetwas vorbereiten? Egal was? Ich bin Ihnen etwas schuldig«, fügte sie mit süßer Stimme hinzu.

»Ein Tropfen Tee und ein Biskuit am späten Nachmittag wären fantastisch«, witzelte ich. Unglücklicherweise nahm sie meine Worte ernst. Diese Yankees hatten eine Prise Humor dringend nötig.

»Biskuit? Vielleicht bekomme ich das ja in der Bäckerei. Ich werde mich bemühen. Aber Tee mit Keksen können wir Ihnen durchaus anbieten.«

»Oh, Liebes, Sie sind wirklich ein Goldstück. Ich kann es kaum erwarten, Ihre Bekanntschaft zu machen. Und im Zuge Ihrer Vorbereitungen schlagen Sie doch am besten mal nach, was wir Briten mit Biskuit meinen. Wir reden dann um vier darüber. Cheers!« Ich legte auf und lehnte mich in meinem Stuhl zurück.

Die süße Ms. Cami wollte mir seltsamerweise auch danach nicht mehr aus dem Kopf gehen. Ich war schon eine ganze Weile nicht mehr in Hanks Büro gewesen, aber nun, da ich mit seiner entzückend klingenden Empfangsdame gesprochen hatte, freute ich mich auf meinen Termin um vier Uhr. Es schadete nie, neue Freundschaften zu schließen, insbesondere nicht, wenn die potenziellen Freundinnen sexy waren. Aufgrund ihrer atemlosen leisen Stimme stellte ich sie mir als zierliche Blondine mit weiblichen Kurven vor.

Ich beeilte mich bei meinem letzten Termin und traf ein wenig zu früh im AIR-Bright-Gebäude ein. Als ich den Aufzug verließ und einen Blick durch die Verglasung riskierte, blieb mir schlichtweg der Atem weg, und ich blieb wie angewurzelt stehen. Gebannt beobachtete ich einen Augenblick lang die elegante Schönheit und nahm ihre appetitliche Erscheinung in mich auf, während sie den Schreibtisch umrundete. Wenn dies das Goldstück Cami war, mit dem ich gesprochen hatte, konnte ich über mein Glück nur jubeln. Ganz gewiss war sie weder zierlich noch blond. Diese Frau war groß. Angesichts meiner eins neunzig schätzte ich sie mindestens auf eins fünfundsiebzig. Das braune Haar floss ihr über den gesamten Rücken. Sie hatte zwar keine Locken, aber diesen windzerzausten Strandlook, den amerikanische Frauen so gut draufhaben. Das einzige Wort, das mir bei ihrem Anblick in den Sinn kam, war atemberaubend.

Mit meinen achtundzwanzig Jahren hielt ich mich für einen Kenner in puncto schöne Frauen. Musste mich nie besonders anstrengen, um die Zuneigung eines weiblichen Wesens zu gewinnen, und unzählige Male hatte man mir versichert, dass ich gefährlich attraktiv war. Diverse Frauen hatten im Laufe der letzten Jahre sogar behauptet, mich zu lieben. Noch nie hatte ich das Gefühl gehabt, dass eine Frau eine Nummer zu groß für mich war.

Bis zu diesem Tag.

Für diesen Körper hätte ich sterben können. Durch die Glasscheibe beobachtete ich, wie sie von ihrem Schreibtisch zu einem

Aktenschrank und wieder zurück ging. Ihre Bewegungen waren geschmeidig, effizient und hundertprozentig konzentriert. *Diese* Frau hatte ich bei meiner Ankunft bestimmt nicht erwartet. Ja, sie war jung. Doch ich war nicht darauf vorbereitet gewesen, dass sie so fantastisch sein würde … einfach atemberaubend. Ihr Haar hatte die Farbe von Esskastanien. Nicht wirklich braun, sondern vielmehr ein Mix aus sämtlichen Farben, derentwegen der Herbst meine liebste Jahreszeit war.

Während ich sie bei der Arbeit beobachtete, wurde mir ganz heiß. Meine Haut kribbelte, und der Dreiteiler, den ich angezogen hatte, engte mich plötzlich ein. Sie trug einen Midirock, der jedoch kaum bis zum Knie reichte. Ich hatte gehört, dass man solche Röcke als Beleistiftröcke bezeichnete, obwohl mir verdammt noch mal schleierhaft war, wieso. Ein Bleistift war ein dünnes, gerades Schreibinstrument. Diese Frau war zwar durchaus schlank, jedoch an allen wichtigen Stellen wohlgerundet. Ihre Taille war geradezu winzig. Gütiger Himmel, sie trug hohe Stilettos, die verteufelt sexy waren und über denen sich feste, sportliche Waden erhoben. Vor meinem geistigen Auge sah ich, wie sie die Beine mit diesen Nimm-mich-Schuhen um meine Taille schlang, sodass die Absätze sich direkt in die empfindliche Haut meines Hintern bohrten, während ich es ihr besorgte.

Im Grunde hatte sie den Körper eines Playboy-Models. Ihre Brüste waren zweifellos groß, wenn auch züchtig hinter einem eng anliegenden Oberteil verborgen, das nur die Andeutung ihres perlmuttfarbenen Dekolletés frei ließ, wenn sie sich vornüberbeugte, um ein Dokument zur Hand zu nehmen. Mein Gott, je länger ich sie ansah, desto härter wurde ich. Es war ein ungeheurer Kraftakt vonnöten, um nicht geradewegs hineinzustürmen, sich diese Frau zu schnappen und ihr zu zeigen, was ich am liebsten mit ihr tun wollte.

Ich schüttelte den Kopf, um diese wilden Fantasien zu verbannen, und straffte mich. Gerade in dem Augenblick, als sie aufblickte, öffnete ich die Tür. Ihre perfekt gerundeten Brüste spannten den Stoff ihres Oberteils, während sie mich anstarrte. Ihre Lippen waren voll und glänzten wie eine feuchte, reife Erdbeere. Doch so appetitlich sie auch aussahen, sie waren es nicht, was mich anzog. Das waren ihre Augen. Sie waren grün, wirkten aber beinahe goldfarben und musterten mich mit katzenähnlichem Blick. Eine solche Farbe hatte ich noch nie gesehen, und ich hatte schon viele Frauen gehabt, hatte vielen Frauen in die Augen geschaut, während ich sie bis zur Besinnungslosigkeit vögelte. Doch so etwas hatte ich noch nie gesehen.

Sie richtete sich auf, und beinahe hätte ich geflucht, weil ich nun nicht mehr in ihren Ausschnitt und auf ihre perfekten Brüste sehen konnte. Doch dann legte sie noch eins obendrauf und lächelte. Ein waschechtes »Wie geht es Ihnen, nett, Sie kennenzulernen, ich bin ein guter Mensch, den die Meinung der anderen einen Scheiß interessiert«-Lächeln. Plötzlich fühlte ich mich verletzlich und angreifbar. Eines hatte ich als Anwalt in New York gelernt: Einen aufrichtigen Menschen traf man nicht allzu häufig. Vielleicht war sie die eine unter den mehr als acht Millionen Menschen, die hier lebten. Ich würde mich bemühen, herauszufinden, ob das stimmte.

»Hallo, willkommen bei Jensen Construction. Ich bin Cami. Mr. Walker, nicht wahr?« Sie streckte mir die Hand entgegen. Ich umfing sie mit meinen beiden Händen, drehte sie um und küsste ihr Handgelenk. Sie atmete scharf ein und verspannte sich, als meine Lippen sie berührten.

»Sie sind wirklich ein Goldstück, meine Liebe.« Noch einmal küsste ich ihr blasses Handgelenk. Ihre Haut war so zart, dass ich das Blut in ihren Adern sehen konnte, die sich bläulich vom Weiß abhoben. Bei diesem Anblick regte sich etwas Wildes, Animalisches in meinem Innern.

Cami neigte den Kopf zur Seite, sowie ich ihre Hand losließ. Sie kniff die Augen halb zusammen. »Mir hat noch nie jemand einen Kuss aufs Handgelenk gegeben. Ist das bei Ihnen in England so üblich?« Was für eine Unschuld. Ich hatte beinahe ein schlechtes Gewissen, weil ich mir so sehr wünschte, es auf unanständige Weise mit ihr zu treiben.

»Nein.« Meine Augen nahmen jeden Zentimeter ihres atemberaubenden Körpers in sich auf, angefangen bei ihren Fußspitzen in den zehn Zentimeter hohen Schuhen bis hin zu ihren weich fließenden Locken. »Ein Blick auf Sie, und ich wusste, dass ich Sie mit den Lippen berühren musste.« Sie öffnete den Mund, dann biss sie sich auf ihre volle Unterlippe, was ein lustvolles Prickeln geradewegs in meinen Schwanz hinabsandte.

»Okay. Na gut.« Sie stellte sich hinter ihren Schreibtisch, ging auf Abstand. Dann legte sie sich die Hand auf die Brust. Cami atmete nun deutlich schneller. Selbstbewusst hoffte ich, dass ich es war, der ihr Herz höherschlagen ließ. »Mr. Jensen ist von seinem Termin noch nicht zurück. Nehmen Sie Platz.«

Statt mich auf einen der Stühle an der Wand zu setzen, die offensichtlich den Wartebereich darstellten, lehnte ich mich an ihren Schreibtisch. Ihre Katzenaugen musterten meinen Körper. Sie ergriff nicht die Flucht. Ein gutes Zeichen. Vielleicht gefiel ihr das, was sie sah.

»Erzählen Sie mir eins, Cami.«

»Ja, Mr. Walker?« Ihre Stimme klang nun ebenso atemlos wie vorhin am Telefon, was mein Verlangen nur noch steigerte. Ich merkte, wie verunsichert sie war.

»Nate.«

»Wie bitte?«

»Nennen Sie mich Nate. Ich will hören, wie diese wunderschönen Lippen meinen Namen aussprechen.«

Eine feine Röte zog ihr den Hals hinauf und färbte ihre Wangen. Sie war nervös, aber immer noch wich sie nicht vor mir zurück. »Hmm, okay, Nate«, sagte sie verlegen.

»Schon besser.« Ich grinste, und sie setzte sich. Ich ergriff sofort die Gelegenheit und umrundete ihren Schreibtisch, kam ihr noch näher, indem ich mich auf die Tischkante hockte, sodass ich sie hätte berühren können. Das Verlangen, ihr nahe zu sein, war einfach lächerlich. Es war, als zöge mich ein unsichtbares Band zu ihr hin. »Nun, erzählen Sie mir etwas, was niemand von Ihnen weiß.«

»Hmm?« Sie runzelte die Stirn. »Was zum Beispiel?«

»Das entscheiden Sie selbst. Ich finde es leichter, jemanden kennenzulernen, wenn man mit etwas anfängt, was niemand sonst weiß.« Sie senkte die Lider und biss sich erneut auf die Lippe, wahrscheinlich, um mir nicht in die Augen sehen zu müssen. Doch ich wollte unbedingt ihren Blick auf mir spüren. Wenn sie schon nicht ihren Körper um meinen schlang, dann musste ich mich eben damit zufriedengeben.

»Schauen Sie mich an, Cami.« Mit einem Finger hob ich ihr Kinn an. Sie erzitterte sichtlich unter meiner Berührung. Gab mir ein Gefühl der Macht, wonach ich augenblicklich süchtig wurde. »Wenn Sie mit mir reden, möchte ich Ihre wunderschönen Augen sehen. Sie sind bezaubernd.«

»Sie machen mich nervös«, bekannte sie.

»Das war nicht meine Absicht, Liebes. Ich entschuldige mich dafür.« Ich lehnte mich zurück, allerdings ohne mich von ihrer Tischkante fortzubewegen, denn ich wollte ihr weiterhin nahe sein. »Ich muss jedoch zugeben, dass ich von Ihnen fasziniert bin. Also, erzählen Sie mir etwas über sich, was niemand hier …« Ich deutete auf das Büro. »… von Ihnen weiß.« Obwohl das zu meinem Spiel gehörte und zu meinen Methoden, um Frauen zu umgarnen, war ich auf ihre Antwort nicht vorbereitet.

Cami bearbeitete wieder ihre Lippe, dann schloss sie die Augen. »Früher war ich Turnerin.«

Ich stöhnte und fuhr mir ein paarmal mit den Fingern durchs Haar. »Wollen Sie mich umbringen?« Vor meinem geistigen Auge sah ich, wie sich ihr kurvenreicher Körper erst in die eine Richtung, dann in die andere bog und das auch noch … nackt … schwitzend. Das war zu viel für mich. Ich war hart wie Stahl.

Ihr schockierter Gesichtsausdruck zeigte mir, dass sie keineswegs die Absicht gehabt hatte, kokett oder frech zu sein, wie ich zuerst gedacht hatte. Sie war tatsächlich genauso süß, wie ich schon am Telefon angenommen hatte. »Nein. Warum sagen Sie das?«

»Weil ich mich wirklich nach Kräften bemühe, meine Hände bei mir zu behalten. Und wenn Sie mir so etwas erzählen, dann … ist das beinahe unmöglich.«

Kapitel 2

Cami

»Mr. Walker …« Ich stieß mich auf meinem Bürostuhl zurück, um ein bisschen Abstand von diesem Mann zu gewinnen. In seiner Anwesenheit war ich nicht ich selbst, und das war ich nicht gewohnt. Ich war ganz zittrig, und meine Haut kribbelte.

»Nate.«

Ich holte tief Luft, um mich zu beruhigen. »Nate. Sie sind ziemlich forsch.«

Bei dem bedächtigen Grinsen, das er mir jetzt schenkte, schmolz ich beinahe dahin. Ich musste mir auf die Unterlippe beißen und die Nägel in meine Handflächen krallen.

»Stimmt schon. Wenn ich etwas sehe, was ich haben will …« Seine hellen Augen zogen mich förmlich aus. »… dann nehme ich es mir.«

»Entschuldigen Sie mich.« Schnell stand ich auf und entfernte mich von dem Schreibtisch und von ihm, brauchte dringend noch mehr Abstand. Nate bewegte sich nicht von der Tischplatte weg. Der dunkelgraue Nadelstreifenanzug war elegant und ihm perfekt auf den schlanken Leib geschneidert. Unter dem dreiteiligen Designerstück erahnte man einen muskulösen Körper. »Wissen Sie, Sie haben ganz schön Nerven. Sie kennen mich doch gar nicht.« Ich ballte meine Hände zu Fäusten, damit er nicht sah, wie sie zitterten, versuchte verzweifelt, ihn nicht merken zu lassen, wie sehr er mir unter die Haut ging.

Langsam, wie ein Raubtier, das sich an seine Beute heranpirscht, umrundete er den Schreibtisch und kam auf mich zu. Ich wich erneut einen Schritt zurück. Doch dann kam ich mir lächerlich vor und kämpfte gegen den Fluchtimpuls an. Es war heller Tag. Er würde mir nichts tun. Nate streckte die Hand aus und fuhr mit dem Zeigefinger über meine Wange. Auf meinen Armen bildete sich eine Gänsehaut, und ich schloss die Augen.

»Ich will Sie besser kennenlernen. Essen Sie mit mir zu Abend?«

Etwa zehn Sekunden lang starrte ich sein gut aussehendes Gesicht an. Dunkles Haar, das in einer sexy Welle zurückgekämmt war, obwohl man sehen konnte, dass er mehrfach mit den Fingern hindurchgefahren war. Leicht gebräunte Haut, geschwungene, kaffeefarbene Augenbrauen, die perfekt zu seinem dichten Haar passten, ein perfekt getrimmtes Ziegenbärtchen an seinem markanten Kinn. Seine Lippen waren voll und üppig – der perfekte Schmollmund. Am liebsten hätte ich diese Lippen geküsst. Außerdem fragte ich mich, wie es sich wohl anfühlen mochte, wenn sein Bart an meinem Hals entlangglitt, während er mich dort küsste … oder zwischen meinen Brüsten … *meinen Schenkeln*.

Ich schüttelte den Kopf, denn plötzlich ging mir auf, dass ich hier vor einem wunderschönen Exemplar der männlichen Spezies stand und mich in Tagträumen verlor, obwohl dieser Mann mich gerade um ein Date gebeten hatte. Ein richtiges Date.

»Warum?«, fragte ich, schockiert, dass dieser fantastische Typ Zeit mit mir verbringen wollte. Er lächelte, wollte antworten. Ich hielt die Hand hoch, um ihn daran zu hindern. Die Synapsen in meinem Gehirn, die zuvor von seiner unglaublichen Präsenz außer Gefecht gesetzt worden waren, feuerten wieder und versorgten mich mit den relevanten Informationen. »Egal.« Ich schüttelte den Kopf. »Nein, sorry. Ich kann nicht mit Ihnen zu Abend essen. Aber danke, dass Sie gefragt haben.«

»Morgen vielleicht?«, fuhr er mit diesem sexy britischen Akzent fort.

Das war unmöglich. Wieder schüttelte ich den Kopf. »Ich weiß Ihre Geste zu schätzen, Mr. Walker, aber ich bin sehr beschäftigt. Trotzdem nochmals danke.«

»Das verstehe ich nicht, Liebes.« Nate legte mir die Hand auf die Schulter. Seine Wärme durchdrang meine Haut. Ich gab mich eine Sekunde lang der Berührung hin, erneut überwältigt von seiner Nähe.

»Das müssen Sie auch gar nicht verstehen. Es ist einfach so.« Ich ließ die Hand von meiner Schulter gleiten und wünschte, es könnte anders sein. Dass ich anders wäre. Dass mein Leben … anders wäre.

In diesem Augenblick betrat Hank das Büro, ein breites Lächeln auf dem Gesicht. Nach jedem Besuch beim Frauenarzt war er bester Stimmung.

»Wie geht es ihr?«, fragte ich glücklich. Endlich konnte ich das Thema wechseln und Nathaniels Avancen entgehen. Nate wandte sich um, und Hank schüttelte dem Mann freundlich die Hand.

»Perfekt! Natürlich habe ich mit meiner Einschätzung voll ins Schwarze getroffen. Sechsundzwanzigste Woche.« Mit seinen großen Händen bildete er einen Kreis. »Wie ein hübsch geformter Salatkopf. Mein Baby wächst, der Herzschlag ist kräftig. Außerdem ist Aspen total happy.«

»Warum?«, fragte ich lachend. Besuche beim Gynäkologen aus männlicher Sicht geschildert zu bekommen war wirklich amüsant. Mit Tanners Vater hatte ich dieses Vergnügen nicht gehabt und genoss Hanks Gedanken zu diesem Thema in vollen Zügen.

»Ja, Kumpel, erzähl es uns«, bat Nate.

Ich war überrascht, dass Nate sich nach Einzelheiten erkundigte. Er kam mir nicht wie der Typ vor, der sich für die wachsende Familie eines anderen Mannes und die damit verbundenen Details interessierte. Er war fast schon übertrieben selbstbewusst. Ein Mann, der in der Regel kriegte, was er wollte. Er sah mich an und zog neugierig eine Augenbraue hoch. Allein diese Geste war unglaublich cool und verdammt sexy.

Hank zuckte mit den Schultern und lächelte. »Sie selbst hat diesmal nicht an Gewicht zugelegt, deshalb will sie heute Abend feiern!«

Nate und ich lachten. Sein männliches Lachen sandte mir Schauer über den Rücken, die warm in der empfindlichen Kuhle meines Kreuzes mündeten.

»Ich glaube, ich führe sie zum Abendessen aus und werde sie heimlich ein bisschen mästen.« Er legte die Finger auf die Lippen, um anzudeuten, dass wir ihr nichts verraten durften. »Aber kein Wort zu ihr. Ich will dafür sorgen, dass mein Baby und meine Frau alles bekommen, was sie brauchen. Und *eigentlich* sollte sie mittlerweile ein paar Pfund zugelegt haben.«

»Mr. Jensen, es ist schon in Ordnung, wenn sie nicht zunimmt. Schwangere Frauen sind höchst unterschiedlich. Lesen Sie es nach.« Hank richtete den Blick auf mich und fuhr sich mit der Hand über seinen Bartschatten.

»Wissen Sie was, das mach ich. Also, Nate, Partner. Danke, dass du gekommen bist. Cami, Sweetie, haben Sie die Unterlagen parat?« Nate kniff die Augen zusammen, als Hank mich Sweetie nannte. Doch das kümmerte mich nicht. Aus seinem Mund war dieser Kosename keineswegs herablassend gemeint. Hanks Herz gehörte Aspen, also kein Grund, ihn wegen dieser Anrede zurechtzuweisen.

»Ja, Sir, alles da.« Ich gab ihm die beiden Stapel. »Soll ich mitschreiben?«

»Nee, gehen Sie heim. Wenn ich mit Nate fertig bin, mach ich auch Feierabend. Jetzt regeln wir aber erst mal das kleine Problem mit der mangelhaften Ware, die letzte Woche bei unserem Howzer-Auftrag geliefert wurde. Der Mistkerl will, dass ich für mieses Zeug zahle, das unter Druck gleich zusammengefallen ist.«

Ich lächelte, nickte und packte meine Habseligkeiten zusammen. Hank marschierte in sein Büro und fluchte immer noch leise über den Lieferanten vor sich hin, der ihn bei einem wichtigen Auftrag mit mangelhaftem Material versorgt hatte. Wegen der daraus resultierenden Verzögerung der Arbeiten um ganze drei Wochen war Nate hier. Hank und er wollten den Lieferanten wegen des Verdienstausfalls verklagen.

»Einen Moment noch, Kumpel«, sagte Nate zu Hank.

Hastig räumte ich alles weg, schnappte mir meine Tasche aus der Schublade und schlang mir den Riemen über die Schulter. Als ich am Aufzug anlangte, hatte er mich noch nicht eingeholt. Wie eine Wilde drückte ich auf den Knopf nach unten und hoffte inständig, dass sich die Türen rechtzeitig öffnen würden. Doch Pech gehabt.

»Hey, Cami, warten Sie.« Mit seiner großen Hand fasste Nate mich am Ellbogen. Ich wandte mich um und schaute ihm in die blauen Augen. Er war so gut aussehend. Unter anderen Umständen hätte ich am liebsten den ganzen Tag in diese Augen geblickt. Nate leckte sich die Lippen und legte den Kopf schräg. »Lunch, morgen. Ich lade Sie ein.«

»Ich kann nicht …«

»Sie können, und Sie werden. Ich bin Punkt zwölf hier.«

Ich schüttelte den Kopf, aber er trat den Rückzug an, ein sexy Grinsen auf seinem unerträglich hinreißenden Gesicht.

»Nate … wirklich, das ist keine gute Idee.«

»Es ist eine hervorragende Idee. Die beste, die ich seit Langem hatte. Bis morgen, Goldstück.« Er drehte sich auf dem Absatz herum und öffnete entschlossen die Glastüren, womit er jeglichen weiteren Protest meinerseits im Keim erstickte.

Mist!

Was sollte ich jetzt tun?

In Rekordgeschwindigkeit kam ich zu Hause an. Allerdings hätte ich gar nicht sagen können, wie ich dorthin gelangt war, denn in Gedanken beschäftigte ich mich ausschließlich mit einem gewissen sexy britischen Anwalt, der entschlossen zu sein schien, mich wie eine Dampfwalze zu überrollen, um seinen Willen zu bekommen. Jin, meine Mitbewohnerin und beste Freundin, machte gerade eine Chinapfanne zum Abendessen. Sie trug ein winziges, korallenfarbenes Slipdress, das so kurz war, dass es an ihrer zierlichen Gestalt wie ein T-Shirt wirkte. Wie unsere Kinder, so waren auch wir total gegensätzlich. Ich kam mir neben ihren gerade mal eins siebenundfünfzig und ihrer schlanken Figur wie eine Amazone in Turnschuhen vor. Ihr Hautton passte wunderbar zu ihren dunklen Augen und ihrem dichten, schimmernden schwarzen Haar, das ihr bis zum Po reichte. Ich behauptete im Scherz immer, dass sie das genaue Ebenbild von Lucy Liu in *Drei Engel für Charly* war. Sie antwortete dann stets, dass sie lieber wie Cameron Diaz aussähe. Jin war Koreanerin und total besessen von allem Amerikanischen.

Genau wie ich hatte Jin keine Angehörigen, weshalb wir uns hier unsere Ersatzfamilie aufgebaut hatten. Jin passte tagsüber auf die Jungs auf, damit ich bei Jensen Construction arbeiten konnte, und dann noch mal abends, wenn ich meine Schicht im Gems absolvierte. In diesen Gentlemen's Club hatte Jin mich eingeführt, kurz nachdem wir uns kennengelernt hatten. Inzwischen arbeitete sie dort vier Abende die Woche und war die beliebteste Stripperin. Männer hatten eine Vorliebe für kleine sexy Asiatinnen, doch ich behauptete mich ebenfalls wacker und machte meine Sache gut. Zumindest ging ich davon aus.

»Hi, Honey, bin wieder da«, rief ich und gab Jin einen freundschaftlichen Kuss auf die Wange.

»Perfektes Timing. Abendessen ist gleich fertig. Kannst du die Jungs holen?«, fragte sie und schaufelte die Teller voll mit dampfendem Gemüse und Hühnchen auf einem Bett aus Jasminreis.

Ich machte mich auf den Weg ins Zimmer der Jungs. Mein kleiner Mann saß auf dem Boden und schob eifrig sein Auto über die Rennstrecke, die auf den Teppich gemalt worden war. Zachery, Jins Sohn, lag neben ihm und malte. Sein langes, pechschwarzes Haar sah genauso aus wie das seiner Mutter und fiel ihm beinahe bis auf das Blatt Papier.

Beim Anblick der spielenden Jungs war mein Herz voller Freude. Die beiden waren unzertrennlich. Wenn Tanner in der Küche war, war Zach gewiss in der Nähe. Wenn Zach im Zimmer war, würde Tanner ganz sicher auch dort spielen. Sie genossen ihre Gesellschaft. Bei Jungs im Alter von vier und fünf Jahren hätte man eigentlich den ein oder anderen Streit oder Eifersucht erwartet, aber so waren die beiden nicht. Das gab mir die Hoffnung, dass sie auch später im Leben enge Freunde sein würden, genau wie ich und Jin.

»Wie geht es meinen Jungs?«

»Mommy!«, »Auntie!«, riefen die beiden gleichzeitig und schmiegten sich jeder an eine meiner Hüften. Ich hockte mich hin und umarmte sie beide, genoss ihren Duft.

»Zach, deine Mommy möchte, dass du dir die Hände wäschst und zum Essen kommst.« Er rannte aus dem Zimmer und ins Bad.

Ich zerzauste Tanners Haar, und er grinste. Die großen, blauen Augen seines Vaters leuchteten fröhlich, als er mir die kleinen Hände um den Hals schlang. Täglich genoss ich die Momente, die ich mit meinem Sohn allein hatte. Ich lebte für sie. »Wie war's bei der Arbeit, Mommy?«, fragte er mit seiner süßen, hohen Micky-Maus-Stimme.

»Sehr schön, Baby. Danke, dass du fragst. Hattest du einen schönen Tag mit Jin und Zach?«

Begeistert nickte er. »Ich habe dir heute was gebaut!« Er rannte zu seiner kleinen Kommode hinüber und öffnete seine »Schatztruhe«. Niemand durfte hineinsehen. Ich respektierte sein Bedürfnis, etwas zu haben, was nur ihm gehörte. Jeder brauchte seine Grenzen, und ich ermutigte ihn. Er legte beide Hände aneinander, beinahe, als wolle er beten. Dann kam er zu mir hinüber, hielt sie mir vors Gesicht und öffnete sie langsam.

In seinen kleinen Händen lag ein Perlenarmband in vielen bunten Farben: rot, grün, gelb, blau und lila. »Das ist ein Regenbogen, den du tragen sollst. Dann hast du immer einen Regenbogen bei dir. Hab ich für dich gebastelt. Gefällt es dir?«

Ich drängte die Tränen zurück und nahm ihn fest in den Arm. »Es ist wunderschön. So schön, Tan Man. Danke.«

»Trägst du es morgen bei der Arbeit?« Aus seinen unschuldigen Augen sah er mich an. Er hüpfte vor Aufregung auf und ab. Ich konnte einfach nicht Nein sagen, obwohl ich es definitiv nicht bei der Arbeit tragen würde. Schließlich konnte es irgendjemandem auffallen, der dann eine Bemerkung darüber machte. Er runzelte die Stirn und wartete auf meine Antwort. »Gefällt es dir nicht?«

»Doch, Baby, das tut es. Es ist nur, dass es im Büro ...« Seine Lippen zitterten, und ich brachte es einfach nicht übers Herz, ihn zu enttäuschen. »Natürlich trage ich es bei der Arbeit.« Ich streifte es übers Handgelenk, und er betrachtete es glücklich. »Passt perfekt. Mein ganz eigener Regenbogen. Ich liebe es.«

»Ich liebe dich, Mommy.«

»Und ich liebe dich mehr – immer, Tan Man. Ich liebe dich mehr.«

Nate

Zum ersten Mal seit einer Ewigkeit freute ich mich auf ein Date. Das hier war mehr als nur eine schnelle Mahlzeit mit anschließendem Vögeln. Diese Verabredung diente tatsächlich dem Zweck, eine Frau näher kennenzulernen. Zum letzten Mal hatte ich mich auf ein solches Date eingelassen, als ich die Medienmogulin und Milliardärin Aspen Reynolds, die heutige Aspen Jensen, ausgeführt hatte. Ich war ziemlich hinter ihr her gewesen, damit sie sich mit mir traf, denn ich glaubte, die hübsche Blondine dann mit geringem Aufwand ins Bett zu kriegen. Letztlich stellte ich fest, dass ich mich von ihrem scharfen Verstand, ihrem Geschäftssinn und ihrer aufrichtigen Freundlichkeit angezogen fühlte. Ich hätte sie nicht zu einer meiner diversen Kerben am Bettpfosten machen können. Nein, sie war eine Sahneschnitte mit Klasse, und als ich sie am Ende des Abends schließlich geküsst hatte, hatten wir beide gelacht. Sie war zum gleichen Schluss gekommen wie ich. Wir würden niemals mehr als Freunde sein. Es hatte einfach nicht gefunkt zwischen uns. Also abgehakt.

Seit Collier und ich in den Staaten lebten, hatte ich Frauen immer nur ausgeführt, um anschließend bei mir zu Hause eine schnelle Nummer mit ihnen zu schieben. So ging das jetzt schon seit fünf Jahren, und mittlerweile war ich diesen Lebensstil verdammt leid. Je mehr Zeit ich mit den Jensens verbrachte oder mit meinem Bruder und seiner Freundin London oder mit meinen neuen Freunden Dean und Oliver, umso mehr erkannte ich, wie vollkommen allein ich war.

Als ich gestern die zurückhaltende Empfangsdame kennenlernte, hatte ich mich ihr unwillkürlich sofort verbunden gefühlt. Es war, als sei die Luft, die sie umgab, ruhig, kühl und einladend, wie eine tropische Brise auf einer verlassenen Insel. Sie kurbelte nicht nur meine Libido an – und zwar so sehr, dass es schon peinlich war -, sondern ich hatte in ihrer Gegenwart plötzlich auch das Gefühl, am richtigen Platz zu sein. Mein Leben bestand ausschließlich aus harten und schnellen Verhandlungen, raschen Vergleichen und unzähligen Meetings mit Klienten. Das hatte sich sogar noch gesteigert, als mein Bruder und Geschäftspartner Collier vor ein paar Monaten beinahe gestorben wäre. In seiner Abwesenheit hatte ich die Hauptlast unserer Fälle bei Stone, Walker & Associates allein tragen müssen. Mittlerweile war Collier wieder voll einsatzfähig und glücklicher denn je. Er war bei seiner Freundin London Kelley eingezogen, der Schwester unserer Klientin und Freundin Aspen Jensen. Colliers Rückkehr verschaffte mir wieder etwas Freiraum, um meinen eigenen Interessen nachgehen zu können. Und im Augenblick konzentrierten diese sich voll und ganz auf eine hochgewachsene brünette Schönheit.

Eilig verließ ich das Büro, bereit, Cami zu unserem Date abzuholen. Hank Jensens Rezeptionistin. Verrückt, die Welt war manchmal wirklich ein Dorf!

Als ich ankam, saß sie nicht an ihrem Platz. Ich sah auf die Uhr. Es war zehn vor zwölf. Ich war früh dran. Und dann hörte ich es. Ihr Lachen. Cami hatte die Tür zu Hanks Büro geöffnet. Ihre Schultern bebten vor Lachen, mutmaßlich über Hank auf der anderen Seite der Tür. Ich war nicht darauf vorbereitet, wie wahnsinnig schön sie war, als sie dort hoch aufgerichtet und graziös am Türrahmen lehnte. Ihr Rock war heute ein paar Zentimeter kürzer als gestern und hatte kleine Rüschen am Saum. Er schmiegte sich um ihre Oberschenkel und wirkte gleichzeitig sexy und verspielt. Ihre Bluse war aus Seide und floss über die Wölbung ihrer Brüste, die sie mir im Profil zeigte. Sie waren groß, was sie offensichtlich ein wenig zu kaschieren versuchte. Das gefiel mir.

»Danke, Mr. Jensen. Ich bin in ein paar Minuten in der Mittagspause. Brauchen Sie vorher noch irgendetwas?« Sie hatte mich immer noch nicht bemerkt.

»Hank!«, hörte ich meinen Kumpel antworten, offensichtlich verärgert, dass sie ihn mit Mr. Jensen ansprach. Jetzt wandte sie mir den Rücken zu. Sie trug auch heute wieder ihre sündhaft sexy Stilettos. Schwarz und hoch. Mein Blick wanderte von der Spitze des einen Absatzes ihre anmutige Fessel hinauf, dann weiter über ihre wohlgeformte Wade. Ich musste ein Stöhnen unterdrücken, während sie dieses Bein anhob und mit dem Fuß so über die andere Wade strich, wie ich es gern getan hätte. Unwillkürlich stellte ich mir vor, wie sie eben jene langen Beine um meinen Körper schlang, wie sie diese Nimm-mich-Absätze in meinen Hintern bohrte, während ich mich an der nächstbesten Wand in sie trieb.

Mein Schwanz wurde schmerzhaft hart in meiner Hose. Etwas für eine Frau zu empfinden, die ich gerade erst kennengelernt hatte, war extrem ungewöhnlich für mich. Ich kam mir wie ein sexbesessener Teenager vor, weil ich meine Körperfunktionen nicht im Griff hatte. Ich hatte keinen blassen Schimmer, was so anders an ihr war, aber ich war fest entschlossen, es herauszufinden.

Cami wandte sich um. Sogleich schnappte sie nach Luft und sah mir in die Augen. »Sie sind gekommen?« Ihre Stimme klang ein wenig erstaunt.

Ich richtete mich auf und schob die Hände in die Taschen, wobei ich mir ein wenig Platz in der Lendengegend verschaffte. Der Anblick meines Ständers hätte sie sicher verschreckt.

»Hab ich doch gesagt.« Sie betrachtete mich, musterte meinen dunklen Anzug. Sie öffnete den Mund und schloss ihn wieder. Dann legte sie sich die Hand auf die Brust. Ich fragte mich, ob ihr Herz meinetwegen höherschlug. Ich hoffte es. »Sind Sie fertig? Können wir los?«

»Na ja, ich hatte eigentlich nicht damit gerechnet, dass Sie kommen würden.« Cami blickte zu Boden. »Manchmal sagen Männer irgendetwas, meinen es aber nicht ernst, und ich …«

»Ich bin nicht so wie diese Männer, Goldstück.« Ruckartig hob sie den Kopf und schaute mir in die Augen. Ich ging auf sie zu, sodass uns nun nur noch wenige Zentimeter trennten. »Ich meine immer ernst, was ich sage.« Ich berührte eine lose Strähne ihres seidigen Haars. Sie trug es zusammengefasst, doch eine widerspenstige Locke, die kürzer war als der Rest, schmiegte sich lose an ihr anmutig geschwungenes Kinn. Ich beugte mich nah zu ihr herab, aber nicht genug, um sie zu berühren. Sie spannte sich an, als mein Atem an ihrem Ohr entlangstrich. Sie duftete ungewöhnlich. Eine Mischung aus Wassermelone und Babylotion. Ob sie überall so roch? Köstlich.

Ich machte einen weiteren Schritt auf sie zu, um sie mit der Hitze meines Körpers einzuhüllen. Sie seufzte und legte den Kopf in den Nacken, bot mir ihren schlanken Hals dar. Es wäre so leicht gewesen, das Angebot anzunehmen. Doch ich bewegte mich weiterhin bedächtig, um sie nicht zu erschrecken, und schmiegte meine Wange an ihre. »Ich meine immer ernst, was ich sage. Und ich lasse niemals eine Frau mit ihrem Verlangen im Regen stehen«, flüsterte ich und ließ meine Wange in der sachtesten aller Liebkosungen an ihrer entlanggleiten.

Als ich mich wieder aufrichtete, bemerkte ich, dass sie die Augen geschlossen hatte. Sie holte Luft und leckte sich die Lippen. Ich biss mir auf die Unterlippe, um nicht dem Drang nachzugeben, von diesem beerenroten Mund zu kosten.

»Sollen wir also?«, fragte ich und legte ihre Hand in meine Armbeuge.

Sie wirkte zögerlich, aber statt mich zurückzustoßen, hob sie die Schultern und ließ sie einmal kreisen. Dann atmete sie tief aus. »Ich will nur eben meine Tasche holen.«

Ich führte sie zum Ausgang. »Die werden Sie nicht brauchen.«

Sie blieb stehen. »Ich muss mein Handy immer dabeihaben, falls …« Sie blickte hektisch um sich, als suche sie nach einer Fluchtmöglichkeit.

»Falls was, Goldstück? Falls Sie um Hilfe rufen müssen?« Mit einer kurzen Hüftdrehung presste ich sanft ihre Gestalt nur mit meinem Körper gegen das Glas. Sie stöhnte, und ihre Augen weiteten sich, als ich meine Erektion an ihren Bauch drückte. Ich wollte, dass sie genau wusste, was sie mit mir machte. Ich legte ihr beide Hände auf die Wangen. »Ich versichere Ihnen: Diese Hände sind nur dazu da, Ihnen Lust zu bereiten.« Ich hielt sie in die Höhe, dann ließ ich eine Handfläche von ihrem Kinn an ihrem Hals hinabgleiten, dorthin, wo er in die Schulter überging. Ich wünschte mir, ihr das Shirt auszuziehen und zärtlich an ihr zu knabbern.

»Es ist nur … ich würde mich wohler fühlen, wenn ich Tasche und Handy dabeihätte.« Ihre Stimme klang atemlos und gepresst.

Ich liebkoste ihre Wange. Sie hielt meinem Blick zunächst stand, dann senkte sie die Lider. Bei direktem Augenkontakt fühlte sie sich unbehaglich. »Augen auf, Cami.« Sie schaute mich wieder an. »Holen Sie Ihre Tasche. Ich verhungere nämlich gleich.« Sie wich ein paar Schritte zurück, dann ging sie flink um mich herum und holte eine winzige Tasche aus der Schublade ihres Schreibtisches. Es konnte nicht mehr als ein Handy und ein Geldbeutel darin sein. Ich war an Frauen gewöhnt, die eine Reisetasche voller Gott weiß was alles mit sich herumschleppten.

»Fertig?«, fragte ich grinsend.

Wieder sah sie zu Boden und kehrte zu mir zurück. Als sie bei mir angelangt war, schob ich ihr Kinn mit einem Finger nach oben. Es ärgerte mich, dass sie den Blick dauernd abwandte. »Sie sind so schön. Es war nachlässig von mir, das nicht schon früher zu sagen.« Eine hübsche Röte überzog ihre Wangen, und ein winziges Lächeln umspielte ihre roten Lippen.

»Danke.«

Ich legte die Hände um ihren Nacken und streichelte ihre hübsche Wange. »Ich glaube, ich werde Ihnen ab sofort täglich sagen, dass Sie schön sind, nur um zu sehen, wie sie erröten.« Sie holte tief Luft und schloss die Augen.

»Gehen wir, Goldstück.«

Kapitel 3

Cami

Schweigend liefen wir Seite an Seite die lange Straße entlang. Die Aussicht, mit einem Mann wie Nate zu Mittag zu essen, machte mich nervös. Aber um die Wahrheit zu sagen: Eigentlich jagte jeder Mann mir Angst ein. Es war schon so lange her. Als spüre er mein Zögern und meine Unsicherheit, umschloss er meine Hand. Er neigte den Kopf zur Seite und musterte mich. Vielleicht erwartete er ja, dass ich sie ihm jeden Augenblick entreißen würde? Aber das tat ich nicht. Konnte es auch gar nicht. Ich brauchte diese Berührung, um ruhiger zu werden und mich darauf einzustellen, dass ich auf mein erstes Date in ... na ja, auf mein erstes Date überhaupt ging.

Ich betrachtete die geschäftigen Passanten, als wir Hand in Hand die Straße englanggingen, um ins The Place zu gelangen. Nates warme Hand war tröstlich und unser Schweigen einträchtig. Keiner von uns beiden schien das Bedürfnis nach bedeutungsloser Konversation zu haben. Als er erwähnte, dass er mich in eines der angesagtesten Restaurants der Stadt ausführen würde, hätte ich beinahe gekreischt vor Freude. The Place, wie dieses Lokal schlicht hieß, war hip und trendy und wirkte auf den ersten Blick durchaus erschwinglich, doch der Schein trog: Die Preise waren ziemlich gesalzen. Ich hätte es mir nie leisten können, und wahrscheinlich ging es dem Gros der New Yorker genauso. Hier aß nur die Elite der City zu Mittag.

Einmal hatte ich für Hank und seine Frau dort etwas zum Lunch abholen müssen. Die Servicemitarbeiter hatten sich angesichts der Tatsache, dass es sich um Mittagessen für *die* Aspen Reynolds handelte, kaum mehr eingekriegt. Natürlich kannte ich sie damals schon unter dem Namen Mrs. Jensen. Der gesprächige Kellner schwärmte unaufhörlich davon, wie hübsch sie war. Ich stimmte ihm selbstverständlich zu. Hanks Frau war wahnsinnig schön und zweifellos sehr klug. Doch für mich spielte all das keine Rolle. Als ich meine Arbeit bei Jensen Construction aufnahm, hatte sie sich als Hanks Verlobte vorgestellt und war immer freundlich und wirkte sehr bodenständig. Gar nicht so wie diese unanständig reichen oberen Zehntausend, von denen in diesen schrecklichen Zeitschriften immer die Rede war.

Die Erkenntnis, dass man auch dann noch eine Maske tragen musste, wenn man mehr Geld besaß, als man je ausgeben konnte, machte einen demütig. Aspen war ganz Geschäftsfrau, mächtig und in der Lage, einen in die Schranken zu weisen, sobald man ihr in die Quere kam. Ich hingegen hatte es immer nur mit Aspen Jensen zu tun gehabt, der höflichen, liebevollen, intelligenten Ehefrau meines ebenso charmanten und bodenständigen Chefs Hank Jensen. Menschen waren einfach nur Menschen. Wir hatten alle unsere Probleme, und man erwartete von uns, im Leben bestimmte Rollen zu spielen. Seit ich sah, dass Aspen mir vollkommen unverstellt begegnete, war sie mir nur umso sympathischer. Sie fühlte sich nicht bemüßigt, mir irgendetwas vorzuspielen. Ich wäre ihr gegenüber gern ebenso aufrichtig gewesen. Doch leider gab es eine Seite in meinem Leben, die ich verbarg und niemandem zeigen wollte. Niemals.

Nate führte mich zu einem Sitzplatz in der Nähe eines geöffneten Fensters. Dieser Bereich des Restaurants vermittelte dem Gast das Gefühl, gleichzeitig drinnen und draußen zu sein. Eigentlich saßen wir drinnen, aber unser Tisch grenzte an ein riesiges Fenster, von dem aus man den Garten überblickte, in dem wiederum andere Gäste fröhlich speisten. Die Sonnenstrahlen funkelten durch die Bäume, und die Geräusche der Stadt wurden durch die Musik übertönt. Für die geschäftige Mittagsstunde herrschte hier eine ungeheuer heitere Atmosphäre.

»Ist es Ihnen hier recht, Liebes?«, fragte Nate und half mir, den Stuhl heranzuschieben.

»Es ist wunderbar, danke.«

Als der Kellner an unseren Tisch kam, bestellte Nate Wasser und etwas, das er als *Charcuterie*-Teller bezeichnete. Dann reichte er dem Kellner die Speisekarten, die wir nicht mal geöffnet hatten. Einen Augenblick lang war ich enttäuscht, denn ich hatte mich darauf gefreut, mich in die Speisekarte zu vertiefen. Doch dann meinte er: »Ich wollte mich gleich darauf konzentrieren, Sie besser kennenzulernen.« Das war wirklich süß und passte zu der Alphamännchen-Seite, die er mir gestern und heute präsentiert hatte.

»Da gibt es nicht allzu viel kennenzulernen.« Ich zuckte mit den Schultern und legte die Hände sittsam in den Schoß. Noch nie war ich in einem so teuren Restaurant gewesen, und ich wollte mich unbedingt anpassen. Manchmal glaubte ich, dabei kläglich zu scheitern. Meine Kleider waren gebraucht, und mein mageres und immer weiter dahinschwindendes Bankguthaben zeugten von meinem mangelnden Erfolg.

»Fangen Sie am Anfang an.« Seine blauen Augen funkelten. Ich konnte den Blick kaum abwenden. »Starten wir bei Ihrem Namen. Wo kommt der Name Cami her? Das klingt sehr ungewöhnlich. Hatten Ihre Mum und Ihr Dad einen besonderen Grund, Sie so zu nennen?«

»Keine Ahnung.« Er runzelte die Stirn. Ich versuchte, das Thema von der Frage abzulenken, warum ich nicht wusste, welchen Ursprung mein Name hatte, und schlug einen anderen Weg ein. »Eigentlich ist es die Abkürzung von Camille. So wurde ich getauft.«

»Camille ist wunderschön. Das gefällt mir. Ein einzigartiger

Name. Genau wie die Frau, die ihn trägt.« Nate zwinkerte, und ich spürte, wie mein Gesicht heiß wurde.

»Danke.«

»Und Ihre Mum und Ihr Dad? Wo sind sie jetzt? Leben sie hier in der Stadt?«, fragte er, und seine hübschen grünblauen Augen blitzten. Es gefiel mir, dass er »Mum« statt »Mom« sagte, hatte aber nun wirklich keine Lust, näher darauf einzugehen, dass ich keine hatte.

Nicht über meine Vergangenheit zu sprechen entpuppte sich als schwieriger als erwartet. Nicht, dass damals etwas besonders Interessantes oder Wichtiges geschehen wäre. Ich war ein Niemand. Das würde er schnell herausfinden und sich dann der nächsten heißen Angebeteten zuwenden. Und das wäre für mich auch besser. Leichter. Ich gehörte nicht zu der Art Frauen, die man gern der Familie vorstellte.

»Ich kenne meine Eltern nicht. Ich bin in Pflegefamilien aufgewachsen. So weit ich zurückdenken kann, wurde ich von einer Familie zur nächsten weitergereicht.«

»Heißt das, dass Sie auch keine Geschwister haben?« Seine Stimme klang freundlich, und plötzlich wollte ich ihm doch alles erzählen.

Ich zuckte mit den Schultern. »Möglich wäre es schon. Manchmal liege ich nachts wach und denke darüber nach, dass ich vielleicht nicht allein bin. Vielleicht habe ich irgendwo einen Bruder oder eine Schwester.« Er lächelte und stützte das Kinn auf die Handfläche, während er sich gegen den Tisch lehnte.

»Mit Geschwistern zieht man auch nicht immer das große Los, wissen Sie?« Wenn er lächelte, erschien ein süßes Grübchen auf seiner Wange, das beinahe von seinem dunklen Bart verborgen wurde. Mein Herz schlug ein wenig schneller, während ich sein Gesicht musterte. Männer wie er zierten die Titelblätter von Zeitschriften und gingen mit perfekten Models aus, deren größte Sorge darin bestand, dass ihre Handtasche zu ihrem Outfit passte. Ich war anders. Und doch saß er jetzt hier mit mir am Tisch. *Aber wie lange würde das dauern?* Sobald er von Tanner und meinem anderen Job erfuhr, würde er genauso schnell verschwinden wie meine erste Liebe. Tyler – der Mann, der auf mehr als nur eine Art sein böses Spiel mit mir gespielt hatte.

»Klingt, als sprächen Sie aus Erfahrung.«

Er nickte. »Das tue ich. Sie kennen ja meinen Bruder, Collier Stone.«

»Stimmt! Die kleine Verwechslung.« Ich blickte auf meine Hände hinab, bedauerte den vorwurfsvollen Ton, den ich gestern ihm gegenüber angeschlagen hatte.

Mit dem Finger schob Nate mein Kinn wieder nach oben. »Augen hoch, Goldstück. Ich will sehen, wie Ihre Augenfarbe sich verändert, während wir miteinander sprechen. Der Anblick ist faszinierend.« Wieder wurde mein Gesicht ganz heiß. »Sie sind so hübsch, wenn Sie erröten«, flüsterte er über den Tisch hinweg.

In diesem Augenblick kehrte der Kellner mit einer Vielzahl kleiner Häppchen zurück, die sich als diverse Fleisch- und Wurststücke, Käse und Obst entpuppten. »Ich hoffe, Sie sind mit meiner Wahl einverstanden«, sagte Nate. Mit der Portion hätte man eine ganze Armee füttern können, wenn auch alles auf zierlichen kleinen Tellern mit vielfarbigen Dips arrangiert war, bei denen es sich wahrscheinlich um Senf oder Honig handelte. »Soll ich Ihnen erklären, was das alles ist?« Nate hatte diese Platte offensichtlich schon häufiger bestellt.

Ich schüttelte den Kopf und lächelte. »Ich liebe Überraschungen. Davon gibt es im Leben nicht allzu viele.« Ich nahm ein Stück Salami zur Hand, fügte ein Stück weißen Käse dazu, dippte es sacht in eines der Schälchen und biss ab. Die Kombination aus scharfem Käse gepaart mit einem Hauch Senf und salzigem Fleisch war einfach köstlich. Ich leckte meine Finger ab und nickte. »Diese Zusammenstellung sollten Sie auch mal probieren.

Hier, ich mache Ihnen eine Portion.« Ich hüpfte ein wenig auf meinem Stuhl auf und ab, begeistert, dass ich auf Anhieb eine so gute Mischung gefunden hatte.

Während ich die drei Zutaten zusammenstellte, merkte ich, dass Nate nichts sagte. Ich sah auf und sah, wie er mich eindringlich musterte. In seinen Augen loderte eine Hitze, die ich beinahe körperlich über den Tisch hinweg spüren konnte. »Was?«, fragte ich, und meine Stimme klang atemloser als beabsichtigt. Der Mann machte mich total nervös.

»Ich liebe es, Ihnen zuzusehen. Sie sind unwahrscheinlich schön, Camille.« Er sprach meinen Namen auf eine Weise aus, wie ich ihn noch nie gehört hatte – sanft, sinnlich und voller Verlangen. Ich holte tief Luft, leckte mir über die Lippen, dann hielt ich ihm die Salamimischung entgegen. Statt die Hand danach auszustrecken, beugte er sich vor und nahm das Stück in den Mund, wobei er die Lippen sacht über meine Fingerspitzen gleiten ließ. Ein Stromstoß durchfuhr mich bei dieser winzigen Berührung. Er zuckte meinen Arm hinauf und breitete sich in sämtlichen Gliedmaßen aus, weckte etwas, was ich seit langer Zeit für verloren gehalten hatte. »Sie haben recht. Fleisch, Käse und Sie … verdammt köstlich.«

Meine Haut brannte. »Also, wollen Sie mir mehr über Ihren Bruder erzählen?«

»Meine Brüder und Schwestern«, berichtigte er mich, und erstaunt riss ich die Augen auf. Wow. Das war aber viel Familie. »Ich habe einen Halbbruder namens Collier, den Sie schon kennengelernt haben.« Ich nickte, erinnerte mich deutlich an den blonden Gott, der eine Vielzahl unserer juristischen Angelegenheiten regelte. Auch Collier Stone war ein atemberaubender Mann. Groß, schlank, perfekte Figur. Er hatte blondes, stufig geschnittenes Haar, schokoladenbraune Augen und war bis über beide Ohren verliebt in Aspens Schwester, London Kelley. »Meine Schwestern heißen Emma und Ella. Emma arbeitet für

Collier und mich als Assistentin. Ella ist verheiratet und wohnt zu Hause in London mit ihrem Mann und ihrem Sohn.«

»Sie müssen sie schrecklich vermissen. Wenn ich eine Schwester oder einen Bruder hätte, hätte ich ganz sicher den Wunsch, in ihrer Nähe zu sein.«

»Ach ja?«

Ich nickte nachdrücklich. »Natürlich. Menschen mit großer Familie halten diese immer für selbstverständlich. Ich selbst habe keine Angehörigen, außer meinem S…« Ich unterbrach mich sofort, hatte mich verplappert.

»Außer Ihrem was?«

»Ähm, außer Jin.«

»Erzählen Sie mir von diesem Jin. Was macht er so?« Nate straffte die Schultern, und seine Brust schien sich zu weiten.

»Jin ist eine Frau. Sie ist meine Mitbewohnerin und meine beste Freundin.« Nate entspannte sich sichtlich. »Und beruflich macht sie mal dies, mal das. Doch nun erzählen Sie mir, warum Sie in die Staaten gezogen sind.«

Gelassen biss Nate von einem Stück Birne ab und lehnte sich zurück. Sein Jackett blähte sich, und sein Hemd spannte über seiner Brust. Nur andeutungsweise sah ich die festen Muskeln durch den feinen Stoff, aber schon dieser Anblick reichte, um mein Verlangen zu entfachen. Mit großer Anstrengung unterdrückte ich ein Stöhnen. Ich wünschte, mehr von seinem Körper sehen zu können. Er ertappte mich dabei, wie ich ihn eingehend musterte. Sofort wandte ich den Blick ab und senkte die Lider.

»Augen hoch.« Seine Aufforderung ließ mich den Kopf sofort wieder heben. »Es sollte Ihnen niemals peinlich sein, mich anzusehen, Camille. Ich habe es gern, wenn Sie mich betrachten. Besonders, wenn Ihnen der Anblick gefällt.« Er grinste. »Tut er das, Camille?« Seine Stimme war leise, heiser, als hätte er mit Kieselsteinen gegurgelt. »Gefällt Ihnen der Anblick?«, wiederholte er kühn.

Ich war wie gebannt. Sein Blick hielt mich buchstäblich gefangen. Nate nahm sich, was er wollte, und ich sah nur noch ihn. Ich nickte. »Ja. Zumindest das, was ich davon sehen kann«, flüsterte ich.

Auf dem Tisch hielt er nun meine Hand fest. Er drehte sie um und fuhr mit dem Daumen sacht über die seidige Haut an meinem Handgelenk, was ein Prickeln durch meinen ganzen Körper sandte. »Möchten Sie denn mehr davon sehen?«

Ich schloss die Augen und stellte ihn mir nackt vor, wie er über mir emporragte, kurz davor, in mich einzudringen … wie er die Einsamkeit in meinem Leben vertrieb. Ich spürte eine sanfte Feuchte an meiner Handfläche. Wieder öffnete ich die Augen und sah, wie er die Lippen daraufdrückte. Er beschrieb einen Pfad aus Küssen über die weiche Haut am Übergang zum Daumen und biss hinein. Eine Flamme der Lust schoss meinen Arm empor, in meine Brust und von dort geradewegs heiß zwischen meine Beine.

Ohne sich darum zu kümmern, wer in der Nähe war oder dass wir uns inmitten eines voll besetzten Restaurants befanden, leckte er an meinem Handgelenk. Unwillkürlich entfuhr mir ein Stöhnen. Er sah auf, der Blick verhangen. Offensichtlich war er genauso fasziniert von mir wie ich von ihm. Langsam ließ er die warme Zunge an der empfindlichen Haut von meinem Handgelenk bis in meine Ellenbeuge wandern. Dieser Stelle schenkte er besondere Aufmerksamkeit, ließ winzige Küsse darauf herabregnen.

Benommenheit. Anders konnte ich das fließende, verlangende Gefühl, das er in mir auslöste, nicht beschreiben. Doch so schnell wie Lust und eine tiefe Begierde von mir Besitz ergriffen, waren sie auch wieder verschwunden, kaum dass seine Lippen meine Haut nicht mehr berührten.

»Was ist los?« Verwirrt setzte ich mich aufrechter hin.

»Nichts, Goldstück. Ich möchte deine Lust nur mit niemandem teilen. Diesen Ausdruck auf deinem Gesicht.« Er stöhnte und rückte seine Hose zurecht. »Ich will der einzige Mann sein, der sieht, wie du loslässt.« Mit einer Handbewegung deutete er auf das Restaurant, in dem wir saßen. Ich schaute mich um und ertappte ein paar der Gäste dabei, wie sie schnell den Blick abwandten. Anscheinend hatten wir ihnen durchaus eine Show geboten.

»Oh mein Gott, was mache ich hier nur?« Hastig legte ich die Hände an die Wangen, da mir aufging, mit welcher Leichtigkeit er mich in eine sinnliche Trance versetzt hatte, mitten in einem voll besetzten Lokal.

Nate

Mein Gott! Cami war dermaßen empfänglich. Nicht Cami … *Camille*. Der Name kam mir genüsslich über die Lippen wie ein Schnurren. Als ich ihre Haut mit meinem Mund und der Zunge berührte, entspannte sich ihr gesamter Körper. Ihre Schultern lockerten sich, ihr Rücken bäumte sich meiner Berührung entgegen. Es war ein unerwarteter Segen zu wissen, was für eine Wirkung ich auf die hübsche Brünette hatte. Ihre katzenartigen Augen leuchteten grün, und wenn die Lust sie überwältigte, funkelten goldene Pünktchen in ihrer Iris. Am liebsten hätte ich ihr die ganze Zeit nur in die Augen gesehen und sie unaufhörlich liebkost, um das Verlangen zu stillen, das in der Luft vibrierte und sie wie eine Aura umgab. Eine dermaßen intensive Wirkung hatten Frauen normalerweise nicht auf mich. Gewöhnlich entdeckte ich eine attraktive Sahneschnitte, folgte ihr und stieg mit ihr ins Bett. So einfach war das. Das Gesetz der Anziehung. Mann sieht hübsche Frau, Körper des Mannes reagiert auf hübsche Frau, Mann will hübsche Frau vögeln.

Bei Camille wollte ich mehr. Viel mehr. Ich verspürte eine heftige, ursprüngliche Begierde, jeden Zentimeter von ihr zu besitzen. Dieses Verlangen war so stark, dass mein Schwanz schon total hart war, nachdem ich die satinweiche Haut ihrer Armbeuge gekostet hatte. Der fruchtige Duft mit dem Hauch Babylotion war an dieser empfindlichen Stelle am stärksten. Ein wilder Hunger überkam mich, sowie ich den Punkt liebkoste und ihren wunderbaren Duft in mich aufnahm. Mit jeder Faser meines Seins wünschte ich mir, sie zu besitzen. Meine Zähne in ihr zu vergraben und an dieser zarten Haut zu saugen, bis ein violettes Mal dort erblühte und zeigte, dass sie mir gehörte. Das Verlangen, jedem Mann in einem Radius von zwanzig Meilen zu demonstrieren, dass diese Frau nicht mehr auf dem Markt war, wurde immer stärker, je länger ich mein Goldstück Camille anschaute.

Ich zog ihr die Hände vom Gesicht. »Camille, entspann dich. Du bist bei mir. Mach dir keine Gedanken darüber, was andere denken könnten. Mir selbst ist es so was von egal, was irgendein Fremder von mir hält.« Sie spähte mit ihren Katzenaugen durch die Finger, bevor sie die Hände wieder in den Schoß legte. »Iss, Liebes. Es wird noch kalt.«

Sie runzelte die Stirn. »Es *ist* doch schon kalt«, widersprach sie.

Ich lachte aus vollem Halse. »Mist, wir haben zu lange gewartet!« Als sie lächelte, schmolz mein Herz. Die Frau war wirklich atemberaubend, und ich wollte unbedingt, dass sie mir gehörte. »Also, wie ist es, in Pflegefamilien aufzuwachsen?«

Ihr Lächeln verblasste. Sie wischte sich mit der Serviette über die Lippen und legte das Stück Obst, in das sie gebissen hatte, wieder auf den Teller. Ihr Gesicht wurde nachdenklich, und sie ließ die Schultern hängen. »So schlimm?«

»Willst du das wirklich wissen?« Die Art, wie sie diese Frage stellte, und die Unsicherheit in ihrer Stimme machten mich unsäglich traurig. Was hatte man ihr nur angetan?

»Liebes, ich hätte nicht gefragt, wenn es mich nicht interessierte.« Sie holte tief Luft und nippte an ihrem Wasser. Dann presste sie die Lippen fest aufeinander und ballte eine Hand so gewaltsam zur Faust, dass die Fingerknöchel leuchtend weiß hervortraten. Ich legte meine Hand darüber, um sie zu beruhigen, bis sie die Faust wieder lockerte. Schließlich verschränkte ich unsere Finger ineinander und presste unsere Handflächen zusammen. Elektrizität. Kaum berührten sich unsere Handflächen, schienen Stromstöße durch jede meiner Nervenendungen zu zucken.

»Solange ich denken kann, war ich der Sozialfürsorge unterstellt. Es gibt keine Informationen, woher ich kam, wer meine Eltern waren oder was mit ihnen passiert ist. Allerdings war ich finanziell auch nie in der Lage, um aktiv nach ihnen zu suchen.« Etwas an der Art, wie sie das Wort »finanziell« aussprach, rührte mich. Eine Empfangsdame, die in New York City arbeitete, verdiente unmöglich genug, um davon leben zu können, nicht mal, wenn sie sich die Wohnung mit jemandem teilte. Der Job war eine Anfangsposition, ein Einstieg. Ich war überzeugt, dass Hank sie angemessen bezahlte, aber in einer Stadt wie dieser hatte sie sicher trotzdem Mühe, über die Runden zu kommen.

»Sprich weiter«, drängte ich sie. Ein Ausdruck der Trauer war deutlich in ihren grünen Augen zu lesen, und sie seufzte.

»Na ja, in einigen Familien war es durchaus ganz in Ordnung, besonders, als ich noch klein war. Ich lernte recht schnell, genau das zu tun, was man mir sagte, und zwar sofort und mich ansonsten so still zu verhalten wie möglich.« Ihr Bericht gefiel mir gar nicht.

»In einer Familie ging es mir wirklich gut, aber dann verlor meine Pflegemutter ihren Vater und musste schließlich ihre Mutter bei sich aufnehmen, um sich um sie zu kümmern. Diese bekam mein Zimmer, und ich wurde wieder weggeschickt. Sie vermisse ich wirklich. Ich war damals neun. Das war das beste Jahr meines Lebens.« Sie schaute kurz zum Fenster hinaus, verlor sich in Erinnerungen.

Das beste Jahr ihres Lebens hatte sie mit neun Jahren erlebt? Sie musste jetzt ungefähr Anfang zwanzig sein, ihr bestes Jahr lag also schon über zehn Jahre zurück. Plötzlich war mein Herz voller Trauer. Am liebsten hätte ich sie fest in den Arm genommen, um sie vor jeglichem Schaden zu bewahren.

Ich holte tief Luft, um zu verhindern, dass es mit meiner Stimmung noch stärker bergab ging. »Was ist mit deiner Teenager-Zeit?«

Sie entzog mir die Hand und verschränkte die Arme vor der Brust. Ihre wunderschönen grünen Augen verdunkelten sich noch mehr, wurden rauchig vor Zorn.

»In diesen Jahren war ich bei mehreren Familien untergebracht. Ich ging auf drei verschiedene Highschools. Ich musste andauernd umziehen.«

»Warum so oft?« Als sie mich ansah, war ich zutiefst bedrückt von dem Schmerz, den ich auf ihrem Gesicht las. Eine riesige Mauer schien sich vor ihr zu erheben. Auf dem Tisch griff ich nach ihren Händen. »Camille, erzähl es mir. Lass mich Anteil haben.«

Trotzig zog sie die Augenbrauen hoch. »Wenn die Schulen herausfanden, dass ich von der Pflegemutter oder dem Pflegevater misshandelt wurde, kamen die Sozialarbeiter und nahmen mich wieder heraus. Ich wurde auf Missbrauchsspuren untersucht und dann im nächsten Haushalt untergebracht. Das geschah drei Mal hintereinander.«

»Mein Gott, Camille. Was für eine Art von Missbrauch? Sie haben doch nicht …« Ich brachte es nicht mal über mich, es auszusprechen. Allein schon der Gedanke war wie Gift für meine Seele und rief heftige Gefühle hervor, auf die ich nicht vorbereitet war. Der Hass, der mir durch die Adern floss, war so stark und heftig, dass er mich mit dem Bedürfnis erfüllte, jeden zu verletzen und jeder Person zu schaden, die auch nur im Verdacht stand, die Frau verletzt zu haben, die momentan meine Gedanken beherrschte.

»Nein, ich wurde nicht sexuell missbraucht. Nicht wirklich. Einer der halbwüchsigen Jungs hat einmal versucht, sich mir zu nähern, aber eines der anderen Pflegekinder zog ihn von mir runter. Am Abend hat mich die Pflegemutter wirklich heftig geschlagen, da ich angeblich Lügen verbreitet hätte, dass ihr Sohn mich angerührt hätte. Sie hat mir die Hose heruntergezogen und mich vor den Augen ihres Sohnes mit einem Gürtel verdroschen. Sie hat gar nicht gemerkt, wie er sich dabei den Schwanz streichelte.«

»Verdammte Arschlöscher …«

Sie lächelte und drückte meine Hände. »Reden wir nicht mehr davon. Meine Kindheit war nicht die beste, aber ich hab's überlebt. Ich bin am Leben, und ich würde lieber das Mittagessen mit dir genießen, statt über die Vergangenheit zu sprechen. Es hat keinen Zweck, immer wieder durchzugehen, was sich nicht mehr ändern wird.« Für eine so junge Frau war sie ganz schön klug. »Wie wäre es, wenn du mir etwas von dir erzählst. Was liebst du?«

»Außer meiner Arbeit und meiner Familie?«

»Natürlich, du Dummer. Mit der Arbeit verdient man sich seinen Lebensunterhalt. Und die Familie liebt man von Geburt an. Aber was begeistert dich sonst noch?«

Ich führte die Fingerspitzen zusammen und sah ihr beim Essen zu. Camille war unglaublich. Sie hatte mir gerade etwas absolut Privates und Schmerzhaftes erzählt, ritt aber keineswegs weiter auf dem Thema herum. »Ich gehe gern schwimmen. Ich versuche es fast jeden Abend zu tun.«

Ihre harten Züge entspannten sich bei dem Themenwechsel ein wenig. »Wirklich? Wo denn? Im öffentlichen Schwimmbad?«

Verdammt, was war sie süß. Buchstäblich zum Anbeißen. »Nein, ich habe einen Pool in meinem Wohngebäude.«

»Was magst du daran?«

»Die Freiheit, das Gefühl der Balance, das sich einstellt, nachdem ich meinen Körper mit zahlreichen Bahnen an die Grenze gebracht habe. Sich auf der Wasseroberfläche dahintreiben zu lassen ist ungeheuer beruhigend. Und du? Was tust du, wenn du nicht arbeitest?«

Sie riss die Augen auf und ließ das Wasserglas los. Es krachte auf den Tisch. Es gelang ihr kaum, es aufzufangen, und Wasser ergoss sich auf ihre Kleidung. Sie sprang zurück, ein salatkopfgroßer, nasser Kreis bildete sich auf ihrem Rock. Ich warf ihr meine Serviette auf den Schoß und half ihr, es trocken zu tupfen. Nachdem ich das Schlimmste beseitigt hatte, sah ich ihr in die Augen.

»Danke«, flüsterte sie, die Lippen nur einen Hauch von meinen entfernt. In diesem Moment wusste ich, dass sie mir erlauben würde, sie zu küssen. Sich sogar darüber freuen würde. Doch ich wich zurück und wählte den Weg des Gentlemans. Wir hatten noch jede Menge Zeit. Und im Augenblick wollte ich sie nur umwerben.

»Also, du wolltest mir erzählen, was du tust, wenn du nicht arbeitest.« Meine Stimme war heiser und tief, als ich meine Frage wiederholte. Erneut verspannte sie sich. Offenbar gab sie nicht gern Informationen über ihr Privatleben preis. Mich beschlich der Verdacht, dass sie eben von ihrer Vergangenheit berichtet hatte, um nicht über die Gegenwart reden zu müssen.

Sie schob sich die widerspenstige Locke ihres tiefbraunen Haars übers Ohr. »Ich mache Online-Kurse.«

Das überraschte mich. »Tatsächlich? Online-Seminare an der Uni?«

»Uni?«, fragte sie.

Ich lachte. »Universität, also College. Sorry, Liebes.«

»Nein, schon gut. Ich mag deinen Akzent. Er ist …« Sie sah zu Boden.

»Augen, Camille.« Da hob sie ihre wunderschönen, grünen Augen erneut. Mittlerweile waren sie moosgrün, nur am Rand noch etwas dunkler. »Er ist was …?«

»Sexy«, flüsterte sie so leise, dass ich sie fast nicht verstanden hätte.

»Findest du?« Der Wirkung halber zog ich eine Augenbraue hoch. Es gefiel mir, dass sie etwas an mir attraktiv fand.

»Ja.« Sie nickte, und ihre Haut nahm einen zarten Pinkton an.

»Das freut mich.« Ich grinste, und jetzt errötete sie vollends. So hübsch. »Was studierst du denn?«

Sie schüttelte den Kopf, als wollte sie wieder einen klaren Kopf bekommen. Wie *sehr* ich diese Sahneschnitte schon in der Hand hatte. Aber noch lieber hätte ich jetzt ihren Hintern dort gehabt. Sie reagierte auf mich. Sprach wunderbar auf mich an. Ich merkte, dass sie versuchte, diesen Impuls zu unterdrücken, aber es hatte keinen Zweck. Es bestand eine Verbindung zwischen uns, und verdammt wollte ich sein, wenn ich zuließ, dass sie das verleugnete.

»Ich besuche Seminare, um meinen Bachelor zu machen und irgendwann Lehrerin zu werden.«

Das war's. Sie war einfach zu gut, um wahr zu sein. Eine Lehrerin? Perfektion und Unschuld, alles zusammen in einem Paket. Alles, was mir nie vergönnt gewesen war, ich mir aber schon immer verzweifelt gewünscht hatte. »Was für ein nobler Beruf. Kindern und Jugendlichen etwas beizubringen. Bis zu welcher Klasse?«

Bezaubernd, wie ihre Augen nun aufleuchteten. »Für die Grundschule. Alles zwischen erster und sechster Klasse wäre ideal. Ich glaube, mit den Kleinen kann ich einfach besonders gut umgehen.«

»Darauf möchte ich wetten.« Ich umfing ihre andere Hand und bemerkte ein buntes Perlenarmband.

»Was für ein kleiner Schatz hat denn dieses Schmuckstück gebastelt?« Ich berührte ein paar der bunten Perlen. Sie gab keine

Antwort. Als ich aufsah, bemerkte ich, dass sie offenbar Angst hatte. Ihr Gesicht hatte jede Farbe verloren. Ich sah mich im Restaurant um. Konnte nichts Ungewöhnliches entdecken. »Was ist los? Hat dir irgendetwas Angst gemacht?«

»Äh, nein, ich glaube, wir müssen gehen. Ich muss wieder zurück zur Arbeit.« Sie entzog mir ihre Hände und stand auf. »Ich gehe kurz in den Waschraum, wenn du nichts dagegen hast.«

»Gewiss.«

Camille rannte davon, als seien ihr wilde Hunde dicht auf den Fersen. Was war geschehen? Ja, wir hatten ein paar widerwärtige Bereiche ihrer Vergangenheit berührt, aber danach schien es ihr wieder gut zu gehen. Erst nachdem ich das Armband erwähnt hatte, war sie nervös geworden. Warum denn nur, um Himmels willen?

Nachdem ich die Rechnung beglichen hatte, wartete ich im Foyer auf sie. Ich legte ihr den Arm um die Hüfte und führte sie durch die Tür. Aber auch danach ließ ich die Hand dort liegen. Es war erfrischend, Seite an Seite neben einer so hochgewachsenen Frau zu gehen. Mit ihren Absätzen war sie über eins achtzig groß, sodass sie an meine eins neunzig beinahe heranreichte. Unsere Schritte passten sich einander an, und es gab weder ungeschicktes Stolpern, noch stießen wir ständig aneinander. Es funktionierte einfach.

Als wir den Lift im AIR-Bright-Gebäude erreicht hatten, spürte ich, dass verflogen war, was immer sie durcheinandergebracht hatte. Auf der zweiten Hälfte des Weges waren ihre Schritte leichter gewesen. Ich dankte Gott und der Queen gleichermaßen für die Tatsache, dass der Aufzug leer war, als wir ihn betraten. Kaum hatten die Türen sich geschlossen, drängte ich sie an die Wand. Sie keuchte, umklammerte meine Schultern.

»Was machst du denn da?« Ihr Blick war wild, ihr Atem ging stoßweise.

»Das hier«, antwortete ich und senkte die Lippen auf ihre. Der Kuss war gleichzeitig sanft und hart. Ihr Mund schmolz unter meinem dahin. Sie umgriff meine Schultern fester, und ich legte ihr die Hand auf die Taille, zog sie noch dichter zu mir heran. Die andere Hand legte ich in ihren Nacken und neigte ihren Kopf genau so, wie ich es haben wollte. Ich fuhr ihre Lippen mit der Zunge nach. Sie öffnete sie, und ich ließ meine Zunge in ihren Mund gleiten. Sanft und zärtlich stand nicht mehr zur Debatte. Nachdem ich ihre Lust gekostet hatte, wollte ich darin ertrinken und ihre Köstlichkeit mit meinem ganzen Körper genießen. Ich drängte mich dicht an sie und tauchte in ihrem Kuss ab. Himmlisch. Sie küsste atemberaubend und nicht wie die zurückhaltende Person, die sie ebenfalls war, legte die Hände auf meinen Rücken und hielt mich ganz fest.

Dann vergrub sie eine Hand in meinem Haar, was mich ganz wild auf sie machte. Ich presste meine Erektion gegen sie, und sie stöhnte vernehmlich. Ich löste mich von ihr, musste wieder zu Atem gelangen, wollte ihren ach so perfekten Mund aber trotzdem nicht loslassen. Wir lehnten die Stirnen aneinander und sogen die Luft des anderen ein. Gedanken, Gefühle, Verlangen erfüllten den winzigen Raum.

Ding!

Die Türen glitten auf, wir waren angekommen. Camille richtete sich sofort auf und stieß mit den Händen gegen meine Brust. Statt jedoch zurückzuweichen, griff ich nach ihrem Arm.

»So schnell kommst du mir nicht davon. Isst du mit mir zu Abend?«

»Ich kann nicht.« Sie schob sich an mir vorbei. »Ich muss jetzt wieder ins Büro. Danke fürs Mittagessen.«

»Das hier ist noch nicht vorbei«, sagte ich und hielt ihr die Aufzugtüren auf.

»Ach nein?« Sie legte die Hand auf die Lippen, wo gerade noch mein Mund gewesen war.

»Das war erst der Anfang, Goldstück. Ich melde mich.« Mit diesem Versprechen ließ ich die Türen zugleiten und drückte den Knopf, um wieder in die Lobby hinunterzufahren. Anscheinend würde ich der süßen Camille noch ein wenig länger hinterherjagen. Schon lange hatte ich es nicht mehr mit einer solchen Herausforderung zu tun gehabt. Camille war es wert.

Kapitel 4

Cami

In der Wohnung war es still, und ich machte mich fertig für die Arbeit. Am Donnerstagabend arbeiten zu müssen war ganz schön anstrengend, wenn man am Freitagmorgen wieder in aller Herrgottsfrühe bei Jensen Construction auflaufen musste. Aber egal, wie wenig Schlaf ich bekam, ich brauchte das Geld, um meine Rechnungen bezahlen zu können. Erst wenn ich sechs Monate lang bei Jensen Construction gearbeitet hatte, schloss mein Arbeitgeber eine Krankenversicherung für mich ab und ich durfte auf eine Gehaltserhöhung hoffen. Aber wenigstens musste ich nur an zwei Abenden die Woche ins Gems gehen, es sei denn, es gab spezielle Buchungen.

Doch davon hatte ich schon eine ganze Weile keine mehr gehabt. Was gleichzeitig Himmel und Hölle war, die sich zu einer festen Ying-und-Yang-Kugel der Frustration zusammenfügten. Hölle, weil ich es hasste, in einem Privatraum festzusitzen und für eine kleine Gruppe von Männern zu tanzen. Das kam mir geschmack- und schamlos vor. Regelrecht schmutzig. Die Aufmerksamkeit der Männer konzentrierte sich dann ausschließlich auf mich, auf meine Nacktheit. Angesichts ihrer Fantasien, was sie am liebsten mit mir täten, fühlte ich mich in diesem Rahmen deutlich unbehaglicher als auf der Bühne, wenn ich vor einer großen Menge tanzte. Aber leider bekam man für diese Privatvorstellungen eine erheblich üppigere Gage. Die Frauen, die in den Privatzimmern tanzten, erhielten dreißig Prozent des Honorars und sämtliche Trinkgelder. Außerdem war stets ein Bodyguard zugegen, der sich um übereifrige Gäste kümmerte – was auch bitter nötig war. Häufig. Es war nicht gerade der Himmel auf Erden, aber durch das zusätzliche Einkommen konnte ich nun mal die Miete bezahlen.

Ich streifte die Schaftstiefel über und befestigte die smaragdgrünen Strumpfbänder an den schwarzen Nylonstrümpfen. Jin hätte sich keinen besseren Zeitpunkt aussuchen können, um hereinzukommen.

»Kannst du mir bei dem Korsett helfen?«, fragte ich, während sie ihr Buch auf den Tisch legte. *Vom Winde verweht.* Ich verdrehte die Augen. »Hoffnungslose Romantikerin«, sagte ich, doch dann blieb mir die Luft weg, als sie das Korsett enger schnürte. »Mein Gott, ist das eng.«

»Sieht aber fantastisch aus.« Ihre Augen waren dunkel wie die Nacht, als sie mich musterte.

»Warum grün und schwarz?«

»St. Patricks Day. Anscheinend steht der heutige Abend unter dem Motto *Das Glück der Iren.*« Ich grinste, setzte mir einen winzig kleinen Koboldhut auf den Kopf und steckte ihn mit einer Nadel im Haar fest, das ich am Oberkopf zu einem Knoten zusammengefasst hatte, wobei ich bewusst ein paar Locken wieder herausgezupft hatte.

»Na ja, du siehst wunderschön aus. Und außerdem gilt *Justice* ja sowieso immer als einer der Höhepunkte im Gems.«

Ich verdrehte erneut die Augen, als sie meinen Bühnennamen erwähnte. Ich hatte mich für Justice – Gerechtigkeit – entschieden, weil es sich um ein Oxymoron handelte, einen Widerspruch in sich. Schließlich lag keinerlei Gerechtigkeit darin, sich für Geld ausziehen zu müssen.

»Sagt ausgerechnet eine Frau mit perfekter Kleidergröße … Oh warte, wie war sie doch gleich? Ach ja, eine zierliche 32!« Ich grinste, und sie kniff mich in die Hüfte. Ich schlug ihre Hände fort.

»Und? Erzählst du mir jetzt langsam mal von ihm?« Jin lehnte sich auf ihrem Bett zurück und stützte sich auf die Ellbogen. Ihr langes schwarzes Haar breitete sich wie ein glänzender Vorhang über ihrer pastellfarbenen Bettwäsche aus.

»Von wem?«

»Dem Typen, mit dem du neulich zu Mittag gegessen hast.«

»Was? Woher weißt du *das* denn?« Im Spiegel starrte ich ihr lächelndes Gesicht an.

»Ich bin Hellseherin. Dummerchen!« Sie machte ein entnervtes Gesicht und setzte sich auf, überkreuzte die Beine. Ich betrachtete sie aus verengten Augen und wartete einen Augenblick. »Na gut. Hab angerufen, um mich zu erkundigen, ob du mittags Zeit hättest. Rosie, diese andere Bürotussi, hat mir dann gesagt, dass du ein Lunch-Date hättest.«

Verflucht sei Rosie. Sie musste ihre Nase auch in alles stecken. In ihrer Nähe musste ich vorsichtig sein, wenn ich mein Privatleben unter Verschluss halten wollte. Ich seufzte tief und wusste, dass ich aus der Sache nicht herauskommen würde, ehe ich Jin nicht etwas über mein Date erzählt hatte. Außerdem *wollte* ich auch darüber reden. Musste es. Immer wieder musste ich an Nate denken, an seinen Kuss. Die Erinnerung brannte und knisterte unter meiner Haut, den ganzen Tag lang, sodass es mir ziemlich schwerfiel, mich überhaupt zu konzentrieren.

»Er heißt Nate. Und ist Anwalt. Brite.«

»Und …«, drängte sie. Ich trug noch eine Schicht Mascara auf. »Na ja, ist er heiß?«

Ich ließ mich auf mein Bett plumpsen, das dem ihren gegenüberstand, und legte die Hände auf meine glühenden Wangen. »Absolut heiß, Jin. So jemanden habe ich noch nie getroffen. Er ist wahnsinnig sexy. Und kraftvoll und selbstbewusst.« Mein Blick ging ins Leere, als ich mich daran erinnerte, wie er mich an die Wand des Aufzugs gepresst und geküsst hatte, als sei ich die einzige Frau auf der Welt, die er küssen wollte … jemals.

»Kraftvoll?« Jins Pupillen verengten sich. »Was meinst du denn damit?«

»Nein, nein. Nicht, dass du jetzt den falschen Eindruck bekommst. Er ist einfach nur … keine Ahnung. Er ist einfach absolut raumgreifend. Überlebensgroß. Seine Präsenz verlangt sofortige Aufmerksamkeit.«

Jins Augen funkelten, und ein aufreizendes Grinsen umspielte ihre Lippen. »Du hast dich in den Kerl verguckt? Da hol mich doch der Teufel. Das hätte ich niemals für möglich gehalten!«

»Oh, halt den Mund. Ich hab mich nicht verguckt. Er ist einfach nur ein heißer Typ, den ich wahrscheinlich immer mal wieder im Büro sehen werde. Nur weil er mich einmal zum Mittagessen ausgeführt und geküsst hat, heißt das noch lange nicht …«

»Er hat dich geküsst!« Jin sprang auf und landete wie ein Elefant auf meinem winzigen Bett, sodass wir beide in die Höhe hüpften. Obwohl einige Körperteile noch mehr hüpften als andere und beinahe aus dem Ausschnitt des engen Korsetts gesprungen wären. »Oh mein Gott. Du musst mir alles erzählen. Wie kam es dazu? Wann? Wo?«

Ich holte tief Luft und erzählte Jin alles, worüber Nate und ich beim Essen gesprochen hatten, auch dass ich ausgeflippt war, als er sich nach Tanners Armband erkundigt hatte.

»Warum bist du ausgeflippt? Mag er denn keine Kinder?«

»Keine Ahnung. Darüber haben wir nicht gesprochen.«

»Warte. Du hast ihm doch von Tan Man erzählt, oder?«

Ich schüttelte den Kopf, und die Scham dämpfte meine gute Laune beträchtlich.

»Cam …«, meinte sie warnend. »Du darfst einem Mann, der an dir Interesse hat, doch dein Kind nicht verschweigen.«

Schnell stand ich auf, machte mich an meinem Haar zu schaffen. »Ich weiß nicht, was das zwischen uns ist. Und ich verschweige gar nichts.« Große. Fette. Lüge. Wahrscheinlich eine der ersten, die ich meiner besten Freundin auftischte. »Ich werde es ihm erzählen. *Falls* wir uns überhaupt wiedersehen. Wozu es wahrscheinlich nie kommen wird.«

Jin presste die Lippen aufeinander und deutete mit dem Finger auf mich. »Hat er dich gefragt, ob du noch einmal mit ihm ausgehst, oder gesagt, dass er dich wiedersehen will?«

Ich zuckte mit den Schultern und griff nach meiner Handtasche. »Ich muss los.«

»Er hat es!« Sie sprang auf und schaute mir in die Augen.

»Er hat vielleicht gefragt, ob ich mit ihm zu Abend esse, aber ich habe abgelehnt. Dann sagte er, dass es zwischen uns noch nicht vorbei sei.« Jin machte einen Luftsprung.

»Ich wusste es. Du datest einen Anwalt. Wie wahrscheinlich ist *das* denn?«

Ja, toll. Jetzt spielte Jin auf die Tatsache an, dass auch mein Ex ein reicher Anwalt gewesen war. »Ich bezweifle, dass ich ihn wiedersehen werde.«

»Du hast echt keine Ahnung von Männern, Cam. Sie führen dich nicht zum Lunch aus, küssen dich in einem Büroaufzug, bitten dich dann, noch mal mit ihnen auszugehen, und lösen sich dann in Luft auf. Du wirst wieder von ihm hören. Da bin ich ganz sicher.« Sie schnalzte mit der Zunge und schnippte mit den Fingern.

»Ich bin mir da nicht so sicher. Aber ich hoffe, du hast recht. Er hat das gewisse Etwas, Jin. Etwas, was mich anzieht. Irgendwie möchte ich ihm nahe sein.«

Jin vollführte einen Hüftschwung und legte den Kopf in den Nacken. »Ja, und das nennt man Lust, Kleines. Camis fünf Jahre andauernde Dürreperiode ist also sehr bald vorbei. Endlich wird dich jemand flachlegen!« Sie gab mir einen Klaps auf den Po und half mir, in meinen zehn Zentimeter hohen Stilettos zur Tür zu staksen.

Auf dem Weg ins Gems fing ich an, mir Sorgen zu machen. Jin hatte vielleicht recht. Wenn ich mich weiterhin mit Nate traf, würden wir über kurz oder lang im Bett miteinander landen. Aber was dann? Fünf lange Jahre war ich nicht mehr mit einem Mann zusammen gewesen. Und selbst damals hatte ich nicht gewusst, was zum Teufel ich da eigentlich trieb. Ich hatte mich Tylers Wünschen angepasst. Und hatte beim Sex mit ihm keinen einzigen Orgasmus gehabt. Zumindest konnte ich mich nicht daran erinnern. Aber nach allem, was ich gelesen, in Filmen gesehen und mit Jin besprochen hatte, war ich ziemlich sicher, dass ich mich an eine allumfassende Euphorie erinnert hätte, die zumindest ein paar Sekunden bis hin zu Minuten dauern konnte. Überdies hatte ich ganz sicher niemals mehrere Orgasmen hintereinander gehabt. Vielleicht konnte ich ja gar nicht zum Höhepunkt kommen, wenn ein Mann mich berührte?

Je mehr ich an Nate dachte und daran, wie es wohl sein mochte, mich körperlich auf ihn einzulassen, umso mehr Angst bekam ich. Erinnerungen an mein Zusammensein mit Tyler vor vielen Jahren blitzten auf.

»Nein, Cami! Du machst das ganz falsch. Du darfst nicht in meinen verdammten Schwanz hineinbeißen … Saug daran! Leg die Lippen um die Spitze und saug.« Ich bemühte mich nach Kräften, nahm verzweifelt seine Erektion zwischen die Lippen und tat, als würde ich an einem Eis lecken, aber es klappte nicht. Anscheinend machte ich alles falsch. Tränen traten mir in die Augen.

»Verdammt, Cami. Nicht weinen. Immer nur weiter den Mund offen halten.« Ich gehorchte. »Und jetzt schließ ihn um meinen Schwanz.« Ich folgte seiner Anweisung. »Und jetzt saug.«

Er griff mir so fest in mein Haar, dass ich den Schmerz bis hinab in den Rücken spürte, doch ich bewegte meinen Mund nicht. »Das ist es. Und jetzt werde ich in deinem Mund kommen, und du nimmst es in dich auf. Kapiert?« Ich nickte, da er tief in meinen Mund abtauchte. Die Muskeln in meiner Kehle verkrampften sich.

Es war mir egal. Auch wenn ich keine Luft mehr bekam, war ich entschlossen, nicht aufzuhören. Um ihm zu gefallen, um meinen Mann glücklich zu machen. Dann konnte ich alles ertragen.

Er hatte mich so hart genommen, dass ich am nächsten Tag kaum sprechen konnte. Obwohl ich alles gegeben hatte, war Tyler nicht zufrieden gewesen. Das war er nie. Von diesem Zeitpunkt an befahl er mir, den Mund aufzumachen, mich an seinem Hosenbein festzuhalten und nur abzuwarten, dass er seinen Schwanz in mich hineinschob. Normalerweise zog er ihn am Ende schnell heraus und kam auf mir, um mir anschließend zu versichern, wie perfekt ich nach dem Blowjob aussah.

Ich schauderte bei der Erinnerung daran und schlang meinen Mantel fester um meinen spärlich bekleideten Körper. Nachdem das Taxi, für das ich Geld herausgeworfen hatte, mich am Gems abgesetzt hatte, hastete ich hinein.

Das Gems war ein Gentlemen's Club, nicht einer jener heruntergekommenen Stripclubs. Die Besitzer überprüften unseren Drogen- und Alkoholkonsum während unserer Schichten, um sicherzustellen, dass die Tänzerinnen nicht betrunken waren. Das Gems wollte sich einen Namen als hochklassiges Etablissement erhalten. Den Angestellten, insbesondere den Tänzerinnen, war es verboten zu trinken, zu rauchen, Drogen zu nehmen oder auch nur in den Räumlichkeiten zu essen. Zur Unterhaltung der extrem reichen Geschäftsleute wollte man weder betrunkene noch nachlässige oder bekiffte Frauen sehen. Um ein Mitglied dieses Clubs zu sein, musste man wirklich wohlhabend sein.

Die Räumlichkeiten waren hübsch eingerichtet. Die Bühne bildete ein perfektes Quadrat, in dessen Mitte ein Podest hochgefahren wurde, das jede Frau vom Boden nach oben trug. Es gab verschiedene Requisiten, Seilzüge oder Hängevorrichtungen, die die Tänzerinnen nutzen konnten. Ich blieb beim normalen Poledance. Bevor ich vor Jahren hier engagiert worden war, war ich eine talentierte Bodenturnerin gewesen. Der Übergang von Turnübungen an einem aufrechten Pole statt am Schwebebalken oder am Sprungpferd fiel mir also relativ leicht. Jin brauchte nicht lange, um mir die Standardbewegungen beizubringen, und schon bald hatte ich das Repertoire eigenständig erweitert. Im Hauptgeschoss, wo ich normalerweise tanzte, fanden die normalen Stripshows statt. Männer versammelten sich um die Bühne herum, und Frauen tanzten fürs Trinkgeld und etwas mehr als einen Mindestlohn.

Ich war in fünf Minuten dran. Ich eilte durch die dunklen Flure des Kellergewölbes unter dem Erdgeschoss, warf meine Klamotten in den Spind und noch einen letzten Blick in den Spiegel. Dann kniff ich mir in die Wangen, trug noch einen Hauch Lipgloss auf und drehte mich um, um mich auf die Bühne zu begeben.

»Toi, toi, toi, Justice«, rief eines der Mädchen, als wir auf den Stufen der Hauptbühne die Plätze tauschten. Sie hatte ihren Auftritt bereits hinter sich und hielt ihre Kleider in der Hand. Sie trug Katzenohren auf dem Kopf und eine Fliege um den Hals, sonst nichts mehr. Ich hatte einen Morgenmantel an, den ich am Rand der Bühne ablegte. Nach jeder Vorstellung zog ich ihn sofort wieder an. Einige Stripperinnen waren scheu, sobald sie nicht auf der Bühne waren. Ich gehörte dazu.

»Danke, Kitty!« Ich winkte ihr zu und betrat die dunkle Bühne. Winzige, nadelfeine Lichtstrahlen auf dem glänzenden, schwarzen Boden wiesen mir den Weg zur Stange.

»*Glück der Iren*, echt für den Arsch«, murmelte ich, während ich besagten Arsch gegen die Stange presste. Die Lichter wurden heller, und ich hob die Arme. Ich packte die Metallstange über meinem Kopf und beugte den Rücken nach hinten, um meine Brüste im Korsett appetitlich zur Schau zu stellen, während es immer heller wurde. Pfiffe und Gegröle aus zahllosen Männerkehlen erfüllten die Luft um mich herum.

»Justice! Justice!« Einige Gäste brüllten meinen Künstlernamen, als sie meinen Körper erblickten. Zu meinen Füßen wirbelte Rauch auf, und ich holte mit dem einen Arm Schwung, umgriff die Stange mit der Hand, lehnte mich nach außen und vollführte eine perfekte Drehung. Aus den Augenwinkeln nahm ich helle Wirbel vielfarbiger Lichter wahr, die in einem wahren Regenbogen explodierten. Ich schwang die Beine nach oben, umklammerte die Stange mit den Oberschenkeln und ließ meinen Körper in hübscher Pose kopfüber daran herabbaumeln. Dann breitete ich zu beiden Seiten die Arme aus.

Behutsam ließ ich mich an der Stange hinabgleiten und schwang mich durch eine Drehung meiner Schenkel und Handgelenke wieder herum. Das Blut rauschte mir aus dem Kopf nach unten, sodass ich die Gäste nur noch undeutlich erkennen konnte. So gefiel es mir. Keine Gesichter. Keine Verurteilung. Ich hatte es gern, wenn die Scheinwerfer so hell schienen, dass ich nicht mal erkennen konnte, wer mir zusah oder was sie mit sich selbst anstellten. Ich ging einfach nur meine Routine durch, tat, als hätte ich einigermaßen Spaß an der Sache, und irgendwie funktionierte es. Abend für Abend bekam ich üppige Trinkgelder und meist noch einen Klaps auf den Po von den Besitzern des Clubs.

Am Ende meines Tanzes ließ ich den Reißverschluss des Mieders langsam hinabgleiten und erhaschte kurz den Blick eines Gastes, der rechts von der Bühne saß. Er kam mir bekannt vor, doch es war zu dunkel, um ihn genau erkennen zu können. Der DJ spielte die Musik, die nun die große Enthüllung ankündigte. »Anscheinend haben wir den Kobold gefangen, Leute. Genießen wir also das Gold am Ende des Regenbogens«, drangen seine schmierigen Worte laut und schrill über die großen Lautsprecher. Ich hielt den Atem an. Dichter Zigarrenrauch lag in der Luft. Es war ein Wunder, dass ich mich nicht mitten auf der Bühne übergeben musste.

Ich wusste, was diese Männer sahen, wenn sie mich betrachteten. Nichts als ein hübsches Stück Fleisch, von dem sie träumen konnten. Mir war dieses Leben verhasst, aber ich verdrängte den Gedanken, um den Abend zu überstehen. Die Erkenntnis, dass Tanner eines Tages womöglich herausfand, was ich getan hatte, um uns beide durchzubringen, verursachte mir einen Riesenkloß der Schuld in der Kehle, der sich seinen Weg bis hinunter in meine Brust bahnte. Die Männer brüllten vor Erregung, als ich den Reißverschluss des Korsetts bis nach ganz unten zog, wobei ich die beiden Teile noch ein wenig länger zusammenhielt, um die Spannung zu steigern.

»Justice, Baby. Sei nicht schüchtern. Zeig den Männern deine Goldmünzen«, rief der DJ. Das Gesicht des Mannes am Rand der Bühne lag noch immer im Schatten, sodass ich ihn nach wie vor nicht erkennen konnte. Ich öffnete das Korsett und enthüllte der Menge meine Brüste. Ich hatte Goldmünzen über die pinkfarbenen Nippel geklebt. Der Mann im Schatten kam näher, nur sein Gesicht war noch nicht beleuchtet. Ich umfing meine Brüste, bot sie ihm dar, wiegte die Hüften zur Musik. Er hielt mir etwas hin, das wie eine Hundertdollarnote aussah. Genauso gut konnte es aber auch nur ein einzelner Dollar sein. Dem Anblick seines gepflegten dunklen Anzugs nach zu urteilen, hatte er Geld wie Heu. Ich schlenderte zu ihm hinüber, bot allen Männern, die sich um die Bühne scharten, eine gute Show. Scheine flogen wie Regentropfen auf den Boden. Dann war ich dem Mann nah genug, dass er den Hunderter in meinen G-String-Tanga stecken konnte. In diesem Augenblick fiel Licht auf sein Gesicht, und meine Welt implodierte.

Tyler.

Nate

Jeder Zentimeter meiner Haut kribbelte, während sich mein Körper durch das kühle Wasser schob. Die Bewegungen beruhigten mich, das Wasser glitt über meinen Rücken, meine Rippen, meine Oberschenkel, bis hinab zu meinen Zehen. Jeder Stoß brachte mich meinem Ziel näher. Als ich die andere Seite erreicht hatte, tauchte ich hinab, drehte mich gewandt wie ein Fisch um und stieß mich kräftig von der Wand ab, um durch den flachen Teil des Beckens zu schießen. Nichts sonst schenkte mir solchen Frieden, solche Heiterkeit und brachte mich meinem wahren, innersten Selbst näher wie das Schwimmen. Und heute brauchte ich das.

Immer wieder kam mir die große, wohlgeformte Brünette mit der harten Kindheit in den Sinn, weshalb ich heute bei der Verteidigung meines Klienten absolut nicht bei der Sache gewesen war. Gott sei Dank war mein Bruder Collier eingesprungen und hatte mir aus der Bredouille geholfen. Er war eben ein wahrer Gentleman. Der verdammte Mistkerl. Ich war ihm etwas schuldig.

Ich dachte wieder an das Mittagessen zurück und erinnerte mich daran, wie grün Camilles Augen geworden waren, als sie davon gesprochen hatte, Lehrerin zu werden. Sie musste Kinder wirklich lieben, wenn sie sich einen Job wünschte, bei dem sie Tag für Tag von zwanzig oder dreißig von ihnen umgeben war. Ich mochte Kinder. Zumindest das, was ich von ihnen wusste. Eigentlich hatte ich in den letzten paar Jahren nicht allzu viel Kontakt zu Kindern gehabt.

Ich atmete tief ein und tauchte das Gesicht wieder ins Wasser, ließ mich von meinen Armen zum Beckenrand führen. Sowie ich mich wieder abstoßen wollte, tippte mir eine Hand auf den Kopf, sodass ich ihn aus dem Wasser hob.

»Ich rufe jetzt schon ein paar Minuten lang immer wieder deinen Namen, Kumpel!« Collier stand am Pool, noch immer in dem gleichen Anzug, den er auch vor Gericht getragen hatte. Er öffnete den Knopf seines Jacketts in Taillenhöhe. Dann zerzauste er sich mit der Hand das Haar.

Ich konnte zu Recht behaupten, dass mein Bruder ein attraktiver Kerl war. In puncto Aussehen hatten wir eigentlich nur die Armani-Anzüge gemeinsam. Collier war blond und hatte die braunen Augen unserer Mutter geerbt. Ich war der dunkle Typ und kam mehr nach meinem Vater. Dunkles Haar und helle Augen. Das genaue Gegenteil meines älteren Bruders.

»Hey, Colly. Wie geht's?« Ich strich mir das nasse Haar zurück.

Collier zog sich eine Liege heran und setzte sich, die Hände zwischen den Knien. »Sag du es mir? Was war heute vor Gericht mit dir los? Du hast bei der Verteidigung unseres Klienten ziemlich herumgestümpert, bevor ich übernahm.«

Ich hievte mich aus dem Wasser, griff nach dem Handtuch neben ihm und nutzte diesen kurzen Augenblick, um meine Gedanken zu ordnen. Nachdem ich mich leicht abgetrocknet hatte, schlang ich mir das Handtuch um die Hüften und setzte mich ebenfalls.

»Also?«

»Keine Ahnung. Ich war wohl mit den Gedanken woanders.« Bewusst mied ich seinen Blick und zog mir mein T-Shirt über den feuchten Oberkörper. Ein paar Frauen auf der anderen Seite des Beckens hatten mich beim Schwimmen beobachtet. Eine von ihnen runzelte die Stirn, während ich mich anzog. Ich schüttelte den Kopf und lächelte. Ich konnte es einfach nicht lassen, mit ihnen zu flirten. Das war nun mal meine Natur. So etwas lässt sich nicht so leicht abstellen, auch nicht, nachdem ich einen Tag lang mit einer Wahnsinnsfrau zusammen gewesen war. Aber ich glaubte, dass ich es für Camille durchaus versuchen konnte.

»Du warst mit den Gedanken woanders? Du Idiot! Das war ein Zweihunderttausend-Dollar-Auftrag, den wir hätten verlieren können, wenn ich nicht eingeschritten wäre. Man hat unserem Klienten eindeutig unrecht getan, und du hast den Fall beinahe in den Sand gesetzt. Du bist doch sonst in der Lage, deinen persönlichen Shit außen vor zu lassen. Also was ist los? Und wo warst du zum Lunch? Wir wollten doch unsere Notizen fürs Gericht noch mal durchgehen.«

Ich stand auf und ging auf und ab, um ein wenig von meiner nervösen Energie loszuwerden. »Ich hatte ein Date.«

Colliers Stimme klang gepresst. »Du hast unser Meeting wegen eines knackigen Hinterns abgeblasen?«

Mit zwei Schritten stand ich vor meinem Bruder und packte das Revers seines Jacketts. »Camille ist nicht so. Rede nie wieder so über sie. Kapiert?«, stieß ich zwischen zusammengebissenen Zähnen knurrend hervor und versetzte ihm einen Stoß. Er stützte sich auf der Liege ab, schließlich stand er auf. Ich tigerte davon, kehrte aber sofort um, denn natürlich war mir klar, was für ein bescheuerter Mistkerl ich war. Als ich ihn ansah, um mich bei ihm zu entschuldigen, hatte Collier das breiteste verdammte Grinsen seines Lebens auf dem Gesicht.

»Was?«

»Du hast dich tatsächlich in eine Sahneschnitte verguckt.«

»Blödsinn!«, verteidigte ich mich halbherzig. Camilles süßes Gesicht und ihr unschuldiges Lächeln standen mir deutlich vor Augen.

»Hast du wohl. Du hast dich Hals über Kopf in eine Frau verknallt. Verdammt und zugenäht.« Collier schlug sich auf die Knie, legte den Kopf in den Nacken und lachte. »Ich hätte nie gedacht, dass ich den Tag noch mal erleben würde, an dem der große Playboy dem Charme einer Frau erliegt. Das müssen wir feiern. Wo ist die hübsche Sahneschnitte?«

»Sie heißt Camille, und es ist nicht so, wie du denkst.«

»Ach nein?«, fragte Collier.

»Nein.« Ich merkte, dass ich ihn grimmig anfunkelte.

»Und warum nicht?« Er kniff die Augen halb zusammen.

»Weil ich sie gerade erst gefunden habe, okay? Sie ist Hanks Sekretärin.« Bei dieser Information zog er die Augenbrauen hoch. »Ich habe sie heute ausgeführt, aber sie ist ziemlich schüchtern. Und total süß. Ich weiß nicht so genau, wie ich mit süß umgehen soll. Die Frauen, an die ich gewöhnt bin, wissen, worauf sie sich einlassen.« Deprimiert setzte ich mich wieder und stützte den Kopf in die Hände, damit ich mir die Schläfen massieren konnte.

»Willst du sie denn genauso behandeln wie deine anderen Liebschaften?«

»Blödsinn, nein! Ich hab doch gesagt, dass sie anders ist.« Collier nickte und wartete. »Sie hat so etwas total Unschuldiges an sich. Ich fühle mich von ihr angezogen. Heute, als ich sie küsste … zum Teufel … das war fantastisch.«

»Du hast sie schon geküsst? So unschuldig kann sie also doch nicht sein.« Er grinste.

»Ich konnte nicht anders. Wenn ich dieser Frau nahe bin … Colly … Shit. Ich muss sie einfach berühren. Ihr nahe sein. Sie riechen, sie schmecken. Mein Gott.« Ich raufte mir das feuchte Haar, bis meine Kopfhaut schmerzte.

Collier lächelte und schlug mir auf den Rücken. »Und wie willst du jetzt weiter vorgehen?«

»Ich muss sie dazu bringen, sich noch mal mit mir zu verabreden. Ich dachte für den Anfang an Blumen. Was hältst du davon?«

Er gluckste. »Ist sicher ein guter Anfang«, antwortete er. »Ich habe Cami kennengelernt. Sie macht einen zurückhaltenden Eindruck, ist aber superklug. Mein Vorschlag wäre, es langsam angehen zu lassen. Bei ihr solltest du dich nicht auf deinen normalen Egomanen-Charme verlassen, denn der wirkt bei ihr nicht.«

»Ja, da hast du recht. Wie zum Teufel bist du in Sachen Frauen so weise geworden?«

»Erfahrung. Ich gehöre London mit Haut und Haar und kann mich nicht beklagen.« Er blickte auf seine Hände herab. »Ich glaube, ich werde sie heiraten, wenn sie mich haben will.«

»Ja? Meinst du denn, sie könnte Nein sagen?« Sofort spürte ich ein besorgtes Prickeln im Nacken. Seine nervöse Energie bewies, dass ihn irgendetwas beunruhigte. Colliers Ex hatte ihm vor ein paar Jahren ziemlich übel mitgespielt, hatte ihn betrogen und war dann mit einem Hotelbesitzer davongelaufen. London war die erste Frau, der er seither sein Herz geschenkt hatte. Sie schienen gut miteinander zu harmonieren, doch die Liebe war nun mal eine wankelmütige Angelegenheit. Was ich selbst allerdings nie am eigenen Leib erfahren hatte.

»Nicht wirklich. Ich bin nur nicht sicher, ob sie überhaupt heiraten will, nachdem sie so viel durchgemacht hat und ihren Mann auf so tragische Weise und so früh verloren hat.«

»Aber das habt ihr beiden doch hinter euch gelassen, oder?«

»Irgendwie schon, aber unter der Oberfläche lauert die Vergangenheit trotzdem noch. Ich weiß, dass London mich liebt, aber das alles ist immer noch ziemlich neu. Ich will unsere Beziehung nur einfach legalisieren, damit sie ganz und gar mir gehört. Doch sie ist da vielleicht anderer Meinung.« Collier grinste und zwinkerte.

»Wie du dich auch entscheidest, ich bin für dich da. Und stehe bei einer bevorstehenden Hochzeit an deiner Seite.«

»Danke, Kumpel. Aber denk dran, was ich dir über Cami gesagt habe. Sei freundlich und sanft.«

Ich nickte, und wir marschierten zum Ausgang. »Freundlich und sanft … was heißt das überhaupt?«

»Keine Ahnung. Hab ich mal auf einer Grußkarte gelesen.«

Kapitel 5

Cami

Erbsensuppe. So fühlte sich die dicke, gallertartige Masse an, die vormals mein Hirn gewesen war, während ich an meinem Computer saß und blicklos auf den weißen Bildschirm starrte. Ich sollte ein paar Briefe für Mr. Jensen tippen, konnte aber an nichts anderes denken als an die vergangene Nacht. Bei Tylers Anblick war mir übel geworden, und dass ich ihm gestatten musste, einen frischen Hundertdollarschein in meinen G-String-Tanga zu schieben, machte mich auch zwölf Stunden später noch krank. Mich meinem schlimmsten Albtraum zu entziehen, nachdem er mich auf der Bühne erwischt hatte, war eine unglaubliche Leistung gewesen. Eine meiner besten.

Nachdem ich ihn wiedererkannt hatte, schaltete ich sofort in den Flucht-oder-Kampf-Modus. Und entschied mich für die Flucht wie ein flinkes, kleines Vögelchen. Bevor er auch nur Gelegenheit hatte, mir in die Augen zu sehen, vollführte ich eine Pirouette auf einem Absatz und machte einen perfekten Flickflack von der Bühne herunter und außer Sichtweite. Die Männer im Club flippten vollkommen aus. Der Jubel und Applaus bei diesem Abgang würde ab sofort mein Markenzeichen sein. Als das Ehepaar, dem der Club gehörte, hinter der Bühne zu mir kam, zitterte ich wie eine Achtzigjährige. Sie schoben es auf den Adrenalinschub und achteten nicht weiter darauf. Gott sei Dank. Eine Erklärung abzugeben war wirklich das Letzte, wozu ich in diesem Moment Lust hatte. Während meine Chefs ihrer Begeisterung Luft machten, indem sie ihre Lobeshymnen sangen, hatte ich nur ein Ziel: so schnell aus diesem Club zu verschwinden, wie meine Spike Heels mich trugen.

Ein Ping auf meinem PC zeigte den Eingang einer E-Mail an und riss mich zur gleichen Zeit aus meinen Träumen wie die Tür sich öffnete. Ich sah ein paar Beine, abgetragene, rote Vans und einen riesigen Strauß aus gelben Sonnenblumen und weißen Margeriten, der die Person, die ihn brachte, vollkommen verbarg.

»Eine Lieferung für Ms. Johnston«, erklang eine jugendliche Stimme hinter dieser Zurschaustellung von Sonnenschein und Glück.

Ich stand auf und griff nach der Mosaikvase, die aus winzigen, bunten Vierecken in unzähligen perlmuttschimmernden Farbtönen bestand. »Danke«, antwortete ich und stellte die Blumen hinein. Dies war womöglich der hübscheste Strauß, den ich je gesehen hatte. Die gelben Sonnenblumen – meine Lieblingsblumen – öffneten sich in der Mitte weit, sodass man sich sogleich an einen perfekten Sommertag erinnert fühlte. Unwillkürlich musste ich lächeln.

Die Augen des jungen Mannes weiteten sich, als er meine Gestalt musterte. Dann wandte er schnell den Blick von meinen Brüsten ab, trat unruhig von einem Fuß auf den anderen und hielt mir dann ein Clipboard hin. Ich dankte ihm. Unter der umgedrehten Schirmmütze stand ihm das Haar in sämtliche Richtungen ab. Er mochte nicht viel älter als achtzehn sein. Das hier war wahrscheinlich sein erster Job. Ich fühlte mit dem Jungen. Mit meinen beinahe dreiundzwanzig Jahren war das hier immerhin auch *mein* erster richtiger Job – wenn man von denen absah, bei denen ich wahlweise Tische abgeräumt oder darauf getanzt hatte.

»Danke, äh, ja … okay. Also dann Wiedersehen.« Die Stimme versagte ihm, und er machte sich blitzartig aus dem Staub.

Ich entließ den nervösen Lieferantenjungen mit einer kleinen Handbewegung und betrachtete das Wahnsinns-Arrangement.

Diese Blumen waren für mich? Da musste ein Irrtum vorliegen. Noch nie zuvor hatte jemand mir Blumen geschenkt. Ich entdeckte einen kleinen, grünen Umschlag und zog die Karte zwischen den üppigen goldenen Blüten und saftigen Blättern hervor.

Camille.
Diese Blumen erinnerten mich an dich. So hübsch und warm wie die Sonne.
Triff dich zum Dinner mit mir.
Nate

Ich schob die kleine Karte in den Umschlag zurück und stopfte beides in meine Tasche, als das Telefon klingelte.

»Jensen Construction. Cami am Apparat. Was kann ich für Sie tun?«

»Geh mit mir aus«, ertönte eine bekannte Stimme durch den Hörer. Mein Mund verzog sich zu einem lächerlich breiten Grinsen, und ich ließ mich auf meinen Bürostuhl fallen.

»Die Blumen sind wunderschön. Das hättest du nicht tun müssen.«

»Wie hätte ich denn sonst deine Aufmerksamkeit gewinnen sollen?« Ich konnte hören, wie er lächelte, und bei seinem britischen Akzent lief mir buchstäblich das Wasser im Mund zusammen.

»Nate, du kennst mich doch gar nicht …«

»Aber ich will dich besser kennenlernen.« Seine Stimme war so tief, dass sie meine Nerven zum Vibrieren brachte, sodass meine Haut am ganzen Körper prickelte. »Triff dich zum Dinner mit mir. Heute Abend?«

Ich überlegte, was heute Abend für mich auf dem Programm stand. Ich musste wieder in den Club. Danach hatte ich den Rest der Woche frei. Wenn ich nicht für eine Sonderbuchung eingeteilt wurde. »Ich kann nicht. Ich muss arbeiten.«

»Hank lässt dich doch so spät nicht mehr arbeiten.« Seine Worte klangen eine Spur frustriert.

»Nein, in meinem *anderen* Job.«

»Und der wäre?«

»Sieh mal, Nate. Es ist nur … ich kann nicht. Tut mir leid.« Ich atmete tief aus. Ich hätte seine Einladung allzu gern angenommen, wusste allerdings, dass das unmöglich war. Männer wie er sollten sich nicht mit Frauen wie mir treffen. Das widersprach jeder natürlichen Ordnung. Wenn er herausfand, dass ich eine alleinerziehende Mutter war und mir als Stripperin etwas dazuverdiente, würde er mich sofort entsorgen wie den Müll vom Vortag.

»Camille …«

»Nate, danke für die Blumen und das gestrige Mittagessen. Das war … das beste Date, das ich je hatte.« *Das einzige Date, das ich je hatte.* »Aber jetzt muss ich wieder an die Arbeit. Einen schönen Tag noch. Auf Wiedersehen.« Ich legte so schnell auf, als sei der Hörer mit Säure bedeckt. Dann starrte ich das Telefon an, forderte es heraus, noch einmal zu klingeln.

Während ich es ansah und darauf wartete, dass es sich rührte, landete eine warme Hand auf meiner Schulter. Ich sprang auf und schrie auf wie ein kleines Mädchen. Ein erheblich tieferer Mädchenschrei antwortete mir.

»Mein Gott, Cami! Du hast mich vor lauter Schreck fast entschwult!« Oliver presste die Hand auf seine Brust. Er trat einen Schritt zurück und lehnte sich an die Wand. Er atmete genauso heftig wie ich. Ich lachte, als mir aufging, was er da gerade gesagt hatte. Vor lauter Schreck fast *ent-schwult*?

»Ollie, Schatz, es ist unmöglich, dich vor Schreck zu entschwulen.« Ich drehte mich um und entdeckte Aspen Jensen, die ihre Arme über dem Babybauch verschränkt hatte. Ihr perfektes Kostüm und die dazugehörige Bluse betonten ihre weibliche Aura, die sie umgab wie ein Glorienschein. Ich konnte mich nicht erinnern, während meiner Schwangerschaft mit Tanner jemals so hübsch ausgesehen zu haben. An den meisten Tagen war ich kaum aus dem Bett gekommen. Wenn doch, hatte ich das Haar schnell zu einem Pferdeschwanz zusammengefasst, mich in meine Kellnerinnenkluft in Bonbonrosa gezwängt, und das war's. Bei dieser Frau jedoch wirkte der Schwangerschaftslook, als wolle sie damit geradewegs zur Miss America gewählt werden.

»Mrs. Jensen, Oliver, hallo. Wie geht es Ihnen?« Ich setzte mich wieder auf meinen Stuhl. Die Blumen standen wie eine riesige Anzeigentafel auf meinem Schreibtisch, die verkündete: *Jemand mag mich!* Oliver musterte sie. Wahrscheinlich, weil sie das einzige annäherungsweise Persönliche waren, das er auf der Eichenholzplatte finden konnte. Persönliche Fragen ließen sich leichter umgehen, wenn man nichts Privates im Arbeitsumfeld aufstellte.

»Wer hat diese Blumen geschickt?« Oliver berührte das Blatt einer Margerite. Er blickte sich suchend in dem Strauß um, hielt offensichtlich Ausschau nach der Karte, die ich bereits in meine Tasche gesteckt hatte.

»Ein Freund. Was tun Sie beide denn hier? Mr. Jensen ist heute Nachmittag nicht anwesend.«

»Ollie, hast du nicht gesagt, dass wir uns heute zum Lunch treffen wollten?« Aspen runzelte die Stirn, kramte in ihrer Tasche herum und holte dann ihr Handy heraus. Oliver kniff die Augen zusammen und zog irgendeinen elektronischen Apparat aus seiner Brusttasche, der aussah wie eine Kreuzung aus iPhone und E-Reader. Ich hatte beides noch nicht benutzt. Ich konnte mir so etwas nicht leisten. Ich besaß ein Prepaid-Handy, und nur zwei Menschen, Jin und die halbwüchsige Nachbarin, die wir schon mal zum Babysitten engagierten, hatten die Nummer. Oliver drückte ein paar Knöpfe und starrte dann konzentriert auf das leuchtende Display hinab.

»Ich habe den Lunch mit Hank am Montagabend bestätigt«, meinte Oliver.

Tadelnd wedelte ich mit dem Finger. »Ah, aber Sie haben nicht mit *mir* darüber gesprochen.« Ich checkte Hanks Kalender, nur um sicherzugehen. »Mr. Jensen ist nicht besonders gut darin, seine persönlichen Termine hier einzupflegen.« Ich warf Aspen einen Blick zu, und sie nickte. »Normalerweise sagt er mir Bescheid, und ich sorge dafür, dass er nichts Wichtiges verpasst. Im Augenblick ist er im Rathaus, um ein paar Baugenehmigungen einzuholen. Er ist erst frühestens in zwei Stunden wieder da.«

Oliver verzog die Lippen zu einem Schmollmund. Aspen zog ihn an sich. »Schon gut. Ich weiß, dass du dich auf unser tägliches Necken-Stündchen gefreut hast. Aber bestimmt können wir morgen zusammen zu Abend essen oder frühstücken.«

»Gut, aber der heiße Cowboy gehört mir!« Er deutete anklagend mit dem Finger auf Aspen. »Du hast mir überhaupt keine Zeit mit ihm allein gelassen, und wir müssen noch jede Menge besprechen, bevor mein kleines Mädchen auf die Welt kommt. Wir haben uns ja noch nicht mal auf eine Nanny geeinigt.«

Aspens begütigendes Lächeln wurde breiter, und sie zwinkerte mir zu. »Weil Hank keine Nanny will. Er hofft, dass in den ersten Monaten nach der Geburt des Babys vielleicht seine Mom vorbeikommt und uns hilft.« Oliver sah Aspen an, Augen und Mund weit aufgerissen.

»Wir dürfen bei unserem Baby doch kein ›vielleicht‹ zulassen. Verdammt und zugenäht. Sobald ich seinen Knackarsch zu fassen kriege, verpasse ich ihm eine Abreibung, dass ihm Hören und Sehen vergeht … und zwar keineswegs vor Lust!«

Das war's. Jetzt konnte ich mich nicht mehr beherrschen. Ich hielt mir vor Lachen über diese Comedyshow den Bauch. Tränen brannten in meinen Augen, und ich brauchte ein Taschentuch, um sie zu trocknen.

Oliver schaute mich aus verengten Augen an, dann stemmte er die Hände in die Hüften. »Na ja. Man hat mir eine Verabredung zum Mittagessen versprochen. Dann müssen Sie halt mitkommen. Packen Sie Ihren Kram zusammen, kleine Miss Jemand-hat-mir-Blumen-geschickt-aber-wer-bleibt-mein-Geheimnis. Auf geht's ... husch, husch. Jede Sekunde, die Sie herumtrödeln, verliert Aspen schon wieder eine Million.«

Mir blieb der Mund offen stehen, und schnell griff ich nach meinen Sachen. Rosie war vom Lunch zurück und würde sich um die Telefone und Besucher kümmern. Ich hatte keinen Grund, nicht mitzugehen. »Wirklich?«, fragte ich.

Aspen lächelte und hielt uns die Tür auf. »Nein. Vielleicht nur ein- oder zweitausend ...« Sie sprach nicht weiter, als wir uns auf den Weg zu ihrem privaten Aufzug machten. Das war einer der Vorteile, die man als Besitzerin des Gebäudes hatte. Man hatte seinen eigenen Fahrstuhl, der sich nur für bestimmte Personen öffnete. Ich hatte ihn bislang nur Aspen, Hank, Oliver und Dean – Olivers bessere Hälfte – nutzen sehen. Der Lift war auf dem neuesten technischen Stand. Aspen legte den Finger aufs Display und sagte »Eins« in den stillen Raum hinein. Die Türen schlossen sich, und wir fuhren abwärts.

»Da wir jetzt nicht in dieses gesunde Grünalgen-Baum-Umarmer-Restaurant gehen müssen, um deinem Höhlenmenschen zu gefallen, stellt sich die Frage, worauf mein Baby heute Lust hat?« Er tätschelte Aspens Bauch. Sie verdrehte die Augen und schob seine Hand fort.

»Du und Hank, ihr seid wirklich lächerlich. Ich habe Lust auf thailändisches Essen in diesem fetttriefenden Restaurant um die Ecke. Tasty Thai.« Sie sah mich an, und ich nickte. Beim Thailänder schmeckte es mir eigentlich immer, und wählerisch war ich sowieso nicht. »Und wehe, du erzählst es Hank! Falls doch, dann verrate ich Dean, dass du ständig halb sabbernd diesen Feuerwehrmannkalender anglotzt. Ich wette, er fragt sich schon, warum bei dir immer noch der Oktober aufgeschlagen ist, obwohl wir bereits März haben!«

Oliver schauderte sichtlich und beugte sich zu mir vor, als wir aus dem Aufzug stiegen. »Sie ist in letzter Zeit wirklich ziemlich hormongesteuert. Hank versucht, ihr zwangsweise diesen ganzen gesunden Mist zuzuführen, obwohl sie doch eigentlich nur Burger essen will.« Er lachte, und Aspen blieb ruckartig stehen.

»Halt den Mund! Kommen Sie, Cami. Gehen wir.« Sie nahm meinen Arm und hakte mich unter. »Also. Lenken Sie mich von dieser riesigen Bowlingkugel ab, die mir heftig auf die Blase drückt. Wer hat die Blumen geschickt?«

Ich schluckte. Aspen war außer Jin die erste Frau, die jemals ein echtes »Frauengespräch« mit mir führen wollte.

»Hey, ihr dürft mich nicht ausschließen. Schließlich bin ich nicht die vergammelte Essiggurke am Tellerrand, die sowieso keiner isst.« Oliver hakte mich an der anderen Seite unter. Ich seufzte. Gegen die beiden kam ich nicht an.

»So wichtig ist es eigentlich gar nicht.« Ich schüttelte den Kopf. »Die Blumen sind von Nathaniel Walker.«

Beide blieben stehen, während ich weiter voranstrebte, sodass ich wie das Gummiband einer Steinschleuder zurückgezogen wurde. »Der Brite mit dem Knackarsch? Absolut mein Typ, ein richtiges Leckerchen – wie David Gandy«, bestätigte Oliver.

Ich zuckte mit den Schultern. »Keine Ahnung, wer das ist.«

Oliver machte ein betroffenes Gesicht, holte sein elektronisches Dingsbums heraus und tippte wild darauf herum. »Ich habe Hunger, komm schon. Wir können auch beim Gehen weiterreden.« Mit diesen Worten zog Aspen uns weiter auf den Thailänder zu.

»Er kam neulich abends ins Büro, weil er einen Termin mit Mr. Jensen hatte.«

Aspen nickte.

»Dann verkündete er, mit mir zu Mittag essen zu wollen. Ich habe das nicht ernst genommen, doch am darauffolgenden Tag tauchte er pünktlich bei mir auf. Wir gingen ins The Place und verbrachten die Mittagspause miteinander.«

»Wirklich? Und dann hat er Ihnen heute Blumen geschickt?«

»Ja.«

»Interessant.« Ihr Mund zuckte, und sie biss sich auf die Unterlippe. »Er mag Sie. Sogar sehr.«

Oliver nickte und zeigte mir ein Foto von dem Mann, den er »Gandy-Candy« nannte. Das Bild zeigte ein atemberaubend schönes, halbnacktes männliches Model, das in Boxershorts über einen Laufsteg schritt. Meine Wangen brannten, und ich wandte den Blick ab. Mit einem Nicken bestätigte ich die Ähnlichkeit zwischen meinem Nate und Olivers Lieblings-Model. *Meinem Nate?*

»Kleines, er hat Sie im Visier. Hat er Sie noch mal gefragt, ob Sie mit ihm ausgehen?«, fragte Oliver.

Darüber wollte ich eigentlich nicht mit den beiden reden. Sie würden wissen wollen, warum ich Nein gesagt hatte, und das konnte ich ihnen nicht erzählen.

»Ja, aber ich weiß noch nicht genau, ob ich das will«, antwortete ich also so unverbindlich wie möglich, um weniger erklären zu müssen.

»Küsst er etwa so schlecht? Schon gut, Sie können es mir sagen.« Oliver runzelte die Stirn.

»Nein! Er küsst fantas…«

Oliver riss die Augen auf und lächelte sogar noch breiter.

Aspen lachte und hielt sich die Hand vor den Mund, um es zu verbergen.

Jetzt wussten sie auch noch, dass wir uns geküsst hatten. *Verdammt!*

»Sie haben sich also bereits geküsst.« Ich schüttelte den Kopf, wollte, dass er aufhörte. »Oh nein, Honey, Sie müssen uns Ihr Herz ausschütten. Es gibt kein Zurück mehr. Und Sie haben bereits gesagt, dass es fantastisch war. Stimmt's, Aspen?«

Sie nickte.

Mit hängenden Schultern ließ ich mich von Aspen durchs Restaurant und auf die zur Straße gelegene Terrasse führen, auf der schmiedeeiserne Bistrotische standen.

»Könnten wir über etwas anderes reden?« Ich sah sie bittend an.

Oliver verdrehte die Augen. »Na gut. Meinetwegen. Bestellen wir was, essen ein bisschen, und dann geht das Kreuzverhör weiter.« Er streckte wieder die Hand nach Aspens Bauch aus und streichelte ihn.

Wahrscheinlich war sie diese ständigen Berührungen leid. Trotzdem ließ sie es diesmal zu, legte ihre Hand über Olivers und lächelte ihn an.

»Sprechen wir über mein Baby!«, schlug Oliver vor, und Aspen runzelte die Stirn und schob seine Hand wieder von ihrem Bauch fort.

Nate

Bittet, und Euch wird gegeben werden. Ich glaube, so lautet das Bibelzitat. Wen interessiert das verdammt noch mal überhaupt. Die Frau, die meine Gedanken total durcheinanderbrachte und beherrschte, saß an einem Bistrotisch nicht weit von dort, wo ich stand. Ich deutete auf das Restaurant.

»Ich hätte Lust auf Thailändisch. Außerdem sitzen dort ein paar Bekannte von mir«, sagte ich zu meinem Kollegen und guten Kumpel.

Ty schob die Brille herunter und sah zur anderen Straßenseite hinüber. »Die Blondine und die Brünette im Kostüm?«

»Ja, nun komm schon. Ich stelle dich Aspen Reynolds vor.«

»*Der* Aspen Reynolds. Der Besitzerin von AIR Bright und des Bright-Magazine, der der halbe Aktienmarkt gehört?«

Ich grinste und bedeutete ihm, die Straße zu überqueren. »Genau der.«

»An der Börse nennt man sie ›Octopussy‹, weil sie überall mitmischt. Und wegen der Sache mit der ›Pussy‹.« Er formte mit den Händen eine Pyramide und leckte sich die Lippen. »Ich habe gehört, sie sieht aus wie ein verdammtes Model, und jeder Mann an der Börse will mal an ihr naschen.«

Ich blieb wie angewurzelt stehen und schaute ihn angewidert an. Ein Taxi sauste hupend an mir vorbei, so knapp, dass mein Jackett an zu flattern fing. Ty zog mich in letzter Sekunde zurück. Der Mistkerl!

»Shit. Sag so etwas niemals in Gegenwart ihres Ehemannes. Er ist ein großer Kerl. Südstaatler, altmodisch. Er würde dir eine runterhauen.«

»Zur Kenntnis genommen. Mit Frauen und ihren Ehemännern kenn ich mich aus.« Ty wackelte mit den Augenbrauen und setzte ein widerliches Lächeln auf.

In Situationen wie dieser fragte ich mich, warum wir seit ein paar Jahren Freunde waren. Zugegeben, wir hatten mit Frauen beide unseren Spaß gehabt, doch ich respektierte sie und redete nicht hinterher darüber. Und … verheiratete Frauen waren für mich tabu. Er selbst hatte sogar während seiner eigenen Ehe noch diverse Affären gehabt. Was auch der Grund dafür war, warum er geschieden war und allmonatlich eine stattliche Unterhaltssumme berappen musste.

Als wir dem Restaurant näher kamen, hörte ich Camilles melodisches Lachen. Himmel, hatte das eine Wirkung auf mich! Es konnte mich innerhalb von Sekunden von einem Griesgram in die Fröhlichkeit in Person verwandeln. Aspen sah auf und erkannte mich. Ich winkte, und sie erhob sich, sodass ihr Babybauch stolz hervorragte.

»Wow, Aspen. Du bist seit unserem letzten Zusammentreffen sogar noch schöner geworden.«

»Nate, du alter Charmeur. Komm, setz dich zu uns. Ich glaube, wir haben hier noch eine weitere gemeinsame Bekannte.«

Sie zwinkerte und deutete mit einem Kopfnicken auf Camille. Ich grinste und sah zu meiner hübschen Angebeteten hinüber. Doch sie schaute mich gar nicht an. Ihr Blick ruhte auf meinem Kollegen. Ty. Ihre Augen waren weit aufgerissen. Sie war wie gelähmt, ein Reh im Scheinwerferlicht. Ihr Gesichtsausdruck erschütterte mich bis ins Mark. Kannten die beiden sich etwa?

»Camille, schön, dich zu sehen.« Sie schüttelte den Kopf und schloss die Augen, blinzelte ein paarmal. »Alles in Ordnung, Goldstück?« Ohne nachzudenken hüpfte ich über den kleinen Eisenzaun und hockte mich vor sie, umfing ihre Hände. Sie waren feucht und eiskalt. »Was ist los?«

Sie sah mich mit angsterfülltem Blick an. Mit dem gleichen Blick, den sie mir im Restaurant bei unserem Date zugeworfen hatte. Doch dann schüttelte sie den Kopf und sah wieder über meine Schulter hinweg zu Ty hinüber. Sie schauderte und atmete tief aus. »Ich, äh, mir geht's gut. Sorry.«

Ich zog einen Stuhl heran und reichte ihr das Glas Wasser, das vor ihr auf dem Tisch stand. »Hier, Liebes, trink etwas.« Sie trank einen Schluck, aber ihr Blick fixierte weder mich noch das Glas noch unsere Freunde. Unverwandt ruhte er weiterhin auf Ty. Rasende Eifersucht kroch in mir hoch, durchflutete jede Zelle meines Körpers. Meine Muskeln waren angespannt, meine Sinne geschärft, das wilde Tier in mir entfesselt.

»Wollen Sie sich dazusetzen?« Aspen deutete auf den freien Stuhl zwischen mir und ihr.

»Danke. Ich bin Tyler Thornton, ein Freund von Nate.«

Wir setzten uns, und Camille starrte in die andere Richtung, konzentrierte sich auf alles andere, nur nicht auf mich und meinen Freund. Ich ließ meine Hand in ihre gleiten, und sie hielt sie fest wie im Schraubstock. Irgendetwas stimmte nicht. Doch ihr angespannter Kiefer und der kerzengerade Rücken sagten mir, dass hier und jetzt nicht der Zeitpunkt war, um darüber zu reden. Ich streichelte ihr beruhigend die Hand, bis ihr Griff sich endlich lockerte. Dann erschien der Kellner, und Ty und ich gaben unsere Bestellungen auf. Camille saß schweigend da.

»Also, Camille, dies ist mein Kumpel, Tyler Thornton.« Sie sah Ty an, und etwas wie Schmerz flackerte in ihrem Blick auf. Sie holte tief Luft und streckte die Hand aus. Sie zitterte sichtlich, bis Tyler sie ergriff und schüttelte.

»Ich glaube, wir kennen uns. Obwohl es schon ein paar Jahre her ist, nicht war, Süße?« Tys Kosename, seine Stimme und die Art, wie er ihre Hand festhielt, die sie ihm zu entziehen versuchte, sprachen Bände. Das wilde Tier in meinem Innern fuhr die Krallen aus. Ich ballte die Hand zur Faust.

»Ja.« Sie wandte den Blick ab.

»Na ja, Cami, wie ich sehe, arbeitest du nicht mehr als Kellnerin.« Seine blauen Augen zogen sie aus, musterten sie von Kopf bis Fuß. Sie trug den standardmäßigen, schwarzen Bleistiftrock und ein eng anliegendes, grünes Shirt, das ihre Augen zur Geltung brachte. Ich musste mich total zusammenreißen, um aus Respekt für unsere Freundschaft nicht wie ein Neandertaler zu reagieren, mir auf die Brust zu schlagen, mir Cami über die Schulter zu werfen und sie in mein Schlafzimmer zu tragen, wo ich sie offiziell zu meiner machen konnte.

»Ty«, sagte ich warnend. »Sie ist eine Freundin von mir. Eine *sehr* … gute Freundin.« Besitzergreifend legte ich ihr den Arm um die Schultern. Angenehm überrascht registrierte ich, wie sie sich an mich schmiegte. Dies war das erste Mal, dass sie bereitwillig meine Nähe suchte. Es fühlte sich mehr als richtig an. Es war geradezu perfekt.

»Ich mache doch nur höfliche Konversation«, antwortete er und blickte auf meinen Arm um Camille. Am liebsten hätte ich ihm sein Grinsen mit der Faust aus dem Gesicht gehauen.

Die Unterhaltung nahm eine neue Wendung. Ty dominierte sie, schimpfte über ein paar Firmen, die Aspen eventuell kaufen wollte. Normalerweise hätte ich aufmerksam zugehört. Als Aspens Anwalt achtete ich darauf, dass ihre Entscheidungen auch auf juristischer Ebene vernünftig waren. Bei einem möglichen unternehmerischen Risiko war mein Sachverstand gefragt. Leider war ich aber momentan nicht in der Verfassung, um aktiv an dem Gespräch teilzunehmen. Meine Konzentration war ganz und gar von einer atemberaubenden Brünetten gefesselt, die sich momentan seltsam verhielt.

Camille schob ihr Essen auf dem Teller hin und her. Manchmal blickte sie auf, sah Ty an und biss sich so heftig auf die Lippe, dass ich jeden Augenblick Blut zu sehen befürchtete. Ich wollte diesen Schmerz lindern, ihn von ihrem perfekten Schmollmund küssen. Zwischen ihr und Ty gab es irgendeine Verbindung, und ich musste herausfinden, welche.

Inmitten von Tys Beschreibung einer neuen Firma, die er juristisch vertrat, sprang Camille auf, als stünde das Haus in Flammen. »Ich muss gehen.« Ihre Stimme war extrem angespannt und brach beim letzten Wort. Sie kramte in ihrer Tasche und zog ihre Geldbörse hervor.

»Oh nein, Honey, das war ein Geschäftsessen.« Aspen winkte ab. Camille nickte und steckte das Portemonnaie wieder ein.

»Tut mir leid.« Sie sah mir in die Augen. Furcht, Trauer und Bedauern kämpften in ihrem Blick um die Oberhand. Dann sah sie noch einmal zu Ty hinüber und erbebte.

Er lehnte sich zurück. »Es war *wirklich* schön, dich wiederzusehen, Süße. Vielleicht können wir uns ja irgendwann mal wieder treffen.«

»Ich ertrage das nicht«, platzte Camille heraus und stürmte aus dem Restaurant. Ich wollte ihr hinterherlaufen.

»Nein!« Oliver hielt mich auf und legte mir die Hand auf die Brust. »Irgendetwas stinkt hier ganz gewaltig.« Oliver deutete erst auf Ty, dann auf mich. »Ich werde jetzt nach ihr sehen. Sorg du dafür, dass Aspen sicher wieder ins Büro zurückgelangt. Verstanden?«

»Ja, aber ich ...«

»Kein Aber. Pass auf meine beiden Frauen auf.« Er deutete auf Aspen, gab ihr einen Wangenkuss und tätschelte ihren Bauch. Aspen wand sich, eindeutig genervt von ihrem persönlichen Assistenten. »Ich komm gleich zu dir ins Büro, sobald ich herausgefunden habe, was zum Teufel unserer Cami so Feuer unterm Hintern gemacht hat.«

»Dieser Hintern ist zum Anbeißen. Das kann ich bezeugen.« Ty hielt seine Hände ein wenig auseinander und stieß die Hüften nach vorn.

»Verdammter Drecksack!« Ich holte aus, bereit, dem verdammten Mistkerl eine zu scheuern. Eine große Hand umfasste meinen Bizeps und hinderte mich daran, mein Ziel, also Tys grinsende Visage, zu treffen. Ein Bodybuilder-Typ tätschelte mir den Rücken.

»Sie wollen hier doch keinen Streit anfangen, noch dazu mit einer schwangeren Frau am Tisch?« Der Fremde deutete auf Aspen. Ich sah in ihr überraschtes Gesicht. Sie hatte die Hände schützend über ihren runden Bauch gelegt.

»Sorry. Danke, Kumpel.«

»Respekt!« Der Testosteron-Kerl machte den Faustcheck. »Was zum Teufel war das denn, Mann! Wolltest du mich etwa schlagen?«, rief Ty. Er strich sich über sein Jackett und knöpfte es an der Taille zu.

»Wag es nicht, noch mal so über meine Frau zu reden!«, sagte ich knurrend, um keine Zweifel an meinen Absichten aufkommen zu lassen.

»Deine Frau! Jetzt ist sie schon *deine* Frau? Vor einer halben Stunde war sie noch deine Freundin.« Ty schnippte sich etwas von der Schulter seines Jacketts und fuhr sich mit der Hand durch das braune Haar. »Ich hatte sie schon, und es war die Mühe nicht wert. Bedien dich nur an meiner Ausschussware.«

»Ich bring dich um«, stieß ich zwischen zusammengebissenen Zähnen hervor.

Aspen legte erst mir und schließlich auch Ty die Hand auf die Brust. Sie sah erst ihn an, dann mich.

»Genug. Tyler, es war … nun ja, eigentlich war es kein besonderes Vergnügen, Sie kennenzulernen. Ich denke, es wird Zeit für Sie, zu gehen.« Er runzelte die Stirn, und sie fügte hinzu: »Nate, begleite mich zurück zu AIR Bright.«

Ich stand auf. Brodelnd vor Zorn sah ich meinem besten Freund hinterher, der selbstbewusst die Straße hinabschlenderte. Zahlreiche Frauen warfen ihm begehrliche Blicke zu. Jetzt wusste ich, dass er meine Frau gehabt hatte. Mein Goldstück Camille. Mein Gott!

Kapitel 6

Cami

Tränen rannen mir die Wangen hinab, als ich im Aufzug des AIR-Bright-Gebäudes stand. Ich hätte alles gegeben, um nicht zurück zur Arbeit zu müssen, aber ich brauchte diesen Job. Das Gehalt, das ich bei Jensen Construction verdiente, war fair, aber allein konnten wir davon nicht leben. Zumindest noch nicht. Ich stand am Ende der Nahrungskette, war nur die Empfangsdame. Von dem Lohn konnte ich nur die Hälfte meiner Kosten bestreiten: für die Miete, für die Kindertagesstätte an den Tagen, an denen Jin nicht auf Tanner aufpassen konnte, für Essen oder die Krankenversicherung in New York City. Ich verdiente gerade so viel, um keine staatlichen Hilfen in Anspruch nehmen zu müssen. Das war auch der Grund, warum ich meine Arbeit im Gems noch nicht aufgegeben hatte. Doch ich hoffte, nach Ende der sechsmonatigen Probezeit eine ordentliche Gehaltserhöhung und einen verantwortungsvolleren Posten zu bekommen, durch den ich dann auch krankenversichert sein würde. Dann würde ich das Gems ein für alle Mal hinter mir lassen.

»Cami! Halten Sie die Tür auf!«, hallte Olivers Stimme durch die Lobby. Statt seiner Anweisung zu folgen, schlug ich mehrfach auf den *Schließen*-Knopf und presste dann meinen Daumen darauf. Ich hätte mir denken können, dass einer von ihnen mir folgen würde. Doch wenigstens war es nicht Nate.

Die Türen schlossen sich, bevor Oliver bei mir angelangt war, und ich stieß einen erleichterten Seufzer aus. Schweigend stand ich in der Ecke, während der Lift ein paarmal anhielt, um weitere

Leute ein- und aussteigen zu lassen. Nach einer Weile erreichte er die Etage, in der Jensen Construction untergebracht war. Ich hatte gerade genug Zeit, um mich mithilfe der meditativen Atemtechnik wieder zu beruhigen, die ich während meiner Schwangerschaft mit Tanner in den Lamaze-Kursen gelernt hatte. Tyler wiederzusehen, der immer noch unglaublich attraktiv war, dessen Anzug wie angegossen saß und seinen großen, schlanken Körper perfekt zur Geltung brachte, der aber gleichzeitig das mieseste Arschloch war, hatte mir eine ausgewachsene Panikattacke beschert. Als die Türen sich öffneten, entdeckte ich entsetzt, dass Oliver an der gegenüberliegenden Wand lehnte, die Füße an den Knöcheln gekreuzt, die Hände in den Taschen seines Designeranzugs vergraben.

»Wie haben Sie …?«

Oliver grinste, und seine makellosen Züge machten seine Belustigung umso augenfälliger. »Privataufzug. Vorteil für den besten Freund der Gebäudebesitzerin.«

Ich ging an ihm vorbei ins Büro. Äußerlich einigermaßen ruhig glitt ich auf meinen Schreibtischstuhl, verstaute meine Handtasche in der untersten Schublade des Schreibtischs, legte die Hände auf die Tischplatte und sah Oliver an.

Er lehnte die Hüfte an meinen Schreibtisch, trommelte mit den Fingern auf die Platte und musterte mich eindringlich. »Sie wollen also einfach nur dasitzen und so tun, als seien Sie nicht gerade aus dem Restaurant gestürmt, als stünde Ihr Haar in Flammen?«

»Es tut mir leid. Ich fühlte mich nicht wohl. Ich werde mich auch bei Mrs. Jensen entschuldigen.«

»Mrs. Jensen? Meinen Sie das ernst? Sie machen sich Sorgen um meine Freundin?«

Meine Lippen zitterten. Ich rang um Fassung. »Ja.« Es war nicht viel mehr als ein Flüstern, obwohl ich eigentlich stark und selbstbewusst hatte klingen wollen.

»Sie sind wirklich so süß wie ein Gummibärchen.« Er holte tief Luft. »Was um alles in der Welt hat Sie in solche Aufregung versetzt?«

Ich zuckte mit den Schultern.

»Oh nein.« Er deutete mit dem Finger auf mich und beschrieb damit einen Kreis vor meinem Gesicht. »So leicht kommen Sie mir nicht davon. Wir hatten Spaß, freuten uns auf leckeres Thai-Essen, dann taucht der sexy Brite mit dem ebenso heißen Tyler auf, und Sie sind ausgeflippt. Absolut crazy.« Kurz presste er die Lippen aufeinander. »Und ich gehe hier nicht weg, bis Sie mir erzählt haben, warum!«, fügte er energisch hinzu.

Ich öffnete den Mund und schloss ihn wieder. Ich wusste nicht mal, wo ich anfangen sollte. Die Gedanken an Nate und Tyler wirbelten in einem Strudel aus Bedauern und Furcht durch meinen Kopf, sodass höchst unwillkommene Tränen mir den Blick verschleierten. Bedauern, dass ich mich überhaupt jemals mit Tyler eingelassen hatte, und die unangenehme Erkenntnis, dass er sich in den vergangenen fünf Jahren kein bisschen geändert hatte. Schlimmer noch war die Angst, die sich wie ein Eispickel in mein Herz bohrte. Er würde Nate von unserer Vergangenheit erzählen. Ich fühlte mich schmutzig, und meine Haut kribbelte, als würden Käfer darüberkrabbeln.

Oliver warf einen Blick auf mein Gesicht, griff nach meiner Hand, zog mich aus dem Stuhl hoch und nahm mich in die Arme. Ich war vollkommen perplex. Seit Jahren war ich von niemandem umarmt worden außer von Jin. Die Tränen traten mir erneut in die Augen und rannen mir über die Wangen, durchnässten seinen Designeranzug, während ich mich an ihn klammerte. Er strich mir übers Haar, griff dann nach meinen Oberarmen und hielt mich ein Stück von sich weg. »Sweetie, Sie können mir vertrauen. Was immer es ist. Ich stehe hinter Ihnen.«

»Ich hatte eine Beziehung mit Tyler. Vor Jahren.«

»Honey, ich denke, das haben alle am Tisch mitbekommen.«

Er strich mir mit den Händen über die Arme. Es fühlte sich schön an. Beruhigend. Sogar normal. Ich hatte noch nie einen männlichen Freund gehabt. Zum Teufel, außer Jin hatte ich überhaupt keine richtigen Freunde. Ich hatte nur ein paar Bekannte aus dem Diner und später die Frauen aus dem Gems.

»War die Trennung scheußlich?« Ich war dankbar, dass er das fragte, denn ich wusste immer noch nicht, wo ich anfangen sollte. Gott sei Dank bekam Hank von dieser Szene hier nichts mit.

»Ja, Oliver. Es war ganz furchtbar.«

Er kniff die Augen halb zusammen. »Hat er Ihnen wehgetan?«

»Nicht so, wie Sie vielleicht vermuten. Er hat mich nicht geschlagen, war aber auch kein Gentleman.« Er nickte und wartete geduldig. Ich schaute mich im Büro um. Alles war ruhig. »Wenn ich es Ihnen erzähle, müssen Sie mir versprechen ...«

Oliver nahm meine Hände und drückte sie. »Cami ... kein Sterbenswort. Ich verrate kein Sterbenswort.«

»Auch nicht Mrs. Jensen?« Er senkte den Blick, und sein heiteres Gesicht nahm einen schuldbewussten Ausdruck an. Dann holte er tief Luft und nickte. »Tyler und ich haben eine Vergangenheit. Wir waren nur kurz zusammen. Ich wurde schwanger.«

Olivers Augen wurden groß wie Silberdollar.

»Er befahl mir, das Kind abtreiben zu lassen, und gab mir zehntausend Dollar, um das Problem zu lösen.«

Oliver keuchte. »Dieser widerwärtige Mistkerl. Sie hatten sicher schreckliche Angst.«

Ich nickte. »Ohne jetzt ins Detail gehen zu wollen: Ich fand heraus, dass er seine Frau mit mir betrogen hatte. Doch da hatte er mich schon geschwängert und wollte, dass ich das Kind loswerde. Er gab mir Geld und warf mich hinaus.«

»Sweetie, es tut mir so leid, dass Sie das durchmachen mussten. Ich kann mir gar nicht vorstellen, wie es sein muss, so eine Abtreibung durchzustehen – und dazu auch noch allein.« Er wischte mir die Tränen ab. Ich schüttelte den Kopf.

»Sie verstehen nicht …« Meine Stimme brach, und ich schluckte den riesigen Kloß herunter, der sich in den Jahren voller Angst und Abscheu vor Tanners Vater gebildet hatte.

»Was verstehe ich nicht?« Seine sanften, braunen Augen waren voller Mitgefühl. Oliver war eine gute Seele. Ein freundlicher Mensch mit einem großen Herzen. Ich erkannte, warum jedermann ihn liebte. Man konnte gar nicht anders.

»Ich habe es nicht getan«, flüsterte ich und unterdrückte ein Schluchzen.

»Was haben Sie nicht getan?« Verwirrt musterte er mich, ohne meine Hände loszulassen.

»Ich habe nicht abgetrieben.«

Oliver blieb der Mund offen stehen, und er zog die Augenbrauen so hoch, dass sie Dreiecke bildeten. »Ich habe einen Sohn.« Er blinzelte, als sei er gerade aufgewacht. »Tanner. Er ist vier Jahre alt.«

»Heilige Maria Mutter Gottes. Verdammt noch mal. Das hatte ich nicht erwartet.«

Ich entzog mich ihm und schlang mir die Arme um den Oberkörper.

»Weiß er das?«

Ich schüttelte den Kopf.

»Weiß Nate es?«

Wieder ein Kopfschütteln.

»Weiß überhaupt irgendjemand davon, Cami?«

»Es geht niemanden etwas an«, blaffte ich.

»Sie ziehen seit vier Jahren allein ein Kind groß … das Kind dieses reichen, miesen Mistkerls! Hier mitten im verdammten New York?«

»Ja«, stieß ich hervor. »Sprechen Sie leiser. Das geht niemanden etwas an außer mir selbst. Ich hatte nicht vor, ihn jemals wiederzusehen. Er hat keinen Zweifel daran gelassen, dass er nichts mit mir zu tun haben wollte. Nannte mich eine Hure und behauptete, das Kind sei nicht von ihm! Ich war achtzehn Jahre alt. Ich hatte keine Ahnung, was ich tun sollte. Also nahm ich das Geld. Und seitdem ziehe ich den Jungen allein groß.«

Oliver schüttelte bedächtig den Kopf. »Das ist zu viel, Cami. Dieser Bastard sollte Sie unterstützen. Wie können Sie überhaupt überleben?«

»Das. Geht. Sie. Nichts. An.« Ich betonte jedes einzelne Wort. Hoffte, dass er die Worte nicht nur hörte, sondern sie auch bis in die Spitzen seiner glänzenden Wingtip-Schuhe spürte.

Tief holte er Luft. In diesem Augenblick öffnete sich die Tür, und Hank kam herein. »Hey, Kumpel, alles klar?«

Oliver streckte Hank die Hand entgegen, ohne ihn überhaupt anzusehen. »Warte, Cowboy! Cami, wir sind noch nicht fertig.«

»Oh doch. Und ich erwarte, dass Sie Wort halten!«, erinnerte ich ihn und setzte das breiteste falsche Lächeln auf, zu dem ich in diesem Augenblick fähig war.

Er verengte die Augen, dann wurde sein Blick zärtlich. Doch was ich in seiner Miene las, machte mich alles andere als glücklich. Tatsächlich ärgerte ich mich sogar darüber. Es war Mitleid. Er sah mich schweigend an mit einer ordentlichen Portion Mitleid auf seinen markanten, perfekten Zügen. Genau diesen Gesichtsausdruck wollte ich bei niemandem sehen. Schließlich arbeitete ich hart. Wirklich hart, um für Tanner und mich zu sorgen.

Wütend funkelte ich Oliver an.

»Ich verspreche es«, sagte er. Dann drehte er sich auf dem Absatz um und warf die Hände in die Luft. »Nannys! Du …« Er deutete auf Hank. »… und ich, wir müssen über unser Baby reden. Es reicht nicht, dass ›vielleicht‹ deine Mutter nach New York kommt und sich um unser Mädchen kümmert. Das ist inakzeptabel.«

Hanks Pupillen verengten sich, und das Lächeln auf seinem Gesicht verwandelte sich in ein Grinsen. Oh Mann! »Du verbringst ganz schön viel Zeit damit, darüber nachzudenken, oder? Nur vergisst du dabei leider ständig, dass es *meine* und Aspens Tochter ist.«

»Und ich sage deinem sexy Knackarsch andauernd, dass Aspen zuerst mir gehörte. Deshalb bin ich bei ihrer Tochter auch stellvertretender Vater! Können wir uns also bitte jetzt den wichtigen Dingen des Lebens widmen? Ich habe eine Liste von infrage kommenden Kindermädchen hier, die ich mit dir durchgehen will.« Er holte sein Hightech-Gerät aus der Brusttasche und tippte ein paarmal auf den Bildschirm. »Lebenslauf und supergeheime persönliche Nachforschungen, die ich über jede Einzelne von ihnen angestellt habe. Ich bin bereit, die Namen mit dir durchzugehen. Und das am liebsten gleich.«

Hank ballte die Hände zu Fäusten und holte tief Luft. »Kumpel …«

»Natürlich hast du jetzt Zeit für mich. Immerhin reden wir von unserem Baby, unserem kleinen Mädchen. Also komm jetzt.« Oliver fasste Hanks Oberarm und zog ihn zu seinem Büro. »Verdammt, Hank, du hast wieder ordentlich im Fitnessstudio trainiert. Ich wette, das gefällt meiner Pen.«

Hank schüttelte den Kopf, folgte Oliver aber in sein Büro und schloss die Tür.

Schließlich setzte ich mich wieder hin, holte meine Puderdose aus der Schublade und tupfte mir über die Rötungen von den Tränen, die ich vergossen hatte, um sie zu kaschieren.

Plötzlich wurde mir übel, und mir drehte sich der Magen. Was, wenn Oliver mein Geheimnis doch verriet? Aspen würde es Hank sagen, und die ganze Mannschaft würde dann von Tanners Existenz erfahren. Ich war weit davon entfernt, mich für meinen kleinen Jungen zu schämen. Er war der perfekte kleine Engel. Ich liebte ihn abgöttisch. Und wie intelligent er war – seinem Alter weit voraus! Mit dem braunen Haar und den blauen Augen war er seinem Vater wie aus dem Gesicht geschnitten, also besonders hübsch. Jeder, der ihn bislang gesehen hatte, sagte das. Auf die Umstände hingegen konnte ich alles andere als stolz sein. Ich schämte mich in Grund und Boden, weil ich mit achtzehn festgestellt hatte, nicht nur schwanger, sondern auch die Geliebte eines verheirateten Mannes gewesen zu sein. Und um das Maß vollzumachen, hatte ich zehn Riesen angenommen und war mit dem Geld verschwunden.

Ich hätte damals klüger sein und mich vergewissern sollen, dass Tyler ein Kondom benutzte, aber ich war jung, dumm und glaubte, in ihn verliebt zu sein. Nun war ich beinahe dreiundzwanzig und alleinerziehende Mutter. Was würde Nate von mir denken? Ich war sicher, dass ein Mann wie er nicht an eine Frau mit Kind gebunden sein wollte. Er würde sich eine perfekte Frau wünschen. Eine, die nicht so viele Altlasten mitbrachte und in einer winzigen Wohnung kaum über der Armutsgrenze lebte – zusammen mit einer Mitbewohnerin, die sich, genau wie ich selbst, zweimal die Woche für Geld auszog. Nun, da er wusste, dass ich etwas mit seinem besten Freund gehabt hatte, würde er sowieso nichts mehr mit mir zu tun haben wollen.

Nate

Meine Camille, das süße, unschuldige Goldstück, dessen Geschmack ich nicht von meiner Zunge bekommen konnte und wollte, hatte meinen besten Freund gevögelt. Es reichte mir nicht zu wissen, dass sie es miteinander getrieben hatten. Ich brauchte Einzelheiten. Bei der Vorstellung, wie sich ihre Körper vereinigten, wurde mir übel und kam mir die Galle hoch. Der einzige Weg, wie ich mich von diesen Bildern befreien konnte, bestand darin, die Wahrheit bis ins Detail zu kennen.

Nachdem ich ein paar Sekunden lang mit den Fingern auf die Tischplatte getrommelt und ins Leere gestarrt hatte, hatte ich die Nase voll. Ich ertrug das nicht länger. Also zückte ich mein Handy.

An: Tyler Thornton
Von: Nate Walker
Wie lang ist deine Beziehung mit Camille her?

Kaum ein paar Sekunden später poppte die Antwort auf.

An: Nate Walker
Von: Tyler Thornton
Sie heißt Camille?

Verdammtes Arschloch. Ich packte das Handy so fest, dass ich schon befürchtete, es würde zerspringen. Wieder pingte eine Textnachricht.

An: Nate Walker
Von: Tyler Thornton
Entspann dich. Das Ganze ist Jahre her. Hab sie entjungfert. Hab sie ordentlich durchgevögelt. Du kannst dich gern bedienen.

»Gottverdammtes Stück Scheiße! Ich bring dich um, verflucht noch mal!«, brüllte ich das Handy an und holte mit dem Arm aus, um es gegen das Glasfenster meines Büros zu schleudern. Er hatte meiner süßen Camille die Unschuld geraubt! Mein Gott, es hätte nicht schlimmer kommen können.

Da stürmte Collier herein – »Wow, wow! Bruderherz. Weshalb denn so ein Wutausbruch?« Er musterte mich eindringlich. »Tief durchatmen.«

Nach ein paar Atemzügen hatte ich mich wieder beruhigt und ließ mich auf den Lederstuhl sinken. »Was ist los?«

»Du kennst doch Ty?«

Collier verzog angewidert das Gesicht, knöpfte das Jackett an der Taille auf, setzte sich und legte einen Knöchel auf sein Knie. Seelenruhig. Unter seinem dichten blonden Haarschopf musterten mich seine braunen Augen forschend. Er erinnerte mich an Mum, was meinen Zorn sofort ein wenig linderte, wenn auch nur kurz.

»Ja, ich kenne deinen besten Kumpel. Dieses Arschloch.« Er runzelte die Stirn. Collier hatte nie etwas für Tyler Thornton übriggehabt. Bezeichnete ihn stets als Wichser. Jetzt pflichtete ich ihm bei.

»Er hat Camille gevögelt.« Als ich die Worte aussprach, hatte ich plötzlich einen sauren Geschmack im Mund.

»Shit. Wirklich? Das tut mir leid, Kumpel. Ich dachte, sie sei Single?«

Ich schüttelte den Kopf. »Ist eine Ewigkeit her. Jahre. Und trotzdem: Er hat mit seinem Schwanz *meine* Frau berührt.«

»*Deine* Frau?«, fragte Collier, wobei er mich ebenso erschrocken wie zweifelnd anschaute.

»Ja. Ich dachte, vielleicht …«

Collier beugte sich vor, stützte nun die Ellbogen auf die Knie. »Und jetzt was? Du hast herausgefunden, dass sie vor Jahren eine Beziehung mit ihm hatte, und jetzt willst du sie nicht mehr?«

»Nein … vielleicht, mein Gott! Keine Ahnung.«

»Das ist kaltherzig, Bruder. Erst neulich wolltest du dieser Frau den Hof machen. Und jetzt willst du sie fallen lassen, nur weil sie es vor Jahren mit dem Falschen getrieben hat?«

»Nein, das will ich ja gar nicht, aber was habe ich für eine Wahl? Der verdammte Ty war mit ihr zusammen. Wie zum Teufel soll das mit ihr funktionieren, wenn ich immer daran denken muss, dass mein bester Kumpel es mit meiner Frau gemacht hat?« Ich sah zum Fenster auf die Stadt hinaus. Die Sonne ging am

Horizont unter. Wolkenkratzer schnitten wie Messer in die verschiedenen Farbtöne des Himmels hinein.

»Immer mit der Ruhe! Wenn sie dir etwas bedeutet, wirst du drüber hinwegkommen. Hab ich selbst ja auch geschafft.«

Ich wirbelte herum. »Was meinst du damit? Du hast immerhin London.«

»Ja, stimmt.« Er neigte den Kopf zur Seite. »Aber ihr bester Freund, Tripp.« Ich nickte. »Er hat zuerst mit ihr geschlafen. Und zwar häufig. Zuerst war ich ein eifersüchtiger Tyrann. Jetzt ist er einer meiner besten Kumpel. Ich würde alles für den Kerl tun.« Ich hatte vollkommen vergessen, dass Tripp und London auch eine körperliche Beziehung gehabt hatten, bevor sie mit Collier zusammengekommen war.

»Und wodurch war das möglich?« Ich traute meinen eigenen Ohren kaum. Ich klang wie ein Idiot.

»Abgesehen von der Tatsache, dass ich mich in sie verliebte?« Ein paar Sekunden lang musterte er seine Hände. »Ich habe mit ihr geredet. Hatte eine Unterhaltung mit Tripp. Wir gelangten zu einem gewissen gegenseitigen Verständnis. Was die beiden gehabt hatten, war in der Tat körperlich gewesen, in einer Zeit, in der beide zutiefst verletzte Seelen waren. Sie hatten einander benutzt und waren dadurch gute Freunde geworden. Sie lieben einander, doch sie sind *nicht verliebt* ineinander. Das machte den entscheidenden Unterschied.« Ich führte meine Hände wie im Gebet zusammen, stützte die Ellbogen auf dem Schreibtisch ab und überdachte das, was Collier gesagt hatte. »Es überwog die Tatsache, dass ich sie wollte. Die Sache mit Tripp … war Vergangenheit. Wir beschlossen, es dabei zu belassen.«

»Und hat es für dich funktioniert?«

»Ja.« Er hielt meinen Blick fest. »Du magst diese Frau?«

Ich nickte.

»Du hast genug für sie übrig, um mehr zu wollen als nur eine schnelle Nummer?«

Wieder nickte ich. Die Worte blieben mir im Halse stecken.

»Dann finde heraus, was in der Vergangenheit passiert ist, und sobald du Bescheid weißt, belässt du es dort. In der Vergangenheit. Und gehst nach vorn.«

Meine Güte, mein Bruder war echt ein kluger Kopf, dem es stets gelang, die Dinge aus dem richtigen Blickwinkel zu betrachten. Im Laufe der Jahre war ich mit vielen Frauen zusammen gewesen, aber niemals häufiger als ein oder zwei Mal. Ich hatte bis jetzt noch nicht mal mit Camille geschlafen, trotzdem wünschte ich sie mir mehr als nur eine Nacht lang an meiner Seite. Ich wollte sie erheblich länger haben. Vielleicht sogar für immer. Auf körperlicher Ebene musste ich ihren wohlgeformten, hochgewachsenen Körper unter mir spüren. Ich wollte sie anbeten … stundenlang. Ich konnte an nichts anderes mehr denken als nur an sie. Hinzu kam jedoch, dass ich das Zusammensein mit ihr genoss. Ich wollte mit ihr lachen. Mehr über sie erfahren, darüber, wie sie tickte, was sie zum Lächeln, Lachen, Weinen brachte. Sie war die erste Frau in meinem Leben, bei der ich mich richtig ins Zeug legen wollte.

»Danke, Colly.«

Colliers Lippen verzogen sich zu einem spöttischen Lächeln. »Jederzeit. Wirst du die Sahneschnitte anrufen?«

»Bis sie drangeht.« Und das meinte ich todernst. »Und wenn sie es nicht tut … na ja, dann werde ich ihr als Allererstes am Montagmorgen einen Besuch abstatten.«

»Guter Mann! London und ich nehmen uns am Wochenende frei.« Er stand auf und strich sich die Anzugjacke glatt. »Ich bin jetzt weg. Fahre nach Hause, hole unser Gepäck und schnappe mir meine Frau, um mit ihr ein verlängertes Wochenende zu genießen. Ich habe bis Dienstag keine Termine mehr. Am Mittwoch bin ich wieder im Büro. Lass uns bald mal wieder zu Abend essen, ja?«

»Klingt gut. Ich koche. Sollen wir die ganze Gang einladen?«

»Perfekt. Hoffentlich machst du mit deiner Angebeteten ein paar Fortschritte. Ich will, dass du glücklich wirst, Kumpel.«

»Vielleicht ist sie ja der Schlüssel dazu.«

»Ach ja?« Er umfasste die Türklinke.

»Sie ist etwas Besonderes, Colly.«

Er legte die Finger zuerst auf die Lippen, dann ans Kinn. »Du aber auch. Lass sie dir nicht wegen eines Arschlochs wie Ty durch die Lappen gehen. Er ist es nicht wert, aber ich habe so ein Gefühl, dass sie es durchaus wert sein könnte.«

»Da hast du wohl recht.«

»Viel Glück, Kumpel!«, sagte Collier, als er zur Tür hinausging.

Glück. Mit einer wunderschönen Frau, die die Neigung hatte davonzulaufen, wenn die Sache interessant wurde? Dafür brauchte ich wohl erheblich mehr als nur Glück.

Ich nahm das Handy und wählte.

»Spark Investigations. Spark am Apparat.«

»Hallo, Jonny. Ich muss den Gefallen, den du mir schuldest, von dir einfordern.«

»Na dann, Walker. Name?«

»Camille Johnston.«

»Was brauchst du? Kurze oder lange Geschichte?«

»Ich will alles wissen, aber du kannst mir die wichtigsten Infos schon mal vorab schicken, sobald sie dir vorliegen.«

»So persönlich?«

»Geht dich nichts an. Sei diskret. Die Frau bedeutet mir was.«

»Die Kurzversion kriegst du in ein paar Stunden. Die lange in ein paar Tagen.«

»Perfekt.«

Zwei Stunden später erhielt ich die E-Mail, auf die ich gewartet hatte.

An: Nate Walker
Von: Jonny Spark (Spark Investigations)
Camille Christine Johnston
Alter: 22
Geburtstag: 3. Juli
Adresse: 2020 Beach St. Apt# 35, Bronx, NY 10472
Angestellt bei: Jensen Construction und Gems
Mitbewohnerin: Jin Sang – weiblich – Alter 25

Ich überflog die restliche E-Mail, die ihre Telefonnummer, den Zeitraum, in dem sie schon in ihrer Wohnung lebte, die Highschool, auf der sie ihren Abschluss gemacht hatte, und so weiter auflistete. Aber mein Blick kehrte zu ihrem Arbeitsplatz zurück. Ich versuchte, mich daran zu erinnern, was »Gems« war. Ich war ziemlich sicher, dass es sich um eine Bar handelte, was durchaus Sinn ergab, denn dort konnte sie auch nach Feierabend bei Jensen Construction noch arbeiten. Die Gegend, in der sie wohnte, war nicht schlecht, wenn auch nicht gerade das Ritz. Außerdem brauchte sie geschlagene dreißig bis vierzig Minuten zur Arbeit. Sie besaß kein auf ihren Namen zugelassenes Auto. Das war alles an Informationen, was Jonny mir vorläufig schickte, doch es war mehr als genug. Medizinische oder familiäre Kontaktdaten würde er später nachliefern. Ich hatte jetzt ihre Nummer und ihre Adresse. Der Rest würde sich ergeben. Vielleicht würde ich die restlichen Infos lesen, vielleicht nicht. Ein bisschen kam ich mir wie ein Arschloch vor, weil ich ihr einen Privatdetektiv auf den Hals hetzte, aber sie ließ mir nun mal keine Wahl.

Camille mochte mich. Das hatte ich in unseren Telefonaten und bei unserem Date zum Lunch erkannt. Ganz zu schweigen von unserem innigen Kuss im Lift. Allerdings erkannte ich es vornehmlich an der Art, wie sie sich beim Mittagessen heute an mich geschmiegt hatte, als sie verängstigt gewesen war und sich unbehaglich gefühlt hatte. Frauen kamen einem Mann, der ihnen nichts bedeutete, nicht so nahe, um bei ihm Schutz zu suchen. Was immer zwischen ihr und Ty vor langer Zeit vorgefallen war, es war vorüber. Und doch hatte er immer noch eine unheilvolle Wirkung auf sie. Auf die ein oder andere Weise würde ich herausfinden, wieso.

Kapitel 7

Cami

Das Wochenende verging wie im Nebel. Sowohl Jin als auch ich mussten im Gems arbeiten. Sie hatte eine Privatbuchung, weshalb ich ihre Schicht auf der Bühne übernahm.

Wir engagierten unsere junge Nachbarin Leah, um die Jungs zu beaufsichtigen. Dieses Mädchen schickte der Himmel, aber günstig waren ihre Dienste nicht. Eine Sechzehnjährige dazu zu bringen, ihren Samstagabend zu opfern, musste einem schon etwas wert sein. Jin und ich teilten uns die Kosten, aber es belief sich immer noch auf fast vierzig Dollar pro Person.

Es war ein langer Abend. Und Leahs Mama ließ nur deshalb zu, dass sie so spät noch bei uns blieb, weil sie am anderen Ende des Ganges wohnte, sodass sie innerhalb weniger Sekunden bei ihrer Tochter sein konnte. Jin und ich fanden es beruhigend, dass Leahs Mutter im Notfall ebenfalls in der Nähe war.

Der Sonntag war hektisch. Die Jungs waren total überdreht. Nach der arbeitsreichen Woche und den Abenden im Gems hatten sie einfach nicht genug von uns Müttern gehabt. Im Grunde klebten uns also zwei Zwanzig-Kilo-Kinder ständig am Rockzipfel. Beide wetteiferten um ein wenig Aufmerksamkeit. Da Jin und ich erst um drei Uhr nachts nach Hause gekommen waren, war es ganz schön hart, um sieben Uhr morgens von zwei kleinen Jungs geweckt zu werden. Aber wie immer machten wir gute Miene zum Spiel: Augen zu und durch, das war unser Motto.

Ich backte Pancakes, während Jin die Zeichentrickfilme heraussuchte. Den Tag verbrachten wir damit, uns Disneyfilme anzuschauen, herumzudösen, und alle halbe Stunde die Kleinen mit irgendeinem Snack zu versorgen. Es war schon beeindruckend, wie viel ein Vier- und ein Fünfjähriger verdrücken konnten. Als seien ihre Bäuche schwarze Löcher.

Am Montagmorgen pflegte Mr. Jensen, jedem im Büro seine erste Tasse Kaffee zu spendieren. Deshalb war ich mit jeder Menge Starbucks-Becher beladen, als ich aus dem Aufzug stolperte. Mit Ach und Krach verfrachtete ich die beiden Behälter mit den dampfenden Styroporgefäßen auf meinen Schreibtisch und hatte das Gefühl, eine Höchstleistung vollbracht zu haben, weil ich keinen Tropfen verschüttet hatte. In meinem Job als Kellnerin hatte ich eine Menge gelernt, und nie vergaß oder verwechselte ich eine Bestellung, was hier sämtliche Mitarbeiter sehr zu schätzen wussten.

»Guten Morgen, Liebes.« Die Stimme, die ich am Wochenende jede Nacht in meinen Träumen gehört hatte, strich sanft und beruhigend über meine Sinne und ließ mein Herz heftig pochen. Ich wirbelte herum und lehnte mich an den Schreibtisch.

Dort an der Wand stand er. Groß, dunkel, attraktiv und britisch sah er in seinem rabenschwarzen Anzug mit der schieferblauen Krawatte, die zu seinen Augen passte, einfach atemberaubend aus. Das Wort ›gut aussehend‹ reichte nicht annähernd aus, um Nathaniel Walker zu beschreiben. Er strahlte Selbstvertrauen und Sex-Appeal aus. So sehr, dass ich mir mit der Hand vor dem Gesicht herumwedelte, um meine heißen Wangen zu kühlen, die bestimmt knallrot waren.

»Was tust du denn hier?«, fragte ich überwältigt. Bei seinem Anblick hatte ich das Gefühl, hinweggeweht zu werden – wie die Blüten einer Pusteblume, die auf dem Atem eines Wunsches im Wind davonfliegen.

»Ist das nicht offensichtlich?« Sein Grinsen brachte ein winziges Grübchen zum Vorschein, das von seinem Bart kaum verborgen wurde.

»Für mich nicht.«

»Dann lass mich dir auf die Sprünge helfen.« Er machte ein paar Schritte auf mich zu, und ich wich zurück. Seine vollen Lippen zuckten – vermutlich vor Belustigung. Statt mir den Weg zu versperren, wie ich erwartet hatte, blieb er vor dem großen Blumenstrauß stehen, den er mir geschickt hatte. Seine langen Finger spielten mit einer der Margeriten. »Ich will dich zum Dinner ausführen. Und du wirst Ja sagen.«

»Nate, ich ka…«

»Doch, du kannst und du wirst. Da ist etwas zwischen dir und mir, und ich will herausfinden, was es ist. Der einzige Weg, wie das geht, besteht darin, Zeit zusammen zu verbringen … allein.« Das letzte Wort klang ungeheuer sinnlich.

»Es überrascht mich, dass du immer noch mit mir ausgehen willst. Nach diesem Mittagessen …«

»Offenbar hast du eine gemeinsame Vergangenheit mit meinem Kumpel Ty.« Ich zuckte zusammen und bemühte mich nach Kräften, die Galle herunterzuschlucken, die inzwischen in mir hochstieg, wenn ich auch nur den Namen dieses fürchterlichen Kerls hörte. »Ich sehe es dir an. Und obwohl mich diese Tatsache komplett wahnsinnig macht, kann ich die Anziehung, die zwischen uns existiert, einfach nicht ignorieren. Fühlst du es nicht auch?«

Ich hätte alles jetzt auf der Stelle beenden können, indem ich diesem wunderschönen Mann versicherte, dass ich eigentlich »nichts« für ihn empfand. Leider war ich immer schon eine miserable Lügnerin gewesen. Mein Herz schrie meinem Hirn Lügen zu, mein Hirn schrie meine Stimme an, und meine Stimme spuckte die Wahrheit und nichts als die Wahrheit aus. *Gott steh mir bei! Verdammt!*

»Natürlich fühle ich es!« Ich legte die Finger auf die Lippen und wünschte, mich besser im Griff zu haben.

Ein breites Lächeln glitt über Nates Gesicht, und in diesem Augenblick hätte ich ihm alles gesagt, nur damit es dortblieb.

»Hervorragend! Ich hole dich am Freitagabend ab.«

»Nate, nein, ich kann am Freitag nicht. Äh … wie wäre es mit Sonntag?«

»Sonntag ist wohl kaum der richtige Tag, um essen zu gehen und einen schönen Abend zu verbringen. Ich will mit dir ausgehen, Goldstück.« Mein Gott, wie gut das klang. Sein Kosename beruhigte meine Nerven. Das änderte aber nichts daran, dass das, was er verlangte, vollkommen unmöglich war. Freitags arbeitete ich im Gems. Samstags passte ich auf die Jungs auf, damit Jin arbeiten konnte. Der Sonntagabend war der einzige Abend am Wochenende, an dem ich mich mit ihm treffen konnte.

»Ich habe noch andere Verpflichtungen, an denen ich nichts ändern kann. Wenn du mit mir ausgehen willst, dann muss es der Sonntag sein.«

Seine Augen funkelten, und er kam noch näher. Ich atmete tief ein, da ich die Wärme seines Körpers spürte, den männlichen Duft seines Eau de Cologne wahrnahm. Er roch einfach göttlich. Ganz anders als die stark parfümierten Männer im Gems. Manchmal musste ich mir Eukalyptusöl unter die Nase tupfen, um beim Tanzen nicht von Brechreiz geplagt zu werden. Nates Duft war ausgeprägt und einzigartig – ein süßes, männliches Zitrusaroma. Wenn ich es in Flaschen hätte füllen und mit mir herumtragen können, hätten die Leute mich für drogenabhängig gehalten, weil ich den ganzen Tag immer wieder daran geschnüffelt hätte.

Nate ließ einen Finger an meiner Wange hinabgleiten. Ich atmete scharf ein, und sein Daumen wanderte über meine Unterlippe, liebkoste sie zärtlich. »Ich nehme, was ich kriegen kann, aber ich will den ganzen Tag mit dir verbringen, angefangen mit Brunch. Passt dir elf?«

Seine Augen erfassten jede Linie, jeden Zentimeter meines Gesichts. Ihr Blau war beinahe schwarz. Er strich sich mit der Zunge über die Lippen, und ich musste die Zähne zusammenbeißen, um nicht zu stöhnen. Erneut kam ich mir vor wie der Pawlowsche

Hund. Er näherte sich mir, brachte *meine* Glocke zum Klingen, und schon war ich bereit, *ihn* zu verschlingen. Noch nie hatte ich einen Mann so sehr begehrt, wie ich jetzt Nathaniel Walker wollte.

Sanft rieb er seine Nase an meiner. Es war womöglich die liebevollste Geste, die ich von einem Mann je erfahren hatte. »Also, was sagst du?«

Er war mir so nah. Seine Präsenz hüllte mich förmlich ein, sodass ich die Hitze seines Körpers spürte. Sein Atem an meinem Gesicht lockte mich, verführte mich, ohne dass er mich berührt hätte. Ich hatte keine Wahl. »Okay«, hauchte ich.

Nun umfasste er mein Gesicht mit beiden Händen und liebkoste mit den Daumen meine Wangen. Sein Blick suchte meinen. Ich hoffte, dass ihm gefiel, was er sah, denn ich selbst hätte im verhangenen Blau seiner Augen auf ewig ertrinken mögen. »Ich werde jetzt etwas höchst Unangebrachtes tun.«

»Wirklich?« Meine Worte waren kaum mehr als ein Wispern. Er verstand mich trotzdem und nickte. Langsam näherte sich mir sein Gesicht und versetzte mich in einen tranceartigen Zustand. In diesem Augenblick gab es nur ihn und mich.

Nate leckte sich die Lippen, und mir zitterten die Knie. »Ich kann nicht anders. Es ist einfach überwältigend.« Ich konnte seinen Pfefferminzatem riechen. Ich blinzelte langsam, ließ seine Worte auf mich wirken, während er weiterhin mit den Daumen meine Wangenknochen streichelte. »Ich werde dich jetzt küssen.«

»Am Arbeitsplatz?«

Er nickte. »Ja, am Arbeitsplatz.«

»Okay.«

»Okay.« Er lächelte, schloss die Augen, und dann berührten mich seine Lippen. So warm und kaum feucht. Er legte sie auf meine, ohne mich zu drängen. Zuerst widmete er sich der Oberlippe, dann sog er meine geschwollene Unterlippe ein, leckte darüber und ließ sie wieder los. Der Kuss war vorüber, bevor ich überhaupt Gelegenheit hatte, mich darauf einzulassen. Er war himmlisch, ich wollte mehr. So viel mehr.

Er legte mir die Hände auf die Hüften und zog mich an sich. Ich spürte seine harte Erektion. Dass ich ihn erregte, gab mir ein Gefühl der Macht. Ich kam mir weiblich und sexy vor. Die Hitze seines Körpers schien mich zu versengen, als er seine Lippen an mein Ohr hielt.

»Du schmeckst köstlich. Ich kann es kaum erwarten, den Rest von dir zu kosten.« Diese kühne Äußerung unterstrich er, indem er seine Zunge über meine Ohrmuschel kreisen ließ, bevor sie dann vom Ohrläppchen meinen Hals hinabwanderte. Ich erschauerte am ganzen Körper und klammerte mich an seine Schultern, stöhnte leise über seine lusterfüllten Worte. Es war schon so lange her, seit ein Mann mir das letzte Mal seine Aufmerksamkeit geschenkt hatte. »Mein Gott, wie gut du dich anfühlst.«

Er kitzelte mich mit seinem Ziegenbart an der empfindlichen Haut meines Halses. Allein die Vorstellung, wie dieser wunderschöne Mund und dieses Kinn andere Teile meines Körpers berührten, hätte mir beinahe einen Orgasmus beschert. Es war überwältigend.

»Nate, bitte …«

»Was denn, Goldstück?« Er knabberte an der Stelle, wo mein Hals in meine Schulter überging. Flüssige Lava ergoss sich durch meine Adern und sammelte sich zwischen meinen Oberschenkeln.

»Bitte, hör auf.« Ich stöhnte beinahe.

Abrupt löste Nate sich von mir. In seinem Blick brodelte es. Er hielt meine Oberarme fest und schob mich ein Stück von sich weg.

»Was?«

»Ich arbeite hier.« Meine Stimme war tief und heiser. Er verzog einen Mundwinkel zu einem schiefen Lächeln, und sein Gesicht entspannte sich wieder.

»Willst du damit sagen, dass ich dich errege?« Er zog eine perfekte Augenbraue hoch. Ich spürte, wie sich heiße Röte über mein Gesicht, meinen Hals und meine Brust ergoss. »Mein Gott, ich liebe es, wenn du für mich errötest.« Ich schüttelte den Kopf und ließ das Haar vors Gesicht fallen. Er legte mir zwei Finger unters Kinn und hob meinen Kopf an, sodass ich ihn ansehen musste. »Ich verstehe.« So schnell, dass ich gar nicht reagieren konnte, legte er erneut seine Hände auf meine Wangen und gab mir einen Kuss auf den Mund.

Diesen Moment wählte das Schicksal, um einzuschreiten. Als Nate sich von mir löste, und ich noch ganz benommen dastand, hörte ich ein tiefes Lachen. Ich senkte die Lider und hoffte inständig, dass es nicht derjenige war, von dem ich es vermutete. Nate wandte den Kopf, grinste wie eine Katze, die den Kanarienvogel verspeist hat, schlang den Arm um meine Schultern und zog mich an seine Seite.

»Guten Morgen, Kumpel«, sagte Nate zu Mr. Jensen.

»Dass er gut ist, sehe ich. Morgen, Sweetie. Alles gut?«

Erde tu dich auf. Ich nickte und versuchte, mich aus Nates Armen zu winden. Doch das ließ er nicht zu. Er presste mich fester an seine Seite.

»Haben Sie meinen köstlichen Kaffee geholt?«, fragte Mr. Jensen mit starkem, amüsiert klingendem Südstaaten-Akzent.

»Ja, natürlich, Mr. Jensen.« Nun konnte ich mich doch von Nate lösen und wandte mich um. Dann griff ich nach Hanks schwarzem Sumatra-Blend-Kaffee und reichte ihm den Becher.

»Wie geht es Aspen? Hat sie dir erzählt, dass wir letzte Woche zusammen einen Happen essen waren?«, fragte Nate.

»Hat sie.« Hanks Blick glitt zu mir herüber. Er legte den Kopf schräg und musterte mich eindringlich. Ich hasste es, wenn andere mich beobachteten. Also ignorierte ich beide Männer, fuhr den Computer hoch und loggte mich ein, sodass ich den Kalender aufrufen konnte.

»Meiner Frau geht es hervorragend. Sie strotzt vor Gesundheit und sorgt bestens für unsere kleine Tochter«, antwortete er.

»Hervorragend. Freut mich zu hören, dass alles so gut läuft. Ich habe nur vorbeigeschaut, um meiner Freundin hier einen guten Morgen zu wünschen.« Nate nickte mir zu, und ich spürte, wie erneut ein Hauch von Rot über meine Wangen flatterte.

»Deiner Freundin?« Hank hatte keinerlei Skrupel, sich ausgerechnet auf diesen Teil der Bemerkung einzuschießen. Die Situation hätte gar nicht schlimmer werden können. Ohne dass ich es verhindern konnte, ergoss sich mein Privatleben über mein Berufsleben wie zu viel Sirup über ein paar Pancakes, zu dickflüssig, zu süß, zu viel, sodass es beinahe ungenießbar wurde. Ich war total überfordert.

»Wenn sie mich haben will …« Nates Worte linderten den Schmerz meines zerfetzten Herzens wie kühlende Salbe auf einer Wunde. Unwillkürlich musste ich trotz meiner Nervosität lächeln.

»Mr. Walker wollte gerade gehen, nicht wahr?« Ich betete darum, dass er den Wink verstand.

Nate sah auf die Uhr. »Ich sollte mich jetzt wirklich auf den Weg machen. Muss in einer Stunde vor Gericht sein. Gibst du mir mal eben dein Handy, Camille?«

Ohne nachzudenken zog ich mein Prepaid-Phone aus der Tasche. Er drehte es in den Händen um und musterte es so skeptisch, als stamme es vom Mars. Dann aber konzentrierte er sich voll und ganz auf seine Aufgabe und drückte ein paar Knöpfe. Und schon erfüllte liebliches Glockengeläut das Zimmer. Er zog sein eigenes Handy aus der Brusttasche und drückte auf eine Taste.

»Jetzt habe ich deine Nummer.« Er grinste. *Raffiniert.* »Also dann bis Sonntag. Ich rufe dich heute Abend an.«

Ich machte den Mund auf, aber mir fiel keine Begründung ein, mit der ich ihm das hätte abschlagen können. Zumal mein Boss alles mithörte! Zwinkernd wandte Nate sich um und streckte Hank die Hand entgegen. »Schön, dich zu sehen, Kumpel.«

»Finde ich auch, Partner.«

Ohne noch einen Blick zurückzuwerfen, verschwand Nates hochgewachsener, muskulöser Körper durch die Tür.

»Also Sie und Nate, ja?« Hank wackelte mit den Augenbrauen. Ich verdrehte die Augen und schüttelte den Kopf.

Nate

Der heutige Tag war bei Weitem der beste seit einer gefühlten Ewigkeit. Nachdem ich am Morgen den süßen Geschmack von Camilles Lippen gekostet hatte, fühlte ich mich, als hätte ich ein paar Millionen im Glücksspiel gewonnen. Und ich wusste genau, wie man sich mit ein paar Millionen im Rücken fühlte … absofucking-lut hervorragend!

Vor Gericht lief es fantastisch, denn ich bekam einen bescheuerten Mistkerl wegen Unterschlagung dran, konnte einem anderen Klienten dabei helfen, seine Probleme mit der Steuer zu regeln, und einen Vergleich mit einem Lieferanten erzielen, der Jensen Construction fehlerhaftes Material geliefert hatte. Insgesamt hatte ich das Gefühl, Bäume ausreißen zu können. Ich war in absoluter Hochstimmung, und dafür gab es nur einen einzigen Grund.

Camille Johnston.

Ich konnte es kaum erwarten, nach Hause zu kommen. Ich parkte meinen 7er BMW F01 auf dem Stellplatz, nahm den Aufzug in mein Stockwerk, warf achtlos den Schlüssel in die Keramikschüssel neben der Tür und machte es mir in meiner Wohnung bequem. Ich streifte eine legere Jogginghose über, goss mir drei Finger breit von einem achtzehn Jahre alten Macallan ein und sah auf die Skyline der Stadt hinaus. Die Karamell-Honig-Note des Scotchs glitt über meine Geschmacksknospen und wärmte mich von innen. Diese Zeit des Abends war besonders schön. Die Scheinwerfer der Autos bildeten weiße und rote Bänder, als folgten sie einem Anführer. Unzählige gelbe Taxis schlängelten sich zwischen den schnittigen Geländelimousinen hindurch wie kleine Entchen, die hintereinanderher watschelten.

Der Drang, Camille anzurufen, war stark, aber auch von einer Ernsthaftigkeit erfüllt, die ich nicht kannte. Frauen waren sonst immer nur Mittel zum Zweck für mich gewesen. Meine Karriere und mein beruflicher Erfolg hatten für mich stets an erster Stelle gestanden. Ich hatte miterlebt, wie Collier sich seinerzeit in eine Frau – Londons Vorgängerin, seine jetzige Ex – verliebt hatte, wie er alles Erdenkliche getan hatte, nur um sie glücklich zu machen, und wie er gescheitert war. Das war mir eine wichtige Lektion gewesen. Frauen konnten einen auf mehr als eine Weise verletzen.

Als Collier nach diesem Fiasko vor fünf Jahren vorgeschlagen hatte, den Sprung über den großen Teich in die Staaten zu wagen, hatte ich diese Chance sogleich beim Schopf gepackt. Ich war damals dreiundzwanzig gewesen und arbeitete hart mit meinem Bruder Seite an Seite. Wir bauten uns etwas Tolles auf, und unsere Firma war erfolgreicher, als wir uns je hätten träumen lassen.

Wir waren beide Multimillionäre mit fantastischen Appartements. Das Haus unserer Mum und unseres Dads war abbezahlt. Wir besaßen ein paar Wohnungen in einem eleganten Gebäude in New York, und unser Geschäft florierte.

Doch seit Neuestem hatte sich zwischen Collier und mir alles verändert.

Vor ein paar Monaten wäre mein Bruder beinahe gestorben. Und ich hatte erlebt, wie er eine neue Liebe fand. Diesmal verliebte er sich in eine Frau, die mehr Angst vor der Liebe hatte als eine Katze vor dem Wasser. Er hatte sich ihretwegen vollkommen verändert – und nur zu seinem Besten.

Ich vermisste das Gefühl, mit meinem Bruder an der Seite gegen den Rest der Welt zu kämpfen und es allen zu zeigen. Wir arbeiteten nach wie vor zusammen, führten unser Imperium als Einheit, aber es war nicht mehr so wie früher. Er war ein anderer geworden – und ich ebenso. Früher hatte ich mich immer darauf gefreut, mir am Ende einer mörderischen Woche ein williges Sahneschnittchen zu suchen, das ich flachlegen konnte. Aber mittlerweile war mir der Spaß an diesem zweifelhaften Hobby vergangen, denn im Grunde genommen waren derlei Affären doch nur hohl und unappetitlich. Ich war es leid.

Und plötzlich war *Camille* auf der Bildfläche erschienen.

Ich dachte an das Zusammensein mit ihr, wenn es auch allzu kurz gewesen war. Ihre markante, kleine Nase, ihre hohen Wangenknochen, die pinkfarbenen, kussbereiten Lippen und die smaragdgrünen Augen prägten ein atemberaubendes Gesicht, das von einem Glorienschein aus goldbraunem Haar umgeben war. Diese Kombination verfehlte ihre Wirkung auf mich keineswegs. Verdammt, diese Frau zwang mich in die Knie, damit ich ihr zu Füßen lag und sie anbetete, nur um ein süßes Lächeln von ihr zu erhaschen. Dieses winzige Zucken um ihre Lippen, und schon war ich ihr verfallen. Für immer verloren.

Es überraschte mich, dass diese Frau, Hanks Empfangsdame, eine solche Macht über mich hatte, eine Macht, von der sie keine Ahnung hatte. Wenn ich nicht in ihrer Nähe war, dachte ich an sie. Aber heute hatte ich die Angelegenheit in die Hand genommen, indem ich einfach an ihrem Arbeitsplatz erschienen war. Meine Camille hatte flinke Füße, die es vorzogen, in meiner Gegenwart eher wegzulaufen als stillzustehen. Aber heute hatte sie mir gezeigt, wie viel sie für mich übrighatte. Und ich hatte jede einzelne Sekunde in vollen Zügen genossen.

Ich erinnerte mich an ihren gesenkten Blick, an die pinkfarbene Zunge, mit der sie sich über die Lippen leckte, an ihr leises Stöhnen während unseres Kusses, an den winzigen Laut, der aus den Tiefen ihrer Kehle drang: eine ungewöhnliche Mischung aus Keuchen und Seufzen. Ich hätte alles dafür gegeben, diesen Laut wieder und wieder zu hören. Und genau das hatte ich an diesem Wochenende vor. Am Sonntag.

So ein Mist. Warum am Sonntag? Es ergab keinen Sinn, doch ich würde tun, was immer nötig war, um den Tag mit ihr verbringen zu können. Ich setzte mich in den hohen Sessel, von dem aus ich einen Ausblick auf die Stadt hatte, und wählte ihre Nummer.

Nach viermaligem Klingeln, als ich schon fest damit rechnete, eine Nachricht auf ihrer Mailbox hinterlassen zu müssen, hörte ich eine leise Stimme. »Hallo?«

Ich hielt das Handy vom Ohr weg und checkte das Display. Nein, da stand in leuchtenden, weißen Lettern: *Goldstück Camille*.

»Hallo, wer ist dran?«, fragte ich.

»Tanner«, lautete die geflüsterte Antwort.

»Tanner, ich heiße Nate.«

»Hey, Nate! Du redest aber komisch.« Der Kleine kicherte, wie es nur Kinder können.

»Findest du? Wie alt bist du?«

»Vier«, schrie er mir praktisch ins Ohr, so durchdringend, dass mein beinahe dreißigjähriges Trommelfell schmerzte.

»Wow, da bist du aber schon ein großer Junge. Tanner, sind irgendwelche Erwachsenen in der Nähe?«

»Jep«, war die einzige Antwort. Nett und direkt. Der Kleine gefiel mir.

»Und wie heißen die, Sportsfreund?«

»Mommy und Auntie.«

Ah, jetzt kapierte ich. Wahrscheinlich war er das Kind ihrer Mitbewohnerin. Seltsam, sie hatte nie erwähnt, dass ihre Mitbewohnerin einen Sohn hatte. Wir mussten noch so viel übereinander erfahren. Ich freute mich darauf, jede Facette dieses süßen Geschöpfs kennenzulernen.

»Tan Man, wen rufst du an?«, hörte ich da Camilles liebliche Stimme im Hintergrund.

»Ich hab nicht angerufen. Er hat *mich* angerufen!« Seine kleine Stimme klang geradezu entrüstet. Ich grinste.

Dann raschelte es, und Camille sagte etwas außer Atem: »Wer spricht da?«

»Guten Abend, Goldstück.«

Am Telefon herrschte vollkommenes Schweigen. Ich vergewisserte mich, dass sie nicht aufgelegt hatte. Dann hörte ich, wie sich eine Tür offenbar öffnete und laut wieder schloss.

»Ähm, hi, Nate«, sagte Camille schließlich.

»Ist es gerade ungünstig?«

»Nein, eigentlich nicht.«

»Ich habe gerade mit einem süßen, kleinen Jungen gesprochen«, fuhr ich unbeschwert fort. »Wieso hast du nie erwähnt, dass deine Mitbewohnerin ein Kind hat?«

Ich hörte, wie Camille tief Luft holte. »Äh … na ja, es ist kompliziert, Nate.« Camilles Leben wurde immer interessanter. Ich enthüllte langsam, aber sicher Schicht um Schicht – wie bei einer Zwiebel.

»Wie kann ein Kind kompliziert sein?«

»So ist es nun mal. Wie auch immer! Wie war dein Tag?« Sie wechselte das Thema. Darin war Camille eine Expertin, aber das war mir egal. Ich wollte einfach nur mit ihr reden. Wollte ihre Stimme hören, die nach einem langen Tag meine Anspannung vertrieb. Ein ausgemachtes Weichei hätte jetzt ein ausgiebiges Bad genommen und währenddessen mit dieser schönen Frau gesprochen. Aber ich war keins und würde auch nicht baden. Ich zog es vor, auf die belebten Straßen New Yorks hinunterzuschauen und an meinem Whiskey zu nippen.

»Nicht so gut wie mein Morgen«, sagte ich mit vielsagender Stimme.

Camille lachte. Es klang einfach nur himmlisch. Alles an ihr war unterhaltsam und bezaubernd. »Bei mir war es genauso«, sagte sie leise.

»Ich zähle die Tage, bis ich es wieder tun kann.«

»Mich küssen?«, fragte sie.

»Ja. Und mehr ...« Ich ließ ihr Zeit, um das, woran ich dachte, zu verarbeiten.

»Du machst mir Angst, Nate.« Das Zittern ihrer Stimme machte mich traurig. Angst war so ziemlich das Letzte, was ich in ihr hervorrufen wollte.

»Weil ich dich für eine schöne Frau halte? Eine, deren Lippen ich gern küsse und bei der ich noch ganz andere Körperteile küssen will?«

»Ja, all das. Ich habe nicht allzu viel Erfahrung«, bekannte sie seufzend.

Was sollte das heißen? »Erfahrung? Erklär mir das. Sexuell oder mit Männern?«

»Beides. Ich meine ...«

»Spielt keine Rolle, Liebes«, schnitt ich ihr das Wort ab. Auf keinen Fall durfte sie schlecht von sich denken. »Ich hole dich am Sonntag ab. Wir werden schön zusammen brunchen, und danach sehen wir weiter. Klingt das gut?«

Bevor sie noch antworten konnte, hörte ich am anderen Ende der Leitung einen lauten Knall. »Mommy, Auntie!«, ertönte es.

»Äh, ja. Perfekt. Ich muss gehen.« Sie legte auf, bevor ich ihr auf Wiederhören sagen konnte.

Obwohl sie das Gespräch so abrupt beendet hatte, lächelte ich breiter denn je. Ich kippte den restlichen Drink hinunter. Der Whiskey brannte sich einen feurigen Pfad durch meine Kehle und wärmte mich von innen. In weniger als einer Woche würde ich meine süße Camille wiedersehen.

Bevor sie das Gespräch beendet hatte, hätte ich schwören können, dass es zwei unterschiedliche Stimmen gewesen waren, die sie riefen. War das möglich? Ich schüttelte den Kopf. Das würde ja bedeuten, dass zwei Kinder bei ihr lebten und dass eines davon sie »Mommy« nannte. Camille hatte keine Kinder. Dafür war sie viel zu jung, und außerdem hätte ich das doch sicher sofort von ihr erfahren – oder von meinem Privatdetektiv.

Das erinnerte mich daran, dass ich Jonny Sparks kompletten Bericht über Camille noch nicht erhalten hatte. Ich würde nachhaken müssen, damit er mir auch wirklich den Gefallen tat, den er mir schuldete.

Kapitel 8

Cami

Im Laufe der Woche bekam ich täglich Textnachrichten und allabendlich einen Anruf von Nate. Er hatte schnell herausgefunden, dass es am besten war, so gegen neun anzurufen, obwohl er keine Ahnung hatte, dass diese Zeit so günstig war, weil dann die Jungs fest schliefen. Es wurde mit jedem Tag schwerer, ihm Tanner zu verheimlichen. Ich wusste einfach nicht, wie ich es anfangen und den Jungen zur Sprache bringen sollte. Nachdem ich zwei Wochen lang bewusst jedes Thema vermieden hatte, das auch nur im Entferntesten mit Kindern zu tun hatte, hatte ich das Gefühl, in der Falle zu sitzen. Denn mittlerweile befürchtete ich ein Riesenproblem, sobald ich ihm die Wahrheit gestand. Möglicherweise würde er dann sofort das Interesse an mir verlieren.

Täglich kämpfte ich mit der Tatsache, dass ich nicht sicher war, ob ich wollte, dass Nate weiter voranpreschte, oder nicht. Ich genoss unsere gemeinsame Zeit, freute mich auf unser heutiges Date, war aber nach wie vor nicht davon überzeugt, dass er in mein Alltagsleben passte. Wohlhabende, fantastisch aussehende Anwälte änderten nicht so einfach mir nichts dir nichts ihren Lebensstil für eine Rezeptionistin, alleinerziehende Mutter und Teilzeit-Stripperin. Das war einfach undenkbar. Jin hielt meine Sorgen für total verrückt. Sie holte mich immer wieder aus der Krise, wenn ich mal wieder darüber sprach, dass die Sache zwischen Nate und mir meiner Ansicht nach keine Zukunft hatte. Sie ermutigte mich, den Dingen Zeit zu geben, Nate aber auch von Tanner zu berichten. Doch aus irgendeinem Grund bekam ich die Worte einfach nicht über die Lippen. Es war, als fülle sich mein Mund mit Watte, sobald ich ihn öffnete, um ihm von meinem Sohn zu erzählen. Jegliche Silbe erstickte im Keim.

Dass ein Mann mich regelmäßig anrief und mir schrieb, gab mir das Gefühl, begehrenswert zu sein und gebraucht zu werden. Solche Empfindungen waren mir fremd, und ich befürchtete, dass die Sache enden würde, sobald er die Wahrheit erfuhr. Vielleicht war es egoistisch, aber ich war einfach noch nicht bereit, ihn zu verlieren. Durch ihn fühlte ich mich schön. Im Gegensatz zu Tyler und den Gentlemen im Club behandelte er mich mit Respekt. Jene Männer sahen in mir nichts weiter als ein Stück Fleisch. Und im Großen und Ganzen war ich das ja auch. Ich wackelte einladend mit den Hüften, enthüllte meine Brüste und nahm ohne jegliche Skrupel ihr Geld. Und das wollte ich auch weiterhin tun, um meinem Sohn das Leben zu bieten, das er verdiente.

Apropos das Leben, das Tanner verdiente: Zusätzlich zu den täglichen Textnachrichten und Anrufen von Nate, auf die ich mich freute, erhielt ich noch eine ganze Anzahl weiterer von meinem neuen Freund Oliver. Er war wild entschlossen, mich zu überreden, Tyler zu verklagen, damit er Alimente zahlte. Oliver war überzeugt, dass ich mit der Summe, die Tyler rückwirkend würde zahlen müssen, ein sehr gutes Auskommen für mich und meinen Sohn haben würde, selbst wenn man die zehntausend abzog, die Tyler mir gegeben hatte, um das Kind »wegzumachen«. Er verstand es nicht. Ich wollte nichts von Tyler haben. Ich war hervorragend allein klargekommen, und Tanner musste nicht wissen, wer dieser Mann war oder von was für einem Menschen er abstammte. Wenn ich Unterhalt verlangte, machte Tyler womöglich eine Kehrtwendung und klagte seinerseits das Sorgerecht ein. Er konnte behaupten, dass ich mich mit seinem Sohn abgesetzt hatte. Ich hatte viel zu dem Thema gelesen, und ich war fest entschlossen, von der Bildfläche zu verschwinden, sollte sich dieser abscheuliche und unmenschliche Kerl mein Kind krallen wollen.

Tief seufzend ließ ich das hauchdünne Maxikleid über meine Schultern und an meinem Körper hinabgleiten. Es war leuchtend gelbgrün und passte zu meinen Augen. Ich fügte einen gehäkelten, breiten Gürtel an der Taille hinzu, um meine Rundungen zu betonen, und schlüpfte in meine Lieblingssandalen mit Keilabsatz. Dazu noch eine klobige Kette, goldene Ohrringe und Armreife. Nun war ich bereit für mein Date mit Nate. Er hatte nicht verraten, wohin er mich ausführen wollte, und ich hatte auch nicht nachgefragt, sondern ließ mich lieber überraschen. In diesem Kleid war ich für alles gewappnet. Ich schnappte mir einen langen Cardigan, der gut zu dem Outfit passte, und machte mich auf den Weg ins Wohnzimmer.

Jin saß auf dem Boden mit den Jungs und spielte mit ihnen ein Leiterspiel. »Du siehst toll aus!« Sie stand auf und nahm mich in den Arm.

»Danke, ich warte vor der Tür auf ihn. Bist du sicher, dass dir die Betreuung nicht zu viel wird? Eigentlich ist das hier auch *dein* freier Tag, und jetzt bist du den ganzen Tag dazu verdonnert, auf Tan Man aufzupassen.«

Jin verdrehte die Augen und schüttelte den Kopf. Ihr schwarzes Haar schwang dabei von einer Seite zur anderen. Eigentlich hätte sie in einen Werbespot für Shampoo gehört. Ich beneidete sie um ihre schimmernden, ebenholzfarbenen Haare. Ich rockte zumindest den Strandlook, für den ich mich allerdings nicht besonders anstrengen musste. Ein wenig Gel und alles leicht mit den Händen durchkneten – schon war die Frisur fertig.

»Entspann dich, Cam. Das ist doch gar nichts. Außerdem würdest du das Gleiche auch für mich tun.« Das stimmte. Sie hatte durchaus schon eine Reihe von One-Night-Stands gehabt, war allerdings immer wieder nach Hause gekommen, manchmal erst mitten in der Nacht.

Ich umarmte sie hastig und machte mich auf den Weg zur Tür. Ein lautes Klopfen schreckte mich auf. Vor Angst begann ich zu zittern. Jins Augen weiteten sich.

»Anscheinend steht dein Geheimnis kurz vor der Enthüllung«, flüsterte sie. Ich sah sie mit riesigen Welpenaugen an. Sie stampfte mit dem Fuß auf und ging zu den Jungs hinüber. »Leute, könnte ihr kurz mitkommen?«

»Aber … aber … ich klettere gerade die große Leiter runter!«, quengelte Zach.

»Das wirst du auch gleich können.« Das Klopfen an der Tür wurde lauter. Ich presste meine Hände gegen die kühle, hölzerne Oberfläche und beschwor im Geiste Jin und die Jungs, sich zu beeilen.

»Eine Minute!«, rief ich durch die Tür. Sowie Jin die Jungs außer Sichtweite geschafft hatte, öffnete ich hastig.

»Hey du«, sagte ich atemlos und versuchte verzweifelt, die Nervosität zu bändigen, die meine Haut zum Kribbeln brachte.

Ohne Worte zog mich Nate mit seinen starken Händen an sich, vergrub sie am Nacken in meinem Haar, und schon lagen seine warmen Lippen auf meinen. Dann ließ er die Zunge in meinen Mund gleiten, wobei er mich ganz fest in seinen Armen hielt. Der Kuss war heiß und trieb meine Körpertemperatur in Sekundenschnelle in schwindelerregende Höhen. Ich umfing seinen Hals und küsste Nate, als wäre es das letzte Mal. Er schmeckte nach Minze und Mann. Hinter mir schloss sich die Tür, was uns aus unserer Trance riss.

»Sorry. Als du die Tür geöffnet und dagestanden hast mit Augen, die schimmern wie grüner Klee in der Sonne … da konnte ich mich einfach nicht länger zurückhalten. Ich musste dich küssen.«

»Dagegen ist nichts einzuwenden«, sagte ich immer noch in seinen Armen. Er küsste mich noch einmal, löste sich dann von mir und verschränkte die Finger mit meinen. Ich liebte es, wenn er meine Hand hielt.

»Und wer hat die Tür hinter uns zugeschlagen?« Er grinste.

»Vermutlich Jin. Sie will vielleicht nicht mitkriegen, dass wir … na ja …« Ich sah zu Boden, und meine Wangen waren feuerrot.

»Ich würde sie gern kennenlernen.« Nate ergriff meinen Arm, da ich versuchte, ihn zur Treppe zu ziehen.

»Heute nicht. Sie ist gestern Abend erst spät von der Arbeit gekommen und trägt immer noch ihren Pyjama.«

»Ach ja? Was macht sie? Arbeitet sie in einem Pub?«

»Ja, etwas in der Art. Komm schon. Ich verhungere gleich!«

»Dann muss ich dich füttern, meine Geliebte.« Die Worte »meine« und »Geliebte« aus seinem Mund erfüllten mich mit einer Hoffnung für die Zukunft, auf die ich kein Anrecht zu haben glaubte.

Statt des eleganten Brunchs, den ich erwartet hatte, landeten wir in dem berühmten Carnegie Deli Ecke 55th und 7th Avenue. Die Sandwiches waren buchstäblich so groß wie mein Kopf und himmelhoch mit Fleisch belegt. Es war unmöglich, das Ganze auf einmal zu essen, also einigten wir uns darauf, uns ein Turkey-and-Swiss-Sandwich zu teilen. In dem überfüllten Touristenlokal waren Sitzplätze rar, doch das war mir egal. Wir quetschten uns zwischen eine Familie aus Minnesota und ein Paar, das mutmaßlich russisch miteinander sprach. Der Mann aus Minnesota schlug sich auf die Brust, gab ein Knurren von sich und ackerte sich durch sein gesamtes Pastrami-Roggen-Sandwich hindurch, das er mit mindestens drei Bier hinunterspülte. Absolut beeindruckend. Während wir aßen, wetteten Nate und ich, ob er es schaffen würde oder nicht. Ich gewann die Wette, und Nate gab mir einen frischen Hundertdollarschein.

»Was ist das? Wir haben um einen Dollar gewettet!«, schrie ich laut genug, dass die Leute an den Tischen neben uns die Köpfe wandten.

»Oh, ich dachte, es ginge um einen Hunderter.« Nate kniff die Augen leicht zusammen und musterte mich eindringlich.

Energisch schüttelte ich den Kopf, als mir klar wurde, dass er keineswegs die Absicht hatte, das Geld zurückzunehmen. »Auf gar keinen Fall. Ich könnte es mir nie leisten, um so viel Geld zu wetten. Nimm es zurück!« Mir wurde ganz heiß, und meine Gefühle drohten mich zu überwältigen.

Nun schüttelte er den Kopf und zuckte mit den Schultern. »Eine Wette ist eine Wette, Liebes. Ich dachte, wir wetten um einen Hunderter.«

So schön es auch gewesen wäre, zusätzliche hundert Dollar ohne großartige Anstrengung zu haben, so undenkbar war es, das Geld von ihm anzunehmen. Allein bei der Vorstellung wurde mir übel, und das Turkey-and-Swiss lag mir wie ein Stein im Magen.

»Nimm es zurück, oder ich gehe sofort nach Hause!« Ich wusste, dass ich irrational reagierte. Nate sah nicht länger glücklich aus, sondern wirkte erst reserviert und dann verwirrt. Wenn ich einmal ausrastete, gab es kein Halten mehr. »Wage es nie wieder, mir eine Hundertdollarnote zu geben«, sagte ich schließlich.

Geld von ihm zu bekommen ähnelte nur allzu sehr dem, was ich sonst im Gems erlebte. Normalerweise gab mir Nate das Gefühl, eine Lady zu sein. Etwas Besonderes. Keine billige Stripperin, die ihre Vorzüge für ein paar lumpige Dollar jedem x-Beliebigen zur Schau stellte. Ich wollte nicht, dass er jemals so von mir dachte. Ich wollte, dass er niemals von meinem Nebenjob erfuhr. Defensiv kreuzte ich die Arme vor der Brust und starrte aus dem Fenster.

Ich werde nicht weinen. Ich werde nicht weinen. Ich werde nicht weinen.

»Hey, hey, Goldstück. Verflixt! Was ist denn los? Ich nehme das Geld ja zurück.« Er nahm die Banknote vom Tisch und steckte sie wieder ein. »Okay. Alles in Ordnung?«

»Danke«, flüsterte ich und sah auf das halb gegessene Sandwich herab. Genau genommen war es nur die Hälfte von der Hälfte, aber ich war trotzdem bereits pappsatt.

Nate schob mein Kinn hoch, die Augen dunkel vor Sorge. Seinetwegen rang ich mir ein Lächeln ab, das er erwiderte. »Da ist mein Goldstück ja wieder.« Ich spürte, wie meine Wangen rot wurden, als er meine Unterlippe liebkoste. »So wunderschön.«

Nachdem Nate die Rechnung beglichen hatte, nahm er meine Hand, und wir wanderten durch die Straßen New Yorks. Etwas so Schlichtes, wie die Hand dieses Mannes zu halten, gab mir das Gefühl, wichtig zu sein, etwas Besonderes. Es war immer noch früh, als ich merkte, dass er uns in das Theaterviertel geführt hatte. Während unseres zwanzigminütigen Spaziergangs hatte meine Laune sich wieder gebessert.

»Schauen wir uns ein Theaterstück an?«, fragte ich strahlend vor Freude.

Er grinste. »Würde dir das gefallen?«

»Sehr! Ich habe noch nie eine Broadway-Aufführung gesehen. Eigentlich war ich noch nie im Theater!« Ich betrachtete die ganzen Theaterschilder, die von dicken, blinkenden Glühbirnen umgeben waren. Sogar bei Tag kam es mir hier heller und aufregender vor als in jedem anderen Teil der Stadt. Ich sah Nate an und bemerkte die Trauer in seinem Blick.

»Was ist los?« Ich nahm seine Hände in meine, und er zog mich an sich und umarmte mich innig. New Yorker strömten an uns vorüber, grummelten verärgert, weil wir mitten auf dem Bürgersteig im Weg standen.

Nate hielt mich fest, eine Hand in meinem Kreuz, die andere in meinem Nacken. So presste er mich fest an sich. Und so leise, dass ich ihn kaum verstehen konnte, flüsterte er mir ins Ohr. »Ich will dir alles zeigen, Camille. Dir die Welt schenken. Das Leben mit dir erfahren.«

Ich keuchte und wich zurück. »Nate?«

»Wirklich! Deine Unschuld, deine Lebenslust, deine Begeisterung für alles Neue … das ist berauschend. Ich will von all dem trinken. Darin baden. Meine Kleider ausziehen und nackt darin schwimmen. Ich will, dass deine Güte all das abwäscht, was mir vor jenem Augenblick widerfahren ist, in dem du in mein Leben getreten bist.«

Statt einer Antwort küsste ich ihn. Behutsam, tief, mitten auf einer Straße in New York City. Das Klingeln, die Pfiffe, die Hupen, der Stadtlärm, das alles verebbte, als ich die Welt der Liebe betrat. Ich war dabei, mich in Nate zu verlieben.

Nate

Mein Gott! Man konnte doch unmöglich so schnell so viel empfinden! Oder doch? Ich wusste nur eins: Solange die Lippen meiner süßen Camille auf meinen lagen, solange ich sie sicher in meinen Armen hielt, war ich froh. Und zwar nicht nach dem Motto: »Ja, ich bin froh, dass diese Mannschaft das Spiel gewonnen hat« oder »So froh, dass du diese eidesstattliche Aussage rechtzeitig und korrekt bekommen hast«. Nein, das Glück, das ich jetzt empfand, war allumfassend. Es durchflutete mich von den Fußsohlen bis zum Scheitel. Es war ein »Ich werde nie etwas Besseres als diese Frau hier finden«-Glück.

Das Gefühl war mir so neu, dass ich meine Frau nur noch fester im Arm hielt, sie gar nicht mehr loslassen wollte. Statt sich von mir zu lösen, erwiderte sie die Umarmung, vergrub die Nägel in meinem Rücken. Schließlich zog ich mich zurück, gab ihr ein Küsschen auf die Lippen, nahm ihre Hand und ging auf das Theater zu.

»Okay, hier gibt es einiges zur Auswahl. Wir können uns für eine romantische Komödie entscheiden wie *Mamma Mia!*« Sie zuckte mit den Schultern. »Oder für Action wie bei *Rocky*.« Spielerisch boxte ich ein paarmal in die Luft und sah, wie sie die Nase krauszog. Sofort strich ich diese Option von der Liste. »Oder wir können uns auf sexy einigen mit *Chicago*.« Ich wackelte mit den Augenbrauen. Sie schenkte mir ein verschämtes Lächeln. »Also *Chicago*!«, rief ich lachend. Ihre Augen leuchteten vor Aufregung, und dann tat sie das Süßeste, was ich je gesehen habe. Sie machte einen Luftsprung und wirbelte herum, sodass ihr grünes Kleid sie wie eine farbige Wolke umgab. Mein Gott, diese Frau war einfach himmlisch.

»Die Idee gefällt dir also?«

Sie umarmte mich leidenschaftlich und gab mir einen Kuss auf die Wange. »Ich bin so aufgeregt!«

Wenn sie so auf alles reagierte, was wir unternahmen, würde ich mit ihr jede Menge Ausflüge machen – so oft es mein Zeitplan erlaubte. Ich wünschte mir nichts sehnlicher, als dieses wunderschöne Lächeln und das freudige Leuchten ihrer Smaragd-Augen zu sehen. Ich kam mir vor wie ein König, weil ich derjenige war, der diesen Ausdruck auf ihr Gesicht gezaubert hatte.

Wir kauften unsere Tickets, setzten uns an die Bar und tranken vor der Show noch Cocktails. Wir waren früh dran, aber das war Camille gleichgültig. Sie war vollkommen zufrieden damit, eine geschlagene Stunde bis zum Beginn der Show einfach nur mit mir zusammenzusitzen und sich mit mir zu unterhalten. Diese Frau war absolut perfekt.

Wir hielten uns an den Händen, und während der Show berührte ich sie immer wieder. Nichts allzu Offensives, nur eine sachte Liebkosung meines Daumens über ihren nackten Hals, ein Kitzeln am Knie, ein Kuss auf ihre Schulter. Es war erfrischend, einfach nur unbeschwert und fröhlich eine Show mit einer Frau zu genießen. Keine Heuchelei, keine Hintergedanken. Bei der schönsten Frau der Welt konnte ich einfach ich selbst sein. Und das war sie. Wunderschön. In jeder Hinsicht, auf die es ankam. Camille war freundlich, lachte viel, war liebevoll und in den meisten Dingen vollkommen unschuldig. Ich hatte das intensive Bedürfnis, sie zu beschützen, und gleichzeitig den überwältigenden Wunsch, ihr all die wundervollen Dinge zu zeigen, die sie noch nie erlebt hatte.

Als die Schauspieler sich verbeugten, betrachtete ich ihr Profil. So strahlend wie jetzt hatte ich sie noch nie lächeln gesehen. Sie klatschte so laut und heftig, dass ich schon um ihre Handflächen fürchtete.

»Wie hat es dir gefallen?«, fragte ich auf dem Weg aus dem Theater hinaus.

»Wie es mir gefallen hat?« Sie griff nach ihrem Rock und nahm meine Hand, dann schwenkte sie beides hin und her und hüpfte beinahe die Straße hinab. »Es war unglaublich. Fantastisch. Wunderbar. Traurig. Aufregend. Sexy. Oh, einfach alles!«, sagte sie strahlend. Sie war glücklich, leuchtete vor Freude. Ich wollte diesen Augenblick festhalten. Klammheimlich holte ich mein Handy heraus, zog an ihrer Hand, zielte, und als sie sich umdrehte, klickte ich. Ihre vielfarbigen Locken umflossen ihr Gesicht, ihre Wangen waren rosig, die Lippen ein wenig geschwollen von dem Kuss, den ich ihr am Ende der Show in der Dunkelheit gestohlen hatte, und ihre Augen leuchteten. Sie war eine Göttin.

»Das ist nicht fair! Mein Handy hat keine Kamera«, schmollte sie.

»Was? Alle Handys haben Kameras!«, entgegnete ich.

Sie schüttelte den Kopf. »Meins nicht. Mit meinem kannst du nur telefonieren und Textnachrichten schreiben. Kein Schnickschnack, aber es funktioniert prima.« Sie tätschelte ihre Tasche, als streichele sie den Kopf ihres treuesten vierbeinigen Freundes.

»Wohin jetzt?«, fragte sie, während ich an der Straßenecke den Arm ausstreckte. Kurz darauf hielt ein gelbes Taxi am Straßenrand. Wir stiegen ein, und ich zog sie wieder dicht zu mir heran.

»In meine Wohnung. Ich werde für dich kochen«, flüsterte ich und liebkoste mit der Nase erst ihre Wange und dann die zarte Haut an ihrem Hals. Ihr Duft war dort am stärksten, und ich liebte ihn.

»Du bringst mich in deine Wohnung?« Jetzt klang sie eindeutig beklommen.

»Goldstück, es wird nichts passieren, was du nicht willst. Versprochen.«

Sie holte tief Luft. »Ich vertraue dir.« Sie wandte den Kopf und schaute mir tief in die Augen. Das Grün ihrer Iris war so dunkel wie die Sonne, die jetzt hinter der Stadt unterging. »Ich will, dass du für mich kochst … und möglicherweise mehr.« Die letzten Worte waren nur ein Flüstern. Ich verstand jedes einzelne. Mein Schwanz wurde ganz hart in meiner Jeans, und ich bewegte das Becken, um den Druck zu lindern.

Ich atmete tief ein und erwiderte ihren Blick. »Ich werde für dich kochen. Du wirst essen, trinken, und wenn es uns richtig vorkommt … denken wir über mehr nach.«

Sie lächelte und beugte sich vor, um mich zu küssen. Ich überließ ihr bei diesem Kuss das Kommando, zwang mich, die Hand nicht in ihrem Haar zu vergraben und sie an mich zu pressen. Natürlich hätte ich sie lieber gevögelt, als nur zu Abend zu essen. Doch ich wollte ihr zeigen, dass ich ihr Vertrauen zu schätzen wusste und dass ich warten würde, bis sie bereit war. Danach würde sich alles verändern. Zum Besseren, wie ich hoffte.

Ihre Lippen lagen auf meinen, und ihre Zunge schoss hervor und leckte über meine Unterlippe. Stöhnend öffnete ich den Mund. Sie nutzte die Gelegenheit und tauchte vorsichtig darin ab, naschte von mir. Sie war köstlich. Schmeckte nach Mandeln und Kirschen von einem Amaretto-Cocktail, den sie zuvor getrunken hatte. Wie durstig ich plötzlich war. Am liebsten hätte ich die ganze Nacht lang aus dem Brunnen ihres Kusses getrunken. Camille intensivierte den Kuss, rückte näher an mich heran, bis sie praktisch auf meinem Schoß saß. Ich hatte nichts dagegen einzuwenden. Je mehr von ihr mich berührte, umso besser. Ihre Zunge tanzte an meiner, ein sinnlicher Tango, unterlegt vom sanften Knabbern ihrer Zähne, mit dem sie mir ihr Verlangen zeigte.

Wir waren so sehr damit beschäftigt, auf dem Rücksitz des Taxis herumzuknutschen, dass ich gar nicht bemerkte, wie das Fahrzeug stehen blieb.

»Hey, ihr Turteltäubchen! Wir sind da. Was haltet ihr davon, mich zu bezahlen und eure Aktivitäten in eure vier Wände zu verlagern, hmm?«, schalt der Taxifahrer uns mit heftigem New Yorker Akzent.

Camilles Wangen färbten sich augenblicklich rot. Sie hielt sich die Hand vor den Mund und stieg aus dem Taxi aus. Ich zahlte, gab dem Mann ein stattliches Trinkgeld und führte meine Angebetete ins Gebäude.

»Du wohnst downtown?« Sie schaute sich um. »Wir sind ganz in der Nähe von AIR Bright!«

Ich lächelte. »In der Stadt zu wohnen hat seine Vorzüge. Einer davon besteht darin, dass sich die Kanzlei Stone, Walker & Associates in der gleichen Straße befindet. Ich gehe zu Fuß zur Arbeit, es sei denn, es regnet, oder ich treffe mich mit Klienten.«

»Ich muss mit dem Zug zur Arbeit fahren. Aber das mache ich gern. Dann habe ich etwas Zeit für mich, was ich sonst gar nicht gewohnt bin.«

»Ach ja? Und warum nicht? Weil deine Mitbewohnerin und ihr Sohn so laut sind?«

»Gewissermaßen. Ich freue mich darauf herauszufinden, was du für mich kochen willst.« Sie stieß ihre Schulter gegen meine, sodass ich mich wieder in Bewegung setzte.

Mit dem Aufzug fuhren wir in mein Stockwerk und unterhielten uns weiterhin angeregt. Ich öffnete die Tür zu meinem Appartement, nahm ihr den Cardigan ab und hängte ihn an die Garderobe. Als ich mich wieder umwandte, hatte sie den Wohnbereich betreten. Langsam drehte sie sich um die eigene Achse, ein wundersames Staunen auf dem hübschen Gesicht.

»Wow, das ist ja fantastisch.« Sie sprach es wie drei Worte aus: »Fan. Tas. Tisch.« Angesichts ihrer Begeisterung pochte mein Herz plötzlich wie eine Basstrommel.

»Ich bin froh, dass es dir gefällt. Komm, ich führe dich herum.« Ich umschloss ihre Hand und zeigte Cami auch die anderen Räume, das Arbeitszimmer, meinen Fitnessraum, jedes einzelne der drei Badezimmer und den Weinschrank. Zum Schluss brachte ich sie zum Hauptschlafzimmer. Aber statt einzutreten, öffnete ich nur die Tür und ließ sie einen Blick hineinwerfen. Ich wollte ihr nicht das Gefühl geben, sie gleich ins Bett bekommen zu wollen. Ich wünschte mir aufrichtig, dass sie sich in meinem Appartement wohlfühlte und mit mir ein Essen genoss, das ich für sie kochen würde.

Nachdem sie über jedes Zimmer in Oohs und Aahs ausgebrochen war, führte ich sie in die Küche und bedeutete ihr, auf einem der Hocker an der Bar Platz zu nehmen. »Möchtest du etwas Wein?«

»Ja bitte.«

Ich goss uns zwei Gläser ein und machte mich dann gleich an die Arbeit, um das Chicken Marsala zuzubereiten, mit dem ich sie umwerben wollte.

»Und wer ist für die Inneneinrichtung deiner Wohnung zuständig?«, fragte sie.

»Das war ich selbst. Aber ich habe die Freundin meines Bruders, London Kelley, mit einer Renovierung beauftragt. Du kennst London doch.« Sie nickte. »Ich möchte hier einen etwas anspruchsvolleren Stil verwirklichen.«

»Wirklich?« Ihr blieb der Mund offen stehen, und sie machte große Augen. »Aber es ist so toll hier. Ich habe noch nie in einem Appartement wie diesem gelebt. Ich glaube, wenn ich hier wohnte, würde ich nie wieder ausziehen wollen.«

»Danke, aber ich glaube, sie braucht einen weiblichen Touch. Da hier noch nie eine Frau gelebt hat, hat sie schon das Flair einer Junggesellenbude.« Ich gab die Pasta ins kochende Wasser und trank einen Schluck Wein.

»Du hast also noch nie mit einer Frau zusammengelebt?« Kaum waren ihr die Worte über die pinkfarbenen Lippen gekommen, atmete sie scharf ein. Anscheinend bereute sie die Frage.

Ich lachte. »Ich habe noch nie eine Frau kennengelernt, mit der ich hätte zusammenleben wollen. Bis heute womöglich.« Ich sah sie mit hochgezogener Augenbraue an. Ihre Pupillen weiteten sich, und sie wurde blass. »Nur die Ruhe, Liebes. Ich frage dich nicht gleich, ob du zu mir ziehst.« Ihr Körper entspannte sich sichtlich, was ich bezaubernd fand. »Doch es ist nun mal eine Tatsache, dass ich es genieße, dich hier in meiner Wohnung zu haben und mit dir ein Glas Wein zu trinken, während ich für dich koche.«

Camille senkte die Lider, aber ihr Lächeln verriet ihre Freude über meine Worte. »Und mir gefällt es hier. Ich fühle mich wohl. Ich hatte schon befürchtet, es könnte anders sein.«

»Warum?«

»Hab ich dir doch schon gesagt. Ich habe nicht allzu viel Erfahrung … mit, hmm, Männern. Ich hatte in den letzten paar Jahren keinerlei Dates.«

Beim Wort »Jahren« klingelte es bei mir. Tyler hatte gesagt, er sei vor Jahren mit Camille zusammen gewesen. Sie hatte soeben bestätigt, dass sie seit Jahren keinen Mann mehr gehabt hatte.

»Wann war denn dein letztes Date?« Ich bemühte mich, sie mit besonders sanftem Blick anzusehen, und beugte mich über die Theke, um ihr näher zu sein.

Sie holte tief Luft und blies sich ein paar Haarsträhnen aus der Stirn. »Können wir über etwas anderes reden?«

Ich schüttelte den Kopf. »Nein, Goldstück, können wir nicht. Wie lang ist es her?«

Sie presste die Lippen aufeinander, wandte den Blick ab. »Fünf Jahre«, antwortete sie endlich.

»Du hattest fünf Jahre lang kein Date? Wie lange ist deine Beziehung zu Ty her?«

Camilles Schultern verkrampften sich. Sie hob ihren Wein an die Lippen, nippte daran und antwortete dann in ihr Glas hinein. »Fünf Jahre.« Die Worte klangen gedämpft.

»Ty war der letzte Mann, mit dem du zusammen warst?« Ich zuckte zusammen, als sie sich auf die Unterlippe biss, die Hände zu Fäusten ballte und nickte. Mein Gott. Was für ein verdammter Mist!

»Ich habe dir doch erzählt, dass ich nicht allzu viel Erfahrung habe.« Ihre Stimme war so leise, dass ich sie kaum verstehen konnte.

»Camille, ist Ty der einzige Mann, mit dem du je zusammen warst?« Meine Stimme klang eindeutig schockiert, denn verdammt, ich *war* schockiert. Ich konnte mir nicht vorstellen, dass eine so wunderschöne Frau nur von einem einzigen Mann berührt worden war. Und dass dieser verdammte Mistkerl zu allem Überfluss auch noch niemand anders war als mein bester Kumpel.

»Ist denn das so wichtig?«, fragte sie, zog eine Haarlocke lang und rieb sie vorsichtig zwischen ihren Fingern.

Ich legte die Hände auf die Granitarbeitsplatte und holte tief Luft, um mich zu beruhigen. War die Sache wirklich so schlimm? Ja. Es war der Frauenheld Ty, der ihr so achtlos ihre Jungfräulichkeit genommen hatte, wie ich einzig und allein aus seiner vulgären Antwort auf meine Textnachricht letzte Woche schloss. Ihre Unerfahrenheit jedoch, nein, die war ein Segen. Camille war praktisch unberührt. In mir erwachte ein loderndes Feuer, breitete sich rasend schnell aus, bis es meinen Schwanz erreicht hatte. Während des gesamten Nachmittags hatte ich versucht, mich zusammenzureißen, doch allein die Vorstellung, mit so einer Unschuld zusammen zu sein, machte mich genauso hart wie die Granitplatte.

Ich warf einen Blick auf die entzückende Camille. Sie bearbeitete ihre Unterlippe mit den Zähnen und hatte die Hände so fest zu Fäusten geballt, dass die Fingerknöchel weiß hervortraten.

Ich schob mich um die Bar herum, ließ meine Hände an ihrer Taille hinab bis zu den Oberschenkeln gleiten, um ihre Knie weit zu spreizen. Sie keuchte, da ich mich an ihre Beine schmiegte und meinen Körper genauso an sie presste, wie ich es mir schon die ganze Zeit über wünschte. Ihr Rock bedeckte sie, dennoch war ich ihr so nah, dass mir keine ihrer Empfindungen entging.

»Nein, so wichtig ist es nicht. Tut mir leid, dass ich dich gefragt habe. Das war unangebracht. Du verkrampfst dich jedes Mal, wenn ich Tys Namen auch nur erwähne.« Wieder straffte sie die Schultern. Ich berührte sie am Hals, massierte die Muskeln zwischen ihren Schultern, vertrieb die Anspannung, bis sie förmlich dahinschmolz.

Sie stöhnte und legte den Kopf in den Nacken. Ich beschrieb einen Pfad aus bedächtigen Küssen von ihrem Kinn hinab über die Vorderseite ihres Halses, bis ich in der Kuhle zwischen ihren Schlüsselbeinen angelangt war. Dort ließ ich meine Zunge kreisen, schmeckte sie. Zaghaft begann Camille, mich mit ihren Händen zu erforschen, wobei sie mit den Nägeln über die nackte Haut meiner Unterarme fuhr, was mich wahnsinnig vor Lust machte. Meine süße Camille hatte keinen blassen Schimmer, wie ihre Berührung auf mich wirkte. Wenn wir nicht bald aufhörten, würde ich sie auf meiner Küchentheke nehmen. Doch sie hatte etwas Besseres verdient. Etwas so viel Besseres. Camille hatte es verdient, angebetet zu werden, und genau das hatte ich vor.

Kapitel 9

Cami

Nate löste sich von mir und ließ die Hände von meinen Schultern, über meine Arme bis zu meinen Fingerspitzen gleiten. Seine Liebkosung sandte mir süße Schauer über die Haut. Mit einer Zärtlichkeit, die man in seinen Augen und an der Neigung seines Kopfes erkennen konnte, führte er meine Hände an die Lippen und küsste jeden einzelnen Finger.

Ich holte tief Luft, seufzte, um mich zu beruhigen, und antwortete ihm. »Ist schon in Ordnung, dass du gefragt hast. Jetzt ist es endlich raus. Es ist mir peinlich, dass ich ausgerechnet mit ihm geschlafen habe, doch die Beziehung dauerte nicht allzu lang. Nach etwas mehr als einem Monat erfolgte das unerfreuliche Ende. Er ist kein guter Mann. Nicht so wie du.« Ich hielt seine Hände und imitierte seine Geste, indem ich ebenfalls jeden einzelnen seiner Knöchel küsste.

Als ich aufsah, bemerkte ich überrascht, wie eisig sein Blick war. »Was meinst du damit, dass er kein guter Mann ist, Camille? Hat er dir wehgetan?«, stieß er zwischen zusammengebissenen Zähnen hervor.

»Nate, es ist lange her. Ich kann mich kaum noch dran erinnern. Und im Augenblick will ich mich nur auf uns konzentrieren, auf dich und mich. Heute Abend.« In diesem Moment vibrierte ein Alarm. Ein paar lange Sekunden ignorierte Nate das laute Geräusch. »Du wirst unser Abendessen noch anbrennen lassen, und wie willst du mich mit deinen exzellenten Kochkünsten dann noch umgarnen?«

Sein Blick wurde weich, und ein neckisches Grinsen vertrieb den zornigen Ausdruck auf seinem Gesicht. »Du wärst überrascht, wenn du wüsstest, wie viele Fähigkeiten ich habe, Goldstück. Kochen ist nur eine meiner Spezialitäten.« Er wackelte mit den Augenbrauen und küsste noch einmal zärtlich mein Handgelenk. Danach löste er sich von mir, um sich wieder der Zubereitung des Essens zu widmen. Ich vermisste seine Nähe sofort. Seine Wärme war durch die Haut geradewegs in meine Seele gedrungen. Wer hätte gedacht, dass ein dominantes Alphamännchen, eine Führungspersönlichkeit wie Nathaniel Walker sich als Gentleman entpuppen würde? Was für eine angenehme Überraschung.

Ich hatte fest damit gerechnet, dass seine aggressive, selbstbewusste Natur sich auch in Beziehungen bemerkbar machen würde, doch er behandelte mich wie eine Lady und war der perfekte … na ja, der perfekte Mann eben. Er drängte mich nicht und nutzte auch nicht seinen Vorteil aus, wie er es bei unserem ersten Zusammentreffen getan hatte. Es wäre ein Leichtes gewesen, mich zu überrollen und sich zielstrebig den Weg in mein Höschen zu bahnen. Beinahe wünschte ich mir schon, ein wenig mehr bedrängt zu werden. Ich wollte loslassen, mit ihm auf jede erdenkliche Weise zusammen sein. Er ließ mich jetzt schon seit zwei Wochen auf kleiner Flamme vor sich hin köcheln. Ihm zuzuschauen, wie er das Essen zubereitete, wie er sich in seiner Küche bewegte, starker Körper und muskulöse Arme, ließ mich an ganz ungewohnten Orten erbeben. Die Berührung seiner Fingerspitze sandte jedes Mal Stromstöße durch mich hindurch, ließ Funken sprühen, erweckte zum Leben, was lange in mir geschlummert hatte.

Wir setzten uns an die Bar in seiner Küche und verspeisten sein Chicken Marsala und dazu den köstlichsten Salat Caprese, den ich je gegessen hatte. Er erkundigte sich nach meinen Online-Kursen und wollte wissen, ob mir die Arbeit für Hank gefiel. Ich erklärte ihm, dass ich nach meiner sechsmonatigen Probezeit auf eine Gehaltserhöhung und eine Krankenversicherung hoffte. Dabei verschwieg ich allerdings, dass es mir derlei Vergünstigungen ermöglichen würden, meinen Job als Stripperin im Gems aufzugeben, was letztlich mein Ziel war. Außerdem würde ich dann abends mehr Zeit haben, mich meinem Studium zu widmen, und meine Seminararbeiten schneller erledigen können. Wie so oft wechselte ich dann das Thema und kam wieder auf ihn zu sprechen, damit er mich nicht weiter mit Fragen bombardieren konnte, die ich ihm nicht beantworten wollte.

Nate erzählte mir noch mehr von seiner Familie, und wie glücklich er darüber war, dass Collier in Hanks Schwägerin London seine Seelenverwandte gefunden hatte. Er berichtete von dem schrecklichen Autounfall am Abend von Hanks und Aspens Hochzeit, bei dem Collier beinahe ums Leben gekommen war. Nach ein paar medizinischen Tests hatte man herausgefunden, dass Londons bester Freund Tripp, den ich noch nicht kennengelernt hatte, ein passender Spender war, der ihm daraufhin tatsächlich seine Niere spendete.

»Das ist ja ein Ding! Kaum zu glauben. Und du sagst, dass Collier und Tripp einander bis zu diesem Zeitpunkt nicht nahestanden?«

Nate schüttelte den Kopf. »Eher im Gegenteil. Die beiden konnten sich nicht ausstehen.« Er lachte.

»Und trotzdem hat er ihm seine Niere gegeben?«

Nate nickte und aß eine Gabel von seiner Pasta mit Hühnchen. Er grinste breit. Ich liebte dieses Lächeln. Jeder düstere Tag wurde dadurch wieder heller. »Wow. Kaum vorstellbar, wie das alles für London gewesen sein muss. Und jetzt sind die Männer die besten Freunde?«

»Ja. Alles ist bestens gelaufen!« Nate stand auf, ging zum Kühlschrank und holte ein paar frische Birnen heraus. Er legte sie auf das Schneidebrett und begann, sie in Spalten zu schneiden.

Ich stand von meinem Stuhl auf und umrundete die Bar. »Darf ich dir helfen?« Mein Arm streifte seinen, und er lächelte. Er schnitt noch ein Stück Obst ab und hielt es mir an die Lippen.

»Ich wollte einen Nachtisch aus Birnen machen, der dich vom Hocker reißt.« Er zog die Augenbrauen hoch und betrachtete intensiv meinen Mund. Dann führte er die Birne noch näher an meine Lippen. Ich leckte daran und sah, wie es um sein Kinn zuckte. »Mach auf.« Seine Worte flossen an meinem Rückgrat entlang bis hinab zwischen meine Schenkel.

Ich umfing sein Handgelenk und drückte seine Finger nach unten. Er ließ das Birnenstück fallen. »Auf Essen habe ich jetzt gar keinen Appetit mehr.«

Er umfasste meine Hüften und presste sein Becken hart gegen meine Mitte. Deutlich spürte ich seine Erektion an meinem Bauch. »Und worauf hast du Appetit, mein Liebes?« Ich schloss die Augen und ließ mir von diesen Worten Mut einflößen.

»Nach mehr«, flüsterte ich.

Sein Griff wurde fester. Er vergrub die Finger in meine Hüften.

»Mach die Augen auf, Goldstück.« Ich gehorchte und bekam sofort weiche Knie. Seine hellen Augen waren fast schwarz. Er strich mit den Daumen meine Wangenknochen entlang. »Bist du sicher?«

»Ich will mit dir zusammen sein, Nate.« Meine Worte klangen zittrig, aber aufrichtig.

»Mein Gott.« Seine Lippen drückten sich fest auf meine, seine Zunge suchte Einlass. Ich gewährte ihn ihm. Er schmeckte wie der vollmundige Wein, den wir genossen hatten, und ich wollte noch so viel mehr davon. In einer ebenso zärtlichen wie fließenden Bewegung bog Nate meinen Oberkörper nach hinten, legte mir den Arm unter beide Knie und hob mich vom Boden hoch, ohne dass sich unsere Lippen voneinander lösten.

Er trug mich durch seine Wohnung, blieb dann im Schlafzimmer stehen und ließ mich herunter. Der Bettrahmen presste sich von hinten gegen meine Beine. Seine Lippen wanderten meinen Hals hinab, glitten über meine Haut. Sanft erforschte er mit den Fingern meinen Rücken und glitt mit ihnen an meiner Brust entlang. »Mein Gott! Wo zum Teufel ist er?« Schwer atmend löste er sich von mir.

Ich riss an meinem Gürtel und warf ihn auf den Boden. »Es gibt keinen Reißverschluss. Man zieht es über den Kopf aus.« Ich lachte.

Schwungvoll schob er den Saum meines Kleids nach oben und über meinen Kopf. Der zarte grüne Stoff sank zu Boden. Nate trat einen Schritt zurück und ließ den Blick über jeden Zentimeter meiner Haut wandern. »Camille. Mein Gott. Ich hatte ja keine Ahnung ...« Er verstummte und atmete tief ein. Plötzlich bekam ich Angst. Meine Sorge schien sich im ganzen Zimmer auszubreiten. Er stand schweigend da und nahm jedes Detail meines nackten Körpers in sich auf. Voller Unsicherheit fragte ich mich, ob ihm mein Anblick nicht gefiel. Jede Sekunde erschien mir wie eine Ewigkeit. »Du bist so verdammt perfekt«, sagte er endlich fast knurrend.

Und dann ... kam er zu mir.

Sämtliche Luft wich aus meinen Lungen, als er mich in die Arme schloss. Bereitwillig gab ich mich ihm, seinem Verlangen, seiner Lust hin. Er ließ die langen Finger über meine kurvige Hüfte gleiten, fuhr langsam mit den Fingern über meine Wirbelsäule hinauf, bis er schließlich an meinem Nacken die Hand in meinem Haar vergrub und mich noch dichter an sich zog. Ich spürte seine Worte an meiner bebenden Unterlippe. »Es wird dir gehören«, flüsterte er mit heiserer Stimme, die mir wie ein Dolch ins Herz fuhr.

»Was wird mir gehören?« Ich schloss die Augen, wollte mich von seiner Stimme tragen lassen.

»Einfach alles.« Seine Worte wirbelten in meinem Kopf herum wie auf einem Karussell, was sich erst herrlich, dann schwindelerregend anfühlte. Er knabberte an meinen Lippen, wobei kleine Bisse mir sein Verlangen zeigten. Sein Hunger war so heftig, ebenso wie meiner. Meine Fingerspitzen krallten sich in seine Schulterblätter. »Solange ich es zurückbekomme«, schloss er. Ich legte den Kopf zurück, versuchte, seine Worte zu verstehen und ein wenig Abstand zu gewinnen, um den sinnlichen Nebel der Lust, der uns umgab, zu durchdringen.

»Was willst du?«, fragte ich, während er meinen Hals mit sachten Küssen liebkoste und mit seinen Zähnen über die empfindliche Haut strich. »Alles ... bitte, Nate«, bat ich, wobei ich gar nicht wusste, worum genau ich flehte. Was ich brauchte. Doch ich wusste ohne jeden Zweifel, dass er derjenige war, der es mir geben konnte. »Alles, was du von mir willst ... es gehört dir.«

Er knurrte tief in seiner Kehle, und ich wusste, dass meine Worte ihn durch den Schleier der Lust erreicht hatten. Der darauffolgende Kuss hob mich in den Himmel empor, dorthin, wo meine innersten, dunkelsten Fantasien verborgen lagen, in denen ich nur darauf wartete, dass jemand wie er meinen Weg kreuzen würde. Jemand, durch den ich wieder glauben konnte und der mir half, meine Träume wahr werden zu lassen.

»Ich will alles, Goldstück.« Er umfing meinen Hals und drückte mit dem Daumen mein Kinn nach unten, sodass wir uns tief in die Augen schauten. »Deinen Körper.«

Ich erschauerte.

»Dein Herz.«

Ich konnte nicht mehr schlucken.

»Deine Seele.«

Ich hörte auf zu atmen.

Dann küsste er mich. Licht, Klang, Gefühl und Berührung explodierten in einer Supernova des Verlangens. Ich zerrte an seinen Klamotten. Riss ihm das Hemd vom Leib. Wie im Rausch schoben wir hastig seine Hose nach unten, wobei sich unsere Hände im Gleichklang bewegten. Ich hatte nicht mal Zeit, ihn genau zu betrachten, da lag er schon auf mir, und meine Schenkel umklammerten seine Taille.

Nate küsste mich auf eine Weise, wie jede Frau es sich erträumt. Bedächtig und sanft, dann hart und tief. Sein Mund suchte und fand, nahm sich, was er wollte. Und ich schenkte es Nate freigebig.

Er zog sich zurück, und ich reckte den Hals, um an dieser sinnlichen Unterlippe zu knabbern. Ein tiefes Stöhnen kam ihm über die Lippen.

Mit seinen schlanken Fingern fuhr er über jede einzelne Rippe, bis seine Hände am Ziel waren. Dort massierte er meine Brüste. Er öffnete meinen BH und schob beide Cups beiseite. Dann senkte Nate sich auf die Fersen, wobei er seine muskulösen Schenkel an meine Hüften drückte. Ich umfasste seine Schenkel und fuhr mit den Nägeln über die rauen, festen Muskeln. Er sog die Luft ein, verschlang jeden Zentimeter meines Körpers mit seinen Blicken.

Er liebkoste zunächst jede einzelne Brust, dann konzentrierte er sich auf die zarten Spitzen. Er hob die Hand an den Mund, leckte über seinen Daumen, dann beschrieb er lustvolle Kreise um jeden meiner Nippel. Strudel der Lust wirbelten meine Brust hinab und sammelten sich drängend in meiner Mitte. Ich bäumte mich ihm entgegen und schloss die Augen, war nicht in der Lage, zuzusehen, wie er mich berührte. Es war einfach überwältigend.

»Ist Jahre her, seit du das letzte Mal berührt wurdest …« Sanft kniff er in meine Brustwarze, erhöhte den Druck dann immer weiter. Leise keuchte ich, benetzte meine trockenen Lippen mit der Zunge. Mein Atem ging schneller, während er gleichzeitig beide Nippel liebkoste und an ihnen zupfte. Noch mehr Lust durchfuhr mich, und ich krallte die Nägel tief in seine Schenkel.

»Das ist es, Goldstück. Ich will, dass du für mich ganz wild wirst. Ich sorge dafür, dass du kommst, nur weil ich mit deinen perfekten Brüsten spiele.«

Oh mein Gott. Die Dinge, die er sagte, die Worte, die er benutzte, steigerten mein Verlangen nach ihm ins Unermessliche. Mein dünner Slip war mittlerweile ganz feucht. Meine Hüften bewegten sich auf und nieder, kreisten, getrieben von einem unaufhörlichen Pulsieren in meiner Klit, auf der Suche nach dem süßen Druck, den er mir versagte.

»Ich liebe es zuzusehen, wie du dich in meinen Armen voll und ganz der Lust hingibst«, sagte er und erhöhte den Druck auf meine Nippel. Die kleinen schmerzhaften Kniffe mündeten in extremer Lust. Ich schloss ganz fest die Augen, konzentrierte mich auf die Berührung seiner Finger, die mich bis zur Besinnungslosigkeit liebkosten. Er würde seinen Willen kriegen. Ich würde mich hoch in die Lüfte emporschwingen. Er verlagerte die Hüften und rieb seine Erektion an meiner Klit, einmal, zweimal. Ich erbebte hemmungslos, die Nägel nach wie vor fest in seinen stahlharten Oberschenkelmuskeln vergraben.

»Du bist atemberaubend, Camille.« Ich stand am Abgrund des Orgasmus, als ich etwas Feuchtes spürte. Ich blickte nach unten und beobachtete, wie Nates Zunge hervorschnellte und gegen die hoch aufgerichtete, gerötete Spitze schnippte. Meine Nippel waren so hart und fest. Der Anblick ließ mich erneut stöhnen. Noch nie in meinem ganzen Leben war ich so erregt gewesen. Seine hellen Augen leuchteten, während er mein Gesicht beobachtete. Ich konnte kaum die Augen geöffnet halten, trotzdem musste ich hinsehen. Ich musste sehen, wie er mich in den Abgrund stieß. Steil zog er eine dunkle Augenbraue in die Höhe, während seine Zunge um die glitzernde Spitze kreiste.

Das war zu viel für mich. Sein Blick auf mir, sein Körper, der mich dicht an seine goldene Haut presste. Ich legte den Kopf in den Nacken, und das schmerzhafte Sehnen zwischen meinen Beinen wurde heftiger, stockte, stand kurz vor der Explosion.

»Augen auf, Camille.«

Ich öffnete die Lider und hielt seinem Blick stand. Mit den Lippen umfing er meinen ungeheuer empfindlichen Nippel, warf mir ein sexy Grinsen zu und saugte daran. Mehr war nicht nötig. Ich stürzte ins Nirwana. Lang und ausgiebig verwöhnte er mich mit dem Mund, was Blitze der Lust direkt in den vor Sehnsucht schmerzenden Bereich zwischen meinen Schenkeln sandte. Nate ergriff meine Hände und hielt sie über meinem Kopf fest. Doch noch immer durchzuckte ein prickelnd-brennendes Gefühl meine Glieder, als suche dieser exquisite Energieball einen Ausgang, um sich zu entladen. Nate nippte, sog, ließ nicht nach. Schon wieder schoss die Lust in mir empor, wurde immer größer, stieg in immer höhere Sphären hinauf. Und gerade als ich glaubte, keinen weitere süße Qual mehr ertragen zu können, widmete er sich der anderen Brust. Ich hatte das Gefühl, gleich explodieren zu müssen. Mein Körper wirbelte hoch oben in andere Universen, und Nate hielt mich dort fest.

Er ließ nicht zu, dass ich wieder herabsank. Ich glaubte, vor schierer Freude sterben zu müssen, als er endlich mit einer Hand in meinen feuchten Slip abtauchte, die harte Perle meiner Klit mit zwei Fingern fand und sie massierte.

Ich schrie auf, vor Qual, vor Lust, und verlor mich in den himmlischen Sphären seiner Berührung, als ein heftigerer, noch härterer Orgasmus mich förmlich zerriss. Nates Mund legte sich auf meinen, und mit einem heißen Kuss verschluckte er meine Schreie. Weit spreizte ich die Beine, genoss, was er mir voller Gier schenkte. Seine Hand glitt und kreiste über meine Klit, entrang mir auch noch das letzte Beben. Schließlich bewegte er die Finger langsamer und gestattete mir, von meinem zweiten, bewusstseinsverändernden Höhepunkt herabzuschweben.

»Mein Gott, Goldstück. Ich könnte dich bei lebendigem Leib auffressen. Ich muss einfach. Ich kann nicht anders.« Nates Augen waren wild und schwarz vor Lust.

Bevor ich antworten konnte, schob er sich an meinem Körper hinab, küsste meine Spitzen und saugte noch einmal daran. Ich stöhnte, denn meine Brustwarzen waren zu empfindlich, um noch mehr Aufmerksamkeit ertragen zu können, auch wenn sie immer noch auf seine süße Folter reagierten. Aber bei meinen Brüsten hielt sich Nate nicht allzu lange auf. Weiter bewegte er sich an meinem Körper hinab, umkreiste mit der Zunge meinen Bauchnabel. »Dein Duft. Hölle und Teufel. Muss ihn haben.«

»Was? Nate, wovon sprichst du?«

»Dein Geschmack auf meiner Zunge.« Als die Worte in mein lustvernebeltes Hirn drangen, geriet ich in Panik. Ruckartig schloss ich die Schenkel, sobald er mir den Slip ausgezogen hatte.

Nate

»Spreiz deine Beine, Goldstück.« Ich tippte ihr auf beide Knie. Sie schüttelte den Kopf. Ihre Miene war unergründlich.

Ich vermutete, das war ihr Ich-kann-nicht-mehr-denn-ich bin-völlig-fertig-Blick. »Keine Sorge. Ich sorge dafür, dass es gut für dich wird. Du bist gekommen, weil ich an deinen hübschen Brüsten gesaugt und dann deine harte Klit liebkost habe. Und jetzt wirst du kommen, weil ich deine feuchte Pussy lecke.«

Sie biss sich so heftig auf die Unterlippe, dass die Haut daneben ganz rot wurde. Wieder schüttelte sie den Kopf.

»Oh ja, und dann, Baby, dann sorge ich dafür, dass du so heftig um meinen Schwanz herum kommst, dass du mit meinem Namen auf den Lippen in Ohnmacht fällst.«

»Himmel, Nate.« Ihre Stimme klang warnend.

»Komm schon, spreiz deine Oberschenkel.« Ich zog an ihren Knien. Doch sie gab nicht nach. »Goldstück.« Ich sah in ihr

Gesicht. Etwas hatte sich verändert. Der lustvolle Glanz auf ihren hübschen Zügen war verschwunden und mit ihm die Erregung. Was übrig blieb, erschreckte mich zu Tode. Es war der gleiche verängstigte Ausdruck, den sie gehabt hatte, als sie beim Lunch Ty entdeckt hatte. »Was ist los?«

»Ich … ähm. Ich habe das noch nie gemacht …« Sie verstummte.

»Was?« Der Schleier der Lust hob sich, und langsam sickerten ihre Worte in mein Bewusstsein, ergaben aber keinen Sinn. Wie war das möglich?

»Tyler hat so etwas nie gemacht.« Sie deutete auf ihre feuchte Mitte, dann drehte sie den Kopf auf die Seite, wich meinem Blick aus. Doch ich musste in ihre Augen sehen, die so viel mehr sagten, als Camille in Worte fassen konnte.

Ich schob mit den Fingern am Kinn ihren Kopf zurück, legte die Hand auf ihre Wange und ließ dann meinen nackten Körper neben ihr ruhen. Sie entspannte sich etwas, als ich den Arm um sie schlang. Langsam und bedächtig fuhr ich mit den Fingerspitzen über ihren Bauch, beschrieb einen Kreis um ihren kleinen Nabel und spreizte die Finger breit auf ihrem Oberkörper. Es fiel mir schwer, sie so vor mir zu sehen wie ein regelrechtes Festmahl und zunächst fasten zu müssen. »Du willst damit sagen, dass dieser verdammte Mistkerl es dir nie mit dem Mund besorgt hat?«

Camille schmiegte den Kopf an meine Brust und umarmte mich. Sie schüttelte den Kopf. »Ich habe lange gebraucht, um zu erkennen, dass es nie um mich ging. Tatsächlich hat es Jahre gedauert. Es ging immer nur darum, dass er kam. Du hast mir die ersten Orgasmen verschafft, die ich je bei einem Mann hatte«, murmelte sie dicht an meiner Brust.

Dieses Arschloch. Dieser beschissene Wichser.

Er hatte meine süße Camille nur zu seinem Vergnügen benutzt und ihr nicht ein einziges Mal richtige Lust bereitet. Undenkbar. So hätte ich niemals eine Frau behandelt. Mein Gott. Sie war damals achtzehn Jahre alt und noch Jungfrau. Damit meine Freundschaft mit Tyler das überleben würde, musste schon eine ganze Menge passieren – wenn es überhaupt noch möglich war.

Ich schob ihren Kopf aus seinem Versteck an meiner Brust nach oben. In ihren Augen schwammen Tränen, aber ich ließ nicht zu, dass sie flossen. Sie durfte sich deshalb nicht schämen. Zum Teufel, doch angesichts der Tatsache, dass sie sogar noch unerfahrener war, als ich gedacht hatte, pulsierte ein archaisches Verlangen durch meine Adern. Mein ganzer Körper vibrierte förmlich. Es war die animalische Anziehungskraft, die ein Mann für eine Frau empfindet, auf die er Ansprüche erhebt. »Goldstück. Ich bin nicht wie er, und ich werde auch nie so sein. Ich will deinen wunderschönen Körper anbeten. Immer wieder.« Ich umfing ihre Hüfte, um meinen Worten mehr Gewicht zu verleihen. »Ich will dir Lust bereiten.« Ich küsste ihre weichen Lippen. »Auf jede erdenkliche Weise.« Kuss. »Und das werde ich auch. Und zwar ab sofort.«

»Wirst du Liebe mit mir machen?« Ihre Stimme klang nicht so stark und selbstbewusst, wie ich es mir wünschte, wenn ich zum ersten Mal mit einer Frau im Bett war. Aber das würde sich gleich ändern.

»Ja. Millionen Mal. Ja.« Ich küsste sie innig, ließ unsere Zungen miteinander tanzen und verschmelzen. Schon bald gab sie sich meinem Kuss ganz hin, zog mir am Haar in dem Versuch, mich dichter zu sich heranzuziehen. Ihre Erregung wuchs. Ich drehte sie auf den Rücken, schob ein Knie zwischen ihre und legte mich zwischen ihre Schenkel.

Zu Hause. Nackt in den Armen *dieser* Frau zu liegen fühlte sich genau richtig an. Perfekt. »Uns bleibt später immer noch Zeit für alle möglichen Dinge, die Spaß machen. Ich sehne mich so sehr danach, in dir zu sein.«

»Bitte, Nate, ich brauche dich.« Ihre Stimme brach, und etwas in meinem Innern zerbrach ebenfalls. Die Mauer, die ich um mein Herz errichtet hatte, in dem das Bedürfnis und der Wunsch wohnten, dass ein anderes Wesen meine Welt mit mir teilte, wurde durch diese drei Worte aus ihrem Mund eingerissen. Sie brauchte mich. Es gab jemanden auf dieser Welt – abgesehen von meiner Familie -, der *mich* brauchte. Zum ersten Mal gestand ich mir ein, dass ich *sie* genauso brauchte.

Vorsichtig teilte ich ihre Mitte und positionierte meinen Schwanz. »Goldstück, ich gehöre dir.« Ich drang in sie ein, langsam, Zentimeter um Zentimeter. So tief, dass ich nicht weiter konnte. Wir verschmolzen miteinander. Wurden eins. Ich schloss die Augen, legte meinen Mund auf ihre Lippen. Als ich ganz und gar in ihr war, atmete sie tief ein. »Alles von mir.«

»Nate ... das ist so ... mein Gott. Das ist so wunderbar.«

Und das war es. Ihren schlanken Körper unter mir zu spüren, während ihre enge Pussy sich wie eine Faust um meinen Schwanz zusammenzog, war reine Glückseligkeit. Nichts hatte sich jemals besser angefühlt, bis sie ihre Beine hochhob und sie mir um die Taille schlang. Es war unfassbar, aber mein Schwanz drang nun noch ein ganzes Stück tiefer ein. Wir stöhnten beide, nahmen den Atem des jeweils anderen in uns auf.

Ich konnte nicht länger still verharren. Ich musste mich bewegen. Sie zu der meinen machen. Sie noch einmal an den Abgrund führen. Zusehen, wie sie um mich herum in tausend Teilchen zerbarst. Eines ihrer Beine hielt ich hoch auf meiner Hüfte fest, glitt aus ihr zurück und schob mich dann wieder in sie hinein. Sie keuchte und nahm auch das andere Bein höher, öffnete ihren Körper voll und ganz, um genommen zu werden. Lange Stöße – hinein und wieder hinaus – ließen sie schnurren wie ein Kätzchen. Dies war meine persönliche Symphonie, die ich immer und immer wieder abspielte, bis ihr Keuchen und Stöhnen lauter wurde. Schweißperlen benetzten meine Stirn, da ich meinen eigenen Höhepunkt hinauszögerte, denn ich wollte, musste sie beim Crescendo ansehen.

»Ich liebe … so, oh Gott. Nate. Nate!«, schrie sie auf. Ich hob ihre Hüften an, umfing ihren Po mit beiden Händen und ließ meinen Schwanz in sie hineingleiten, sodass ich jenen magischen Punkt tief in ihrem Innern berührte. Ich beobachtete ihr Gesicht: Sie öffnete den Mund, ein wortloses Flüstern kam ihr über die Lippen wie ein mächtiger Windstoß, der an meinem Ohr vorübertoste, wild und ungezähmt.

Ein, zwei, drei harte Stöße in ihren sexy Körper, und ich beugte mich vor, ließ die Hände unter ihre Schultern wandern und hielt sie ganz fest. Eine Druckwelle bildete sich tief in mir und breitete sich bis in meinen Schwanz hinein aus. Camilles Lippen waren überall. Sie küsste meinen Haaransatz, leckte über die Sehne an meinem Hals, die unter der Anspannung hervorgetreten war, knabberte an meinem Ohrläppchen. Verdammt, sie war perfekt.

Gleißend helle Lichtpunkte versengten mir die Augen, als sie mich küsste. Ein letzter Stoß in ihre süße Pussy, und ich knurrte an Camilles Hals, biss dort in ihre Haut, wo er in ihre Schulter überging. Sie gehörte mir. Sie atmete tief ein und seufzte, als ich mich heiß in sie verströmte. Ich rieb die letzten Reste der Lust über ihre Klit, drückte mit dem ganzen Gewicht meines Beckens dagegen. Sie stieß ein zartes »Oh« aus, als sie meinen Schwanz ein letztes Mal umzuckte, bis ich ihr auch noch den letzten Lusttropfen gab.

Danach blieb ich lange auf ihr liegen, wollte ihre Umarmung nicht verlassen. Ich wusste, dass mein Gewicht sie niederdrückte, doch sie klammerte sich mit Armen und Beinen an mich, ohne locker zu lassen. »Lass los, Goldstück.« Ich lachte.

»Will ich nicht.« Sie schmiegte sich an meinen Hals und knabberte daran. Ich schloss die Augen und genoss das Gefühl, dass sie mich eng umschlungen hielt, unsere Körper dicht beieinander. Der Duft von Sex erfüllte die Luft mit seinem starken, moschusartigen Aroma.

Schließlich spürte ich, wie ihre Muskeln erschlafften, und ich richtete mich auf. Meine Hand berührte etwas Scharfes, als ich mich über ihr abstützte. Ich tastete zwischen der Decke nach dem störenden Gegenstand. Ich hielt ihn in die Höhe und betrachtete das teuflische kleine Quadrat.

Sämtliche Luft wich aus meinen Lungen, als ich das ungeöffnete Folienpäckchen sah. Ich glitt aus ihrem Körper hinaus und beobachtete absolut fasziniert, wie mein Samen aus ihr rann und ihre Schenkel benetzte. Ein paar kurze Sekunden lang genoss ich den Anblick. Das Alphamännchen in mir hätte am liebsten den Mond angeheult, weil ich meinen Claim abgesteckt, meine Markierung gesetzt, sie ganz und gar ausgefüllt hatte. Doch dann setzte der Verstand des intelligenten Dreißigjährigen wieder ein und erhob Einwände.

»Fuck!« Ich senkte die Lider und holte tief Luft. Camille stützte sich auf die Ellbogen und setzte sich auf.

»Was ist los?« Noch vor Kurzem war sie entspannt gewesen, ganz und gar eingehüllt in postkoitales Glück. Doch jetzt runzelte sie die Stirn und war zu meinem Missfallen wieder genauso nervös wie zu Beginn.

»Sag mir, dass du die Pille nimmst?«

Ihre Augen wurden groß wie Untertassen. Sie biss sich auf die Lippe und schüttelte den Kopf. Im Zimmer wurde es totenstill. Wahrscheinlich hatten wir beide Angst zu atmen, als könnte sich die Waage des Schicksals sonst zur negativen Seite hin senken. Beide starrten wir das ungeöffnete Kondompäckchen an. Tränen traten ihr in die Augen, und eine davon rann ihr schließlich die Wange hinab.

»Camille, nicht …« Ich zog sie in meine Arme und schob ihren Kopf unter mein Kinn. »Alles wird gut.«

»Nein, wird es nicht. Es wird nie wieder so sein.«

»Goldstück, sag so was nicht. Hey, hey, sieh mich an.« Ich schob ihr Kinn nach oben, damit sie mir in die Augen blickte. »Alles wird gut.«

Wieder rannen ihr Tränen über die Wangen. Ich wischte beide schnell fort. Ich hasste diese Tränen, ebenso wie die Tatsache, dass ich für sie verantwortlich war. Entschlossener als ich mich in diesem Moment fühlte, hielt ich ihrem Blick stand, ganz und gar darauf bedacht, keine Sekunde lang die Augen abzuwenden. »Was immer geschieht ... wir werden zusammen damit klarkommen? Okay?« Und in diesem Moment wusste ich, dass ich die Verantwortung für unser Handeln übernehmen musste.

Endlich nickte sie, und ich hielt sie dicht an meine Brust gepresst und lehnte mich zurück. Wir klammerten uns aneinander, bis ich spürte, wie ihr Körper sich entspannte und ihr Atem gleichmäßiger ging. Sie war eingeschlafen. Bilder von kleinen Jungen und Mädchen schossen mir durch den Kopf. Ich drängte sie beiseite. Derlei Überlegungen durfte ich mir jetzt nicht gestatten. Doch dann, kurz bevor ich ganz einschlummerte, hatte ich eine fast schon überirdische Vision von Camilles schlanker Gestalt mit gewölbtem Leib, mit meinem Kind, das in ihr heranwuchs. Und dieses Bild war womöglich das herrlichste Symbol für die Schönheit des Lebens, das ich je vor Augen gehabt hatte.

Stunden später erwachte ich ausgeruht, bereit, es mit dem Tag aufzunehmen und unser mögliches Problem gemeinsam anzugehen. Ich rollte mich zur Seite und tastete umher. Doch der Platz neben mir war eiskalt. Ich spürte keinerlei Wärme von dem Körper, den ich im Arm gehalten hatte, den ich geliebt hatte, neben dem ich eingeschlafen war. Sie war fort. Irgendwann in den frühen Morgenstunden hatte Camille mich allein gelassen, nackt in einem Bett, das eigentlich für zwei Menschen hätte sein sollen.

Kapitel 10

Cami

Es war falsch. Ich hätte das nicht tun sollen. Ich machte mir jetzt schon seit Stunden ununterbrochen Vorwürfe. Das Problem war nur, dass es mir eigentlich gar nicht wirklich leidtat. Aus dem Bett dieses umwerfend gut aussehenden Mannes zu schlüpfen, dessen Arme sich um mich schlangen, war das Schwerste, was ich seit Langem getan hatte. Doch es musste sein.

Gefühle für Nathaniel Walker zu entwickeln war alles andere als klug, auch wenn ich eine wundervolle Zeit mit ihm verbracht hatte. Unser Date war der Stoff, aus dem romantische Filme waren. Ein Tag voller Lachen, sanfter, verspielter Berührungen, mit tollem Essen und gutem Wein. Und dann … war da dieser Abend. Mein Gott, er war die Erfüllung meiner Träume gewesen, von der ich bestimmt noch ein ganzes Jahr zehren würde … nur der Traum, dass Prince Charming die Prinzessin im Sturm eroberte und sie glücklich bis an ihr Lebensende in seinem Königreich lebten, würde sich nicht erfüllen. Denn nun war ich zurück auf dem Boden der Tatsachen. Ich war keine Prinzessin, und New York City war gewiss kein weit entferntes Königreich.

Nate jedoch, der war ein Prinz. Ein gut gekleideter, verdammt erotischer, rebellischer, moderner Prinz und Meister des Dirty Talk. Er war zu gut für Frauen wie mich, und das galt insbesondere nach unserem kleinen Malheur. Wenn die Welt gegen mich war – und bislang hatte ich durchaus den Eindruck gehabt –, würde ich in neun Monaten Nates Kind zur Welt bringen. Bei der bloßen Vorstellung drehte sich mir der Magen, und mir wurde übel. Nicht, dass ich Kinder nicht liebte – Tanner war meine Welt. Aber der Gedanke, dass sich die ganze Geschichte wiederholen würde, dass alles von vorn anfing ... und das gerade in dem Augenblick, da ich endlich Boden unter den Füßen bekam. Das war ein richtiger Albtraum. Ich schlug mit dem Kopf auf den soliden Eichentisch und wünschte, ich hätte mich vernünftiger verhalten. Ich war fast dreiundzwanzig und möglicherweise demnächst alleinerziehende Mutter zweier Kinder, die von verschiedenen Vätern stammten.

Der Titelsong der Jerry Springer Show kam mir in den Sinn. Ich war auch nicht anders als alle anderen. Wenn Nate einmal erkannte, was für ein Mensch ich war, wie mein *wirkliches* Leben aussah, würde er sich auf dem Absatz umdrehen und die Flucht ergreifen. Oh, er machte einen durchaus verantwortungsbewussten Eindruck. Er würde mir helfen wollen. Unterhalt für das Kind zahlen. Vielleicht würde er das Kind sogar sehen wollen.

Genauso gut konnte er sich aber als ebenso schäbig wie sein bester Freund Tyler entpuppen. Der Mann, der mir vor vielen Jahren das Herz aus dem Leib gerissen hatte, nachdem fast genau das Gleiche passiert war. Damals war ich sofort schwanger geworden, und jetzt saß ich hier und erlebte ein krankes, verqueres Déjà-vu.

»Alles geht den Bach runter, verdammt!«, brüllte Hank, der ins Büro gestürmt kam, wobei er mit der einen Hand seine zerzauste, offensichtlich wütende Gattin hinter sich herzog und mit der anderen an einer Leine zerrte. Butch, Hanks und Aspens riesiger gelber Labrador, hüpfte fröhlich hinterdrein, riss sich dann von seinem Herrchen los und preschte zu mir herüber.

»Hey, Butchey, Butch, Butch. Wie geht es meinem großen Jungen?« Ich kraulte den Hund am Nacken. Eine Wolke aus Hundehaaren flog in die Luft und auf meinen schwarzen Rock. Doch das war mir gleichgültig. Dafür gab es schließlich Fusselbürsten und Klebeband. »Was tust du denn hier, hmm, Kumpel?« Ich sah Butch an, erwartete die Antwort jedoch von Hank.

»Rufen Sie Nate Walker an den Apparat ... sofort! Es ist etwas passiert.« Hanks Worte klangen so schneidend wie eine Metallklinge auf Granit.

Ich schaute Aspen an, die Gras von ihrem Hintern pflückte und sich den Schmutz abklopfte. Ihr hübsches Gesicht hatte einen missmutigen Ausdruck. Sie sah aus, als habe sie ein Handgemenge hinter sich. Dann streichelte sie ihren gewaltigen Babybauch und beschrieb Kreise über die gesamte Fläche. Hank stürzte zu seiner Frau hinüber und legte ihr die Hand auf den Bauch. »Bewegt sie sich? Was ist da drinnen los?« Seine Stimme klang barsch, gar nicht so herzlich wie sonst, wenn er mit Aspen sprach. Sie glitt mit der Hand über seine Wange, während die andere auf ihrem Bauch blieb.

»Sie bewegt sich völlig normal. Fühl doch mal hier?« Er wurde ganz still und konzentrierte sich voll und ganz auf seine Frau. Nach ein paar Sekunden holte er tief Luft, ließ sich auf die Knie sinken und schmiegte den Kopf an ihren Bauch.

»Gott sei Dank. Es geht dir gut, Engel, oder?« Warum sollte es Aspen nicht gut gehen? Was zum Teufel war passiert? Aspen nickte und lächelte. Beim Anblick ihres vor ihr knienden Mannes, der sie offensichtlich anbetete, wirkte sie nicht mehr ganz so grimmig. Er küsste ihren Bauch und lehnte die Stirn dagegen. »Ich höre Sie gar nicht wählen, Cami. Ich brauche auf der Stelle unseren Anwalt, verdammt noch mal!«

»Beruhige dich, Hank. Mir geht es gut. Dem Baby geht es auch gut. Und Butch auch!«

Ich wählte die Nummer von Stone, Walker & Associates, scheute mich zwar davor, Nate anzurufen, aber mir blieb keine Wahl. Mein Stolz oder mein Job – keine Frage, wer gewann. Ich wählte seinen direkten Anschluss in der Hoffnung, dass er vielleicht nicht da war, und ich an seiner Stelle mit Collier Stone verbunden würde. Ich hatte immer noch keine Ahnung, worum es ging, doch ich würde auch nicht riskieren, mich in Schwierigkeiten zu bringen, um es herauszufinden. Hanks Verhalten, seine ganze Körperhaltung – angespannt und nervös – duldeten keinen Widerspruch.

Hatte ich Glück, würde Nate »Guten Morgen, Liebes« sagen, wie ich es hoffte. Genauso könnte er sich mit einem neutralen »Nate Walker« melden. Obwohl ich durchaus darauf vorbereitet war, dass er wütend sein würde, weil ich einfach gegangen war. Aber auch jetzt erwies ich mich als ausgemachter Pechvogel. Denn alles wäre besser gewesen als die verbale Katastrophe, die sich nun aus dem Lautsprecher ergoss.

»Hast du eine Ahnung, wie verdammt verrückt es einen macht, wenn man allein in einem Bett aufwacht, während man eigentlich erwartet, dass die Frau, mit der man die Nacht durchgevögelt hat, neben einem liegt, lächelnd, schläfrig und bereit für eine weitere Runde? Warum um alles in der Welt hast du mich nackt und mit einem Ständer zurückgelassen, Goldstück?«

Erde, tu dich auf.

Ich riskierte einen schnellen Blick erst zu Hank und dann zu Aspen hinüber. Beide starrten mich aus großen Augen und mit weit offenem Mund an. *Fuck my life!*

»Ähm, Nate, ich habe dich auf Lautsprecher gestellt. Mr. Jensen hat mich gebeten, dich anzurufen.« Ich schloss die Augen und schlug mir die Hand vors Gesicht. Bei Gott, es war mit Sicherheit leuchtend pink oder vielleicht sogar knallrot. Womöglich lief ich gleich auch noch tief violett an, weil ich den Atem anhielt. Ich fragte mich, ob schon mal jemand beim Luftanhalten gestorben war. In diesem Augenblick wäre alles besser gewesen als diese Demütigung: Mein Boss und seine Frau wussten nun, dass ich gestern Nacht Sex mit ihrem Anwalt gehabt hatte.

»In einer anderen Angelegenheit«, griff Aspen nun ein und rettete mich damit. Am liebsten wäre ich vor ihr niedergekniet, hätte ihr die Designerschuhe geküsst und ihr für diese Atempause gedankt. »Auf unserem Spaziergang heute Morgen durch den Central Park hatten wir ein wenig Ärger. Weißt du, dieser Mann …«

»Dieser verdammte Schwachkopf wollte seine Hand auf den Bauch meiner Frau legen«, brüllte Hank laut genug, um die Fensterscheiben des angrenzenden Gebäudes klirren zu lassen.

»Oh nein …«, warf Nate ein.

Hank wütete weiter. »Als ob ihr verdammter Schwangerschaftsbauch von jedem dahergelaufenen Tom, Dick oder Harry betatscht werden darf. Du hättest den beschissenen Mistkerl sehen sollen, wie er mit beiden Händen meine Frau anfassen wollte.« Normalerweise fluchte Hank nicht so viel. Sein Gesicht war hochrot und sein Kiefer so heftig angespannt, dass er vermutlich Felsen hätte zerbeißen können. Er konnte sich vor Wut kaum beherrschen.

»Hank, Kumpel, bitte sag mir, dass du ihn nicht geschlagen hast«, bat Nate am anderen Ende der Leitung.

Was Nate nicht sehen konnte, war Hanks breites Grinsen. Von einem Ohr zum anderen. »Hab ihn nicht angerührt.«

»Gott sei Dank!«, rief Nate.

»Mein Hund hat den widerlichen Mistkerl gebissen!«, verkündete Hank stolz. »Bester verdammter Hund auf der ganzen Welt.« Er tätschelte Butchs Kopf und kraulte ihn hinter den Ohren. Der Hund wedelte genüsslich mit dem Schwanz.

»Ist nicht wahr. Hast du den Verstand verloren?«

Da mischte sich Aspen ein. »Leider tickt er tatsächlich nicht richtig, Nate, aber er scherzt nicht. Wir waren mit Butch im Park spazieren, als wir von einem Mann angehalten wurden. Er machte einen durchaus unschuldigen Eindruck …« Hank wollte erneut in die Luft gehen, und Aspen legte ihm eine Hand auf den Oberarm. Seine Schultern entspannten sich wieder. »Na ja, jedenfalls machte er Anstalten, meinen Bauch mit beiden Händen zu berühren. Und ab diesem Moment ging die Sache den Bach runter, fürchte ich.«

»Ab diesem Punkt wurde die Geschichte erst interessant! Mein Hund stürzte sich auf den Babybauch-Grapscher und verbiss sich in sein Handgelenk, was das Arschloch zu Boden riss. Das Schlimmste aber war, dass dieser Scheißkerl nach Aspens Hand griff und sie mit sich zu Boden riss. Dieser Saftsack hat sich an einer schwangeren Frau festgehalten, um das Gleichgewicht nicht zu verlieren! Verklag ihn, sage ich!«, schrie Hank und hielt das Gesicht ganz nah an den Lautsprecher, um seinen Worten Nachdruck zu verleihen.

»Beruhige dich, Hank. Denk dran, mir geht es gut. Dem Baby geht es auch gut.« Aspen fasste nach seiner Hand und legte sie auf ihren Bauch.

Nach einer Sekunde lächelte er und entspannte sich erneut. Es war, als flösse eine Art magischer Balsam durch die Adern seiner Frau. Sie musste nur in seiner Nähe sein und ihn sein Kind spüren lassen, und schon war Hank Wachs in ihren Händen.

»Der Hund hat also deinen Angreifer gebissen? Und ich benutze den Begriff *Angreifer* mit Vorsicht, denn ich bin nicht sicher, dass ihr damit durchkommen werdet.«

»Ja. Butch hat den Mann gebissen. Wir riefen den Krankenwagen, und der Kerl wurde ins Krankenhaus gebracht.«

»Na toll. Oliver soll mir sämtliche Informationen zukommen lassen, und ich werde den Mann kontaktieren. Vielleicht können wir einen Vergleich schließen. Wenn er allerdings herausfindet, wer du bist, Aspen …« Nates Stimme klang warnend.

»Ich weiß, ich weiß. Regele das nur einfach, so wie du's immer tust.«

»Fuck! Er hat versucht, meine Frau zu belästigen, hat eine schwangere Frau zu Boden geworfen, und wir sollen bezahlen? Nein, kommt nicht in die Tüte. Dieser Biss ist ein kleiner Preis, den er für sein Verhalten zahlen muss. Er kann von Glück sagen, dass ich mich um meine Frau kümmern musste, sonst hätte ich ihm die Nase gebrochen!«

»Verstehe, Hank. Ich kenne jetzt deinen Standpunkt. Aber lass mich dir eine Frage stellen. Liebst du deinen Hund? Willst du ihn behalten?« Nates Stimme klang angespannt, und ich wünschte, ich hätte ihm ebenfalls eine sanfte Hand auf den Arm legen können, um seine Nervosität zu vertreiben.

»Natürlich, was ist denn das für eine lächerliche Frage?«

»Wenn ein Hund einen Menschen angreift und Blut fließt, wird das Tier unabhängig von den Umständen zumindest unter Quarantäne gestellt. Und wenn dann eine Klage folgt, steht das Gericht meist auf der Seite des Opfers. In diesem Fall hatte der Angreifer keine Waffe, ging lediglich im Park spazieren und sah eine wunderschöne schwangere Frau, die ihn bezauberte. Er machte einen Fehler, der aber nicht das rechtfertigt, was er später als Akt der Gewalt darstellen wird. Er wurde gebissen von einem, wie er behaupten wird, wilden, wütenden Untier. Ich sage es nur ungern, aber die Sache könnte sehr schnell übel enden.«

Hank warf die Arme in die Luft und drehte sich langsam um.

»Könnt ihr mir folgen, Leute?«, fragte Nate.

»Ja, wir denken gerade über deine Informationen nach.« Aspen legte sich ihr langes blondes Haar über eine Schulter und pflückte noch mehr Gras aus den goldenen Strähnen.

»Das ist doch verdammt noch mal lächerlich.« Hank vergrub die Finger in seinem zerzausten Haar. Er sah so aus, als hätte er das im Laufe des Vormittags schon öfter getan.

»Kann schon sein, Kumpel. Das einzig Dumme ist nur, dass so etwas dauernd passiert. Unsere größte Chance besteht darin, dem Kerl Schmerzensgeld zu zahlen und die Sache damit ad acta zu legen. Wie soll ich eurer Ansicht nach also vorgehen?«

»Mach es einfach«, antwortete Aspen schnell.

»Darlin', nein …«

»Hank, ich will nichts mehr davon hören. Ich bin müde. Ich muss mich umziehen, mich mit Ollie auseinandersetzen – der vermutlich total ausflippen wird – und dann um zehn zu meinem Meeting. Nate, ich bin überzeugt, du wirst das schon regeln. Sodass unserem Hund nichts passiert.«

»Auf jeden Fall. Bester verdammter Hund der Welt«, murmelte Hank, während er seine Frau zur Tür begleitete. »Engel, wirklich. Bist du sicher, dass du keinen Arzt brauchst? Dich schnell noch mal durchchecken lassen willst. Ich würde mich dann echt besser fühlen.«

»Ich verspreche dir, wenn ich auch nur das leiseste Ziepen verspüre, rufe ich beim Doc an. Okay?«

»Dann rufst du *mich* an, und ich begleite dich. Egal was ich gerade mache, woran ich gerade sitze, ich werde bei dir sein.«

Sie nickte, und ihre Augen wurden feucht, bevor er sie küsste und in seine Arme zog. Er vergrub die Hände am Nacken in ihrem Haar und intensivierte den Kuss. Ich wandte den Blick ab. Ihre Zärtlichkeiten erinnerten mich zu sehr daran, was ich selbst vor nicht ganz zwölf Stunden noch gehabt hatte, aber nie wieder haben würde.

»Camille, nimm den Hörer hoch.« *Oh nein.*

Ich schaltete den Lautsprecher aus und hielt den Hörer ans Ohr. »Hey«, flüsterte ich.

»Das zwischen uns ist noch nicht vorbei. Wir *werden* uns später noch unterhalten. Überleg dir schon mal eine Antwort auf die Frage, warum ich allein aufwachen musste, obwohl ich total hart war und mir meine Frau an meiner Seite wünschte. Denk scharf darüber nach«, meinte er und legte dann abrupt auf.

Seine Frau?

Nate

Je länger der Tag dauerte, umso mehr hatte ich die Schnauze voll. Ja, der Fauxpas mit dem Kondom war beängstigend. Zum Teufel, ich war ja ebenfalls besorgt, aber wir mussten eben zusammen damit klarkommen, als Paar. Ja, als Paar. So jedenfalls betrachtete ich Camille und mich. Sie gehörte zu mir und ich zu ihr, egal was sie dachte. Zum Teufel, diese Frau brachte mich total auf die Palme, schlich sich nach der besten Nacht und dem besten Sex meines Lebens in den frühen Morgenstunden einfach aus meinem Bett.

Es gab noch so viel mehr, was ich ihr unbedingt zeigen wollte. Wenn sie mir die Chance gab, dann wollte ich sie auf jede erdenkliche Weise nehmen, ihr ungeahnte Freuden bereiten, und zwar so gründlich, dass sie nie wieder einen anderen Mann ansah.

Abgesehen davon, wie gut der Sex mit ihr war – und er war einfach unglaublich gewesen –, hatte ich mich einem weiblichen Wesen noch nie dermaßen verbunden gefühlt. Zum ersten Mal in meinem Leben hatte ich das Gefühl, eine Frau auch körperlich wirklich geliebt zu haben. Und zwar nicht irgendeine Frau. Sondern meine süße Camille. Sie war alles Gute, Freundliche und Wahrhaftige in dieser Welt. Ich wollte sie nur für mich haben. Auf keinen Fall würde ich zulassen, dass sie davonlief. Als mein Schwanz tief in ihr gewesen war, wusste ich, dass diese Augen direkt auf den Grund meiner verdammten Seele blickten und dass es von nun an immer nur sie sein würde.

Nie wieder würde ich irgendwelchen Sahneschnitten in Pubs hinterherjagen, um anschließend bedeutungslose One-Night-Stands mit ihnen zu haben. Endlich hatte ich jemanden gefunden, mit dem ich zusammen sein wollte, und ich freute mich schon darauf, mehr über sie zu erfahren. Ich genoss es, die verschiedenen Seiten ihrer Persönlichkeit zu erkunden. Ganz zu schweigen von ihrem Körper. Mein Gott! Ihr Körper gehörte eigentlich auf ein Podest, wie ein perfektes Gemälde, und hätte im Museum ausgestellt werden sollen, damit jeder ein kleines Stück von ihrer Schönheit abbekam. Danach hätte man sie in einer Skulptur aus feinstem Marmor nachbilden müssen, die die Ewigkeit überdauert. Doch natürlich hätte ich das niemals zugelassen. Niemand durfte den Blick auf etwas richten, was von heute an mir gehörte. Allein die Vorstellung machte mich schon fuchsteufelswild.

Dreimal klopfte ich so hart an ihre Tür, dass es im Gang vor ihrer Wohnung widerhallte. Ich wollte gerade noch einmal klopfen, als geöffnet wurde und meine Frau vor mir stand. Das lange Haar fiel ihr wie ein vielfarbiger Glorienschein um das erschrockene Gesicht. Sie trug lediglich winzige Pyjamashorts und ein eng anliegendes Top, das mit kleinen, pinkfarbenen Blumen bedruckt war. Ihre Brüste hoben und senkten sich, und unter dem dünnen Stoff zogen sich ihre Nippel zusammen. Mein Schwanz wurde sofort hart. Ich hätte sie auf der Stelle nehmen können, jetzt und hier. Ohne Reue. Ohne es auch nur einen Augenblick lang zu bedauern.

»Was tust du denn hier?«

Ich sah auf die Uhr. »Ich habe gesagt, wir reden später. Und es wird höchste Zeit, findest du nicht auch? Neun Uhr war doch am Telefon für dich immer perfekt.«

»Ja, *am Telefon*!« Sie warf einen Blick über ihre Schulter, dann sah sie mich wieder an. »Ähm, jetzt ist kein guter Zeitpunkt.«

Ein Knurren stieg meine Kehle empor, aber ich schluckte es herunter. »Jetzt ist der perfekte Zeitpunkt.« Ich legte die Hand auf ihren Bauch und schob sie sanft zurück, sodass sie nach hinten auswich. Dann betrat ich ihr Appartement. Tief seufzend schloss sie die Tür.

Camilles Schultern verspannten sich, und sie richtete sich gerade auf. Sie war so süß, wenn sie glaubte, die Situation im Griff zu haben. »Wirklich, du musst jetzt gehen. Meine Mitbewohnerin macht sich gerade für die Arbeit fertig, und, äh, du solltest nicht hier sein.«

»Natürlich sollte ich hier sein. Meine Freundin wohnt hier. Es wird höchste Zeit, dass ich ihr Appartement sehe und ihre Mitbewohnerin kennenlerne.«

Ihr blieb der Mund offen stehen, dann stemmte sie die Hände in die Hüften. »Deine Freundin?«, fragte sie, die Augen so groß wie die Reifen meiner Luxuslimousine. Ihre Stimme zitterte wie ein Blatt im Sturm.

Ich zog sie in meine Arme. Sie schob die Finger unter mein Jackett und schmiegte den Kopf an meine Brust. Ich schloss die Augen, genoss das Gefühl, sie genau dort zu haben, wo sie hingehörte: in meinen Armen.

»Goldstück, wir müssen uns unterhalten. Ich wollte nicht darauf warten, dass meine Frau wieder Gründe findet, wegzulaufen.«

»Du verstehst das nicht«, murmelte sie dicht an meiner Brust. Ich umfasste ihr Kinn und hielt es mit dem Daumen fest, damit sie mich ansah.

»Was verstehe ich nicht?«

»Ich bin nicht die, für die du mich hältst.« Ihre Augen wurden feucht.

»Du bist genau die, für die ich dich halte. Du bist die Frau, die ich in meinem Leben und in meinem Bett haben will. Mehr gibt es dazu nicht zu sagen.«

»Nate …«

Ich unterbrach sie, verschlang ihre Worte mit meinen Lippen. Sie legte mir die Hände um den Nacken, und ihr sinnlicher Körper presste sich gegen meine muskulöse Gestalt, da ich den Kuss intensivierte. Dieses leise Stöhnen, das mich wahnsinnig vor Lust machte, bildete sich tief in ihrer Kehle und ergoss sich in meinen Mund. Mein Schwanz war schon bei ihrem Anblick im Pyjama auf Halbmast gewesen. Aber nun, da ihr sexy halbnackter Körper sich an meinen drückte, gab es nur einen Ort, wo er sein wollte. Tief in Camille. Ich umfing ihren Hintern und zog ein Bein von ihr über meine Hüfte, um meine steinharte Erektion an ihrer Pussy zu reiben. Sie stöhnte.

»Iiigitt, eklig. Mommy, warum steckt dieser Mann dir die Zunge in den Mund!«, ließ eine winzige, hohe Micky-Maus-Stimme uns hochschrecken. Camille sprang aus meiner Umarmung und hielt sich hastig die Hände vor die geschwollenen Lippen. Sie war ganz blass geworden, und wieder hatte sie diesen verängstigten Blick, den ich mit Leib und Seele verabscheute.

Die Worte des kleinen Jungen feuerten nun auf die Synapsen meines lustvernebelten Hirns. Da waren Funken, Blitze und ein Summen, als würde mein Kopf explodieren. Und dann setzte mein Verstand ein. Ich beugte mich zur Seite, griff nach der Sofalehne und setzte mich darauf, denn plötzlich war ich ganz zittrig und fassungslos. »Mommy?«, fragte ich ungläubig und so schockiert, dass ich den Boden unter den Füßen zu verlieren glaubte.

Camille nickte und wandte sich zu dem kleinen Jungen um. »Tanner, Baby, warum bist du denn wach?«

»Ich habe es klopfen gehört. Wenn ich Leah gesehen hätte, wärst du arbeiten gewesen, und dann wäre ich traurig gewesen, Mommy.« Der Kleine mit den braunen Haaren und den riesigen blauen Augen schüttelte den Kopf. Seine Unterlippe zitterte.

»Honey, Mommy geht heute Abend nicht weg. Ich muss erst Ende der Woche wieder arbeiten.«

»Wer ist der Mann?« Er deutete mit seinem Finger auf mich. Mit der anderen Hand umklammerte er eine riesige, leuchtendgrüne Plüsch-Eidechse, die fast genauso groß war wie er selbst.

»Das ist Nate.« Camille holte tief Luft und legte dem Jungen die Hände auf die Schultern. »Nate, das ist mein Sohn Tanner.«

»Oh, Nate!« Der kleine Junge rannte zu mir hin und umarmte meine Beine in Kniehöhe. »Auntie Jin sagt, dass du heiß und nett und reich bist. Aber heiß fühlst du dich gar nicht an.« Er legte die Hand auf meine Beine. »Aber du riechst gut. So wie Orangen. Ich liebe Orangen!« Er drehte sich auf dem einen Fuß um, der in einer Socke steckte – der andere war nackt -, und sah Camille an. »Was sind reiche Männer? Piraten, die Gold stehlen, Mommy?«

»Nein, Baby. Nein«, antwortete Camille auf seine unaufhörlichen Fragen.

Schnell wie der Blitz drehte er sich wieder zu mir herum. »Hast du jede Menge Goldmünzen? Darf ich eine haben? Ich bewahr sie auch ganz bestimmt sicher in meiner Schatzkiste auf!«, versprach er.

Ich war vollkommen überfordert. Dieses Kind, Camilles Sohn, war wunderschön und voller Lebensfreude. Seine blauen Augen sahen mich forschend an, während er auf eine Antwort wartete.

»Und? Hast du Gold?« Er streckte mir unschuldig die kleine Hand entgegen.

»Tanner!«, schalt Camille. Ich hielt die Hand in die Höhe, um sie daran zu hindern, herüberzukommen, fasziniert von diesem quicklebendigen kleinen Jungen.

»Ich sag dir was. Wenn ich dich das nächste Mal sehe, habe ich eine richtige Goldmünze für dich.« Seine kleinen Augen leuchteten auf wie ein Feuerwerkskörper.

»Versprochen?«, schrie er.

Ich hielt mir die Hand übers Ohr, um sein durchdringendes Kreischen zu dämpfen. »Ja, Sportsfreund, versprochen. Und jetzt sag mal, wie alt bist du?«

»Fünf!«

»Du bist noch nicht fünf, Tanner, nicht lügen«, warnte Camille.

Der kleine Junge verdrehte die Augen. »Okay, also eigentlich noch vier, aber ich werd fünf! Wir haben grad' erst meinen 'burtstag gefei-at.« Seine Worte überschlugen sich, trotzdem fiel mir auf, wie klug er war. Wirklich helle für einen Vierjährigen.

»Das war dein halber Geburtstag, den wir gefeiert haben, Tan Man. Weißt du noch … Eis an halben Geburtstagen, Kuchen an richtigen.«

Er presste die kleinen Lippen zusammen und hielt sich die Hand vor die Stirn. »Ich hab's vergesst. Aber bald werd ich fünf!«, schrie er voller Freude. Camille seufzte.

Als ich schon glaubte, die Situation könne nicht noch merkwürdiger werden, betrat eine zierliche Asiatin das Zimmer mit nichts weiter bekleidet als sexy Unterwäsche und einem seidenen Morgenmantel, der an der Taille offen stand. Ich konnte den Blick nicht schnell genug abwenden, und so sah ich das blauschwarze Korsett, die Strümpfe, die Nimm-mich-Heels. Was zum Teufel war hier los?

Die Frau hatte mich gar nicht bemerkt. Sie begutachtete ihr Outfit und schob ihr langes, schwarzes Haar zurück. »Cam, wie sieht das für heute Na…« Sie verstummte, da sich unsere Blicke schließlich trafen. Sie wirbelte herum, packte entsetzt die Seiten ihres Bademantels und band ihn sich hektisch zu. »Oh mein Gott, oh mein Gott.«

»Das war ja ein toller Auftritt.« Ich grinste, versuchte, die peinliche Atmosphäre etwas aufzulockern.

»Cam hat mir gar nicht gesagt, dass wir Besuch haben«, stieß sie zwischen zusammengebissenen Zähnen hervor. Stirnrunzelnd sah sie die Freundin an.

»Hab ich mir schon gedacht.« Ich hielt ihr die Hand hin. »Übrigens bin ich Nate. Camilles Freund. Und Sie sind sicher Jin, oder?«

»Äh, ja. Freund?« Ihr Blick glitt zu Camille hinüber. Ich wandte mich nicht um, um zu sehen, welche stummen Gesten Camille hinter meinem Rücken machte.

»Ja, ihr Freund«, versicherte ich ihr.

»O-kay.« Jins Pupillen weiteten sich, und sie hielt sich den Morgenmantel noch fester zu.

»Mommy, was ist los?« Nun mischte sich eine weitere Kinderstimme ein. Ich blickte hinunter und entdeckte ein schwarzhaariges, asiatisches Kind, das sich an Jins Morgenmantel festhielt.

»Nichts, Zach. Auntie hat Besuch. Geh wieder ins Bett.« Der Junge war in etwa so groß wie Tanner.

»Aber er darf doch auch aufbleiben!«, beschwerte sich Zach und stampfte mit dem Fuß auf.

»Was?« Da entdeckte sie Tanner, der sich hinter Camille versteckte. »Tanner, schwing sofort deinen kleinen Hintern ins Kinderzimmer. Du weißt, dass du längst im Bett liegen solltest. Auntie Jin macht sich gerade fertig für die Arbeit, und Mommy hat einen Gast. Komm schon.« Mit dem Arm deutete sie in den kleinen Flur.

Camille beugte sich hinab, umarmte ihren Sohn und gab ihm einen Kuss auf die Stirn. »Ich liebe dich, Baby. Schlaf gut, okay? Mommy ist hier, wenn du aufwachst.«

Das war es also. *Mommy ist hier, wenn du aufwachst.* Das war der Grund, warum Camille mein Bett verlassen hatte. Sie hatte zurück zu ihrem Sohn gemusst. Ihrem vier Jahre alten Sohn. Viereinhalb. Oh Shit! Das bedeutete … nein. Verdammt noch mal nein! Ich stand da und wartete, bis die Kinder um die Ecke gebogen waren.

»War nett, Sie kennenzulernen, Nate«, rief Jin mir noch mal über die Schulter hinweg zu. Dann scheuchte sie die Jungs davon. Ich wandte mich um und starrte Camille an.

»Er ist viereinhalb?«

»Ja«, flüsterte Camille.

»Er ist Tylers Sohn?« Ich formulierte es als Frage, obwohl ich die Antwort bereits kannte. Camille nickte und schloss seufzend die Augen.

Ich starrte sie an. Die schönste, freundlichste, süßeste, intelligenteste Frau, die ich jemals kennengelernt hatte. Die einzige Frau, die mir jemals unter die Haut gegangen war. Meine Freundin. Die erste Frau, die ich jemals so bezeichnet hatte, hatte einen vierjährigen Sohn, dessen Vater mein bester Kumpel war. Verdammt und zugenäht! Und um das Maß vollzumachen, konnte sie womöglich schwanger mit meinem ersten Kind sein.

»Ich muss gehen«, stieß ich zwischen zusammengebissenen Zähnen hervor. Ich wusste nicht genau, was ich tun sollte, war mir allerdings sicher, dass ich jetzt besser nicht blieb.

»Ja, das wäre wohl das Beste. Auf Wiedersehen, Nate.« Sie weinte stumm. Ich wünschte mir nichts sehnlicher, als sie in die Arme zu nehmen, sie zu trösten und alles besser für sie zu machen. Aber sie hatte mich angelogen. Und das ein paar Wochen lang. Ich brauchte Zeit, um das Geschehene zu verarbeiten und damit klarzukommen.

»Ich melde mich«, versicherte ich ihr, als ich die Hand auf die Türklinke legte.

»Tu, was du für richtig hältst, Nate«, flüsterte sie. Sie ließ die Schultern hängen, und Tränen rannen ihr über die Wangen und fielen auf den Holzboden neben ihren bloßen Füßen. Ich stürzte zu ihr hin, zog sie stürmisch an mich, legte ihr die Hände auf die Wangen und schaute ihr tief in die Augen.

»Du gehörst immer noch zu mir. Warte einfach, bis ich das alles verarbeitet habe. Danach reden wir. Und hör verdammt noch mal auf, vor mir wegzulaufen. Verstanden?«

Ihre Lippen bebten, und noch mehr Tränen strömten aus ihren smaragdgrünen Augen, die grüner waren als die üppigste Landschaft in meinem Heimatland. Camille war einfach nur atemberaubend, selbst wenn sie weinte. Ich konnte mich einfach nicht zurückhalten und musste sie küssen. Ihre Lippen schmeckten nach dem Salz ihrer Tränen und meiner süßen Camille.

»Du wirst warten. Sag Ja, Goldstück«, drängte ich sie, nicht bereit, sie loszulassen, bis sie nicht eingewilligt hatte.

»Ja, Goldstück.« Ihre Mundwinkel hoben sich zu einem winzigen Lächeln. Mein Gott, sie war so herzzerreißend schön.

»Ich vertraue dir«, sagte ich mit Bestimmtheit und küsste sie erneut.

»Das solltest du nicht«, warnte sie mich und schloss ihre Augen.

»Sorg dafür, dass ich es nicht bereue.« Ich gönnte mir noch eine weitere Kostprobe ihrer Lippen, wobei ich meinen Mund viel länger auf ihnen verharren ließ, als ich es hätte tun sollen. Solange sie in meiner Nähe war und unsere Lippen sich berührten, hatte ich einfach nicht den Kopf frei, um mit dem Shit klarzukommen, der an diesem Abend über uns hereingebrochen war. Noch ein kleiner Kuss, ein winziges Knabbern, das mir ein Stöhnen schenkte, dann löste ich mich von ihr. »Mein Gott, du schmeckst so verdammt köstlich. Ich muss gehen. Wir unterhalten uns später.«

Ich ließ sie dort stehen, mit Tränen in den Augen, wie benommen und so gottverdammt schön, dass mir bei ihrem Anblick die Augen schmerzten und das Herz blutete. Ich war ihr total verfallen.

Kapitel 11

Cami

Drei Tage waren vergangen. Drei quälende Tage voller Angst, Unsicherheit und Niedergeschlagenheit. Nate wollte mich nicht. Wenn er mich hätte haben wollen, hätte er sich bereits wieder gemeldet.

Jin riet mir, ihm Zeit zu geben. Sie erklärte, dass drei Tage noch lange nicht bedeuteten, dass es vorbei war. Es hieß nur, dass er noch immer damit beschäftigt war, die neuen Informationen zu verarbeiten. Keine Nachrichten sind gute Nachrichten, sagte sie. Aber ich war anderer Meinung.

Ich entwirrte die Träger meines Triangel-Bikinis. Nur dass dieser kein ganz normales Oberteil hatte. Normalerweise bedeckte der Stoff die Brust komplett. Dieser hier tat das genaue Gegenteil. Er umhüllte mein gesamtes D-Körbchen mit anderthalb Zentimeter breiten Satinbändern, die auf der Brust wie ein Spinnennetz zusammenliefen und einen perfekten Kreis freiließen, durch den man meine Nippel sehen konnte. Normalerweise brachte das die Männer vollkommen um den Verstand, sodass mein G-String danach meist mit einem stattlichen Trinkgeld gefüllt war. Heute Abend hatte ich ein solches Doping für mein Selbstbewusstsein dringend nötig. Ich brauchte jemanden, der mich begehrte. Auch wenn es nicht der Mann war, den ich wollte.

»Verdammt, heute Abend wirst du in Geld schwimmen.« Jin musterte die dazu passenden Utensilien: Bikinihöschen, Strumpfbänder, Netzstrümpfe. Ihr zuliebe grinste ich. Heute Abend ging es darum, die dunkle Seite des erotischen Tanzes auszureizen, was perfekt zu meiner Stimmung passte.

Ich würde Mistress Black sein, meinen Hintern mit einer Reitgerte bearbeiten und dafür sorgen, dass er hübsch rot aussah, bevor ich ihn ein paar der Zuschauer vorführen würde. Ich wusste immer, welche Männer perverse Vorlieben hatte. Kaum erschien meine Peitsche auf der Bühne, begann es in ihren Augen zu glimmen. Meist waren es einflussreiche Persönlichkeiten, stinkreich und bereit, ein hübsches Sümmchen dafür zu bezahlen, damit ich ihnen ein paar kräftige Schläge mit der Gerte gab. Die Hälfte versuchte, sich dann auszuziehen, damit ich ihnen eins auf den nackten Hintern geben konnte, obwohl das eigentlich verboten war. Lediglich den Angestellten war es gestattet, sich auszuziehen. Das Gems war ein Herrenclub, kein Bordell. Die Besitzer verdienten ihr Geld durch die Illusion von Sex, nicht durch echten.

Mein Handy klingelte, als ich gerade eine Schicht liebesapfelroten, long-lasting Lippenstift auftrug.

»Willst du nicht drangehen?«, fragte Jin, wobei sie auf das Display sah.

»Nope. Ist wahrscheinlich wieder Oliver.« Ich verdrehte die Augen. »Aspen oder Hank haben sich verplappert. Und seit diesem Telefonat im Büro neulich bedrängt er mich ständig wegen der ›Details‹, wie er es nennt.«

»Warum steht dann auf dem Display, dass der Anrufer Nate Walker ist?« Jin grinste und ging dran. Mein Mund wurde ganz trocken, und mir blieb die Luft weg. Endlich rief er an. Meine erneut aufflammende Angst breitete sich in mir aus wie ein Riss in einer Windschutzscheibe nach einem Unfall.

»Hey, Nate. Ja, sie ist da. Wie geht es Ihnen?« Was machte sie denn da? Ich streckte die Hand aus, um das Handy entgegenzunehmen, und wackelte mit dem Finger, damit sie sich beeilte. Sie scheuchte mich weg.

»Im Augenblick macht sie sich für die Arbeit fertig.« Sie musterte meinen kaum bekleideten Körper. »Ja, sie arbeitet im gleichen Club wie ich. Dort habe ich früher schon mal als Serviererin gearbeitet ... na ja, äh, war nett, mit Ihnen zu plaudern.« Ich merkte, dass Nates Fragen in eine Richtung gingen, die sie nicht weiter erörtern wollte. Vermutlich hatte er sich erkundigt, was wir in dem Club so taten. »Höchste Zeit, die Jungs zu holen. Seien Sie gut zu unserer Süßen.« Sie streckte mir das Telefon entgegen und zwinkerte mir zu.

»Es ist Nate.« Sie lächelte breit.

»Hab ich mir gedacht.« Ich hielt das Handy gegen meine Brust. »Du bist so gut wie tot«, flüsterte ich.

»Das sagst du nicht zum ersten Mal und sicher auch nicht zum letzten ...« Sie warf sich das schimmernde Haar über die Schulter und verließ das Zimmer, wobei sie die Tür hinter sich schloss. Ich holte tief Luft, dann hielt ich mir das Handy ans Ohr. Ich sehnte mich danach, Nates Stimme zu hören, fürchtete mich aber vor dem, was er zu sagen hatte.

»Hey«, begrüßte ich ihn leise.

»Guten Abend, Goldstück.« Als er mich bei meinem Spitznamen nannte, den ich so sehr liebte, pochte mein Herz wie wild. »Ich hab doch gesagt, dass ich anrufe.«

»Das hast du.« Ich versuchte, nicht schwach zu klingen, dennoch zitterte meine Stimme.

»Ich habe dich vermisst.« Seine Stimme war weich wie Seide und ebenso sanft. Ich schloss die Augen und holte tief Luft, brachte keinen Ton heraus. »Ich hatte jetzt einige Zeit zum Nachdenken.« Er machte eine kurze Pause. »Über uns nachzudenken. Und weißt du, zu welchem Schluss ich gekommen bin?«

Alles hing nun von dieser Entscheidung ab. »Sag es mir«, flüsterte ich, weil ich meiner Stimme misstraute. Ich legte die Hand auf mein Herz. Es schlug so laut, dass ich schon befürchtete, er könne es hören.

»Dass du die schönste Frau bist, die ich je kennengelernt habe.« Ich erstickte beinahe an meinen Gefühlen, als mir bewusst wurde, was er da sagte. Meine Reaktion entging ihm nicht. »Dass ich dich besser kennenlernen will. Alles von dir. Einschließlich deiner Wünsche, Träume, Begierden.« Seine Stimme hatte nun jenen heiseren, tiefen Klang angenommen, bei dem mir die Lust wie ein Blitz zwischen die Schenkel schoss.

»Ich will dein ganzes Leben kennen und ein Teil davon sein, Camille. Ich will Jin kennenlernen und vor allem Tanner.« Das war's. Ich konnte sie nicht aufhalten. Tränen rannen mir die Wangen hinab, ruinierten mir das Make-up. Aber das war mir egal. Er wollte Tanner kennenlernen. »Wie klingt das, Goldstück?«

»Klingt … wie ein T-T-Traum, der w-wahr wird«, stammelte ich unter Tränen.

»Nicht weinen, Liebes. Schließlich bin ich nicht da, um dir die Tränen wegzuküssen.«

»Ich wünschte, du wärst es«, antwortete ich, ohne nachzudenken.

»Ich kann in einer Viertelstunde bei dir sein …«

Ich unterbrach ihn. »Nein. Heute Abend muss ich arbeiten.«

Nun hörte ich am anderen Ende der Leitung nur noch, wie er lange ein- und ausatmete. »Dann komme ich eben in den Club, in dem du arbeitest.«

Mir brach der kalte Schweiß aus. Nate im Gems, das war undenkbar. »Nein! Das darfst du nicht!«, rief ich viel zu energisch. Doch ein Alphatier wie Nate hatte für Vorgaben oder Grenzen mit Sicherheit nicht viel übrig.

Er war nun mal ein Erfolgsmensch und würde auf jeden Fall versuchen, sich in mein Leben hineinzudrängen, ob ich ihn dazu einlud oder nicht. Genau das war es ja, was mein Innerstes zum Pulsieren brachte und dahinschmelzen ließ.

»Und warum nicht?« Seine Stimme hatte einen seltsamen Unterton, wie ich ihn noch nie gehört hatte.

»Ich könnte mich nicht konzentrieren, wenn du dort wärst.« Das war noch nicht einmal gelogen. Wenn Nate dort war, war schon der bloße Gedanke absurd, vor anderen Männern für Geld zu tanzen.

Schallend lachte er. Der beste Laut, den ich die ganze Woche über gehört hatte. »Na gut, Liebes. Du hast gewonnen. Jedenfalls vorläufig. Ich will dich ausführen. Dich und Tanner.«

Dich und Tanner. Hatte ich schon jemals etwas Süßeres gehört? Nate Walker wollte mit mir und meinem Sohn Zeit verbringen.

»Liebend gern«, antwortete ich aufrichtig.

»Na gut. Am Samstag?«

Ich schüttelte den Kopf, bis mir klar wurde, dass er das ja nicht sehen konnte. »Ich muss am Samstag auf Zach aufpassen. Wie wäre es mit Sonntag?«

»Du verlangst von mir, dass ich noch drei weitere Tage warte, bis ich dich wiedersehe? Das ist geradezu brutal.«

Ich lachte, stand auf und begann, mich um mein Make-up zu kümmern und die Reste der verschmierten Mascara zu entfernen.

»Lunch morgen?«, fragte er sehnsüchtig. Wäre er hier gewesen, hätte ich ihn in die Arme genommen und nie wieder losgelassen.

Leider würden ihm meine Pläne fürs Mittagessen kaum gefallen. »Ich bin zum Essen mit Aspen und Oliver verabredet.«

»Nicht mehr lange ...«, sagte er todernst.

»Komm doch einfach mit. Bestimmt haben sie nichts dagegen.« Wahrscheinlich waren sie sogar begeistert. Eigentlich wollten Aspen und Oliver nämlich nur mit mir essen gehen, um mich wegen Nate in die Zange zu nehmen. Wenn er dabei war, benahmen sie sich wahrscheinlich vernünftig, kamen aber immer noch auf ihre Kosten.

»Toll! Dann bis morgen, Goldstück. Und bis dahin stelle ich mir vor, wie ich deine zarten Lippen küsse. Und wie dein sexy

Körper unter meinem liegt.« Er holte tief Luft, und ich spürte ihn ausatmen, als läge er tatsächlich auf mir, nackt, während sein Atem über meine erhitzte Haut strich.

»Nate … das ist nicht fair«, warnte ich.

»Es ist nicht fair, dass ich warten muss, bis ich dich berühren darf, dich in die Arme nehmen darf und dir zeigen darf, was genau ich fühle.«

»Und was fühlst du?«, fragte ich, voller Angst vor seiner Antwort.

»Liebe, Goldstück.« Seine Worte gingen mir durch und durch. Kein Mann hatte jemals auch nur angedeutet, mich zu lieben. Auch Tyler hatte in dem Monat unseres Zusammenseins kein einziges Mal von derartigen Gefühlen gesprochen. Nur ich hatte damals geglaubt, Liebe für ihn zu empfinden. Aber ich hatte mich geirrt. So, so sehr. Nichts war dem Gefühl vergleichbar, das diese Worte aus dem Munde jenes Mannes auslösten, in den ich gerade dabei war, mich zu verlieben.

Doch noch überforderte mich das Tempo, das er vorlegte. »Nate, das kannst du doch gar nicht wissen.«

»Aber es muss so sein. Ich habe noch nie etwas Derartiges für eine Frau empfunden. Nur für dich.«

»Es geht zu schnell. Du kennst mich doch kaum.«

Davon wollte er nichts hören. »Ich bin mir aber sicher. Nach drei Tagen ohne dich ist mir jedenfalls klar geworden, dass ich nicht mehr ohne dich sein will. Ohne zu wissen, ob es dir gut geht. Was du tust. Ohne deine Lippen zu küssen. In diese smaragdgrünen Augen zu sehen, bei denen mein Herz höherschlägt.« Seine Stimme wurde ruhiger, bedächtiger. »Es hat wehgetan, Camille. Nie wieder. Du gehörst zu mir. Wir ziehen das zusammen durch.«

»Wo durch?«, fragte ich, obwohl ich nicht sicher war, ob ich die Antwort hören wollte.

»Durch die Ewigkeit. Ich akzeptiere nichts anderes als ein für immer.«

Nate

Der Lunch wurde zu einem richtigen Event. Als ich Oliver schrieb, dass ich mit ihnen zu Mittag essen würde, teilte er mir mit, dass Hank ebenfalls vorbeikommen wollte. Hank wiederum rief mich an und hielt mir eine Standpauke. Erstaunlicherweise betonte er mehrfach, dass ich auf keinen Fall mit Camilles Herz spielen dürfe. Ich versicherte ihm, dass meine Absichten ehrenhaft seien, auch wenn mein Erfolgsbilanz in puncto Frauen einen anderen Schluss nahelegte.

Er war schockiert, als er erfuhr, dass Camille ein Kind hatte. Ich versuchte, die Sache herunterzuspielen, obwohl mir noch gar nicht klar war, wie ich selbst dazu stand. Ich mochte Kinder, aber ich hatte keine Ahnung, wie es sein würde, die ganze Zeit eines um mich zu haben. Definitiv waren durch ein Kind die Zeiten beschränkt, in denen ich mit Camille ausgehen, mit ihr allein sein oder sie endlich wieder in mein Bett holen konnte.

Als ich im The Place eintraf, unserem Stammrestaurant, war ich erfreut, auch Collier und seine Freundin London am Tisch bei Hank, Aspen, Oliver, Dean, Tripp und meiner Schwester Emma sitzen zu sehen. Anscheinend war die ganze Gang anwesend. Ich schritt durch das schmiedeeiserne Terrassentor und trat hinter Camille. Sie hatte mich noch nicht bemerkt. Ich legte ihr die Hände auf die Schultern und liebkoste ihren Nacken. Eine Sekunde lang verkrampfte sie sich, dann schob ich ihr Haar beiseite und küsste ihren Hals. Sie duftete einfach wunderbar. Ich war regelrecht süchtig danach.

»Hallo, Liebes«, flüsterte ich ihr ins Ohr. Sie wandte sich zu mir um. Ihre Augen funkelten grün mit kleinen goldenen Pünktchen, die durch ihre gelbe Bluse noch hervorgehoben wurden. Ihr Lächeln war wie ein leuchtend heller Sonnenstrahl. Ich musste sie einfach küssen. Also beugte ich mich über sie und nahm ihre Lippen in einem langsamen, bedächtigen Kuss. Sie summte an meinem Mund und legte mir ihre kühle Hand an die Wange. Die Geste war so schlicht und doch so bedeutungsvoll. Sie berührte mich, tief im Innern, dort, wo die Hoffnung begraben lag, jemals eine Frau für mich zu finden, und holte diese Hoffnung an die Oberfläche.

»Verdammt, ihr zwei! Nehmt euch ein Zimmer«, witzelte Collier und warf mir eine Serviette an den Kopf. Ich löste mich lächelnd von Camille. Dann liebkoste ich die perfekte Unterlippe meiner Angebeteten, die vom Kuss ganz rot war.

»Ich habe dich vermisst«, sagte ich und umfing ihr Kinn mit der Hand.

»Ich habe dich noch mehr vermisst.« Sie lächelte scheu. Ihr Lächeln war wunderschön, anmutig und galt nur mir. Ich hätte Bäume ausreißen mögen. Ich setzte mich neben sie und ergriff ihre Hand, verwob unsere Finger fest miteinander und legte sie auf meinen Oberschenkel. Sie grinste und schob sich eine widerspenstige Haarlocke hinters Ohr. Mein Gott, sie war wirklich ein fantastischer Anblick.

Mein Bruder Collier fing meinen Blick auf und nickte. Mit den Lippen formte er das Wort »atemberaubend« und deutete mit einem Kopfnicken auf sie. Ich grinste breit, legte den Arm um ihren Stuhl und zog Camille ein wenig näher zu mir heran, um ihr einen Kuss auf die Schläfe zu geben. Er schüttelte breit lächelnd den Kopf. *Stimmt, großer Bruder, ich habe den Sprung gewagt.*

Londons Blick glitt erst zu Collier, dann zu mir. Sie faltete die Hände vor sich im Schoß und grinste mit kaum verhohlener Freude.

Während der nächsten Viertelstunde bestellten alle etwas zu essen und versuchten, wie immer, einander lärmend im Gespräch zu übertönen. Ich liebte es, dass Camille mit von der Partie war, dass sie hier mit den Menschen zusammensaß, die ich als meine besten Freunde betrachtete. Zum ersten Mal war ich nicht allein. Ich hatte jemanden, mit dem ich diese Freude teilen konnte. Verdammt fantastisch!

Nachdem das Essen serviert worden war, zwinkerten Collier und London einander immer wieder zu und flüsterten sich gegenseitig zwischen zwei Bissen geheimnisvolle Dinge ins Ohr. Dann entdeckte ich etwas, was ich niemals erwartet hätte. An Londons linkem Ringfinger prangte ein dünner goldener Reif. Kein Diamant, nichts Besonderes, doch das gleiche Gold blitzte an der Hand meines Bruders.

Heiliger, verdammter Shit.

»Colly, Bruderherz, willst du mir vielleicht irgendetwas erzählen?«, fragte ich und sah auf seine Hand hinab. In seinem Kiefer zuckte ein Muskel, und er legte London den Arm um die Schultern. Meine Stimme hatte unverkennbar ärgerlich geklungen. Tödliche Stille senkte sich über die Anwesenden am Tisch herab. Gabeln und Messer wurden abgelegt, und nun ruhten sämtliche Augen auf dem verdächtigen Paar, das mir gegenüber am Tisch saß.

»Mistkerl«, stieß Collier zwischen zusammengebissenen Zähnen hervor. Dann grinste er. »Eigentlich können wir es genauso gut jetzt verkünden. Erinnert ihr euch, dass London und ich ein verlängertes Wochenende in Atlantic City verbracht haben?« Die meisten Anwesenden nickten, nahmen ihre Gabeln wieder auf oder nippten an ihren Getränken, während sie aufmerksam zuhörten. »Wisst ihr, London und ich haben uns dort spontan entschlossen …«

»Spuck's aus, mein Essen wird kalt«, ermutigte ihn Hank und legte den Arm um seine Frau. Automatisch schmiegte sie sich an ihn.

»Hmm, wie soll ich es formulieren …«, stammelte Collier.

»Oh Honey, komm schon … Leute!« London schüttelte den Kopf und verdrehte die Augen. »Wir haben geheiratet!«, kreischte sie dann und hielt ihre Hand in die Höhe. Der schlichte Goldring funkelte im Sonnenlicht.

Alles keuchte. Tripp stand auf, umrundete den Tisch und tippte Collier auf die Schulter. Der sah auf und erhob sich, als er Tripps drohende Miene sah.

»Wie konntest du nur, Bond!« Er versetzte Collier einen Stoß, und London sprang auf, um sich zwischen die beiden zu stellen. »Ich fasse es nicht. Wie konntest du das tun? Das ist echt nicht cool!«, rief er. Tripp, London und Collier hatten eine sehr merkwürdige Beziehung, vor allem nachdem Tripp seine Niere gespendet hatte, um meinem Bruder das Leben zu retten. In den letzten drei Monaten waren sie zu echten Amigos geworden. Ich hätte nie gedacht, dass Tripp nun so heftig reagieren würde. Meine Nackenhaare sträubten sich, und ich wollte schon aufstehen, um meinen Bruder zu verteidigen.

»Tripp, Sweetie, wirklich, es ist nicht seine Schuld. Es war *meine* Idee!«, entgegnete London. Er starrte sie an, und seine Augen waren voller Schmerz.

»Du bist verdammt noch mal einfach durchgebrannt, Bridge?« Tripp biss die Zähne aufeinander, dann wandte er sich um.

Ich zog Camille an mich und beobachtete weiterhin die Show. Aspen stand jetzt hinter Tripp und wirkte ebenfalls alles andere als glücklich. Sie hatte die Hände in die Hüften gestemmt, und ihr riesiger Babybauch ragte vor ihr auf wie ein Schild. Sie warf das Haar nach hinten und musterte London und Collier aus verengten Augen.

»Wie um alles in der Welt konntet ihr nur glauben, dass wir einverstanden sind, dass ihr einfach durchbrennt?« Das Paar sah sich an. Ihre Münder öffneten und schlossen sich wie bei Fischen auf dem Trockenen. »Wie konntet ihr so einfach über die Gefühle von uns allen hinweggehen?« Sie fing an zu weinen. »Das war total egoistisch. Jeder Einzelne hier am Tisch hätte sich geehrt gefühlt, dabei zu sein, wenn sich zwei Menschen, die wir lieben, aneinander binden. Aber nein! Ihr habt es euch leicht und euch einfach vom Acker gemacht.« Sie schüttelte den Kopf, dann hielt sie sich den Bauch und krümmte sich. Ihr Gesicht war plötzlich schmerzverzerrt.

Camille sprang auf und war sofort an Aspens Seite. »Wo spürst du es? Rücken? Bauch?«

»Überall.« Aspen biss die Zähne zusammen.

»Nein, nein, nein. Das ist verdammt noch mal zu früh«, stieß Hank knurrend hervor und begleitete seine Frau zu ihrem Stuhl zurück. »Tief durchatmen, Darlin'.«

Camille stand vor Aspen und sprach leise auf sie ein. Sie fragte sie, ob sie ihren Bauch berühren dürfe, und Aspen nickte. Dann sah sie Hank an und wartete auf seine Zustimmung. Er nickte ebenfalls und sah sie an, als sei sie die zauberhafteste Frau auf der ganzen Welt.

Und mit dieser Einschätzung hatte er durchaus recht.

Sie legte eine Hand auf Aspens Bauch. »Halt meine Hand, Aspen. Wenn du eine Kontraktion spürst, dann drückst du sie, okay?« Camille reagierte ruhig und sachlich. Wie sehr ich ihren Anblick liebte. Aspens Zustand hatte die überstürzte Hochzeit meines Bruders mit London in den Hintergrund gedrängt.

London trat nun an Aspens andere Seite, flüsterte ihr etwas ins Ohr, entschuldigte sich und küsste sie liebevoll aufs Haar. Aspen konzentrierte sich auf ihr Baby und drückte Camilles Hand, wenn es so weit war. Camille blickte auf die Uhr. »War es heftiger, genauso oder leichter?«

»Leichter. Es hat nicht überall geschmerzt.« Aspen holte tief Luft. Hank sah zu, seine scharfen Augen huschten zwischen Aspen und Camille hin und her. Oliver schritt hinter ihnen auf und ab, das Ohr am Telefon.

»Ja, Wehen. Wir wissen es nicht!«, brüllte er ins Handy.

»Kumpel, etwas leiser. Sprichst du mit dem Arzt?«

»Ja«, antwortete Oliver, das Mobiltelefon immer noch fest am Ohr. Camille teilte Oliver ein paar Einzelheiten mit, die er an den Arzt weitergab.

Nach dreißig nervenaufreibenden Minuten war man zu dem Schluss gekommen, dass Aspen Braxton-Hicks-Kontraktionen – also Vorwehen – hatte. Ihre Atmung normalisierte sich wieder, das Baby beruhigte sich, und Hank wich seiner Frau nicht von der Seite – wie ein Löwe, der seine Jungen schützt.

»Wann können wir zu ihm?«, fragte Hank Oliver.

»In einer halben Stunde. Beeilen wir uns.«

»Darlin', wir gehen jetzt zum Arzt.« Hank erstickte jegliche Antwort Aspens im Keim, indem er ihr den Finger auf die Lippen legte. »Engel, ich schwöre bei allem, was mir heilig ist, wir gehen zum Arzt, du widersprichst mir nicht, und erst, wenn er dir und unserer Tochter grünes Licht gegeben hat, kehren wir wieder nach Hause zurück.«

»Aber …«

»Nichts aber. Ich werde jetzt für meine Mädels sorgen. Keine Diskussion. Oliver, du weißt, was zu tun ist.«

»Schon erledigt. Sämtliche Termine gecancelt. Nichts ist wichtiger als Pen«, sagte Oliver zu Hank und schmiegte sich an seine bessere Hälfte Dean.

Dean hielt Olivers Gesicht in beiden Händen und wischte ihm mit den Daumen die Tränen ab. Oliver kuschelte sich an seine Brust. Er liebte Aspen wirklich, vielleicht genauso sehr wie Hank, nur auf eine vollkommen andere Art und Weise. Auf die gleiche Weise wie Tripp Devereaux für London empfand, weshalb ihn Londons und Colliers heimliche Heirat auch so wütend und traurig machte. Emma stand mit ihm in einer Ecke und sprach leise auf ihn ein. Sie flüsterte ihm etwas ins Ohr und strich beruhigend über seinen Oberarm. Zum millionsten Mal fragte ich mich, was zwischen den beiden wohl lief. Sie behaupteten, nur Freunde zu sein, aber ich war mir da keineswegs sicher. Ich nahm mir also vor, mal ein Wörtchen mit meiner kleinen Schwester zu reden.

Hank nickte Oliver zu und sagte dann zu Camille: »Canceln Sie für mich ebenfalls sämtliche Termine des heutigen Tages, Cami. Und …« Mühsam holte er Luft. »… Sie haben sich heute als wertvolle Hilfe bewiesen. Ich erlasse Ihnen die sechsmonatige Probezeit. Sie fangen am Montag offiziell bei uns an, sämtliche Sozialleistungen für Sie und Ihren Sohn werden ab dem ersten des Monats gezahlt. Und Sie kriegen eine Gehaltserhöhung. Eine große!« Er zog sie in seine Bärenarme. Nur ein Mann seiner Größe konnte das tun, ohne dass ich ihm nicht gleich einen Kinnhaken gab. Allerdings erforderte es jede Menge Selbstbeherrschung, zu beobachten, wie ein anderer Mann meine Freundin berührte.

»Wirklich, Mr. Jensen …«

Er warf ihr einen warnenden Blick zu.

»Hank«, berichtigte sie sich. Er lächelte. »Ich habe eigentlich nichts Schlimmes erwartet. Ich kenne mich mit Vorwehen aus. Sie fangen etwa um die dreißigste Schwangerschaftswoche herum an und werden häufig von unnötigen Stresssituationen ausgelöst.«

Hank sah London und Collier an.

»Hank, Kumpel«, begann Collier.

»Von nichts kommt nichts. Ich bin stinksauer auf euch beide. Ihr wart total egoistisch und könnt euch die nächsten paar Tage in euren Schuldgefühlen suhlen. Mir egal. Der Stress, den ihr meiner Frau verursacht habt, war … inakzeptabel!« Seine Worte durchbrachen die Anspannung, unter der alle gestanden hatten, und rüttelten uns auf. Emma atmete laut aus, Tripp grinste höhnisch, Dean und Oliver umarmten einander, und London und Collier sahen aus wie Welpen, die man getreten hatte und nun eine Brücke hinunterwarf, um sie verhungern zu lassen. Geschah ihnen ganz recht. Einfach zu heiraten, ohne einem von uns auch nur ein Sterbenswörtchen davon zu verraten. Das war eine ganz schön beschissene Aktion gewesen.

Hank und Aspen verließen zusammen mit Oliver und Dean das Lokal. Ich zahlte die Rechnung und kehrte zu Camille zurück. »Ich begleite dich zurück ins Büro.« Sie nickte und verabschiedete sich vom Rest.

Collier kam zu mir und schlug mir auf die Schulter. »Bist du auch stinksauer?«

»Ja, aber ich verstehe, warum du es getan hast. Du wolltest sie in diesem Moment mit niemandem teilen.« Und ich verstand es tatsächlich. Wenn ich die Chance gehabt hätte, mir Camille zu schnappen und sie auf ewig zu der Meinen zu machen, hätte ich wahrscheinlich genauso gehandelt. Shit. Meine Gedanken gingen wirklich mit mir durch.

Collier nahm mich fest in die Arme, so wie Männer es in der Öffentlichkeit normalerweise eigentlich nicht tun. »Bruderherz, du kennst mich einfach zu gut. Für uns beide ist es die zweite Ehe. Wir wollten das ganze Brimborium nicht noch mal durchmachen.«

»Ich hab's ja kapiert.« Ich lächelte und klopfte ihm auf die Schulter. »Schmeißt eine Party. Lasst uns mit euch feiern. Das wird uns alle versöhnen, Kumpel. Außerdem hast du es Mum noch nicht erzählt. Du glaubst, *ich* sei stinksauer? Im Vergleich zu ihr bin ich harmlos. Sie wird dir Schwachkopf diese Geschichte mit Sicherheit bis in alle Ewigkeit vorhalten.«

Emma legte Collier den Arm um die Taille und stimmte mir zu. »Du bist ein toter Mann, Bruderherz! T-O-T. Ich kann es gar nicht abwarten, die Funken sprühen zu sehen. Darf ich es Mum erzählen? Bitte …« Sie zog das letzte Wort in die Länge, und ich lachte.

»Komm, Goldstück, gehen wir. Du musst ein paar Termine absagen.«

Uns an den Händen haltend kehrten wir in einträchtigem Schweigen zum AIR-Bright-Gebäude zurück, beide versunken in unsere Gedanken. »Das war ja ganz schön turbulent eben. Aber weißt du, was das Beste war?«

Ich zog sie an mich und legte ihr den Arm um die Taille. »Was denn, Liebes?«

»Keiner deiner Freunde hat uns wegen unserer Beziehung oder der Tatsache in die Mangel genommen, dass ich einen Sohn habe!« Sie lachte. Anscheinend hatte meine süße Freundin ein Talent, in allem das Positive zu sehen.

An ihrem Bürogebäude angelangt, zog ich sie neben die Glastüren und wirbelte sie herum, presste sie gegen die Wand. Dann drückte ich meine Lippen auf ihre. Erst entfuhr ihr ein kleiner, erschrockener Schrei, doch dann stöhnte sie in meinen Kuss hinein. Sie schmeckte nach Sommer, Zitrone und Eistee. Ihre Zunge tauchte in meinen Mund ab, nahm ebenso viel, wie sie gab. Ich vergrub eine Hand in ihrem Haar und legte ihr die andere auf die Hüfte, hielt sie genau dort fest, wo ich sie haben wollte. Sie konnte mir nicht entkommen. Und das würde ich auch in Zukunft nicht mehr zulassen.

Nach ein paar weiteren kleinen Küssen löste sie die Lippen von meinen. »Nate, Honey, ich muss jetzt zur Arbeit. Wie gesagt: Ich muss Hanks Termine absagen.« Sie atmete in meinen Mund, als ich erneut ihre Lippen umfing. Sie schien es nicht eilig zu haben, von mir fortzukommen. Als wir uns berührten, wurde mir klar, welche Macht ich über sie hatte. Die gleiche Macht, die sie auf mich ausübte. Diese Macht war so allumfassend, dass sämtliche Vorhaben vergessen waren, sobald unsere Lippen sich berührten.

»Zwei Tage, dann gehören du und der Kleine mir. Den ganzen Tag lang. Vielleicht sogar die Nacht über.«

»Nate, dräng mich nicht …«, warnte sie.

»Ich mache keine Versprechungen.« Ich grinste. Sie verdrehte die Augen und stieß sich von mir ab. Dann kehrte sie ins Büro zurück, und ich sah ihr durch die Glastüren hinterher. Ihre gelbe Bluse umhüllte ihren Oberkörper wie eine Flagge, die leicht im Wind flatterte.

Sie setzte sich an den Schreibtisch, dann blickte sie durch das Glas zu mir auf. Sie lächelte breit, und ihre Wangen überzog ein hübsches Rot. Ich winkte ihr zu und stieg in den Aufzug. Unsere Blicke hielten einander fest, bis die Türen sich schlossen. Glückseligkeit. Sie war meine Glückseligkeit, und ich konnte es kaum erwarten, mit ihr und ihrem Sohn einen ganzen Tag lang zusammen zu sein.

Wenn ich nur wüsste, was ich mit ihnen unternehmen sollte. Ich würde Mum anrufen. Sie hatte bestimmt eine Idee. Vielleicht erreichte ich sie ja sogar, bevor Collier seine Neuigkeiten losgeworden war.

Das würde kein Spaß werden. Zumindest aber würde es die Aufmerksamkeit von mir und meinem Liebesleben ablenken. Der arme Kerl. Wenn Eleanor Walker Wind davon bekam, dass ihr Sohn durchgebrannt war, war sie bestimmt mehr als nur wütend. Keiner von uns war dann mehr sicher vor ihr. Wahrscheinlich würde sie in den nächstbesten Flieger steigen, um dem Burschen ein bisschen Vernunft einzuprügeln. Wenn es um ihre Babys ging, verstand Eleanor Walker keinen Spaß. Sie würde Collier die Hölle heißmachen. Ich grinste.

»Besser ihm als mir.«

Kapitel 12

Cami

»Mommy, warum ist er noch nicht da?« Tanner spähte durch die Jalousien unserer im zweiten Stock gelegenen Wohnung.

»Er kommt sicher gleich, Honey. Nur die Ruhe.« Im Geiste ging ich noch mal alles durch. Wechselkleidung. Ein Ersatzshirt, weil man nie wusste, ob Tanner nicht sein Getränk verschüttete oder im Schlamm landete. Spielzeug …

»Ich sterbe, wenn ich nicht bald weiß, wo wir hingehen.« Er ließ sich vom Fenster hinunter und in die dicken Kissen unserer Couch plumpsen. »Meinst du, er mag mich?«

Ich hörte auf, unsere Taschen zu packen. Snacks, Sonnencreme und Ersatzklamotten für Tanner und mich für morgen – nur für alle Fälle. Ich legte das Getränkepack, das ich in der Hand hatte, auf den Tisch und musterte meinen Sohn, der sich besorgt auf die Unterlippe biss. Er hatte die kleinen Finger ineinander verknotet und runzelte konzentriert die Stirn.

»Baby, was ist los?« Ich setzte mich neben ihn und zog mir meinen Jungen auf den Schoß. »Erzähl es Mommy.«

Tanner schmiegte das Gesicht an meine Brust und klammerte sich an mich. »Was, wenn er mich nicht mag?«

»Warum sollte er dich denn nicht mögen?«, fragte ich überrascht. Tanner war immer selbstbewusst und forsch gewesen. Warum verhielt er sich in Bezug auf Nate jetzt so anders?

Er zuckte mit den Schultern. »Wenn er mich mag, könnte er vielleicht Sachen mit mir machen, die große Jungs eben miteinander tun. Du weißt schon, Baseball spielen und so.«

In Augenblicken wie diesen hätte ich Tyler Thornton am liebsten umgebracht, weil mein Junge ohne Vater aufwachsen musste. Jeder Junge hatte Eltern verdient. Beide Elternteile. Genau wie ich wünschte Tanner sich eine vollständige Familie. Meine größte Sorge als alleinerziehende Mutter war immer gewesen, dass er irgendwann einen Mann in seinem Leben brauchen würde.

Ich wollte mir wegen Nate nicht allzu viele Hoffnungen machen. Er schien sich mit Tanner abzufinden und machte zumindest den Versuch, ihn näher kennenzulernen. Aber all das konnte sich auch sofort wieder ändern. Vielleicht wollte er sich nicht von einem Kind anketten lassen … denn angekettet war man in der Tat. Wie ein Boot im Hafenbecken, ein Anker im Meeresboden. Man musste sich voll und ganz auf ihre Welt einlassen und lebte mit ihnen darin, war darin festgebunden.

Es klopfte dreimal laut an die Tür, und Tanners Gesicht leuchtete auf, als hätte man ihm ein riesiges Eis vor die Nase gehalten. Ich schloss die Augen und holte tief Luft. Dann sandte ich ein stummes Gebet gen Himmel, dass heute alles gut laufen möge und dass der Mann, nach dem ich verrückt war, in seinem Leben und Herzen einen Platz für meinen Sohn fand.

»Hey, Sportsfreund.« Nate trat ein, legte eine große Hand auf Tanners kleinen Kopf und zerzauste ihm das Haar. Ich musste dringend mit meinem Sohn zum Friseur. Sein Haar war ein bisschen zotteliger als sonst.

Tanner strahlte über Nates kleines Zeichen der Zuneigung.

Ich musterte meinen *Freund* von Kopf bis Fuß. Nate war der Inbegriff männlicher Perfektion. Er trug ein langärmeliges, dunkelgraues Henley-Shirt. Es wirkte weich und abgetragen, und gern hätte ich meinen Kopf an seine Brust geschmiegt. Das Henley-Shirt spannte sich wie eine zweite Haut über seinen Wahnsinnskörper und passte hervorragend zu den dunklen Designer-Jeans und seinen schicken braunen Wildlederschuhen. Sein Haar hatte er zurückgekämmt. Es war noch immer feucht von der Dusche.

Nate betrachtete mich ebenfalls aufmerksam. »Gefällt dir der Anblick?«, fragte ich in dem Versuch, kokett zu sein.

»Mehr, als im Augenblick angebracht ist.« Er deutete mit einem Kopfnicken auf Tanner, und ein sexy Grinsen stahl sich auf sein Gesicht.

»Ich bin so aufgeregt, Mr. Nate. Wo geh'n wir hin?« Tanner hüpfte von einem Fuß auf den anderen. Mit seiner blauen Latzhose, dem gelb gestreiften Shirt und dem roten Hoodie sah er total niedlich aus. Auf dem Rücken trug er einen kleinen Rucksack mit schwarz-weißen Karos, die an eine Flagge aus dem Motorsport erinnerten, und ein paar roten und blauen Rennautos auf den Taschen.

Nate hockte sich vor Tanner hin, sodass er ihm in die Augen sehen konnte. »Ich habe einen ganzen Tag voller Spaß für uns geplant, aber zuerst habe ich etwas für dich.« Tanner machte große Augen. Nate zog ein glänzendes Goldstück aus der Tasche. *Wenn ich dich das nächste Mal sehe, habe ich eine richtige Goldmünze für dich*, hatte er gesagt. Er hatte sein Versprechen gehalten. Damit stand offiziell fest: Nate war perfekt.

»Oh mein Gott! Eine Goldmünze. Ich bin reich!«

Nate gluckste und hielt die Münze hoch. »Das ist nicht einfach nur irgendeine Goldmünze. Das ist eine Schokoladenmünze!«

Tanners Mund stand nun ebenso weit offen, wie es seine Augen taten. »Ich kann sie sogar essen?«

»Wenn du willst. Klar. Und falls du willst, Sportsfreund, habe ich noch ein paar mehr. Die kannst du mit deinem besten Kumpel teilen. Zach, nicht wahr?« Nate sah mich um Erlaubnis bittend an, und ich nickte.

Mein Sohn hüpfte auf und ab, in der Hand seine Beute. »Wohin gehen wir denn heute, hmm, Mr. Nate?«

»Ich dachte mir, wir fangen an mit dem Brooklyn Children's Museum, einem Museum für Kinder, und später besuchen wir Coney Island.«

Tanner neigte den Kopf zur Seite und runzelte die Stirn. »Was ist ein Mus-ul-ium?«

»Das ist ein Ort, wo tote Leute sich ausruhen«, sagte Nate schlicht. Ich schlug mir mit der Hand vor die Stirn, während Tanner vor Lachen kreischte.

»Wir schauen uns tote Leute an?«

»Nein, das ist ein Mausoleum«, erklärte Nate sachlich. »Wir gehen in ein Museum für Kinder.« Er sprach das Wort *Museum* ganz langsam aus, damit Tanner den Unterschied erkannte. »In dem Museum können wir uns viele schöne Dinge ansehen, zum Beispiel Liveauftritte, Ausstellungen, wir können ein paar Tiere streicheln und unsere eigene Pizza machen!«

»Ich liebe Pizza, und ich liebe Tiere. Mom, können wir gehen, können wir sofort gehen?«, quiekte Tanner.

»Lass mich deiner Mom erst mal Hallo sagen. Danach ziehen wir los, ja?« Nate hielt die Hand hoch, und Tanner schlug ein.

»Dann lauf und räum deine Goldmünze weg, und lauf noch mal ins Bad, bevor wir losziehen, Baby. Ich möchte nicht, dass du auf Toilette musst, kaum dass wir in Mr. Nates Auto sitzen. Okay?« Übersetzung: Ich wollte nicht, dass Tanner auf den makellosen Ledersitzen von Nates teurem Wagen einen Unfall hatte.

Tanner hüpfte wild johlend über den Flur ins Bad.

Ich sah zu Nate auf, der einen Schritt auf mich zu machte. Noch nie hatten seine blauen Augen so sehr geleuchtet. Sie hatten die Farbe des Himmels. Er umfing meinen Hals und schob mit den Daumen mein Kinn nach oben. Dann bedeckte er meine Lippen mit seinen. Er schmeckte nach Pfefferminze und English Breakfast Tea, zwei Geschmacksrichtungen, nach denen ich so langsam süchtig wurde. Nate zog mich dicht an sich, während er mich ausgiebig küsste. Ich spürte den Kuss in jeder Zelle meines Körpers, hätte gern mehr gehabt, aber das war nicht möglich. Nicht jetzt jedenfalls. Er fuhr mir mit einer Hand durchs Haar. Gott sei Dank trug ich es offen, sonst hätte er mich ganz schön zerzaust, so wie er meinen Kopf erst in die eine, dann in die andere Richtung schob. Seine Zunge liebkoste meinen Mund in langen, tiefen Zügen. Dann biss er mir zart in die Lippen. Dieser Mann verstand es zu küssen. Im Bruchteil einer Sekunde brannte ich lichterloh vor Verlangen. Er musste nur mit jener heiseren »Bin gerade erst nach einer langen Nacht aufgewacht«-Stimme meinen Namen sagen, und schon schien ich in Flammen zu stehen. Diese Stimme war so verdammt sexy, und sie gehörte ganz und gar mir.

Er zog sich zurück, sodass unsere Münder nur noch wenige Zentimeter voneinander entfernt waren. »Morgen, Goldstück. Du siehst hinreißend aus.«

Tatsächlich? Im Grunde hatte ich mich nicht sonderlich in Schale geworfen, sondern trug nur einen einfachen, hellblauen Pullover, Jeans und Stiefeletten. Aber Nate gab mir plötzlich das Gefühl, toll auszusehen und jederzeit bereit für den roten Teppich zu sein.

»Morgen. Danke«, flüsterte ich nah an seinem Mund. Er leckte über meine Lippen, was ich als Aufforderung auffasste, ihn zu küssen. In tiefen Zügen trank ich von ihm, wusste jedoch, dass mein Durst nicht gestillt sein würde. Ich würde immer noch mehr wollen, musste einfach mehr von ihm haben. Er legte mir die Hand auf den Po und zog mich erneut dicht an sich. Ich stöhnte in seinen Mund, spürte die harte Erektion, die sich an meinen Bauch presste.

»Ganz schön eklig, was?«, sagte eine kleine Stimme nicht weit hinter uns. Es folgte ein Kichern. Ich spitzte unwillkürlich die Ohren. Offenbar hatten wir Zuschauer.

»Mädchenbazillen sind ätzend«, sagte eine andere Stimme. Nate löste sich von meinem Mund und grinste wie ein Idiot, während er seine Nase an meiner rieb.

»Anscheinend hat man uns erwischt.« Nate wackelte mit den Augenbrauen.

»Glaub ich auch.« Ohne Vorwarnung warf Nate sich zurück, packte sich an die Brust und tat, als würde er ungeschickt auf zittrigen Beinen zu Boden fallen.

»Oh nein, Jungs, rettet mich. Ich wurde von einem Bazillenmonster angegriffen.« Er hielt sich die Hände vors Gesicht und lag vor den Jungen, die vor Lachen brüllten, auf den Knien. »B-b-brauche Wasser … muss Wasser trinken, um die giftigen Mädchenbazillen zu töten.« Er fiel zu Boden. Sein muskulöser Körper hätte einen sexy Teppich ergeben.

»Hol das Wasser!«, rief Tanner Zach zu. Jins Sohn rannte zum Spülbecken, nahm einen Becher aus dem Geschirrkorb, füllte ihn mit viel zu viel Wasser und rannte zurück, wobei er beinahe alles verschüttete, als er ruckartig vor Nates ausgestreckt daliegender Gestalt zum Stehen kam.

»Mr. Nate, setz dich hin. Trink das, damit du nicht stirbst!« Tanner nahm den Becher, in dem höchstens noch ein Finger breit Wasser übrig war, und drückte ihn Nate in die Hand. Nate richtete sich wie mit letzter Kraft auf, hob den Becher an die Lippen und trank ihn aus. Und dann – sehr zum Vergnügen der Jungs – sprang er wieder auf die Füße wie eine Actionfigur.

»Ihr habt mich gerettet!« Er deutete mit dem Finger auf mich. »Dieses heimtückische, wunderschöne Mädchen hat mich festgehalten und mich mit ihren Mädchenbazillen erstickt. Ihr seid die besten Kumpels, denn ihr habt mich vor dem Bazillenkuss-Monster, das mir das Herz stehlen wollte, gerettet!«

Entsetzt machte ich den Mund auf. »Hey! Ich bin kein Monster. Und ich habe auch keine Küsse gestohlen!« Ich stemmte die Hände in die Hüften. »Die hast du mir freiwillig gegeben.«

»Seid vorsichtig, Kumpels, man weiß nie, wann das herzstehlende Bazillenkuss-Monster wieder zuschlägt!«, warnte er.

»Na gut, Schluss jetzt. Wir müssen los. Sei lieb zu deiner Mama, Zach.«

»Sie geht mit mir heute in den Park!«, verkündete er fröhlich. Ich freute mich, dass Jin auch einen Ausflug mit Zach machte. Dadurch war es mir nicht so unangenehm, dass Nate nur Tanner mitnahm und ihn nicht. Aber wir brauchten einfach Zeit für uns. In Zukunft würden wir auch Aktionen mit Jin und Zach planen. Zumindest hoffte ich das.

»Okay, wenn ich wieder da bin, erzähl ich dir, was ich alles erlebt habe!«, rief Tanner und schlug mit seinem besten Freund ein.

»Ja! Klingt toll! Bye, Auntie Cami. Bye, Mr. Nate.« Zach winkte uns hinterher, während ich meine beiden Jungs aus der Wohnung trieb. Dann zog ich die Tür hinter mir zu, die Arme voll mit allem, was ich für den Notfall gepackt hatte.

»Was ist das alles?« Nate betrachtete die vier Taschen. »Ziehst du etwa bei mir ein?«

Ich presste die Lippen aufeinander und stieß ihn mit der Hüfte an. »Nein! In der einen sind Wechselklamotten, Pyjamas etc. für Tanner. In der anderen das Gleiche für mich. Eine enthält Snacks, ein paar Spielsachen, Buntstifte und ein Ausmalbuch«, ratterte ich die Dinge herunter, die ich meiner Erinnerung nach eingepackt hatte. »Und *last but not least* meine Handtasche. Auf die kann ich nicht verzichten. Alles klar?«

»Mein Gott! Die Kleinen brauchen aber eine Menge!« Er warf die Taschen in seinen Kofferraum.

»Das ist noch gar nichts im Vergleich zu dem, was du für ein Baby mit dir herumschleppen musst«, sagte ich geistesabwesend, ohne darüber nachzudenken, in was für ein Wespennest ich da stach.

Ruckartig fuhr Nates Kopf in die Höhe, wodurch mir das kleine Missgeschick am vergangenen Wochenende wieder einfiel.

»Wie lange dauert es, bis wir Bescheid wissen?«, fragte er leise, denn er hatte an dasselbe gedacht wie ich. Ich sah auf meine Stiefeletten herab.

»In ein paar Wochen. Ich sag dir Bescheid, sobald ich es weiß.« Er hielt meinen Blick fest und nickte schließlich. Unterhaltung beendet. Jedenfalls vorläufig.

Nate öffnete die Wagentür, und Tanner sprang in den dort angebrachten Kindersitz. »Woher wusstest du, dass er einen Kindersitz braucht?«

»Ich habe meine Mum angerufen. Sie hat mir ein paar Vorschläge gemacht, was wir heute unternehmen könnten, und mir geraten, für eine entsprechende Kindersicherung im Auto zu sorgen. Sein Körpergewicht musste ich allerdings schätzen. Dieses Modell wurde mir dann im Internet vorgeschlagen.«

Meine Augen wurden ganz feucht, als mir klar wurde, wie viele Gedanken er sich um unseren Ausflug gemacht hatte. Dass er einen Kindersitz besorgt hatte, zeigte mir, dass ihm Tanners Sicherheit genauso am Herzen lag wie mir.

»Danke«, sagte ich mit belegter Stimme. Er beugte sich vor, schnallte Tanner an, schloss die Tür und zog mich dann in seine Arme.

»Es gibt nichts, was ich nicht für dich oder Tanner täte. Je eher dir klar wird, dass ich dich bestimmt nicht im Stich lasse, umso besser für uns.«

Ich nickte und schlüpfte auf den Beifahrersitz, bereit, mit ihm zu fahren, wo immer er uns hinbringen wollte.

Nate

»Mr. Nate, Mr. Nate!« Tanner deutete auf das große kultige Riesenrad auf Coney Island. Seine Augen waren weit aufgerissen vor Staunen und Freude über die glitzernden Lichter und die Kabinen. Das erinnerte mich an Camilles Blick, als ich sie vor ein paar Wochen ins Theaterviertel geführt hatte, um mir mit ihr dort *Chicago* anzusehen. Mein Gott. War das wirklich erst ein paar Wochen her? Es kam mir wie eine Ewigkeit vor, als sei ich schon immer mit ihr zusammen gewesen, mit dieser kleinen Familie.

Hank hatte mir grünes Licht gegeben. Dies war seiner Meinung nach genau der richtige Ort, wohin man ein Kind bringen sollte, und meine Mum hatte ihm beigepflichtet. Und als ich sah, wie die Augen von Mutter und Kind leuchteten und sie übers ganze Gesicht strahlten, wusste ich, dass ich ins Schwarze getroffen hatte.

»Warst du schon mal hier?« Ich umfasste Camilles Taille und hielt sie an meiner Seite. Tanner wollte meine Hand halten, was ich, abgesehen von dem dauernden Hin- und Herschaukeln, überraschend schön fand. Der Junge war nicht in der Lage, einfach nur zu gehen. Nein, er hopste, hüpfte und sprang und schwang dabei meinen Arm absichtlich hin und her. Das alles fand ich mit jeder Minute süßer und gleichzeitig anstrengender.

»Ich wollte immer schon hierher, aber weißt du …« Sie sah sich um und antwortete dann schulterzuckend. »Ich konnte es mir nie leisten.«

Es versetzte mir einen schmerzhaften Stich, dass Camille nie eine normale Kindheit gehabt hatte, mit einer Mum und einem Dad, die sie beschützten, liebten und ihr all die Dinge zeigten, die die Welt zu bieten hatte. Jede Wette, dass sie niemals außerhalb von New York und New Jersey gewesen war.

Ich würde das sehr bald ändern. Sobald ich Urlaub hatte, würde ich sie und Tanner mit nach Hause, nach England nehmen. Sie hatte keine Familie, doch meine würde sie lieben. Meine Mum hatte mich in unserem Telefonat förmlich gezwungen, ihr ein Foto meiner *Freundin* zu schicken. Sie war begeistert zu hören, dass ich mich endlich fest zu einer Frau bekannte. Ich schickte ihr das Hintergrundbild meines Mobiltelefons. Es zeigte die umwerfend aussehende Camille vor dem Theater in ihrem grünen Kleid, das so gut zu ihren Augen passte.

Wie erwartet fand Mum sie hinreißend. Dad bezeichnete sie als hübsche Sahneschnitte, womit er recht hatte. Sie konnten es gar nicht erwarten, sie kennenzulernen und ihren Sohn mit ihr zu sehen. Meiner Mum und meinem Dad war es völlig egal, dass Camille so jung war und schon ein Kind hatte. Sie akzeptierten einfach, dass ich wusste, was ich wollte, und unterstützten mich. Eine solche Familie wünschte ich jedem.

Ich sah Tanner an, und er blickte strahlend zu mir empor. Seine blauen Augen glichen meinen, aber er hatte sie nicht von mir geerbt, sondern von Tyler. Über diesen Teil von Camilles Vorgeschichte mussten wir noch reden. Warum kümmerte Tyler sich nicht um ihn? Warum zahlte er keinen Unterhalt? Und zu guter Letzt: Warum hatte *er* nie erwähnt, dass er ein Kind hatte? Einen wunderschönen, intelligenten, glücklichen Jungen, auf den jeder Mann stolz sein konnte. Das wollte mir einfach nicht in den Kopf.

Wir wanderten durch die Menge und ließen uns Zuckerwatte schmecken. Wir fuhren auf dem Riesenrad, von dem Tanner begeistert war, auf dem Camille dann aber feststellen musste, dass ihr übel wurde. Nach der Fahrt stand sie ganz still da, nippte an ihrem Wasser und hielt sich vorsichtig den Bauch. Ich war besorgt, dass ihr nicht nur wegen der Fahrt schlecht sein könnte. Ich schlug frühe Schwangerschaftssymptome nach, und ganz oben auf der Liste stand die Morgenübelkeit, die sich, wie ich las, jedoch häufig nicht nur auf den Vormittag beschränkte. Es konnte zu jeder verdammten Stunde des Tages dazu kommen. Das mit uns war jetzt eine Woche her. Vielleicht dauerte es gar nicht allzu lang, bis die Symptome einsetzten …

»Mr. Nate, können wir wieder auf den Riesenkreis gehen!« Tanner streckte die Ärmchen weit aus, umarmte den Himmel und hüpfte wild herum – ein aufgeregter, überzuckerter kleiner Mann.

»Klar, Sportsfreund. Wenn deine Mum es erlaubt, nehme ich dich noch mal mit.«

»Mom, Mom, können wir biiiiittteeee?« Er zog das Wort in die Länge, als ob es fünfzig Buchstaben hätte.

»Ich würde lieber eine Runde aussetzen.« Wieder hielt sie sich den Magen. Ich zog beide zu einer nahe gelegenen Bank vor dem Fahrgeschäft.

Dann legte ich ihr die Hand auf den Bauch. Keine Ahnung, was zum Teufel gerade über mich kam. Sie verspannte sich, und ihre grünen Augen blickten unverwandt in meine. Sie waren unergründlich.

»Ich sorge für dich, Camille. Egal, was geschieht«, versicherte ich ihr und strich über ihren flachen Bauch. Sie zog mein Gesicht zu sich heran und küsste mich. Es war so viel mehr als nur ein einfacher Kuss. Er war voller Hoffnung und Angst, und irgendwie auch voller Liebe. Sie begann tatsächlich, sich in mich zu verlieben. Ich wusste es und sehnte mich mit jeder Faser meines Seins danach. Ich wünschte mir, dass sie sich auf mich einließ, obwohl mir natürlich klar war, dass es eigentlich noch viel zu früh dafür war.

»Du bist ein guter Mann«, flüsterte sie an meinen Lippen.

»Ich gebe mein Bestes, Goldstück. Ich gebe mein Bestes. Ist es in Ordnung, wenn wir dich hier allein lassen?« Tanner zog an meinem Arm, konnte sich einfach nicht mehr länger gedulden. »Komm schon, Mr. Nate. Beeilen wir uns!« Ich stand auf, schlang den Arm um seine Taille und hievte ihn auf meine Schultern. Er passte perfekt um meinen Kopf.

»Oje, lass ihn bloß nicht fallen!« Camille beobachtete uns ebenso amüsiert wie erschrocken. Ich fasste den Jungen an den Händen und streckte sie zu beiden Seiten aus.

»Ich halt ihn fest. Vertrau mir.« Ich lächelte und wirbelte ihn herum. Er kicherte und hielt meine Hände ganz fest.

»Das tue ich, Nate. Das tue ich sehr. Warte.« Sie kam zu mir und tastete nach meiner Hosentasche, in der sich mein Handy befand. Sie wischte mit dem Finger übers Display, um es zu entsperren, und ihr Bild leuchtete auf. Ein freches Lächeln umspielte ihre Lippen, als sie es sah. »Ich will ein Foto von euch beiden machen.«

»Bitte sehr! Mum will ein Foto von unserem Sportsfreund hier.« Ich kitzelte Tanner am Oberschenkel, und er lachte.

»Okay, fertig. Sagt: ›Cheese.‹« Camille knipste los.

Ich hob den lachenden Jungen von den Schultern und bat einen Typen, der neben uns ebenfalls mit seinem Handy herumspielte, uns die Ehre zu erweisen und unser erstes Familiendate festzuhalten.

Ich hielt Tanner auf meiner Hüfte fest und zog Camille an meine andere Seite. Tanner schlang mir die Ärmchen um den Hals und hielt sich an mir fest. Es fühlte sich mehr als richtig an. Zu lächeln wäre nicht genug gewesen, deshalb strahlte ich dermaßen vor Glück, dass mir der Kiefer wehtat, die Wangen brannten und ich die Augen zusammenkniff. Ich würde mit Händen und Füßen darum kämpfen, Tanner und Camille zu behalten. Ich kam mir vor wie ein verdammter König.

Der Mann machte ein paar Schnappschüsse. Schnell schickte ich die Fotos Mum, Collier, Emma, Ella und an meine eigene sowie Camilles E-Mail-Adresse. Bildunterschrift: *Das hier ist mein Leben, und es ist perfekt.*

Dann nahm ich den kleinen Sportsfreund mit auf die nächste

Riesenradfahrt. Während wir hoch in der Luft waren, hielt das Rad an, sodass wir einen Blick auf ganz New York hatten. Dort oben verblüffte mich Tanner mit einer Frage, auf die ich nicht vorbereitet war.

»Wirst du mein Daddy?«

Ich holte ein paarmal tief Luft, um die richtigen Worte zu finden, denn noch fehlte mir die Antwort darauf. Ich beschloss, ehrlich zu ihm zu sein.

»Keine Ahnung, Sportsfreund.«

Er gab sich damit zufrieden, dann fragte er: »Wirst du meine Mommy heiraten?«

Vor meinem geistigen Auge tauchte das Bild von Camilles hochgewachsenem, wohlgeformten Körper in einem eng anliegenden weißen Kleid auf, wie sie vor einem wunderschönen Sonnenuntergang den Strand entlangging, einen Brautstrauß in ihren Händen und ein strahlendes Lächeln auf ihrem Gesicht. Bei dieser Vision blieben mir die Worte im Halse stecken.

»Vielleicht eines Tages. Wir haben uns ja gerade erst kennengelernt.«

Er nickte und biss sich auf die Unterlippe. »Wenn du meine Mommy heiratest, wirst du *dann* mein Daddy sein?«

Ich lachte und zog ihn an mich. »Ja, Sportsfreund, wenn deine Mum und ich heiraten, dann wäre es mir eine Ehre, dein Daddy zu sein, falls das die Zukunft für uns bereithält.« Wie Kinder doch ins Schwarze treffen können.

Wir schwiegen lange, bis die Fahrt zu Ende war und ich seine Hand nahm. Auf dem Rückweg zu Camille, der es wieder besser zu gehen schien, zog Tanner plötzlich an meiner Hand, und ich blieb stehen. »Mr. Nate?«

Ich hockte mich hin und schaute ihm in die babyblauen Augen. »Ja, Sportsfreund?«

»Ich hoffe, du heiratest meine Mommy.«

Ich lächelte. »Ich auch, Sportsfreund. Ich auch.«

Und dann wurde ich zum ersten Mal im Leben so richtig von einem Kind umarmt. Tanner war warm, klein und zerbrechlich. Sofort regte sich mein Beschützerinstinkt, und ich zog den Jungen an meine Brust und legte ihm das Kinn auf den Kopf. Er duftete nach Zuckerwatte und Popcorn und einem Hauch jener Babylotion, die ich auch schon bei seiner Mum wahrgenommen hatte. Ab sofort würde ich diese Gerüche mit Freude und Glück verbinden.

Ich schloss die Augen und freute mich an seiner Umarmung. Viel zu schnell war sie vorbei. Irgendwann merkte ich, dass es zwar beglückend, aber auch anstrengend war, einen ganzen Tag lang einen Vierjährigen zu bespaßen. Ich brachte beide in meine Wohnung, wo ich vorgehabt hatte, uns ein Abendessen zu kochen. Fünf Minuten, nachdem wir den Freizeitpark verlassen hatten, war Tanner bereits im Auto eingeschlafen. Als wir vor meinem Wohnhaus ankamen, hob Camille den schlafenden Jungen aus dem Auto und legte ihn sich über die Schulter.

»*Ich* kann ihn doch tragen«, bot ich an. Er sah ziemlich schwer aus.

»Ich bin daran gewöhnt.« Darauf mochte ich wetten. Als alleinerziehende Mutter. Ganz auf sich gestellt. Aber wenn es zwischen uns weiterhin so gut lief wie heute, würde sie nicht mehr lange allein sein.

Wir fuhren mit dem Aufzug in mein Appartement, und ich schlug ihr vor, ihn in eines der Gästezimmer zu bringen. Der Raum war schlicht. Die Inneneinrichtung war nicht besonders elegant – grüne Wände, dunkle Kirschholzmöbel und weißes Bettzeug. London sollte noch in dieser Woche mit der Neugestaltung anfangen. Camille musste ihr unbedingt ein paar Tipps geben, denn ich hatte vor, sie viel häufiger hier zu haben. Und wenn Camille hier war, dann würde auch der kleine Mann öfter hier sein. Er brauchte sein eigenes Zimmer. Es gab keinen Grund, warum nicht eines der vier Schlafzimmer nur für ihn sein sollte. Ich nahm mir vor, diese Idee mit London zu besprechen.

In der Küche stellte ich alles für ein einfaches Pastagericht parat. Mum hatte mir eindringlich erklärt, dass Kinder beim Essen häufig schwierig waren und dass man mit Nudeln meist auf der sicheren Seite war. »Mag Tanner Pasta?«

»Oh ja, aber er ist nicht wählerisch. Solange nichts Exotisches im Essen ist, ist er zufrieden. Außerdem erlaube ich ihm, alles herauszupicken, was er nicht mag.« Sie goss sich ein Glas spritzigen Weißwein ein. Das Zusammensein hier mit ihr in meiner Wohnung war total entspannt. Ich schaltete das Sound System in der Ecke vor der Küche ein und wählte leichte, klassische Musik. Chopins beschwingte Töne erklangen durch die Surround-Lautsprecher und erfüllten die Küche.

»Ist das auch nicht zu laut für Tanner?«

»Meist schläft er so fest, dass er sogar ein Erdbeben verpassen würde. Außerdem ist er müde. Möglicherweise wacht er nicht mal zum Abendessen auf.«

Ich grinste und zog sie an mich. »Wirklich?« Sofort hatte ich die Möglichkeiten vor Augen, die sich uns dadurch eröffneten. Langsam ließ ich beide Hände von ihrer Taille ihren Rücken hinauf- und wieder hinabgleiten. Sie seufzte, neigte den Kopf zur Seite, und ich widmete mich der hellen Haut an ihrem Hals, ließ die Zähne über die samtene Fläche gleiten, bis ich Camille tief einatmen hörte. Sie war erregt. Ihre Atmung veränderte sich. Dann wurden ihre Nippel hart wie Kiesel. Unter dem dünnen Stoff meines Shirts spürte ich, wie sie sich zusammenzogen. »Wie tief schläft er denn normalerweise?«, fragte ich, während ich einen Pfad aus Küssen an ihrem Hals hinab beschrieb und dann dort saugte und knabberte, wo ihr Hals in ihre Schulter überging, eine Stelle, die ich ganz besonders liebte.

»Oh … sehr tief.« Sie atmete aus, als ich mich am Saum ihres Pullovers entlangtastete und die Hände dann daruntergleiten ließ, um ihre Brüste zu umfangen und zu massieren. Sie stöhnte und wollte mich küssen, doch ich entzog mich ihr, verhinderte, dass unsere Lippen sich berührten. Ich wollte beobachten, wie sie sich vor meinen Augen vor Verlangen gehen ließ, und bis zum allerletzten Augenblick warten, um erst dann ihren köstlichen Mund zu genießen.

»Wir haben also Zeit?«, vergewisserte ich mich noch einmal, während ich ihre Nippel sanft kniff. Sie erbebte und biss sich auf die Unterlippe. Ihre Augen waren geschlossen, ihr Mund leicht geöffnet. Sie überließ sich ganz und gar der Empfindung meiner Hände auf ihrem Körper.

»Ja …« Sie ließ den Kopf nach hinten fallen, schmiegte ihre Brust in meine Hände.

Ich schob ihren Pullover nach oben und die Cups ihres BHs nach unten, enthüllte ihre Brüste in der warmen Luft meiner Küche. Ihre Nippel waren reif, gerötet wie kleine Beeren, die man frisch vom Rebstock pflückte, nur dass es meine Finger gewesen waren, die diesen Job übernommen hatten. Das urtümliche Verlangen, meine Frau zu nehmen und zu markieren, zerriss mich beinahe. Das Verlangen in meinen Lenden wurde mit jedem Seufzer, Stöhnen und Erbeben, das sie mir schenkte, nur noch heftiger.

Ich umgriff ihren Po und drückte sie gegen die Theke. Eine schnelle Drehung des Handgelenks, und schon hatte ich den Knopf ihrer Jeans geöffnet. Dann schob ich ihr diese bis zu den Knöcheln herab und umfing ihre nackte Haut. Paradiesisch. Ich knabberte und biss in ihre kieselharten Brustwarzen. Ihr Atem ging stoßweise an meinem Ohr, und sie kickte ihre Hose von sich.

Eine gefühlte Ewigkeit später, bei der es sich sicher nur um Sekunden handelte, hob ich ihren Hintern in die Höhe und setzte sie auf die Theke, spreizte ihre Schenkel weit und presste mich an ihre Mitte. Ich nahm sie in einem sengend heißen Kuss, den ich bis tief in mein Inneres spürte. Die Lust breitete sich in meinem gesamten Körper aus: in meiner Brust, meinen Armen, meinen Fingerspitzen. Sie klammerte sich an mich, neigte mir die Hüften entgegen, um sich an meiner Erektion zu reiben.

»Mein Gott, Goldstück, ich will dich schmecken … jetzt.« Ich ließ meinen Worten Taten folgen, indem ich mit der Zunge an ihrem Hals hinabglitt. »Du bist meine Vorspeise«, versprach ich, wanderte mit den Händen ihre Beine hinauf, zog an ihrem Slip und schob ihn nach unten. Langsam ließ ich die Lippen an ihrem Körper hinabstreichen, küsste jede perfekte Brust, sog die harten Spitzen in meinen Mund, biss hinein, zärtlich und heftig zugleich, um ihr lustvollen Schmerz zu bereiten. Ihre Miene war verzückt vor Leidenschaft, die Wangen waren rosig, die Augen geschlossen. Die Zähne hatte sie in ihrer üppigen Unterlippe vergraben. Ich ließ meine Zunge in ihrem Nabel herumwirbeln und wurde reich belohnt, denn sie erschauerte am ganzen Körper. Sie versuchte, die Oberschenkel wieder zu schließen.

»Oh-oh, denk nicht mal dran«, schalt ich sie.

Camille erzitterte und öffnete die Augen, deren Grün nun beinahe fast schwarz geworden war. Nur noch ein winziger Farbpunkt war sichtbar. Sie beobachtete mich mit verhangenem Blick, als ich ihre Beine noch weiter auseinanderschob und ihre weibliche Hitze enthüllte. Ihre Scham war feucht und pink und glitzerte wie ein saftiger Pfirsich. Ich konnte es gar nicht abwarten, davon zu kosten. Ihr Duft erfüllte meine Sinne. Mir lief das Wasser im Munde zusammen, und ich konzentrierte mich auf die Lust meiner Frau wie ein Fuchs auf seine Beute. In diesem vollkommenen Moment existierte nichts weiter als Camille und ihre feuchte Weiblichkeit. Dieser Augenblick würde mir bis in alle Ewigkeit in Erinnerung bleiben.

Ich blies über ihre empfindliche Mitte hinweg und erfreute mich an dem Schauern, das ihre ganze Gestalt erfasste. Sie klammerte sich so fest an die Kante der Küchentheke, dass ihre

Fingerknöchel weiß hervortraten. Mit den Daumenspitzen schob ich ihre intimen Lippen auseinander, lehnte mich gegen ihre Schenkel und leckte sie vom Rand ihrer Rosette bis hinauf zur festen Perle ihrer Klit. Sie erschauerte, als ich ihren Lustpunkt heftig einsog, mit meiner Zunge um ihn herumkreiste und gierig an ihm leckte.

Als ich in Camille eintauchte und meine Zunge so tief wie möglich in sie hineinschob, erfüllte ihre Essenz meinen Mund, und ich schmeckte ihren reinen, weiblichen Geschmack. Kein Mann außer mir war jemals an diesem Ort gewesen. Das Gefühl der Macht, das Gefühl, sie zu besitzen, durchtoste mich so gewaltsam, dass mir schwindelig wurde. Ein Knurren drang mir aus der Kehle. Ich presste ihren Po fest an mich. Leckend und schleckend, saugend und stoßend, bis ich spürte, wie ihre Schenkel sich anspannten. Doch ich ließ nicht locker. Sie bäumte sich auf, sodass ihr Venushügel sich noch dichter an mich drückte und ihre sinnlichen Brüste zur Decke zeigten. Sie war überirdisch und unersättlich in ihrer Lust. Leidenschaftlich fuhr sie mir mit den Nägeln über den Rücken und vergrub die Hände in meinem Haar, während sie sich in meinem suchenden Mund verlor. Es war der Himmel auf Erden. Jeder Druck ihrer Hände machte mich verrückt vor Begierde, während sie mein Gesicht ritt und ihrem Orgasmus entgegenflog. Schon hatte sie den Gipfel erreicht, und ich saugte wieder ihre Klit in meinen Mund, umfing mit den Lippen das Zentrum ihrer Lust. Ich nahm die feste Perle zwischen die Zähne und schnippte mit der Zunge über den empfindlichen Punkt, so lange, bis sie mit meinem Namen auf den Lippen kam.

»Nate! Oh Gott, Nate!«, schrie sie ihre Erleichterung in die Welt hinaus. Ihre Essenz rann ihre Schenkel hinab, und ich leckte sie bis zum letzten Tropfen auf, presste die Zunge tief dort hinein, wo ihr Nektar am intensivsten schmeckte. Wieder spannte ihr Körper sich an, und ein weiterer Orgasmus zog meine Camille in seine Umlaufbahn. Dieser zweite war so heftig, dass sie sich nach hinten warf und mit dem Kopf gegen den Schrank prallte.

Ich löste mich von ihrer köstlichen Pussy und legte ihr die Hand auf den Hinterkopf. »Shit, Goldstück. Sei vorsichtig«, bat ich sie und legte meine Stirn gegen ihre.

Sie war ganz benommen, und es schien sie nicht zu kümmern, wie heftig sie sich den Kopf gestoßen hatte. Doch morgen würde sie es wahrscheinlich umso mehr spüren. Ich leckte mir über die Lippen, schmeckte ihren süßen Honig immer noch auf der Zunge. Mein Schwanz wurde bei diesem Aroma noch einmal härter. Mehr. Ich brauchte so viel mehr von ihr.

»Vorsichtig? Wie könnte ich?« Sie holte mühsam Luft. »Wie könnte ich vorsichtig sein, wenn du *so etwas* mit mir machst?« Doch dann veränderte sich etwas, und sie zog den Kopf zurück. Plötzlich schien ihr aufzugehen, wo sie sich befand. »Oh mein Gott. Wir können das nicht hier tun. Hier sieht man uns sofort. Tanner könnte jeden Augenblick hereinkommen.« Sie drückte sich die zitternde Hand auf die Lippen und schaute sich hektisch um.

In derlei schweren Fällen von einer extremen Enge in der Hose wächst man, was Logik und Improvisation angeht, gerne über sich hinaus.

Ich presste sie an mich. Sie klammerte die Beine um meine Taille, und ich lief mit ihr geradewegs in die Speisekammer. Ins Bett konnte ich sie jetzt nicht bringen. Dann hätten wir an Tanners Zimmer vorbeigemusst. *Tanners Zimmer?* Fuck, ich war dieser Frau und ihrem Kind wirklich schon mit Haut und Haar verfallen.

In der Vorratskammer angekommen, drehte ich mich abrupt um und schob Camille gegen die geschlossene Tür. Das Holz war hart und unnachgiebig. Außerdem war es solide und bestimmt drei Zentimeter dick, sodass es jeden Laut dämpfte, wenn nicht sogar verschluckte. »Halt dich fest, Goldstück. Der Ritt wird holprig.« Ich grinste, hob ihren Hintern mit einem Arm in die Höhe. Sie hielt sich an meinen Schultern fest und drückte ihre festen Schenkel gegen meine Rippen, während ich mir die Jeans aufknöpfte und diese zusammen mit den Boxershorts weit genug herunterstreifte, um meinen Schwanz zu befreien. Jetzt war ich selbst viel zu gierig, um noch einmal ihre Hitze zu schmecken.

Ich küsste sie hart und inbrünstig, und dann nahm ich sie auf die gleiche Weise. Als ich bemerkenswert tief in sie eindrang, schrie sie auf. »Fuck, du bist so … « Ich biss die Zähne zusammen. »… so verdammt eng.« Ich unterstrich die Worte mit einem heftigen Stoß. Sie schloss die Augen.

»Augen auf, Camille. Sieh mich an. Ich will alles von dir. Wenn ich in dir bin, will ich dich mit Haut und Haar hier bei mir haben.«

Kapitel 13

Cami

Seine Worte hielten mich an der Tür der Speisekammer ebenso fest wie seine starken Arme. Ihm war gar nicht klar, wie verführerisch ein paar einfache Befehle auf mich wirkten. Ich war diesem Mann so verfallen, dass ich keine Ahnung mehr hatte, wo oben, unten, rechts, links, vorn und hinten war. Ich war nur noch Gefühl. Wenn Nate in mir war, wenn wir auf jene intimste Weise verbunden waren, die Männer und Frauen vereinen kann, existierte nichts anderes mehr.

Sein harter Schaft war tief in mir. Die pralle Spitze seines Schwanzes fuhr über die empfindliche Haut, sandte Blitze der Lust in jede Zelle meines Körpers. Ich klammerte mich an meinen Mann, während er mit den Armen meinen Rücken hinaufglitt, um mich an beiden Schultern zu fassen. In dieser neuen Stellung stieß er in mich, presste die Hände auf meine Schultern und kippte die Hüften nach vorn, sodass er unglaublich erfüllend in mich eindrang.

»Gott, Camille. Du wirst verdammt noch mal nie wieder weglaufen.« Nate nahm meine Lippen mit einem festen Kuss. Ich liebte das. Ich liebte seine besitzergreifenden Arme und wie er jedes Wort mit Stößen untermauerte, die mich in immer höhere Sphären hinaufkatapultierten, aus denen ich mich wieder hinabstürzen würde. Ich erwiderte seinen Kuss genauso leidenschaftlich und hart. »Versprich es mir«, sagte er bei einem besonders heftigen Stoß in mich.

»Oh Gott, ich komme … schon wieder!« Ich bäumte mich

wild auf. Das Gefühl war überwältigend. Die Art, wie Nate mich in den Wahnsinn trieb, wie seine Hände meinen Körper liebkosten, ihn massierten, mit ihm spielten – wie ihm jegliche Reaktion meines Körpers gehörte, bis er ihm auf seinen Befehl hin genau das gab, was er wollte –, war einfach grandios.

»Versprich mir, dass du nur mir gehörst!«, presste er hervor und hielt meine Hüften fest, sodass ich zwischen der Tür und ihm eingekeilt war. Sein Schwanz war tief in mir. Nate hielt mich dort, kurz vor dem Abgrund, ließ die Hüften quälend und lustvoll kreisen, erregte mich.

»Ja, Nate, dir. Baby, nur dir.«

»Oh, ich liebe es, wenn du mich Baby nennst«, stieß er knurrend aus und erhöhte sein Tempo, trieb sich in mich hinein. Seine angespannten Muskeln arbeiteten und waren eine Augenweide, während ich mich an seinen Bizeps klammerte. Als ich schließlich kam, zerriss mich mein Orgasmus förmlich, sodass ich jegliches Zeit- und Raumgefühl verlor. Ich schwebte so lange auf den Höhen der Glückseligkeit dahin, dass mir schwarz vor Augen wurde.

Kaum dass ich wieder im Hier und Jetzt war, fühlte ich mich erschöpft, stand aber immer noch an der Tür zur Speisekammer. Nates Körper umgab mich, sein schwerer Atem ging wild an meinem Hals.

»Shit, ich liebe es, dich zu ficken«, durchdrangen seine Worte den sexy Nebel in meinem Kopf. Er *liebte* es, mich zu ficken. Das war nicht das Gleiche, wie zu sagen, dass er mich liebte, obwohl mir durchaus schwante, dass die Dinge zwischen uns erheblich ernster waren, als ich mir jemals hätte träumen lassen.

»Ich liebe es auch, hmm, wenn du das mit mir machst.«

Seine Lippen verzogen sich zu einem Grinsen, das ich an meiner feuchten Haut spürte. »Du kannst das Wort ›ficken‹ nicht aussprechen?«

Meine Wangen wurden ganz heiß. »Ich kann. Aber eigentlich benutze ich keine vulgären Ausdrücke.«

»Zu anstößig für mein süßes, amerikanisches Mädchen?« Nate grinste und beschrieb einen Pfad aus Küssen an meinem Hals hinab. Ich neigte den Kopf zur Seite, damit er mich besser küssen konnte.

Ich atmete ein, genoss das Gefühl seiner Lippen auf meiner Haut. »Nein, nur wenn du mit achtzehn ein Kind bekommst, lernst du schnell, auf deinen Sprachgebrauch zu achten, damit dein kleines Vögelchen dir nichts Schlimmes nachplappern kann. Und apropos ›kleines Vögelchen‹: Ich muss nach Tanner schauen.«

»Natürlich. Dein sinnlicher Körper lenkt einen aber auch allzu sehr ab.« Er legte die Hände auf meine Brüste und massierte sie. Dann betrachtete er sie liebevoll, als sei es ihm verhasst, mich loszulassen.

»Du wirst von mir keine Klagen hören.« Ich sah nach unten und dann wieder auf. Dann legte ich ihm die Hand auf eine Wange und spürte das Kitzeln seines Barts an meiner Handfläche. Er schmiegte sich in die Berührung, und mir wurde ganz warm ums Herz. »Nate, ich hätte nie gedacht, dass es so schön sein kann. Dass ich bei einem Mann so empfinden könnte.«

Er hielt meinen Blick fest. Seine warmen blauen Augen strahlten Überzeugung und Kraft aus. »Goldstück, so wie jetzt wird es immer sein. Es gibt so vieles, was wir gemeinsam erleben können. In den Jahren, die noch vor uns liegen.« Er küsste mich und zog sich dann aus mir zurück. Als Beweis unseres Liebesspiels ergoss sich sein Samen aus mir.

»Fuck.« Schließlich fluchte ich doch. Aber in diesem Moment war es durchaus angebracht. Hitze durchflutete meinen Körper, und das Herz schlug mir wie wild gegen die Rippen. Meine Haut war empfindlich und prickelte, als kitzelte mich jemand mit einer Feder … überall. Ich hatte dieses unheimliche Surren in den Ohren und musste mich an Nates Oberarm klammern, um das Gleichgewicht nicht zu verlieren. Eine ganze Weile stand ich da, atmete tief ein und aus und versuchte mit aller Kraft, mich zu beruhigen.

Nate schloss die Augen, leckte sich über die Lippen, holte ebenfalls tief Luft, ließ allerdings meine Schulter nicht los. Dann öffnete er sie wieder und schaute mich an. »Lauf nicht weg«, sagte er, als würde ihm sonst das Herz brechen. Ich hatte eine Panikattacke, weil wir uns schon wieder wie dumme, sextrunkene Teenager verhalten hatten, die es nicht besser wussten. Und er machte sich Gedanken, dass ich weglaufen könnte? Männer waren tatsächlich vom Mars.

»Zweimal!« Ich hielt zwei Finger in die Höhe, die man nicht mit dem Peace-Zeichen verwechseln konnte.

Er schüttelte den Kopf. »Camille. Tut mir leid. Es war meine Schuld. Ich wollte dich nicht in der Speisekammer vögeln. Zum Teufel, ich wollte dich heute Abend überhaupt nicht vögeln. Nicht, solange Tanner hier ist.«

Ich riss die Augen auf. »Oh. Mein. Gott.« Was, wenn Tanner doch wach geworden war und nicht mehr wusste, wo er war. Er würde sich zu Tode ängstigen. »Ich muss zu ihm.« Ich zog mir den Pullover herunter und sah mich nach meiner Jeans um. Mist! Die lag noch in der Küche.

Nate öffnete die Tür, und ich eilte hinaus. Dann schnappte ich mir ein paar Servietten von der Arbeitsplatte und wischte mir die Spuren unserer Lust ab, schlüpfte in Unterwäsche und Jeans und knöpfte mir auf dem Weg zu Tanners Zimmer noch schnell die Hose zu.

Mein Sohn schlummerte nach wie vor tief und fest. Er fühlte sich wohl hier. Die Erkenntnis traf mich wie ein heftiger Schlag in die Magengrube.

»Camille, lass ihn schlafen. Reden wir lieber über das hier.«

Ich ging an Nate vorbei in die Küche. Dort schnappte ich mir mein Weinglas und kippte es in wenigen Zügen herunter. »Ich kann nicht glauben, dass uns das schon wieder passiert ist! Was sind wir, sechzehn? Können die Hände nicht lange genug voneinander lassen, um ein Kondom überzuziehen? Wir spielen mit dem Feuer, Nate!«

»Ich weiß, ich weiß. Wir kriegen das schon hin. Was immer passiert. Es tut mir leid.« Er hatte Panik und sah gar nicht mehr aus wie das selbstbewusste Alphamännchen, das alles unter Kontrolle hatte. Im Augenblick war er einfach nur ein Mann. Ein Mann, der zusammen mit seiner *Freundin* ein paar wirklich blöde Entscheidungen getroffen hatte, die möglicherweise den Rest ihres Lebens beeinflussen konnten.

»Du bist es doch nicht allein. Ich war immerhin auch dabei. Aktive Teilnehmerin anwesend.« Ich hob spöttisch die Hand. »Ich ... wir dürfen jetzt kein Baby bekommen. Wir kennen einander doch gar nicht genug, um eine so große Verpflichtung einzugehen. Ich habe die Dinge gerade erst in den Griff bekommen: Tanners Betreuung, meinen Job, die Weiterbildung.«

Oh Gott, all das konnte durch zwei dumme Fehler vorbei sein. Obwohl es sich in dem jeweiligen Augenblick so unglaublich richtig angefühlt hatte, konnte die Konsequenz ein Leben lang andauern. Ich bezweifelte, dass Nate sich an mich und zwei Kinder ketten wollte.

Er trat vor mich und zog mich an seine warme Brust. Er legte die Hand auf meinen Hinterkopf, und ich hörte das Pochen seines Herzens, stark und tröstlich. Ich rieb meine Nase an dem weichen Henley-Shirt, wie ich es mir schon gewünscht hatte, seit er zum ersten Mal in meiner Wohnung aufgetaucht war.

»Camille, hör zu. Hör mir ganz genau zu. Du bist nicht allein. Nicht jetzt und nie wieder. Ich weiß, wir kennen uns noch nicht lange, aber ...« Seine Stimme brach, und ich sah zu ihm auf. »Wir sind zusammen, und ich glaube nicht, dass sich das je ändern wird. Ich will mit dir zusammen sein. Ich will Tanner besser kennenlernen. Mehr Zeit zu dritt mit euch verbringen. In den vergangenen Jahren habe ich mich treiben lassen, habe mich nur auf meine Karriere konzentriert und sonst auf gar nichts. Frauen waren für mich nichts weiter als Sexpartnerinnen.« Unwillkürlich verkrampfte ich mich, als er davon sprach, mit anderen Frauen intim gewesen zu sein. Der scharfe Dolch der Eifersucht bohrte sich in mein Herz. Doch Nate strich mir über den Rücken, sodass ich mich schnell wieder entspannte.

»Bis zu dir. Dem hier. Uns. Es ist besser als alles, von dem ich je zu träumen gewagt hätte. Ich …« Er holte tief Luft, umfing meine Wangen und küsste mich zärtlich. Dann löste er sich von mir. »Ich habe mich in dich verliebt.«

Die Welt drehte sich langsamer, wurde ganz still und blieb dann komplett stehen. Nates Augen waren indigoblau. »Hast du mich gehört, Camille?«

Ich schüttelte den Kopf. Hitze durchflutete meinen Körper. Meine Sinne waren wie betäubt. Hätte er mich nicht festgehalten, hätte ich mich wahrscheinlich in meine Bestandteile aufgelöst und wäre in den Boden gesickert. Ein Mann liebte mich. Nein, nicht irgendein Mann. Dieser Mann. Mein Nate.

Seine Lippen verzogen sich zu einem vielsagenden Lächeln. »Ich liebe dich, Goldstück.«

»Noch mal«, flüsterte ich, denn ich wünschte mir nichts sehnlicher, als die schönsten Worte, die je jemand zu mir gesagt hatte, laut zu hören.

»Ich liebe dich, Camille Johnston.« Er küsste mich auf die Wangen.

»Noch mal.«

Er küsste mich auf die Stirn. »Ich liebe dich.« Er küsste meine geschlossenen Augenlider. »Ich liebe dich.« Er ließ die Lippen an meiner Wange hinabgleiten bis hin zu meinem Kinn. »Ich liebe dich«, sagte er ein letztes Mal. Dann nahm er meinen Mund mit einem heißen Kuss.

Der Mann meiner Träume liebte mich.

Nur in meinen kühnsten Fantasien entführte Prince Charming das Bauernmädchen und machte es zu seiner Frau. Ich war seiner nicht würdig – und seiner Liebe ebenso wenig. Er wusste noch immer nichts vom Gems. Wir hatten uns auch noch nicht überlegt, wie unsere Beziehung im Hinblick auf Tanner aussehen würde.

»Sieh mal, Goldstück. Ich weiß, dass dich das wahrscheinlich überrascht, aber ich gehöre nicht zu den Männern, die einfach so irgendwelche Liebesschwüre von sich geben.« Sein Blick bohrte sich in mich hinein. »Außer meiner Mum und meinen Schwestern habe ich bislang noch keiner Frau gesagt, dass ich sie liebe. Nur dir.« Seine Worte klangen ehrlich, aufrichtig und ja – voller Liebe. Mein starkes Alphamännchen gestand mir seine großen Gefühle für mich.

Tränen traten mir in die Augen und verschleierten mir die Sicht. Sie rannen mir die Wangen hinab. »Nate, ich …«

Er legte mir den Daumen auf die Lippen und hinderte mich so am Weitersprechen.

»Nicht. Du musst jetzt nichts sagen. Du sollst einfach nur wissen, was ich für dich empfinde. Und wenn mein unersättliches Verlangen, mit dir zu schlafen, dazu führt, dass wir etwas Kleines bekommen, na ja, dann werde ich alles in meiner Macht Stehende tun, um diesem Kind der beste Vater zu sein.«

Noch mehr Tränen. Ich konnte sie nicht zurückhalten. Genauso gut hätte ich versuchen können, nicht mehr zu atmen. Nate zog meinen Kopf an seine Halskuhle, hielt mich, während ich weinte. Er war der perfekte Mann, und er liebte mich. Mich.

Die Waise aus New Jersey, die niemand je hatte haben wollen. Ich war so von meinen Gefühlen zu diesem Mann überwältigt, dass ich keine Worte fand. Stattdessen würde ich sie ihm zeigen. Nate hob mich hoch und brachte mich in sein Schlafzimmer. Nun würde ich zum zweiten Mal in seinem Bett liegen, aber diesmal würde ich dortbleiben. Ich würde nicht wieder weglaufen.

Für den Fall, dass ich Nates Liebesschwüren doch nicht trauen würde, verbrachte er nun Stunden damit, mir zu zeigen, wie viel ich ihm bedeutete. Er erstickte meine lusterfüllten Schreie mit seinem Mund und verschluckte meine Ekstase mit der gleichen Leichtigkeit, mit der er sie hervorrief. Immer und immer wieder bewies er mir, wie sehr er mich liebte, sagte es mir durch seinen Körper, seine Küsse, seine Berührungen und mit Worten, bis ich schließlich in seinen Armen einschlummerte.

Nate

Als ich erwachte, war mir heiß. Ich war von allen Seiten von Wärme umgeben. An meine Brust schmiegten sich zwei Gestalten mit dunklem Schopf. In einem fanden sich hellere kastanien- und goldfarbene Schattierungen. Camille lag auf meiner nackten Brust mit der Wange über meinem Herzen. Genau am richtigen Platz.

Auf der anderen Seite befand sich ein kleinerer Kopf mit kurzem Haar. Sachte Atemzüge entwichen Tanners kleinem Schmollmund, aus dem ein Speicheltropfen auf meine Brust gefallen war. Irgendwann im Laufe der Nacht musste der Junge zu uns ins Bett gekrochen sein. Gott sei Dank hatte Camille so viel Geistesgegenwart besessen, mich zu bitten, mir ein Paar Boxershorts überzuziehen. Sie selbst trug eine Unterhose und eines meiner T-Shirts. Im Augenblick lag meine große Hand fest auf ihrem wohlgerundeten Po. Ich drückte ihn leicht, und sie schob ihre Hüfte näher zu mir. Ihr Schenkel strich genüsslich über meine Morgenlatte. Wenn Tanner nicht bei uns gelegen hätte, wäre ich jetzt aktiv geworden, doch so war nicht daran zu denken.

Daran musste ich mich erst noch gewöhnen. Wie formulierten es meine Freunde mit Kids doch gleich. Ach ja: Kinder vermasselten einem die Tour. Ich grinste leise vor mich hin, denn nun wusste ich, warum sie ihre Kinder oft zärtlich als kleine Saboteure bezeichneten.

Während ich Camilles Gesicht im sanften, goldenen Morgenlicht betrachtete, verliebte ich mich noch mehr in sie. Sie war unglaublich schön. Ich beobachtete ihren Schlaf und sah meine Zukunft vor mir. Mit Tanner und möglicherweise unserem Baby, falls wir tatsächlich ein Kind gezeugt hatten. In der Vergangenheit hatte ich mir durchaus schon Sorgen wegen einer ungeplanten Schwangerschaft gemacht. Aber aus irgendeinem Grund war ich nun zufrieden damit, hier mit meiner Freundin zu liegen, sie festzuhalten, im anderen Arm ihren Jungen. Ich war glücklich und absolut mit meinem Leben im Reinen. Ein ungewohntes Gefühl, aber auch eines, das ich um nichts missen wollte.

Camille war ein Rätsel, eines, das ich mit dem größten Vergnügen lösen wollte. Ich hätte längst den Bericht des Privatdetektivs lesen können, in dem sich jedes Detail ihres Lebens wiederfand. Er war gut in seinem Job. Hatte sicher jeden Stein umgedreht. Doch mir machte es mehr Spaß, selbst die Schichten ihres schillernden Wesens eine nach der anderen freizulegen. Dass sie so wenig von sich preisgab, die Art und Weise, wie ich von Tanner erfahren hatte, das alles erhöhte nur noch ihren Reiz für mich. Sie war keine junge Frau von Anfang zwanzig. Camille war eine alte Seele. Sie hatte viel durchgemacht, und dadurch war sie reifer als manch andere Frau ihres Alters.

Ich betrachtete Tanner, der friedlich an meiner Seite schlummerte, die Hand auf der seiner Mutter, welche auf meiner Brust lag. Der Anblick war überwältigend. Genau das wünschte ich mir. Eine Familie. Menschen, die sich auf meine Zuneigung, meinen Trost und meine Liebe verließen. Während ich ihren Schlaf beobachtete, regte sich mein Beschützerinstinkt. Diese beiden Menschen waren mir nun anvertraut. Camille und Tanner würden meine Familie sein. Eher früher als später. Sobald ich einmal wusste, was ich wollte, stümperte ich für gewöhnlich nicht unsicher herum, sondern ging geradewegs auf mein Ziel zu. Nein, ich ging nicht! Ich rannte! Zum Teufel mit den Risiken!

Bei Stone, Walker & Associates hatte ich mit dieser Strategie großen Erfolg gehabt. Ich musste von ganzem Herzen daran glauben, dass sie auch bei diesen beiden kostbaren Seelen wirken würde.

Während ich noch meinen Gedanken nachhing, war der Kleine aufgewacht und sah mich jetzt an.

»Mr. Nate? Warum steht dein Pipimann so hoch raus?«

Ich lachte, womit ich Camille weckte. Sie erwachte und rieb den Kopf an meiner Brust wie ein kleines Kätzchen.

»Tanner, Baby, was hast du denn hier zu suchen?« Camille lachte an meinem Oberkörper. Ich war froh, dass wenigstens einer das hier für lustig hielt. Mir war dieses Gespräch zutiefst peinlich. Also holte ich tief Luft und legte mich zurück. Er setzte sich im Schneidersitz neben mich und wartete geduldig. Camille lachte wieder.

»Kannst du mir vielleicht helfen?«, fragte ich sie.

»Mit männlichen Körperteilen?« Sie klang gespielt schockiert und schüttelte den Kopf.

Ich raufte die Haare und seufzte. »Okay, Sportsfreund. Also dann. Wenn ein Junge … äh … ein *Mann* morgens aufwacht, dann steht manchmal sein ›Pipimann‹ …« Ich benutzte sein Wort. »… aufrecht. Das ist ganz normal und vergeht nach ein paar Minuten wieder.«

Er presste die Lippen mit den Fingern zusammen und schien über meine Erklärung nachzudenken.

Ich schloss die Augen. »Du darfst deine intimen Körperteile niemals jemandem zeigen, außer einem Arzt, deiner Mum oder mir«, fuhr ich fort. »Und mir nur dann, wenn er wehtut oder ich dir beim Baden helfe, okay?«

Er nickte und hüpfte auch schon vom Bett herunter. »Ich bin am Verhungern, Mommy. Kann ich Cornflakes haben?« Anscheinend war das Gespräch damit beendet. Ob ich mich jemals an Kinderfragen gewöhnen würde? Ich hoffte es verdammt noch mal inständig.

Camille setzte sich auf und strich sich das Haar aus dem Nacken. »Äh, Honey, keine Ahnung. Wir müssen abwarten, was Mr. Nate im Haus hat, okay?«

Ich zuckte zusammen. Ich hatte keine Cornflakes. Hatte nie viel dafür übriggehabt, aber wenn der Kleine hier war, würde ich in Zukunft entsprechende Vorkehrungen treffen müssen. Vielleicht konnte Emma mir helfen? Camille stand auf und zog ihre Jeans vom gestrigen Abend an, wodurch sie ihren süßen Hintern verbarg. Ich stöhnte, und sie zwinkerte mir über die Schulter hinweg zu. Ich hatte sie in der vergangenen Nacht auf so viele Arten gehabt, dass ich mich wunderte, dass sie überhaupt noch laufen konnte. »Komm schon, Tan Man. Suchen wir dir etwas zu essen, und dann geht's ab nach Hause. Ich muss mich für die Arbeit fertig machen. Ich komme noch zu spät.« Sie klang besorgt.

Ich sprang aus dem Bett, zog meine Jeans über und folgte ihr mit bloßem Oberkörper. »Hast du deine Sachen denn dabei?«, fragte ich.

Sie nickte. »Ja, aber erst muss ich ihn zu Jin zurückbringen.«

»Das kann ich doch machen. Und du kannst zu Fuß ins Büro gehen. Du weißt doch, AIR Bright ist gleich um die Ecke.« Ich umarmte sie und gab ihr einen sanften Kuss auf die Lippen.

»Das musst du nicht tun. Ich will dich nicht belasten …«

Mit einem weiteren Kuss schnitt ich ihr das Wort ab. Das Kichern hinter uns hielt uns davon ab, ihn zu intensivieren. Ich legte die Hände auf ihre Wangen und zwinkerte dem kleinen

Mann zu, der fröhlich an der Bar stand und auf sein Frühstück wartete. »Ich will es aber. Dann habe ich mehr Zeit, um den Jungen kennenzulernen«, fügte ich hinzu.

Bei dieser Äußerung schmolz sie dahin; ihre Stirn wurde wieder glatt und ihr Gesichtsausdruck weicher. Ich küsste sie ein drittes Mal. »Komm, mach dich fertig fürs Büro. Ich sorge dafür, dass Tanner etwas zu essen bekommt.«

»Sicher?«, fragte sie zaghaft.

»Sportsfreund, sag deiner Mum, dass sie sich fertig machen soll, um arbeiten zu gehen. Wir Männer kümmern uns ums Frühstück.« Ich warf mich in die Brust und schlug mit den Fäusten darauf.

»Ja, Mommy. Geh schon. Mr. Nate und ich machen das schon.« Er klatschte in die Hände.

Ich kochte ihm zwei Eier, dazu gab es Obst. Er verschlang alles in so atemberaubender Geschwindigkeit, dass ich schon befürchtete, ihm würde schlecht, doch seine Mum versicherte mir, dass er immer so aß ... mit Genuss. Das gefiel mir. Ich freute mich, dass ihm mein Essen schmeckte. Ich gab seiner Mum einen Abschiedskuss und zog einen dunklen Anzug an. Dann ließ ich ihn die Krawatte auswählen. Er fand meinen Krawattenhalter toll und wiederholte immer und immer wieder, dass er kaum glauben könne, wie viele ich besaß. Schließlich entschied er sich für eine weinrote, die gut zu dem Anzug und dem frischen weißen Hemd passte, das ich gewählt hatte.

Während ich den Schlips umband, saß er auf dem Bett, hielt den kleinen Kopf gesenkt und war tief in Gedanken.

»Was ist los, Sportsfreund?«

Er betrachtete meinen Anzug und sah dann wieder zu Boden. »Ich will wie du sein«, antwortete er.

Ich ließ mich vor ihm auf ein Knie hinab und zerzauste ihm das Haar. Er sah auf, die Augen voll stiller Trauer. »Wie das?«

»Ich mag deine Sachen. Solche Sachen hatte ich noch nie.«

Da hatte ich eine Idee. »Würdest du mich heute gern zur Arbeit begleiten? In meine Kanzlei?«

Tanners Gesicht leuchtete auf. Er war nicht mehr ernst und traurig, sondern lächelte strahlend. Er nickte schnell und eifrig.

»Na gut. Dann brauchst du zunächst einmal etwas Vernünftiges anzuziehen. Wir kaufen dir einen Anzug.«

Seine Pupillen weiteten sich, und er nahm meine Hand. Im Vergleich zu meiner eigenen war seine winzig. »Wirklich?«, fragte er mit dieser süßen Kleine-Jungen-Stimme.

»Ja. Los geht's.«

Auf dem Weg in die Tiefgarage rief ich Emma an. Sie erklärte mir, wo man Kinderklamotten kaufen konnte. Anscheinend hatte Ralph Lauren eine Kinderlinie, zu der auch Mini-Anzüge für kleine Jungen gehörten. Wir hatten eine tolle Zeit mit der Verkäuferin, die ihm genau das richtige Outfit aussuchte. Es sah meinem so ähnlich, dass Tanner mein Sohn hätte sein können. Bei diesem Gedanken wurde mir ganz warm ums Herz, und ich wurde von einer überschwänglichen Freude erfüllt, die ich in letzter Zeit so oft verspürte.

Hand in Hand betraten wir Stone, Walker & Associates. Emma blieb vor Staunen der Mund offen stehen.

»Und wer ist dieser kleine Mann?« Sie hockte sich hin, und das dunkle Haar schwang über ihre Schulter.

»Ich bin Tanner«, antwortete er und drückte sich gerade dicht genug an mein Bein, dass ich seine nervöse Energie spürte.

Emma lächelte. »Und wer ist deine Mummy?«, fragte sie, wobei ihr englischer Akzent erheblich ausgeprägter als meiner oder Colliers war. Wir lebten schon seit Jahren in den Staaten, doch sie war erst vor wenigen Monaten hierhergekommen.

Tanner runzelte die Stirn und blickte zu mir auf. »Was ist eine Mumie?«

Ich lachte. »Na ja, das ist eine Leiche, die man eingewickelt hat, um sie zu erhalten.« Er riss die Augen auf.

»Ich habe keine Mumien, sorry«, antwortete er todernst. Ich biss mir auf die Zunge, um nicht laut loszulachen.

Leise lachte Emma.

»Ach, ist er nicht einfach süß?«, sagte sie und warf mir einen forschenden Blick zu.

»Sportsfreund, sie meint, wer deine Mom ist. Camille Johnston ist seine Mutter oder Mum, wie wir in England sagen.« Tanner nickte, und Emma machte große Augen.

Sie schüttelte den Kopf. »Nun, jedenfalls freut es mich, dich kennenzulernen, Tanner. Ich mag deine Mum sehr.«

»Sie ist die hübscheste und liebste Mommy auf der ganzen Welt.« Er lächelte. »Und sie findet es toll, Mr. Nate dauernd zu küssen und mit ihm in einem Bett zu schlafen!«, fuhr er fort, ohne zu ahnen, dass mich meine Schwester mit diesen Details später gehörig aufziehen würde.

Ich schlug mir gegen die Stirn. Jetzt wusste ich, warum Camille das in seiner Gegenwart so oft tat. »Was Tanner meint, ist …«

Emma lachte nur und winkte ab. »Ich brauche keine Erklärung. Aber der Kleine ist der Hammer. Ich kann kaum erwarten, was Mum dazu sagen wird.«

Meine Nackenhaare sträubten sich, und ich legte ihr die Hand auf die Schulter. »Lass gut sein. Das hier ist etwas Neues, und Camille ist eher zurückhaltend. Mums Einmischung kann ich jetzt echt nicht gebrauchen.« Außerdem hielt ich Mum gewissermaßen in der Warteschleife. Sie musste noch nichts davon erfahren, dass Camille bei mir übernachtete.

Emma biss sich auf die Unterlippe und neigte den Kopf zur Seite. Sie sah erst Tanner an, dann mich. »Gut. Ich halte dicht. Ihr beiden seht echt toll aus. Lasst mich ein Foto machen.« Sie zückte ihr Smartphone, und ich stellte Tanner vor mich hin, um ihm die Hände auf die Schultern zu legen. Wir lächelten beide breit, und sie schoss den Schnappschuss.

»Schickst du es mir bitte? Und wo du schon dabei bist, lass ein paar Bilder ausdrucken und rahmen. Ich will eines davon auf meinem Schreibtisch im Büro und eins für Camille als Überraschung.« Ich zog mein eigenes Handy heraus und sendete ihr das Bild von uns dreien und das eine nur von Camille. »Ich schicke dir gleich noch zwei, für die das Gleiche gilt. Sorg dafür, dass die gerahmten Bilder gut sichtbar auf meinem Schreibtisch stehen.«

Emma schüttelte abermals den Kopf und stemmte eine Hand in die Hüfte. »Wow, du bist ... Ich hätte nie gedacht, dass ich dich mal so verliebt sehen würde. Das ist echt fantastisch.«

»Hast du nichts zu tun? Tanner und ich haben jedenfalls jede Menge Arbeit vor uns. Stimmt's, Sportsfreund?«

Als ich seinen Namen erwähnte, leuchteten seine Augen auf, und er nickte aufgeregt. Er war wirklich ein tolles Kind. Camille hatte ihre Sache als alleinerziehende Mutter wirklich gut gemacht.

Dabei hätte es niemals so weit kommen dürfen. Tyler hätte seiner Verantwortung nachkommen müssen. Anscheinend hatten alle anderen den Kerl richtig eingeschätzt. Er war nichts weiter als ein Frauenheld und Mistkerl. Ich würde ihn mir noch vorknöpfen, aber das musste warten.

Kapitel 14

Cami

Nichts hatte mich auf das Bild vorbereitet, das mich am Feierabend an der Bürotür erwartete. Mit Tanner an der Hand betrat Nate das Büro. Beide trugen die gleichen Anzüge und hatten das gleiche Lächeln auf den Lippen. Jeder, der sie sah, hätte sie für einen stolzen Vater mit seinem Sohn gehalten.

Ich stand mit offenem Mund da und betrachtete ihr identisches Erscheinungsbild.

»Ihr seht fantastisch aus«, flüsterte ich und genoss den hübschesten Anblick meines Lebens.

»Mommy! Mr. Nate hat mich heute mit zur Arbeit genommen. Er ist ein Purist!«, rief Tanner glücklich.

Nate lehnte sich gegen meinen Schreibtisch und lachte lauthals, sodass sein großer, muskulöser Körper bebte.

»Tanner, es heißt Jurist, nicht Purist«, korrigierte ich Tanner seufzend. Nate lachte sich immer noch kaputt.

»Mommy, Mommy. Rate mal, was ich gemacht habe.« Er ließ mich nicht antworten. »Ich bin zur Arbeit gegangen. Ich habe Mr. Nates Büro gesehen. Er hat sooo ein großes Fenster.« Tanner streckte die Hände zu beiden Seiten aus, so weit er konnte. »Wie eine Wand. Und man konnte dadurch die ganze weite Welt sehen!«, rief er und hüpfte auf und ab. »Er hat mich sogar das ganze Fenster mit Mexttarkern anmalen lassen!«

»Textmarkern, Sportsfreund.« Nate lächelte.

»Ja! Mexttarkern! Ich hatte Gelb und Grün und Pink und Blau! Und ich hab die ganze Fensterwand angemalt! Wir haben ein Foto für dich gemacht.« Er ließ seine Hand in Nates Tasche abtauchen. Dann zog er dessen Handy heraus, ohne irgendwelche persönlichen Grenzen zu beachten. Ich biss mir auf die Unterlippe, doch Nate drückte nur auf ein paar Tasten und zeigte mir dann das Display. Deutlich konnte man Tanner vor seinem Kunstwerk sehen und erkannte dahinter die Gebäude und den Horizont durch das Glas. Anscheinend hatte er die Umrisse der Wolkenkratzer mit leuchtenden Farben nachgezogen. Ich war beeindruckt, dass es Nate nichts auszumachen schien, wenn Tanner sein Büro verunstaltete.

Tanner trat unruhig von einem Fuß auf den anderen, bis ich ihm versicherte, was für ein tolles Kunstwerk das war. Ich fand es herrlich, wie ausgelassen er war. Nate legte dem Jungen die Hand auf den Kopf. Tanner beruhigte sich und sah mit einem bewundernden Lächeln auf seinem kleinen Gesicht zu ihm auf. Offenbar verliebte er sich gerade ebenso in Nate, wie ich es getan hatte.

»Der Junge hat mir super geholfen. Er ist sogar bei Gericht mit mir gewesen und hat meine Aktentasche gehalten, was eine sehr wichtige Aufgabe ist.« Tanner nickte aufgeregt. »Und er saß ganz still da, während ich ein Plädoyer hielt. Dann haben wir zusammen Mittag gegessen.«

»Wir hatten die gutesten Tacos der Welt, Mommy! Ich liebe Tacos! Und ich hab seinen Bruder kennengelernt. Ich vergesste seinen Namen, aber er redet genauso witzig wie Mr. Nate und hat mir Eis gekauft!«

Nate lachte und zog mich an seine Brust. »Sorry, dass ich dir nicht Bescheid gegeben habe, dass ich mich tagsüber um ihn kümmere, aber ich habe es einfach nicht über mich gebracht, ihn nach Hause zu bringen. Allerdings bin ich in deiner Wohnung vorbeigefahren, um Jin zu informieren, dass ich ihn mitnehme. Sie war zwar erstaunt, hatte aber nichts dagegen. Wir wollten dich überraschen.«

»Überrascht bin ich tatsächlich, so viel steht fest. Ich kann nicht glauben, dass du ihn mitgenommen hast! Ist dir bewusst, dass er jetzt schon sehr an dir hängt, und …«, warnte ich. Ich wusste nicht so genau, wie sehr Nate sich an Tanner binden wollte. Ja, er hatte gesagt, dass er mich liebte, und mich gab es nur im Gesamtpaket. Ohne Tanner würde es niemals ein »Wir« geben.

»Das kann er auch. Hab ich dir doch gesagt, Goldstück. Ich gehe nirgendwohin. Gewöhn dich daran. Ich will, dass ihr beiden heute bei mir übernachtet.« Eigentlich hatte ich das vermeiden wollen, aber Nate machte meine Pläne zunichte.

»Jin hat mir bereits gesagt, dass du heute Abend nicht arbeiten musst. Du hast also frei. Ich habe London, Collier und Emma zum Abendessen eingeladen. Ich will, dass du und Tanner meine Familie kennenlernt.« Er kam hinter meinen Schreibtisch, öffnete meine Schublade und holte meine Handtasche heraus. »Gehen wir.«

»Nate, ich weiß nicht, ob das so eine gute Idee ist.«

»Tanner? Möchtest du heute wieder in meiner Wohnung übernachten? Ich habe eine Konsole und ganz viele Spiele«, verkündete er.

»Ja, oh ja, Mommy. Mr. Nate hat versprochen, mir so ein Autorennspiel beizubringen. Das haben wir im Gamestore geholt. Ist von Lego!«

»Das geht eindeutig zu weit …«, flüsterte ich so leise, dass nur Nate mich hören konnte.

Der zuckte mit den Schultern und grinste. »Was immer nötig ist. Ich will, dass du so oft wie möglich bei mir bist. Das gilt für euch beide.« Er deutete auf Tanner, und mein Herz war plötzlich voller Anbetung und Liebe. Ich fragte mich aber doch, warum er sämtliche Register zog. Immerhin war ich ein Niemand. Doch in Nates Gegenwart verflog dieses Gefühl schnell. Ihm bedeutete ich etwas.

Später am Abend nestelte ich an meinen Fingern herum und nippte an meinem Wein, während Nate die Tür öffnete. Ich hörte einen Mann lachen, und wie man sich gegenseitig auf den Rücken schlug. Ich durchquerte die Küche und gelangte ins Wohnzimmer. Collier half London gerade aus dem Mantel, ebenso wie Nate es bei Emma tat. Ein gut aussehender Mann mit braunem Haar und hellen Augen, die genauso grün waren wie meine, kam auf mich zu und streckte mir die Hand entgegen. Er kam mir irgendwie bekannt vor, so wie ein Freund oder Schulkamerad, den man vor langer Zeit aus den Augen verloren hat.

»Ich glaube, wir haben uns neulich bei diesem Lunch schon mal getroffen, aber durch den ganzen Krawall …« Er deutete mit einem Kopfnicken auf London und Collier. »… habe ich mich gar nicht richtig vorstellen können. Ich bin Tripp Devereaux, ein guter Freund von London und Collier.«

»Nett, dich kennenzulernen, Tripp. Camille Johnston. Aber alle nennen mich Cami.«

»Alle außer mir.« Nate umfasste von hinten meine Hüften und zog mich an sich. Dann liebkoste er meinen Nacken. Er platzierte einen heißen Kuss auf die Stelle, die er als *seine* betrachtete, und streckte Tripp die Hand entgegen. »Wie geht's, Kumpel? Wie ich sehe, hast du meine Freundin Camille bereits kennengelernt. Bist du heute Abend allein hier?«

Tripp warf einen Blick auf Emma, die sich gerade mit Tanner unterhielt. »Ich wollte eigentlich Em Gesellschaft leisten.«

Nate zog die Augenbrauen in die Höhe, und ich lächelte. Tripps Absichten waren klar, auch wenn er sie nicht deutlich ausgesprochen hatte.

Nate setzte Tanner mit dem neuen Videospiel ins Medienzimmer neben der Küche. Ich konnte ihn also zwei Räume weiter leise vor sich hin spielen sehen. Das war das perfekte Arrangement. Er hatte schon Chicken Nuggets und Obst gegessen, bevor die Gäste kamen, damit wir etwas Zeit als Erwachsene miteinander verbringen konnten. Vor dem Zubettgehen würden wir ihn zum Nachtisch wieder dazuholen.

Es überraschte mich, mit welcher Leichtigkeit Nate Tanner und mich in seinen Alltag integrierte. Es schien ihn weder zu stören noch zu belasten, den ganzen Tag ein Kind um sich zu haben. Tatsächlich schien sogar das Gegenteil der Fall zu sein. Er legte Wert darauf, Tanner in unsere Unterhaltungen einzubeziehen, mit ihm Witze zu machen und »Männergespräche« mit ihm zu führen.

Wir beendeten das Abendessen, bei dessen Zubereitung ich Nate geholfen hatte. Allen hatte das Filet Mignon in einer Rotweinreduktion mit gewürztem Gemüse und Reispilaw hervorragend geschmeckt. »Hey, London, kann ich dich kurz wegen der Neugestaltung meiner Wohnung sprechen? Camille, kommst du auch hinzu? Ich habe mir ein paar Ideen notiert.«

Sowohl London als auch ich entschuldigten uns und entfernten uns von der Gruppe, die fröhlich plaudernd um den Wohnzimmertisch herum versammelt saß.

»Du hast dir endlich die Einzelheiten angesehen? Kaum zu glauben!« London lachte.

»Haha. Ich wollte dir und Camille ein paar Ideen zeigen. Nun, da Camille und Tanner sich hier regelmäßig aufhalten werden, will ich die Entwürfe ein wenig verändern. Dieses Zimmer …« Er deutete auf den Raum, in dem Tanner die letzte Nacht verbracht hatte und auch in der nächsten wieder schlafen würde.

»Du meinst, den Fitnessraum?«, fragte sie.

Nate schüttelte den Kopf. »Genau. Ein eigenes Fitnessstudio kommt nicht infrage. Ich kann auch die Geräte hier im Gebäude benutzen. Ich möchte, dass das ein Zimmer für Tanner wird. Er liebt Rennautos und alles, was mit Autorennen zu tun hat. Ich möchte, dass du diese Grundidee hier umsetzt. Das wird ihm sicher gefallen. Stimmt's Goldstück?«

»Ja, das liebt er, aber …«

»Perfekt! Du kümmerst dich um die Veränderungen, London? Und wir brauchen Stockbetten oder zumindest zwei Betten. Er hat einen besten Kumpel. Ich will, dass der hier ebenfalls übernachten kann, wenn wir auf ihn aufpassen müssen.«

London grinste. Sie wickelte sich eine ihrer langen, schwarzen Haarsträhnen um den Finger. Ihre Augen waren durchscheinend grau und funkelten wie Diamanten. »Natürlich kann ich die Veränderungen vornehmen. Ein Kinderzimmer zu gestalten macht mir besonderen Spaß. Wir fangen diese Woche mit der Arbeit an. Camille, möchtest du vorher noch einmal einen Blick auf den neuen Plan werfen? Wenn das hier als Familienwohnung konzipiert werden soll, können wir problemlos auch noch weitere Veränderungen vornehmen.«

»Äh … ich weiß nicht so recht.« Ich war so erschrocken, dass mir die Stimme versagte. Nate hatte ein ungeheures Tempo drauf. Ich kam mir vor wie ein Kreisel, der wild herumwirbelte und wahllos gegen alle möglichen Gegenstände stieß.

»London, kümmere dich um alles Notwendige, damit Camille und Tanner sich hier so wohl wie möglich fühlen. Bald werden sie bei mir wohnen, und ich will, dass dies von Anfang an wie ein echtes Zuhause für sie ist«, sagte Nate.

Es dauerte ein paar Sekunden, bis ich seine Worte verstanden hatte.

Bei mir wohnen?

»Entschuldige. Nate, wie bitte?« Mir blieb die Luft weg. Beinahe hätte ich eine ausgewachsene Panikattacke bekommen.

Nate zog mich in seine Arme. Ich gab bereitwillig nach, schmiegte mich an seinen warmen Körper. »Camille, du hast doch schon gesagt, dass du mir gehörst. Du hast dich einverstanden erklärt, nicht mehr wegzulaufen. Ich habe dir gesagt, dass ich dich liebe. Du glaubst doch nicht, dass ich zulasse, dass du da so weit weg von mir wohnen wirst, oder?«

Vor Verwirrung war ich ganz sprachlos. So formuliert klang es beinahe logisch. Und schon bald hatte ich mich in seiner vertrauensvollen Umarmung wieder beruhigt. »Wir müssen trotzdem erst noch darüber reden. Es gibt so vieles, was wir nicht voneinander wissen. Und dann sind da noch Jin und Zach. Ohne dass ich meinen Anteil an der Miete zahle, können sie dort nicht wohnen bleiben.«

»Oh, meine Süße. Ich werde schon dafür sorgen, dass es Jin gut geht. Ich zahle die Miete für ein Jahr, auch länger, wenn du willst. Was immer dich glücklich macht. Was immer dich Ja sagen lässt.«

Jetzt fragte er mich tatsächlich. Das Abendessen rumorte in meinem Magen, und in meiner Brust brannte es wie Säure. Mein Herz klopfte wie wild, und ich klammerte mich an Nate in dem Versuch, der Angst Herr zu werden, die in mir emporsprudelte.

»Das geht alles zu schnell. Wir kennen uns doch erst ein paar Wochen. Und schon fragst du mich, ob ich bei dir einziehen will?« Ich hatte die Stimme erhoben, und plötzlich senkte sich Schweigen über die Anwesenden im Zimmer. Alle sahen uns an.

»Du Mistkerl. Du lässt Cami bei dir einziehen und erwähnst es mit keinem Wort! Gratuliere, Bruderherz!« Collier kam zu uns und schlug Nate auf den Rücken. Seine braunen Augen funkelten vor Freude. Ich stöhnte und verbarg das Gesicht in den Händen.

Emma hüpfte begeistert auf und ab und umarmte uns so fest, dass es wehtat. »Das ist … das ist einfach grandios!«

»Es steht noch nichts fest«, flüsterte ich Nate ins Ohr.

»Ich kann sehr überzeugend sein, Goldstück.«

»Und ich sehr streitlustig!«, schoss ich zurück.

»Das weiß ich. Und nehm's in Kauf.« Er grinste und küsste mich auf die Schläfe. »Wir unterhalten uns später weiter darüber.«

Ich nickte und verschränkte defensiv die Arme vor der Brust, verärgert, dass er das letzte Wort hatte, und gleichzeitig vollkommen aus dem Häuschen, weil das hier Wirklichkeit war. Ich würde mit dem Mann zusammenleben, den ich liebte, und Tanner, der die Liebe eines Mannes spürte, dem er etwas bedeutete, würde endlich sein eigenes Zimmer haben … Das war der Stoff, aus dem meine Träume waren. Ich hätte nur niemals erwartet, dass sie wahr werden würden.

Nate

Während des restlichen Abends war Camille sehr schweigsam. Nachdem ich die Bombe hatte platzen lassen, dass sie und Tanner bei mir einziehen sollten, hatte sie sich in sich zurückgezogen. Gemeinsam brachten wir Tanner zu Bett. Zur allabendlichen Routine gehörten diverse Punkte wie baden, vorlesen und über den Tag und seine Höhen und Tiefen mit ihm reden. Das alles dauerte eine ganze Stunde, und einen Augenblick lang glaubte ich, es würde niemals enden. Camille war gründlich und wich nicht von ihrem Abendritual ab, nur weil sie nicht zu Hause war. Das gefiel mir an ihr. Es zeigte, wie beständig sie war.

Nachdem ich die Lampen ausgeschaltet und noch mal sämtliche Schlösser an den Türen überprüft hatte, zog ich sie ins Schlafzimmer.

»Wir müssen uns unterhalten«, sagte ich. Aber sie schnitt mir mit ihren Lippen das Wort ab. Sie waren warm, einladend und schmeckten nach Kirschen. Ich leckte über die zarte Haut, und als sie den Mund öffnete, intensivierte ich den Kuss. Sie legte die Arme um mich und vergrub die Hände in meinem Haar. Dann ließ sie die Finger hindurchgleiten, während sie an meinen Lippen knabberte und sog. Ehe ich mich's versah, lag ich auf dem Rücken und sie rittlings auf mir.

»Goldstück, wir müssen reden …«, erinnerte ich sie, vergaß es aber sogleich wieder, als sie mein Hemd aufknöpfte und meine flachen Nippel leckte. Eine absolut erogene Zone. Mein Schwanz drängte schmerzhaft gegen den Stoff meiner Hose. Leckend, knabbernd, saugend arbeitete sie sich an meiner Brust hinab und über jeden einzelnen Muskel meines Bauchs.

»Du hast einen fantastischen Körper, Nate. Ich könnte dich auffressen.« Sie stöhnte und schob ihr Becken gegen meinen Schenkel, sodass sie ihre Mitte an dem harten Muskel rieb. Dies war das erste Mal, dass sie die Führung übernahm, wenn wir uns liebten. Ich zwang mich, es nicht zu überstürzen und das Gefühl, ihren Mund und ihre Zunge am ganzen Körper zu spüren, so lange wie möglich auszukosten.

Geschickt öffnete sie meinen Gürtel und zog mir Hose und Boxershorts aus. Mein Schwanz sprang vor ihrem Gesicht in die Höhe, als wolle er sie begrüßen, nachdem sie ihn von den Kleidungsstücken befreit hatte, die ihn niedergezwungen hatten. Sie ließ die Nase an meinem Schaft entlanggleiten und atmete tief ein. Als sie mit heißen, offenen Lippen meine Schwanzwurzel küsste, kam ihr ein Stöhnen über die Lippen. Dann umfasste sie sie mit festem Griff und schob ihre Faust langsam nach oben. Ein Schauer breitete sich in jede Pore meines Körpers aus.

»Was wünschst du dir? Was soll ich tun?« Mein Schwanz weinte, war bereit für ihren Mund.

»Blas mir einen. Ich will meinen Schwanz in deinem Mund spüren, Goldstück.«

Camille nahm also meine Erektion in ihren Mund und sog sie tief in ihre Kehle. Zuerst fühlte es sich toll an, als sie die breite Krone meines Schwanzes umfing. »So gut …«, begann ich, hörte dann aber einen erstickten Laut. Ich öffnete die Augen und sah, dass Camilles sündiger Mund meinen Schwanz ganz und gar in sich aufgenommen hatte. Eigentlich hätte dies der erotischste Anblick meines Lebens sein sollen, aber das war es nicht. Tränen rannen ihr das Gesicht hinab. Sie röchelte. Als ich sah, wie sie sich abmühte, erschlaffte ich sofort.

Ich zog sie von meinem Schwanz weg. Keine Ahnung, was los war, außer dass dies vielleicht der mieseste Blowjob in der gesamten Geschichte aller Blowjobs war.

»Was ist los? Willst du ihn nicht so tief wie möglich in meinem Mund haben, mich dann vögeln und auf mir kommen?«

»Was zum Teufel redest du denn da? Nein, das will ich nicht. Du bist doch keine Maschine. Du bist meine Freundin. Niemals in einer Million verdammter Jahre würde ich dir irgendetwas aufzwingen. Wenn du deine Liebe zu mir beim Oralsex ausleben willst, fühle ich mich geehrt. Aber nicht auf diese Weise.« Meine Stimme klang beinahe schockiert. Ihr Gesicht fiel in sich zusammen, und Tränen strömten ihr die Wangen herab.

»Tut mir leid. Ich weiß, dass ich das nicht gut kann. Ich hab ihn nie weit genug in die Kehle nehmen können. Tyler sagte mir, ich solle stillhalten, wenn er ihn mir hineinschob. Ich habe lange geübt, um mich dabei nicht zu übergeben. Du kannst es also tun.«

»Fuck! Diesen verdammten Bastard bringe ich mit bloßen Händen um!« Ich zog Camille hoch und auf meinen nackten Körper, hielt sie ganz fest. »Goldstück, was er getan hat, das war keine Liebe. Und damit hätte er keiner Frau die ihr zustehende Achtung erwiesen. Ich würde eine Frau nie so behandeln.«

»Doch ich weiß, dass Männer es lieben, hmm … wenn man an ihnen saugt. Ich will es ja auch. Ich will, dass du glücklich bist!« Ihre Lippe zitterte.

Ich schüttelte den Kopf und umfasste ihren Po. Sie stöhnte, immer noch erregt. Ich hingegen war nicht mehr hart, denn vor meinem geistigen Auge hatte ich das Bild von Tyler, der Camille zwang, seinen mickrigen Schwanz zu blasen.

Sie küsste mich. »Bitte, lass es mich noch mal versuchen. Ich kriege es bestimmt hin. Das weiß ich.«

Ich nickte. »Okay, doch du darfst niemals Schmerz empfinden oder weinen müssen. Das hier soll für uns beide ein Genuss sein. Wenn es dir nicht gefällt, musst du es auch nicht tun. Niemals. Verstanden?« Sie nickte und küsste mich innig. Ihre Zunge und ihr Mund schmeckten süß und zuckrig, wie Bonbons. Wir küssten uns ausgiebig, sodass die Erregung zurückkehrte und wir den Gedanken an die Vergangenheit hinter uns lassen konnten.

»Zieh dich aus«, sagte ich zu ihr. Sie setzte sich rittlings auf meine Hüften und streifte sich das Kleid über den Kopf. Darunter trug sie nur einen marineblauen BH und einen passenden Slip. »Du bist so verdammt fantastisch. Nie wieder soll ein anderer Mann sehen, was mir gehört. Das werde ich nicht zulassen.« Ihre Augen weiteten sich, und sie biss sich auf die Unterlippe. Ich war viel zu abgelenkt von ihren atemberaubenden Brüsten und ihrem Hintern, um mir über meine besitzergreifende Äußerung Gedanken zu machen. Ich schob die Cups ihres BHs hinunter, enthüllte jede Brust, dann richtete ich mich auf und nahm eine perfekte, pinkfarbene Spitze in meinen Mund, ließ die Zunge um den vorwitzigen Nippel kreisen. Camille stöhnte und drängte ihre Hüften gegen meine, sodass mein Schwanz sofort in Habachtstellung ging. Eine ganze Weile rieb sie ihre Pussy an meiner Erektion, während ich mit ihren Brüsten spielte. Sie stöhnte und keuchte, während ich an ihr saugte und knabberte, bis sie schließlich den Kopf in den Nacken legte, sich auf meinen Schwanz hinabsenkte, ihre Klit sich an meiner steinharten Erektion rieb und kam. Mein Gott, im Bett war diese Frau hemmungslos, und sie gehörte ganz und gar mir allein.

Langsam beruhigte sie sich wieder, und ich küsste sie und zog an ihrem Slip, zerriss ihn. »Hey, den fand ich schön!«

»Ich kauf dir neue. Dutzende! Und ich habe eine Idee.« Wieder konzentrierte ich mich auf den Tanz unserer Zungen. Ich hätte in dem Geschmack ertrinken mögen, aber nun wollte ich noch etwas viel Köstlicheres schmecken. »Dreh dich um, und lass diese hübsche Pussy über meinem Gesicht schweben.«

Ihre Wangen wurden rot, und nervös biss sie sich auf die Unterlippe. Noch eine Stellung, die sie mit diesem Arschloch nie genossen hatte. »Komm schon, Goldstück, sei nicht schüchtern. Dreh dich um und lass mich deinen Arsch schmecken.« Sie grinste, als ich »Arsch« sagte. Wie bezaubernd, dass Amerikaner die englische Ausdrucksweise so mögen. Camille fand sie sexy, und das war schließlich die Hauptsache.

Schließlich drehte sie sich um, rückte aber nicht nach hinten, sondern blieb reglos dort hocken. Offenbar konnte sie sich vor Nervosität kaum rühren.

Also griff ich nach ihrem Hintern und positionierte sie so, dass ihre hübsche Pussy auf meinem Gesicht lag. Heiß pulsierte es aus ihrer Mitte. Und nachdem sie eben an meinem Schwanz gekommen war, duftete sie nach Moschus. Ihre Nähe und ihr Duft sorgten dafür, dass mir das Wasser im Munde zusammenlief. Mit den Daumen teilte ich ihre intimen Lippen und betrachtete die rosafarbene Haut. So perfekt, so bereit, um von mir genommen zu werden, und zwar nur von mir. Statt an ihrer Klit zu lecken, wie sie es wahrscheinlich erwartete und sich sogar wünschte, fuhr ich mit der flachen Zunge tief in sie hinein. Ich schmeckte ihre Zartheit, leckte, presste ihren Hintern hart auf mein Gesicht, um noch ein paar Zentimeter tiefer in sie eindringen zu können. Ihre Essenz war aromatisch und voller Süße. Wie Sirup der Götter.

»Oh, oh, oh«, rief sie bei jedem Stoß meiner Zunge aus, und schob die Hüften vor, um mir tieferen Einlass zu gewähren.

Ich zog mich zurück und atmete ihren Duft ein. Vor Glück schloss ich unwillkürlich die Augen. Wenn ich ab sofort täglich diese Pussy hatte, die ich lecken und an der ich saugen konnte, bevor ich mich an mein Tagwerk begab, würde ich als glücklicher

Mann sterben. Die Vorstellung ließ mich umso intensiver über unsere Zukunft nachdenken.

»Und jetzt nimm meinen Schwanz in deinen Mund, Baby, ganz langsam. Sauge daran, wie es dir gefällt und solange du dich wohlfühlst.« Sie wurde ganz still, dann beugte sie sich herab. Ich spürte einen sanften Kuss auf der Schwanzspitze, dann ließ sie die Zunge darum kreisen.

Ich stöhnte, doch nicht um ihretwillen, sondern weil es sich so verdammt gut anfühlte. Ihre Lippen umfingen die Schwanzkrone, sog sie vielleicht drei Zentimeter weit ein und ließ ihn dann wieder los. »Fuck, das ist gut!«, ermutigte ich sie, damit sie wusste, dass es funktionierte. Für einen Augenblick fühlte ich gar nichts, und dann etwas Feuchtes an der Wurzel, ein Gefühl, das Zentimeter um Zentimeter ganz langsam an meinen Schaft hinaufwanderte. »Ja, Goldstück. Perfekt«, sagte ich, als sie ihre Reise beendet hatte und dann die obere Hälfte meines Schwanzes wieder in den Mund nahm. Ihre Zunge umspielte ihn, während sie daran saugte. Ich hatte Funken vor den Augen, als die Mutter aller Orgasmen sich tief in meinem Körper anbahnte.

»Das ist es, Baby. Mach so weiter, und ich werde so verdammt hart kommen.« Sie stöhnte, und die Vibrationen sandten lustvolle Blitze meinen Schaft hinab, die mir bis in die Eier fuhren. Sie zogen sich zusammen, schwollen an, als Camille die zarte Spitze meines Schwanzes leckte und ihre Zunge gegen die Öffnung ganz oben presste.

Während mich Camille mit ihrem Mund liebte und an mir saugte, vergrub ich mein Gesicht zwischen ihren Oberschenkeln. Sie zuckte zusammen, als ich ihre Klit in den Mund sog. Dann revanchierte sie sich, indem sie meinen Schwanz noch enger mit den Lippen umschloss. Jetzt hatte Camille den Dreh raus und begann, über meinem Schaft auf und ab zu wippen, saugend, leckend, jeden Zentimeter küssend. Sie trieb mich vollends in den Wahnsinn. Während sie saugte, sorgte ich dafür, ihr genauso viel zu geben, wie ich empfing. Mit der Zunge vögelte ich sie immer und immer wieder, bis sie aufschrie.

Ich wollte mehr, so viel mehr. Ich machte weiter, drückte sie auf mich nieder, verschlang sie, als gäbe es kein nächstes Mal. Sie stöhnte laut auf, dann saugte sie so heftig an mir, dass ich sie nicht mehr vorwarnen konnte und heiß in ihren Mund abspritzte. Ein gewaltiger Strom ergoss sich aus meinem schmerzenden Schwanz, doch sie nahm alles in sich auf, während ich die Sahne ihres dritten Orgasmus aufschleckte. Verdammte Ambrosia.

Vollkommen erschöpft drehte ich Camille um und nahm sie in den Arm, sodass ihr Kopf auf meiner Brust ruhte, wo ich sie jetzt unbedingt haben wollte. »Denk darüber nach, ob du nicht bei mir einziehen willst. Ich liebe dich, und ich will hier ein Zuhause schaffen für dich, mich und Tanner und möglicherweise irgendwelchen Nachwuchs, den wir in der Zwischenzeit zufällig gezeugt haben.«

Sie stöhnte, und sämtliche Luft entwich aus ihren Lungen. Schließlich antwortete sie: »Ich denke darüber nach. Das ist kein Nein, aber ein Ja ist es auch nicht.«

»Wie lange?«

»Wie lange was?«, fragte sie.

»Wie lange brauchst du, um eine Entscheidung zu treffen? Ein paar Tage?«

»Nate«, warnte sie mich.

»Okay, okay.« Ich küsste sie auf die Schläfe. »Eine Woche?«

Sie schüttelte den Kopf an meiner Brust.

»Nein, hmm, wie wär's also mit vierzehn Tagen?«

»Vierzehn Tage?«, fragte sie.

»Ja, zwei Wochen.« Ich wartete schweigend. Ich glaubte schon, sie sei eingeschlafen, als sie schließlich antwortete. »Okay, ich gebe dir in zwei Wochen die Antwort.«

Ich umarmte sie innig, dann hob ich ihr Kinn an, um ihr einen Kuss auf die geschwollenen Lippen zu geben. »Dieser Blowjob war übrigens echt super.« Ich grinste und wackelte mit den Augenbrauen. Sie versetzte mir einen Schlag auf die Brust und vergrub das Gesicht an meiner Haut. Ihre Wangen waren von jenem rosigen Pink überzogen, das ich so liebte.

»Ich habe es auch genossen. Es war …«

»Überwältigend? Verehrungswürdig?«, schlug ich vor.

Sie lachte und biss in meine Brustmuskeln, dann saugte sie an meiner Haut und gab mir einen sanften Kuss. An der Stelle würde ein Fleck entstehen. Sie hatte wohl ihre eigene Intensität unterschätzt. Es war mir egal. Am liebsten hätte ich die Spuren ihrer Liebesbisse überall gehabt. »Ich wollte eigentlich sagen, dass es Spaß gemacht hat, doch das klingt jetzt ein bisschen armselig.«

Wir lachten beide, und ich zog sie an mich. Sie legte einen nackten Oberschenkel über meine Hüfte. »Was ist mit Ty passiert, Camille?«

Sie stöhnte und strich sich das Haar aus dem Gesicht. Ich umfasste ihre Taille und schob sie vollends auf mich. Haut an Haut. Sie verschränkte ihre Hände auf meiner Brust und legte ihr Kinn darauf ab. »Was willst du wissen?«

So vieles, hätte ich ihr am liebsten geantwortet. Stattdessen begann ich mit der brennenden Frage: »Warum weiß er nichts von Tanner?«

»Das ist keine schöne Geschichte, Nate. Ich wollte sie dir eigentlich ersparen.«

»Ich muss sie aber kennen, wenn wir sie hinter uns lassen wollen.«

Sie nickte und beugte sich vor, um mir einen Kuss zu geben. Ich erwiderte ihn, legte mich dann wieder zurück und wartete.

»Ein paar Tage nach meinem achtzehnten Geburtstag lernte ich Tyler kennen. Es funkte sofort. Ich war hingerissen von seinem Aussehen, und er schien nett zu sein und war an mir interessiert. Schon nach zwei Dates überredete er mich, mit ihm ins Bett zu gehen, und nahm mir ziemlich grob in einem Hotelzimmer meine Jungfräulichkeit. Wir haben uns immer nur im Hotel getroffen. Damals habe ich mir nicht viel dabei gedacht, denn ich war auf Jobsuche und musste noch herausfinden, was ich mit meinem Leben anfangen wollte. Ich hatte nicht allzu viel vorzuweisen und keine Freunde. Er gab mir das Gefühl, beschützt und begehrt zu werden.«

Ich ließ ihr Zeit, über ihre Vergangenheit nachzudenken und darüber, was sie mir davon erzählen wollte.

»Dann blieb meine Periode aus. Nachdem ich eine Woche darauf gewartet hatte, machte ich endlich einen Test. Ich war schwanger. Also besuchte ich Tyler in seinem Büro, denn ich brachte es nicht fertig, bis zu unserem nächsten Treffen zu warten. Ich hatte Angst, fand es aber trotzdem aufregend, mit dem Mann, den ich zu lieben glaubte, ein neues Leben in die Welt zu bringen. Wie sehr ich mich doch täuschte.«

Ihre Augen wurden feucht, aber sie vergoss keine Tränen. Ich hoffte, sie würde nie wieder wegen dieses Mistkerls weinen.

»Ich teilte ihm mit, dass ich ein Kind erwartete, und er behauptete, es sei nicht von ihm. Er wusste, dass ich Jungfrau gewesen war, aber das war ihm egal. Er beschimpfte mich als Hure und wurde sogar handgreiflich.«

Ich legte die Arme fester um sie und biss die Zähne zusammen. Am liebsten hätte ich mir etwas übergeworfen, wäre zu dem Bastard gefahren und hätte ihn zusammengeschlagen, dass ihm Hören und Sehen verging.

»Du warst so verdammt jung. Er hat dich aufs Kreuz gelegt!«, platzte es aus mir heraus.

Camille legte mir die Finger auf die Lippen. »Hör mir weiter zu. Du weißt noch nicht alles. Was ich als Nächstes sage, könnte deine Meinung von ihm und mir ändern.« Ihre Lippen zitterten.

Ich sog ihre Unterlippe in den Mund, um ihren Schmerz zu lindern. »Nichts kann meiner Liebe zu dir etwas anhaben.«

Tief holte sie Luft. »Er befahl mir, es wegmachen zu lassen, und sagte, dass es ihm egal war, was aus mir würde. Und dann …«

Zorn erfüllte jeden Winkel meines Seins, und ich hätte ihn am liebsten zerfleischt, so wie er es vor all diesen Jahren mit der Seele meiner süßen Camille getan hatte.

»… er gab mir zehntausend Dollar. Sagte mir, mehr würde ich nicht von ihm zu sehen bekommen. Ich solle ihn in Ruhe lassen und das Problem beseitigen.«

»Mein Gott! Was für ein beschissener Mistkerl! Er hätte sich um dich kümmern müssen, Camille. Hätte dir helfen müssen.« Jetzt war mir klar, warum sie sich nach Ty nie wieder auf eine Beziehung eingelassen hatte und warum sie auch vor unserer zunächst zurückgeschreckt war. Wahrscheinlich war das auch der Grund dafür, warum sie mir noch immer nicht gesagt hatte, dass sie mich liebte.

Ich würde sie wegen dieser Worte nicht unter Druck setzen. Sie sagte es mir durch die Art, wie sie mich ansah, wie sie lächelte, wenn ich das Zimmer betrat, und wie sie mich mit ihrem ganzen Körper liebte, mit ihrem Herzen und ihrer Seele.

»Verabscheust du mich denn jetzt nicht, weil ich das Geld genommen habe?« Ihre Miene war angespannt, und sie biss sich heftig auf die Unterlippe.

»Nein, nein, das tue ich nicht. Ganz im Gegenteil sogar. Er hat dir dieses Geld gegeben, um dich zum Schweigen zu bringen und sich seiner Verantwortung zu entziehen. Du *brauchtest* das Geld, um zu überleben. Ich könnte niemals schlecht von dir denken. Ich liebe dich, Camille. Nichts, was du sagst oder tust, könnte das ändern. Ich liebe dich. Hast du mich verstanden?«

Sie nickte.

»Spürst du, wie viel du mir bedeutest?«

Sie legte mir beide Hände auf die Wangen. Ich wandte den Kopf erst in die eine, dann in die andere Richtung und gab ihr einen Kuss in jede Handfläche. »Ich liebe dich so sehr, Nate. Tut mir leid, dass ich es bislang noch nicht ausgesprochen habe. Ich habe nur einfach solche Angst, dich zu lieben und dich dann doch zu verlieren. Wir haben noch einen so weiten Weg vor uns.« Wieder liefen die Tränen. Aber zumindest weinte sie jetzt aus Liebe und nicht aus Angst.

»Wir haben Zeit. Wir haben alle Zeit der Welt.« Ich umarmte sie und küsste sie noch unzählige Male. Dann löste ich mich langsam von ihr und sah ihr tief in die Augen. Ich wischte ihr die Tränen von den hübschen Wangen. »Zu wissen, dass du mich liebst … das bedeutet mir alles, Camille. Mehr brauche ich nicht.«

Kapitel 15

Cami

Die darauffolgenden beiden Wochen verliefen weitgehend harmonisch. Zum ersten Mal in meinem Leben hatte ich das Gefühl, dass sich alles so entwickelte, wie es sollte. Nachdem ich drei Jahre im Gems getanzt hatte, würde ich nun Justice, mein Alter Ego, hinter mir lassen.

Ich würde weder sie noch die diversen Männer vermissen, die sie anbeteten. Außerdem war ich jetzt auf dem Höhepunkt meiner Stripperinnen-Karriere. Nach meiner regulären Schicht hatte ich nun noch einen Sonderauftritt vor ausgewählten Gästen zu absolvieren. Die Besitzer des Gems hatten mir versichert, dass ich dabei richtig viel Geld verdienen würde. Anscheinend hatten ein paar Richie Riches gehört, dass ihre Lieblingstänzerin aufhören wollte, und noch eine Privatvorstellung gebucht. Da dies mein letzter Abend war, hatten sie für das Privileg, mich ganz für sich zu haben, die doppelte Summe hinblättern müssen. So viel wie an diesem Abend hatte ich noch nie verdient. Ich konnte es gar nicht abwarten, mit dem Geld den nächsten Schwung meiner Onlinekurse zu finanzieren. Das würde mich deutlich nach vorn bringen, sodass ich mein Studienpensum aufholen konnte.

Hank hatte Wort gehalten und mich als Vollzeitkraft eingestellt. Tanner und ich waren jetzt über die Firma krankenversichert. Ich war überglücklich. Eine schwere Last war mir von den Schultern genommen, weil ich mir diese Ausgaben jetzt sparen konnte und Tanner trotzdem abgesichert war.

Alles lief so hervorragend, dass ich vor jeglicher weiteren Veränderung zurückscheute. Nate jedoch nörgelte herum. Er wollte, dass Tanner und ich bei ihm einzogen, offiziell, Punkt, Ende der Diskussion.

Neben allen Zweifeln beschäftigte mich vor allem die Frage, wie ich es Jin beibringen sollte. Ich befürchtete, dass sie am Boden zerstört sein würde, wenn ich ihr mitteilte, dass ich zu meinem Freund ziehen wollte. Aber natürlich lief dann alles ganz anders. Nate schuf nämlich einfach Tatsachen.

Dieses besitzergreifende Alphamännchen würde mich noch irgendwann in den Wahnsinn treiben! Kurzerhand informierte er Jin nämlich einfach selbst von seinem Vorhaben. Jin war zwar traurig, sich aber durchaus im Klaren darüber, dass sie und ich wohl kaum für den Rest unseres Lebens zusammenwohnen würden. Und nachdem sie erfahren hatte, dass Nate die Miete für ein ganzes Jahr im Voraus bezahlen wollte, und sie überdies von uns für ihre Babysitting-Dienste bezahlt werden würde, erkannte sie, dass dies auch für sie Vorteile hatte. Sie würde sich keine neue Mitbewohnerin suchen müssen und sich sogar noch etwas dazuverdienen, indem sie tagsüber auf Tanner achtgab. Vielleicht würde sie das Gems ja ebenfalls verlassen können.

Seit unserem Gespräch hatte Nate Tyler nicht noch einmal erwähnt, und dafür war ich ihm dankbar. Anscheinend hatte das, was er über seinen Freund erfahren hatte, ihre Beziehung irreparabel zerstört. Ich war in der Zwickmühle. So sehr ich Tyler hasste, wollte ich Nate dennoch nichts verderben. Ich liebte ihn und wollte ihn glücklich sehen. Die Situation mit seinem Freund und mir belastete ihn. Ich wünschte, ich hätte irgendetwas daran ändern können.

Ich verdrängte diese Gedanken und versuchte mich stattdessen auf die Tatsache zu konzentrieren, dass dies mein letzter Auftritt im Gems war. Heute Abend wollte ich die Bühne noch einmal so richtig rocken. Die Clubbesitzer gaben mir grünes Licht, dass die »Anzugträger«, wie sie sie nannten, bereits warteten, und ich loslegen konnte.

Ich sah auf die Uhr und spreizte die Finger, um ihnen zu bedeuten, dass ich noch fünf Minuten brauchte. Ich warf einen letzten Blick in den Spiegel: Meine schwarze von Pulp Fiction inspirierte Perücke saß perfekt. Das blutrote Korsett mit der schwarzen Spitze wurde fest von über Kreuz laufenden, schwarzen Satinbändern zusammengehalten. Ich drehte mich um, um einen Blick auf meinen Hintern zu werfen. Der G-String-Tanga war an seinem Platz, die Strapse befanden sich in der Mitte meiner Schenkel. Also nur noch hier und da etwas zurechtzupfen, und schon war ich bereit für meine letzte Vorstellung.

Das Gems war mir in den letzten drei Jahren zu einer Art Heimat geworden, aber ich war trotzdem nicht traurig über den Abschied. Meine Zukunft lag so hell und klar vor mir, dass mich ihre goldenen Strahlen förmlich blendeten. Nach beinahe zwei ganzen Wochen hatte ich heute endlich beschlossen, Ende des Monats bei Nate einzuziehen. Immerhin hatte ich in den letzten Tagen über nichts anderes nachgedacht und das Für und Wider immer wieder abgewogen. Dagegen sprach der Umstand, dass unsere Beziehung noch so frisch war und ich Jin und Zachery verlassen musste. Doch die positiven Aspekte waren so zahlreich, dass sie ein ganzes DIN-A4-Blatt gefüllt hätten. Der wichtigste Punkt, der dafür sprach? Ich liebte Nate. Und in den letzten paar Wochen, in denen wir zusammen gewesen waren, hatte er bewiesen, dass er mich ebenfalls liebte. Nichts sollte dieser Liebe im Weg stehen. Er hatte versprochen, dass er mich immer lieben würde, und ich glaubte ihm.

Die große Neuigkeit wollte ich ihm morgen früh mitteilen. Auch Tanner würde sicher begeistert sein.

London hatte für ihn ein traumhaftes Zimmer in Nates Wohnung geschaffen. Er sprach von Wohnung, die New Yorker nannten so etwas Appartement, aber eigentlich war die Behausung so groß wie eine Villa. Sie hatte mehr Zimmer, als Nate brauchte, und es fehlte nicht an Annehmlichkeiten. Im Gebäude befanden sich ein Pool, ein Fitnessstudio und ein Restaurant. Ein vielbeschäftigter Geschäftsmann musste das Gebäude buchstäblich nie verlassen.

Abends ging Nate meist schwimmen. Wie ein bewegliches Kunstwerk zog er dann seine Bahnen. Der Anblick seiner starken Muskeln, die sich streckten und zusammenzogen und ihn durchs Wasser trugen, war atemberaubend. Tanner ging es, wie es jedem anderen Vierjährigen auch gegangen wäre: Er liebte den Pool, hatte aber nicht allzu viel Erfahrung mit dem Wasser. Also brachte Nate ihm das Schwimmen bei. Sobald wir bei ihm eingezogen waren, wollte er ihn jeden Abend mitnehmen, um ihn zu einem sicheren Schwimmer zu machen. Wieder ein Pluspunkt, zumindest im Hinblick auf meinen Sohn.

Langsam schritt ich die Treppenstufen hinauf auf die Bühne. Ein schwarzer Samtvorhang verbarg mich vor den Blicken. Männerlachen, klirrende Gläser und Pfiffe ertönten, kaum dass die Scheinwerfer gedimmt wurden und die Musik einsetzte. Ich ließ meine Sinne von den schweren Basstönen davontragen, ließ sie in meiner Brust widerhallen, bis ihr Grollen mich vom Scheitel bis zur Sohle erfüllte. Durch die Musik und die körperliche Anstrengung konnte ich die Realität ausblenden. Wenn ich mit fließenden Bewegungen der Melodie folgte, wobei ich mich auch beim Poledance vom Bodenturnen inspirieren ließ, vergaß ich die zahllosen Männer, die mir zusahen und sich oft genug selbst berührten, während ich arbeitete.

Als die Vorhänge sich hoben, holte ich tief Luft. Mit den Händen packte ich die Stange über meinem Kopf. Das Gesicht wandte ich der hinteren Wand zu, sodass die Männer meinen nackten Hintern sahen, der sich gegen den Pfahl presste, während ich den Rücken wölbte. Auch ohne Spiegel war mir klar, dass die Männer diesen Anblick fantastisch fanden. Ich schwang mich an der

Polestange in die Höhe, reckte die Beine in die Luft, schlang sie darum und glitt zu Boden. Ich blickte auf, um die Reaktion der Männer einzuschätzen, und sah in ein Paar bekannte blaue Augen, bei deren Anblick es mir kalt den Rücken herunterlief.

Tyler Thornton.

Er grinste breit, hielt sein Kinn umfasst und musterte meinen Körper. Er leckte sich die Lippen, und ich wandte das Gesicht ab. Es bestand immer noch die Chance, dass er mich nicht erkannte. Ich trug eine Perücke, und meinen Körper allein würde er nach all dieser Zeit wohl kaum wiedererkennen. Zumal der ohnehin anders aussah als damals. Er war reifer geworden und hatte sich durch Schwangerschaft und Geburt verändert. Schweißtropfen bildeten sich an meinem Haaransatz. Normalerweise pflegte ich nicht zu schwitzen. Ich war in Bestform, groß, durchtrainiert und dennoch wohlgerundet. Aber die Anwesenheit meines Ex, Tanners Vaters, brachte mich total aus der Fassung.

Ich holte tief Luft, wie man es beim Yoga tat, kam mit einer eleganten Drehung wieder auf die Füße, winkelte den Oberkörper ab und wackelte mit dem Hintern. Einige der Männer pfiffen. Manche warfen Geld auf die Bühne. Ein paar aber achteten gar nicht auf mich. Sie waren im hinteren Bereich des Zimmers in geschäftliche Gespräche verwickelt und viel zu beschäftigt, um der halb nackten Tänzerin auf der viereinhalb Meter entfernten Bühne auch nur die geringste Aufmerksamkeit zu schenken.

Tylers Augen waren wie Laser auf meinen Körper gerichtet, während ich mich um die Stange schlängelte und die ersten Häkchen meines Korsetts löste, wodurch mein üppiger Busen mehr Raum erhielt. Den brauchte ich auch, denn ich bekam kaum noch Luft. Mit anzüglichem Hüftschwung schlenderte ich zu einem schwarzen, glänzenden Stuhl hinüber, der nur eine Lehne, aber keine Armstützen hatte. Mit einem Move, den ich mir bei Jin abgeschaut hatte, setzte ich mich rittlings auf den Stuhl, sodass die Männer einen hübschen und freien Blick auf meine in

Satin gehüllte Mitte werfen konnten. Dann lehnte ich mich zurück, balancierte auf dem Sitz und spreizte die Beine weit in der Luft. Die Männer gerieten in Verzückung. Mit einem Wirbel meiner Beine drehte ich mich um und setzte mich nun in umgekehrter Reiterstellung auf den Stuhl, wobei ich zum Takt der Musik dagegenstieß und meine Scham daran rieb. Die Menge tobte.

»Zieh dich aus, Baby!«, schrie einer.

»Wir wollen deinen Arsch sehen!«, jubelte ein anderer.

Ich drehte mich zu den Männern um, grinste und ließ meine Hand über die Vorderseite des Korsetts und über meinen Schambereich gleiten, tat, als berühre ich mich selbst. Jetzt rasteten sie aus! Geld flog aus dem Nichts auf mich zu, bedeckte den glänzenden Bühnenboden mit grünen Banknoten. Genau auf diesen Geldsegen hatte ich es heute Abend abgesehen. Ich schob mir einen trockenen Finger in den Mund und hörte ein kollektives Stöhnen. Lächerlich, wie berechenbar Männer doch waren! Ich tat nur so, als würde ich es mir besorgen, und schon setzte ihr Verstand aus.

Ich beugte meinen Körper über die Stuhllehne, sodass mein Kopf nach unten hing, und mir das Blut ins Gesicht stieg. In diesem Augenblick geschah der schlimmste Albtraum. Nicht, dass ich hinfiel, meine Perücke verlor oder ein Mann versuchte, mich anzufassen. Oder der Stuhl zerbrach. Nein, es war viel schlimmer. Mit langen, gleichmäßigen Schritten betrat ein Mann den Zuschauerraum. Diesen Gang hätte ich überall wiedererkannt. Mein Blick wanderte von den großen Schuhen und der maßgeschneiderten schwarzen Hose, unter der sich muskulöse Oberschenkel verbargen, über die schmale Taille bis hinauf zu einer breiten Brust und ebensolchen Schultern und schließlich zu dem atemberaubendsten Gesicht, das ich je gesehen hatte.

Nate.

Ich schwang herum und verbarg mein Gesicht.

»Buuuh, Baby, komm zum Höhepunkt! Zeig uns deine Titten!«, schrie ein Mann. Seine Stimme klang beinahe wütend.

Ich schwang die Hüften von einer Seite zur anderen und kehrte zur Stange zurück. Beim Tanzen fiel mir vielleicht ein schneller Abgang ein. Die Musik veränderte sich erneut. Dies war mein letzter Song, und diese Männer erwarteten eine tolle Show. Wenn ich meine Kleider nicht auszog, gab es eine Meuterei. Wenn ich es allerdings tat, riskierte ich es, dass Nate mich erkannte. Bislang hatte er mich noch keines Blickes gewürdigt. Dafür liebte ich ihn umso mehr. Er unterhielt sich leise mit Tyler. Offensichtlich wurde ihr Gespräch immer hitziger, denn schließlich stand Nate abrupt auf, und sein Stuhl fiel zu Boden. Tyler sprang neben ihm ebenfalls auf, die Hände auf Nates Unterarmen in dem Versuch, ihn zu beruhigen. Nates Gesicht war wutverzerrt.

Der Song näherte sich dem Ende, und ich öffnete weiterhin Haken um Haken meiner spärlichen Aufmachung. Beim lautesten Beat löste ich den letzten und schob die Korsettschöße weit auseinander, um meine nackten Brüste zur Schau zu stellen.

»Verdammt, Süße, ich könnte den ganzen Tag an diesen Titten saugen!«, erhob sich eine tiefe Stimme über den Applaus und das Geheul der Menge hinweg.

»Ja, Baby, komm her und setz dich auf meinen Schoß. Wird sich für dich lohnen«, schrie ein anderer Mann und hielt etwas hoch, das wie eine Fünfzigdollarnote aussah. So gern ich das Geld gehabt hätte, würde ich es nicht tun. In den privaten Räumlichkeiten war normalerweise alles erlaubt, außer die Tänzerin zu berühren oder dass diese den Slip auszog. Aber heute Abend kamen Extrawünsche nicht infrage. Zwar würde ich dann deutlich weniger Geld verdienen, doch wollte ich im Augenblick eigentlich nur eins: so schnell wie möglich von hier verschwinden, bevor Nate mich erkannte.

Ich schloss die Augen, ließ die Männer sich sattsehen. Freudenschreie und aufgeregte Rufe erfüllten den Raum, während ich meine Brüste umfing und sie massierte. Alles schien gut zu gehen, und ich wollte gerade kehrtmachen und endlich von der Bühne verschwinden, als ich die Lider öffnete und dem Mann, den ich liebte und anbetete, in die Augen schaute.

Sein Gesicht war zu einer Grimasse verzogen, und er biss die Zähne aufeinander. So heftig, als würde er Granit zermahlen – das erkannte ich sogar aus der Entfernung. Sein Blick wanderte über meinen fast nackten Körper, vom Kopf über meine nackten Brüste bis hin zu meinem winzigen G-String-Tanga, dann an den Beinen hinab und wieder hinauf. Ich spürte förmlich, wie mir die Hitze seines Zorns entgegenbrandete.

Ich schloss ganz fest die Augen, wirbelte herum und bereitete mich auf den Abgang vor. Das Scheinwerferlicht wurde dunkler, und die Musik hatte nun wieder normale Club-Lautstärke.

»Was. Zum. Teufel!«, hörte ich laut und missbilligend Nates sehr britischen Akzent. Über den Beat der Musik hinweg vernahm ich seine Schritte, als er auf die Bühne stürmte. Ich hatte die Treppe schon fast erreicht, da fasste er mich am Handgelenk und wirbelte mich zu sich herum.

Nate

Nackt. Mein Goldstück Camille war vollkommen nackt, und jedem Anwesenden hier lief das Wasser im Munde zusammen. Alle sahen sich an ihr satt. Zitternd streckte ich die Hand nach der schwarzen Perücke aus und zog ihr das widerliche Ding vom Kopf. Es fiel zu Boden, und ihre prächtigen braunen Locken sanken herab und kringelten sich über ihre Brüste und ihre nackten Schultern.

»Camille, nein.« Über die laute Techno-Musik hinweg war meine Stimme kaum zu hören. Ihre Augen weiteten sich, und ihr Blick wanderte über meine Schulter hinweg. Ich sah mich um und entdeckte dort Tyler. Aber er schenkte mir keinerlei Beachtung. Mit seinen Blicken verschlang er jeden Zentimeter meiner Freundin. Er leckte sich die Lippen, und ich riss mir die Anzugjacke vom Leib, drehte Camille zur hinteren Wand um und bedeckte so viel von ihrem nackten Körper, wie ich konnte. Innerhalb weniger Sekunden waren ihre weiblichen Reize für niemanden mehr sichtbar.

»Nun, was hab ich dir gesagt, Kumpel? Sie ist nichts weiter als eine miese, kleine Hure.« Er schnalzte mit der Zunge. Dann legte er mir die Hand auf die Schulter. Früher hätte mich diese Geste getröstet. Wenn diese Frau tatsächlich eine Hure gewesen wäre und nicht die Liebe meines Lebens, hätte ich sie ihm durchgehen lassen. Aber ich war ein anderer geworden, und er war nicht länger mein bester Kumpel. Statt seine Hand also abzuschütteln, drehte ich mich auf dem Absatz herum und schlug dem Arschloch geradewegs ins Gesicht.

»Halt verdammt noch mal das Maul, Tyler. Ich bin fertig mit dir und deinem Shit!« In diesem Augenblick stürzte der Türsteher herbei und verhinderte, dass ich Tyler einen weiteren Schlag verpasste. Der riesige schwarze Mann hielt mich fest und bedeutete Camille, die Bühne durch den Hinterausgang zu verlassen.

»Camille, warte draußen auf mich!«, rief ich ihr nach. Der Türsteher sprach in sein Headset, und ehe ich mich's versah, taumelten Tyler und ich auf die Straße.

»Lasst euch nie wieder hier blicken, sonst sorge ich dafür, dass euch Hören und Sehen vergeht!« Der Türsteher drückte mich zu Boden. Meine Knie wurden in den scharfkantigen Kies gedrückt, doch ich spürte den Schmerz gar nicht. Der Zorn vernebelte mein Gehirn.

Tyler stand auf und strich sich Dreck und Steine von den Knien und seinem Jackett. Er sah mich an und schüttelte den Kopf. »Du hast mich *ihretwegen* geschlagen?« Seine Stimme zitterte vor Wut. »Wegen einer verdammten Stripperin!«

Ich stürzte mich auf ihn. Mir war heiß, meine Muskeln waren angespannt, bereit, zuzuschlagen. Eine Prügelei war jetzt genau das Richtige, und ich würde gnadenlos sein. Tyler fiel wieder zu Boden, und wir wälzten uns durch den knirschenden Kies und Staub. Schließlich gewann ich die Oberhand und saß rittlings auf ihm, schlug seinen Kopf auf den Boden.

»Du dreckiges Stück Shit! Weißt du eigentlich, was du ihr angetan hast? Das hier ist deine Schuld!«, brüllte ich und ließ die Faust heftig auf sein Kinn prallen. Ein widerliches Geräusch erfüllte die Luft, als die Knöchel auf den Knochen trafen. Blut floss aus Tylers Nase, und Rot sprühte mir ins Gesicht. Seine Faust schoss hervor, traf mein Jochbein und die Augenhöhle. Ich zuckte vor Schmerz zwar zurück, ließ den Mistkerl aber trotzdem nicht los.

»Nate, Nate! Geh runter von ihm! Er ist es nicht wert!« Camille zerrte an meinem Oberarm. »Bitte. Du könntest dafür ins Gefängnis wandern!« Schließlich wurde mir die Bedeutung ihrer Worte bewusst. Ich löste mich von ihm und sprang auf.

Er rollte zur Seite und spuckte noch mehr Blut. Dann wischte er sich mit dem Ärmel seiner Anzugjacke über die Nase.

»Du Scheißkerl. Damit hast du unsere Freundschaft kaputtgemacht. Fünf Jahre Kameradschaft einfach weggeworfen für diese Hure! Glaub mir, ihre Pussy ist es nicht wert, deinen besten Freund zu verlieren, Nate.« Er machte ein finsteres Gesicht. »Ich muss es wissen. Ich hatte sie auch!«

Seine Worte waren wie ein Schlag in die Magengrube, und mir wurde übel bei dem Gedanken, dass sie der Wahrheit entsprachen. Ich wollte mich erneut auf ihn stürzen, doch Camille ging dazwischen.

»Es spielt keine Rolle, was er denkt, Nate. Es ist mir egal. Er kann mich nennen, wie er will. Er bedeutet mir nichts«, schrie sie, und Tränen traten ihr in die Augen.

Tyler stöhnte und blickte zum Himmel empor.

»Ich bin heute Abend nicht hergekommen, weil du mich eingeladen hast, Ty, sondern um dir die Wahrheit zu sagen.«

Camilles Augen weiteten sich vor Schreck. »Nein, Nate, bitte nicht.« Eine Träne rann ihr die Wange hinab. »Es ist ihm doch egal«, wandte sie noch ein, aber ich ließ sie nicht weiterreden.

»Du hast einen Sohn! Einen tollen vierjährigen Sohn namens Tanner.«

Tyler verdrehte die Augen und stemmte die Hände in die Hüften. »Das hat sie dir weisgemacht? Dass das Kind von mir ist? Und du glaubst ihr?« Er schüttelte den Kopf.

»Natürlich glaube ich ihr. Der Junge ist dir wie aus dem Gesicht geschnitten!«

»Und wahrscheinlich auch noch einer Handvoll anderer Idioten, mit denen sie gefickt hat, um ihre Rechnungen bezahlen zu können. Du hast sie doch selbst gesehen. Meinst du allen Ernstes, dass sie nur für dich mit dem Arsch wackelt? Hattest du denn überhaupt eine Ahnung, dass sie ihre Möpse der ganzen Stadt zeigt?«

Seine Worte trafen mich zutiefst, denn schließlich hatte er damit recht. Camille hatte mich wiederholt belogen. Es waren Lügen durch Verschweigen gewesen, aber dennoch Lügen. Sie strippte ein paarmal die Woche, zeigte ihren nackten, wunderschönen Körper dem Meistbietenden. Ich hatte einen sauren Geschmack im Mund, als müsste ich mich gleich übergeben. Ich schluckte die Galle herunter und holte ein paarmal tief Luft.

»Der Junge ist von dir. Ich habe ihn kennengelernt. Er ist perfekt. Du kannst einen Vaterschaftstest verlangen …«

»Ich will mit dem kleinen Bastard nichts zu tun haben. Auch wenn das Kind tatsächlich von mir sein sollte, ist es die Ausgeburt einer miesen, kleinen Hure. Ich habe meine Schulden bezahlt. Ich gab ihr Geld, um das Kind wegmachen zu lassen. Ich hätte wissen müssen, dass diese kleine Schlampe mich eines Tages übers Ohr hauen will.« Die Worte, mit denen er die Frau beschrieb, die ich liebte, erfüllten mich mit einem Zorn, der so dunkel war, dass er jede Pore meines Körpers erfüllte. Ich konnte keinen klaren Gedanken mehr fassen, konnte nur noch meinem Instinkt folgen. Gerade als ich ihm erneut eins verpassen wollte, packte er Camilles Handgelenk und versetzte ihr mit dem anderen Handrücken eine Ohrfeige. »Das ist dafür, dass du nicht getan hast, was ich dir gesagt habe, du dämliche Bitch!«, rief er im gleichen Moment, in dem ich mich auf ihn stürzte.

»Wag es verdammt noch mal nie wieder, die Hand gegen meine Frau zu erheben!« Ich drückte ihn nieder und nahm ihn in den Schwitzkasten. Ich klemmte seinen Bizeps zwischen den Knien ein, sodass er sich nicht mehr zur Wehr setzen konnte. Schmerz und Wut verliehen mir eine ungeheure Kraft. Und wie ich ihn da so auf den Boden drückte, verlor ich jeden Bezug zur Wirklichkeit.

Schließlich merkte ich, dass Camille meinen Rücken mit ihren Fäusten bearbeitete und mich anschrie, ihn loszulassen, weil er schon ganz blau im Gesicht sei.

Ich riss mich so ruckartig von ihm los, dass ich mit dem Hintern heftig auf dem Boden landete. Vor unkontrollierter Wut zitterte ich am ganzen Körper. Camille schluchzte, ihre Stirn an meinem Rücken. »Es tut mir leid«, flüsterte sie immer und immer wieder an meinem Rücken.

Tyler stützte sich auf Hände und Knie. Sein Atem ging stoßweise. Als er aufstand, war sein Gesicht blutüberströmt. »Ich will weder dich noch deine Bitch jemals wiedersehen«, krächzte er heiser. »Und wenn du mich noch einmal angreifst, Nate, dann schwöre ich bei Gott, werde ich dich kreuzigen. Du kannst verflucht noch mal von Glück sagen, dass ich dich nicht wegen

Körperverletzung anzeige.« Damit hatte er recht. Ich hatte Glück. Doch selbst wenn er es getan hätte, wäre es mir egal gewesen. Camille war es wert.

»Und was ist mit deinem Sohn?« Die Gefühle überwältigten mich, als mir plötzlich Tanners unschuldiges Gesicht vor Augen stand.

Camille wimmerte und bebte hinter mir. Ihr Leid war fast greifbar und ebenso groß wie meine Wut.

»Du trittst deine Vaterrechte ab?«

»Bereite die Papiere vor, Arschloch. Sorg dafür, dass ich sie Montagmorgen auf dem Schreibtisch habe. Das wird mir die verdammte Woche versüßen«, stieß er zwischen zusammengebissenen Zähnen knurrend hervor. Dann grinste er, und ich betrachtete den Mann, den ich einst für meinen Freund gehalten hatte. Hatte ich diesen Menschen jemals wirklich gekannt? Sein Gesicht war blutverschmiert, und seine Wangen und sein Kinn schwollen immer mehr an.

Aber auch er hatte ein paar wohl platzierte Schläge gelandet. Mein Kinn und mein rechtes Auge waren empfindlich und geschwollen. Ein Riss an meiner Lippe schmerzte. Ich leckte darüber, und es schmeckte nach Kupfer. »Fertig?«, fragte ich finster.

»Ja, das sind wir. Ich wünsch dir ein schönes Leben mit deiner Hure.« Mit diesem letzten Seitenhieb wandte er sich ab. Erneut spannten sich meine Muskeln in dem instinktiven Wunsch an, Camille zu verteidigen und Tyler erneut zu Boden zu werfen.

»Nicht noch einmal, Nate. Nicht noch einmal«, sagte Camille, deren Stimme voller Trauer und Bedauern war. Ich nickte und führte sie zu meinem BMW. Wortlos stieg sie ein.

Als wir noch zehn Minuten von zu Hause entfernt waren, sah ich sie kurz an. »Ruf Jin an und sag ihr, dass du heute Nacht bei mir übernachtest«, meinte ich kühl. »Wir müssen reden.« Sie nickte, zog ihr Handy heraus und schrieb ihrer Freundin.

Ich parkte in der Tiefgarage und führte Camille dann in meine Wohnung und in das Hauptschlafzimmer. Sie sagte nichts, und ich schwieg ebenfalls. Ich brauchte Stille für das, was ich jetzt tun musste. Die Gedanken an ihre Lügen und ihren Verrat wirbelten in einem Strudel aus Misstrauen durch mein Hirn. Ich musste mich davon befreien und die Situation ein für alle Mal aus der Welt schaffen.

Ohne ein Wort streifte ich ihr die Klamotten ab. Ihr Atem ging flach. Sie schien nur dann Luft zu holen, wenn sie unbedingt musste. Nachdem ich sie ausgezogen hatte, und sie nackt vor mir lag, erschauerte ich, denn ich wusste, dass so viele andere Männer das gesehen hatten, was mir gehörte, und dass sie beim Anblick ihres wunderschönen Körpers sich selbst befriedigt hatten. Ich hatte das Gefühl, dass mir jemand Nadeln in die Augen stach.

»Ich bin immer noch die Gleiche«, flüsterte sie. »Ich bin immer noch die Frau, die du liebst.« Beim letzten Wort brach ihre Stimme. »Die Frau, die dich liebt.«

Forschend schaute ich ihr ins Gesicht. Die Schwellung an ihrem Wangenknochen, wo Tyler sie geschlagen hatte, war gerötet und würde morgen violett sein. Ein tiefes Knurren aus Schmerz, Wut und Zerknirschung entrang sich meiner Kehle. Ich ließ die Hände über jede ihrer Brüste gleiten und umfing sie. »Wie viele Männer haben sie berührt?«

Sie erbebte, als ich in ihre Nippel kniff. »Nach Tyler nur du«, sagte sie aufrichtig. Also hatte sie nur gestrippt, sich aber niemals berühren lassen. Gott sei Dank.

Ich umfasste ihre Hüften, presste sie an mich, sodass sie unter meiner Hose meinen harten Schwanz fühlen konnte. Sie sollte spüren, welche Wirkung sie auf meinen Körper hatte. Sie stöhnte und schloss die Augen. Ich legte die Hände auf ihren Hintern, grub die Finger in ihre festen, wohlgerundeten Pobacken. »Und hier? Wer hat deinen hübschen Arsch berührt?«

Sie schüttelte den Kopf. »Nur du …« Sie leckte sich über die Lippen.

Ich schob sie zurück und umfing ihren Venushügel. »Und diese perfekte Pussy. Wer, Camille? Wem gehört diese Pussy?« Ich stieß die Worte so knurrend hervor, dass sie keuchte. Sie sah mir unverwandt in die Augen.

»Dir, Nate. Dem einzigen Mann, den ich jemals geliebt habe.« Ich ließ zwei Finger in ihre Hitze gleiten. Sie stöhnte, und ihr Körper spannte sich bei meinem Eindringen instinktiv an. Sie war bereit für mich. Feucht und heiß, genau wie ich sie liebte.

Ich leckte mir die Lippen und war ganz nah an ihrem Gesicht. Ich selbst war immer noch vollständig angezogen, als ich ihre Brust in die Hand nahm und den Nippel zwischen meinen Fingern rollte. Ihre Schreie erfüllten das Zimmer, als ich sie gut und hart vögelte. Dann glitt ich mit einem dritten Finger in sie ein und konzentrierte mich auf jenen Punkt tief in ihrem Innern, dessen Berührung sie wahnsinnig vor Verlangen machte.

»Oh Gott, Nate …« Ich wollte ihr etwas klarmachen. Sie würde es akzeptieren, oder diese Beziehung war vorbei.

»Kein Mann wird das, was mir gehört, sehen, berühren, küssen, lecken oder ficken. Verstanden, Camille?« Sie nickte eifrig. »Mir gehören deine Brüste, dein Hintern und deine süße Pussy. Das alles gehört mir. Hast du das verstanden?«

»Ich will dir gehören, Nate.« Sie stöhnte, da ich meine drei Finger tief in sie hineinstieß. Sie bäumte sich auf und bot mir ihre hübschen Brüste dar. Ich saugte hart an einer und biss in die Spitze. Camille schrie auf.

»Deine Lust … verdammt noch mal, auch sie gehört nur mir. Gibst du mir das alles freiwillig?« Das war ihre einzige Gelegenheit, Nein zu sagen.

»Ja, bitte, Nate. Oh Gott …« Sie stöhnte, als ich jenen Punkt in ihr streichelte in dem Wissen, dass sie in wenigen Sekunden kommen würde. Ihre grünen Augen waren verschleiert, als ich sie massierte, sie schnell und hart mit den Fingern vögelte. Dann stieß ich die Finger nach oben, und sie gab dieses leise Keuchen von sich, bei dem mein Schwanz stets hart wie ein Hammer wurde, bereit, sie zu nehmen.

»Wirst du diesen Körper je wieder nackt zeigen?« Ich saugte an einem Nippel und strich mit der Zunge darüber. »Jenen Körper, den du mir freiwillig geschenkt hast?« Ich ging zu der anderen Brust über und legte die Lippen fest auf die hoch aufgerichtete Spitze. »Wirst du ihn jemals wieder jemand anderem zeigen außer mir?« Ich biss hinein, und sie schrie auf und kam zum Höhepunkt. Er pulsierte durch ihren Körper, und ihre Pussy umklammerte meine Finger, molk sie.

»Nein, nur dir. Nur dir!«

Ich massierte ihren G-Punkt, vögelte sie, verschaffte ihr einen weiteren Orgasmus. Sie wand sich wild. Als sie sich wieder beruhigt hatte, zog ich mich aus und führte sie ins Bad. Dort presste ich sie gegen die Wand. Ich küsste sie, drang mit der Zunge tief in sie ein. Mit der freien Hand griff ich den Duschkopf und schaltete das Wasser an, wobei ich auf die richtige Temperatur achtete, doch keine Sekunde lang hörte ich auf, die Lippen meiner Frau zu verschlingen.

»Zeit zum Duschen. Ich werde dich nicht vögeln, bevor ich nicht die Blicke sämtlicher Männer von dir abgewaschen habe, die dich heute gesehen haben.« Sie nickte und senkte beschämt den Kopf. »Nie wieder, Goldstück. Niemals wieder wirst du dich jemand anderem als mir nackt zeigen. Wenn du strippst, dann nur für mich allein!«

»Ich liebe dich, Nate.« Tränen rannen ihr die Wangen hinab. »Ich brauchte das Geld. Ich habe einfach nicht genug verdient für mich und Tanner und die Krankenversicherung und das Essen …«

Ich versiegelte ihr die Lippen mit einem Kuss, saugte, leckte und schob sie gleichzeitig unter die Dusche. Camille stand stocksteif da, während ich Seife auf einen Waschlappen gab und jeden Zentimeter ihres atemberaubenden Körpers wusch.

Schließlich fühlte ich, dass ich meinen Frust und die Last ihrer Vergangenheit fortgespült hatte. Diese Dusche symbolisierte das Ende. Das Ende ihrer Prüfungen, ihrer Einsamkeit und der unaufhörlichen Sorge um sich selbst und ihren Sohn. Für mich war es eine Art Wiedergeburt. Ich wusste, dass unsere gemeinsame Zeit nie wieder durch vergangene Taten gefährdet werden würde. Ich hatte schließlich auch nicht wie ein Heiliger gelebt und Frauen beileibe nicht immer so gut behandelt, wie ich es hätte tun können, denn immerhin hatte ich ihnen nie auch nur ein winziges Stück meines Herzens geschenkt. Aber bei Camille würde ich alles geben.

»Goldstück, ich weiß, warum du es getan hast. Du sollst nur wissen, dass du es nie wieder tun musst. Ich verbiete es. Ab sofort ist es meine Aufgabe, für dich und Tanner zu sorgen. Du wirst bei mir einziehen, und du wirst dir nie wieder Gedanken um Geld machen.« Ich schob ihr Kinn in die Höhe und sah, wie ihre Lippen zitterten, ihr Körper erbebte, und ganz deutlich sah ich die Scham in ihrem Blick.

»Willst du mich denn immer noch?«, fragte sie so leise, dass ich sie über das Rauschen des Wassers hinweg kaum verstehen konnte.

Ich zog sie dicht an meinen nackten Körper, und sie schlang die Arme fest um mich. Sie umarmte mich so innig, als wollte sie uns nur durch ihren Willen zum Verschmelzen bringen.

»Ich habe es dir doch schon einmal gesagt. Ich werde dich immer begehren. Ich bin verletzt, entsetzt und wütend über das, was heute Abend passiert ist, aber das wird vergehen. Gemeinsam werden wir unsere Wunden heilen.«

Kapitel 16

Cami

Mein Leben war perfekt. Seit Nate mich beim Strippen im Gems erwischt hatte, waren zwei ereignisreiche Wochen vergangen. In dieser Zeit hatte er dafür gesorgt, dass Tanner und ich in seine frisch renovierte Wohnung einzogen.

London hatte ein irres Tempo vorgelegt, um die gewaltigen Veränderungen umzusetzen, die die Behausung einladender und familienfreundlicher machten. Die Eile war auch ihrem Terminplan zuträglich und gewährte ihr bis zum nächsten Klienten ein paar freie Wochen, sehr zu Colliers Freude.

Nate und ich beschlossen, uns ein Haus zu kaufen, wenn die Zeit reif war, etwas, was perfekt für unsere kleine Familie war und Raum zum Wachsen bot.

Meine Arbeit bei Jensen Construction hätte kaum besser laufen können. Ich war jetzt offiziell eine fest angestellte Vollzeitarbeitskraft mit Krankenversicherung. Durch die Gehaltserhöhung hatte ich mehr Geld zur Verfügung. Und dadurch, dass ich bei Nate wohnte, konnte ich das, was übrig war, in mein Schulgeld stecken.

Nate hatte London angewiesen, einen Doppelschreibtisch ins Arbeitszimmer zu stellen, sodass ich abends lernen konnte, während er über seinen aktuellen Fällen brütete. Es war beinahe beängstigend, wie leicht sich alles fügte.

Auch Tanner hatte keine Anpassungsschwierigkeiten, und er vergötterte Nate. Letzterer brachte ihm das Schwimmen bei und bezog ihn in sämtliche Unterhaltungen mit ein. Im Augenblick bauten sie einen riesigen Gefechtsstützpunkt aus Lego für die neuen Soldatenmännchen, die Nate ihm gekauft hatte. Für mich war das alles der Himmel auf Erden.

Wie sehr sich mein Leben während der letzten fünf Jahre doch verändert hatte. Vom Pflegekind zur alleinerziehenden Mutter über die Stripperin bis hin zur Angestellten im Herzen New York Citys, die studierte und nun mit dem Mann ihrer Träume zusammenlebte. Und zu allem Überfluss liebte dieser Mann nicht nur mich, sondern auch meinen Sohn. Das Leben war so schön wie nie.

»Hey, Goldstück, ich habe etwas für dich.« Barfuß kam Nate in unser Arbeitszimmer. Er trug nur verwaschene Jeans und ein enges, weißes T-Shirt mit V-Ausschnitt, das seine muskulöse Brust aufs Appetitlichste zur Geltung brachte. Ich leckte mir die Lippen und musterte ihn ausgiebig. Er lehnte eine Hüfte ans Bücherregal und verschränkte die Arme vor der Brust, was nicht gerade dazu beitrug, meine Lust zu mindern. Das T-Shirt rutschte an seinem Oberarm hinauf, sodass sein Bizeps deutlich zu sehen war. »Wenn du mich weiter so ansiehst, muss ich wohl aktiv werden.«

Ich grinste. »Was meinst du nur damit?«, fragte ich provozierend und wickelte mir eine Haarlocke um den Finger. Ich drückte mich tiefer in den hochlehnigen Lederstuhl zurück und fuhr mit meiner Begutachtung fort. Nate war ein wahrer Augenschmaus und sah im Anzug einfach umwerfend aus, doch der Casual Look stand ihm noch besser. Von den nackten Zehenspitzen bis hin zu seinem zerzausten Haar hätte sein Anblick wohl jede Frau in Entzücken versetzt. Er war wahnsinnig attraktiv!

Er hielt meinen Blick fest und schenkte mir jenes sexy Lächeln, auf das ich so versessen war. »Komm her.« Er legte eine Akte auf seinen Schreibtisch und zog mich an sich. Sogleich lag ich in seinen Armen, und seine Lippen verschlangen mich. Seine

Zunge wischte jeglichen Gedanken ans Studium und unangekündigte Tests fort und ersetzte sie durch Lust und Verlangen.

Der Mann konnte einen um den Verstand bringen. Durch ihn war ich innerhalb einer Sekunde von null auf hundert. Seine Hand glitt meinen Rücken hinab bis zum Po, und mich überliefen süße Schauer, als er mich noch dichter an sich drückte. Ich spürte seine stahlharte Erektion, und mein Innerstes zog sich zusammen, immer stärker, bereit für alles, was er mir geben konnte.

Nate führte mich zurück zu dem großen Doppelschreibtisch. Mit schnellen Bewegungen hatte er mir die Yogapants auf den Boden gezogen und mich mit dem Hintern auf die Tischplatte gesetzt. Meine Beine waren weit gespreizt. »Tan Man ist in der Badewanne. Ein bisschen Zeit haben wir.«

Vage hörte ich, wie Tanner am Ende des Flurs im Wasser planschte. Wir machten die Badewanne nie so voll, dass ihm etwas passieren konnte, und behielten die Tür stets im Auge. »Hmmm, dann sollte ich vielleicht besser leise sein.« Ich nestelte an Knopf und Reißverschluss seiner Jeans.

Nate schob seine Hose nach unten. Sein mächtiger Schwanz sprang heraus, appetitlich hart und an der Spitze feucht. Gern hätte ich ihn gekostet, aber das hätte erheblich mehr Zeit in Anspruch genommen, als wir hatten, und außerdem wollte ich ihn in mir spüren. Seine Lippen bedeckten meine, unsere Zungen tanzten in ihrem eigenen sinnlichen Rhythmus, während er seinen Schwanz direkt vor mir ausrichtete. Er nahm den Kopf leicht zurück, hielt meine Beine weit auseinander und rieb die Spitze seines Schwanzes an meiner feuchten Pussy.

»Ich liebe es zuzusehen, wenn ich dich nehme, Goldstück. Tief in deinen Körper einzudringen, wieder herauszukommen, feucht von deiner Lust, Himmelherrgott … es gibt nichts Besseres.« Er stöhnte, und wir beide beobachteten, wie er langsam seinen mächtigen Schwanz Stück für Stück in mich einführte. Meine Pussy war bis zum Äußersten gedehnt, als sie seinen breiten

Schaft umfing. Mit jedem Zentimeter fühlte es sich schöner an. Und sah schöner aus. Schließlich war er so tief in mir, dass ich das Gefühl hatte, er berühre mein Herz, und ich erbebte vor kaum gezügelter Begierde. Wenn wir uns so nahe waren wie jetzt, überwältigte mich immer wieder die ungeheure Schönheit unserer Gefühle.

»Oh Baby, ich liebe es, wie du mich *spürst.*« Er umfasste meinen Hintern. Nate wusste instinktiv, was unsere vollkommene Vereinigung mit mir machte. Es war jedes Mal magisch. Er hielt mich fest, war tief in mir vergraben, küsste mich auf den Hals, den Haaransatz, das Kinn, bis sein Mund schließlich erneut auf meinen Lippen lag. Leidenschaftlich stieß er seine Zunge in mich hinein. Es raubte mir den Atem, und ein heftiges Keuchen entrang sich mir, das er mit einem knurrenden Laut verschluckte. Langsam erhöhte Nate das Tempo, zog sich zurück, ließ seinen harten Schwanz über jeden Nerv in meinem Innern gleiten, um dann erneut in mich zu gleiten. Immer und immer wieder liebte er mich so, erstickte mein Keuchen und Stöhnen mit seinen Lippen, hinderte mich daran aufzuschreien, wie ich es normalerweise tat.

»Ich liebe es, dich zu lieben, Camille«, flüsterte er mir ins Ohr. Seine Stöße wurden immer schneller und waren heftig und tief.

»Oh Nate, das fühlt sich so gut an. Ich liebe dich so sehr, Baby. Oh Gott …«, raunte ich an seinem Ohr. Ein rasender, glühender Orgasmus wuchs in meinem Schoß, der meine Glieder mit Lust und mich mit Licht, Liebe und einer tiefen Freude erfüllte.

»Halt es nicht zurück … gib es mir.« Er biss mich in die Halsbeuge, vertiefte dort seine Markierung vom Tag zuvor. Der Schmerz durchzuckte mich wie eine wilde Explosion.

»Baby, jetzt. Komm in mir, jetzt!«, schrie ich, doch er dämpfte meine Worte mit seinem Mund, sodass sie nicht mehr ganz so laut waren.

Nate griff mich an den Hüften, zog mich an sich und drang

tatsächlich noch tiefer in mich ein. Seine Armmuskeln spannten sich an, und seine Venen traten tief unter seiner Haut hervor, während er mich festhielt.

Ich schlang ihm die Arme um den Nacken und legte die Hände auf seinen Hinterkopf, versiegelte unsere Lippen miteinander, während wir gemeinsam in den Abgrund glückseligen Vergessens stürzten. In heißen Strömen ergoss sich seine Essenz wie Lava in mich hinein, wärmte mich von innen, eine Hitze, die zu dem Feuer passte, das auf meiner Haut loderte.

Lange Zeit hielt er mich so ganz fest im Arm.

»Mom! Nate! Ich bin fertig und kann raus!«, rief Tanner aus dem Nebenzimmer. Nate lehnte die Stirn an meine und grinste, während wir beide wieder zu Atem gelangten.

»Der Kleine hat ein perfektes Timing. Zumindest sind wir diesmal fertig geworden.« Er zog sich zurück und blickte an uns herab. Doch plötzlich erstarrte er und umfasste meine Hüften fester.

»Was ist los?« Ich folgte seinem Blick zu seinem erschlaffenden Schwanz. Ich konnte Blut sehen.

»Ich habe dir wehgetan, Camille.« Seine Stimme klang erstickt, und seine Augen waren geweitet vor Entsetzen.

»Baby, nein. Nein, hast du nicht. Ich war längst fällig, aber durch unseren ungeschützten Sex in den letzten drei oder vier Wochen war ich mir nicht sicher. Jetzt wissen wir es.« Ich blickte hinab, zuckte mit den Schultern und hüpfte vom Schreibtisch hinunter. Ich wollte nicht, dass er merkte, wie schlimm es für mich war. Der Anblick des Blutes erinnerte mich an mein erstes Zusammensein mit Tyler. Dieses Erlebnis quälte mich noch heute. Er hatte mir meine Jungfräulichkeit auf sehr grobe Weise genommen, war dann aufgestanden, um zu duschen, und hatte mich blutend und mit Schmerzen zurückgelassen.

Nate ließ die Schultern hängen, während er seine Hose hochzog.

»Ich gehe und hole Tanner«, sagte er leise.

Ich eilte in unser Hauptbad, um mir ein Tampon zu holen. Nachdem ich mich frischgemacht hatte, hatte ich mich wieder im Griff und kehrte zu Tanner zurück, um ihn mit Nate zusammen ins Bett zu bringen.

Normalerweise taten wir das immer zusammen. Nate hatte sich unser Abendritual zu eigen gemacht und noch ein paar persönliche Akzente hinzugefügt. So pflegte er meinen Sohn einzufangen, ihn aufs Bett zu werfen und ihn zu kitzeln, bis er um Hilfe rief. Nate konnte unglaublich gut mit Tanner umgehen. Er schien seine neue Rolle als Vater wirklich zu genießen.

Ich sah zu, wie Nate dem Jungen den Schlafanzug anzog und ihn weniger ausgelassen zu Bett brachte, als er es an den anderen Abenden seit unserem Einzug getan hatte.

»Baby, ich mach das schon. Warum holst du uns nicht einen Drink?« Nate nickte, und ich sah ihn an. Seine Augen hatten einen merkwürdigen Schimmer. »Hey.« Ich legte ihm die Hand auf den Arm. Diesen Blick kannte ich noch nicht. »Was ist los?«, fragte ich.

»Nichts, alles gut. Ich kümmere mich um die Drinks.« Er verließ das Zimmer.

Ich brachte Tanner schneller als gewöhnlich ins Bett, denn ich wollte herausfinden, was mit meiner großen Liebe los war. Ich gab meinem kleinen Mann einen Kuss, schaltete das Licht aus und machte mich auf die Suche nach dem großen.

Er saß auf der Terrasse, umgeben von den Geräuschen der Stadt. In der Hand hielt er ein großes Glas Scotch, an dem er nippte. Ich setzte mich neben ihn auf die Doppelliege und schickte ein stummes Dankeschön an London, die an »paarfreundliche« Terrassenmöbel gedacht hatte.

An ihn geschmiegt atmete ich nervös aus, als er den Arm um mich legte und mich an sich zog. Ich hob die Knie auf die Liege hoch, lehnte mich an seine Schenkel. Dann saß ich nur noch da und wartete, während er die Hälfte seines Glases austrank.

»Ich habe mir gewünscht, dass du schwanger bist«, sagte er endlich.

Das hatte ich nun wirklich nicht erwartet. »Aber es wäre zu früh. Wir sind gerade erst bei dir eingezogen. Wir müssen erst noch unsere verrückte Vergangenheit hinter uns lassen und lernen, als Familie zusammenzuleben.«

»Das ist es ja. Wenn du ein Baby erwarten würdest, wären wir tatsächlich eine richtige Familie. Ich wünsche mir das, Camille.« Sein Griff um meine Schulter wurde fester, und er sah mich an. Seine Augen waren sanft und so blau, dass ich darin hätte ertrinken mögen. »Ich will das alles mit dir haben. Die Ehe, ein Haus, mehr Babys, Kind und Kegel eben.«

Ich nahm seine Hand. »Und das alles können wir auch haben. Wann immer wir wollen. Wenn wir bereit dazu sind.«

»Ich will nicht warten. Ich bin jetzt bereit. Ich will dich als meine Ehefrau. Ich will, dass du mein Kind bekommst und Tanner adoptieren. Und das alles will ich gestern«, sagte er mit einer Leidenschaft, die eigentlich seinen Plädoyers vor Gericht vorbehalten war.

»Baby, es ist zu früh.«

»Warum? Nenne mir einen guten Grund, warum ich dich nicht so bald wie möglich zu meiner Frau machen sollte. Und Tanner offiziell zu meinem Sohn.«

Ich umfasste seine Hand fester. »Nun ja, wir sind erst wenige Monate zusammen. Eigentlich eher Wochen. Es geht alles so schnell.«

»Wenn man weiß, was man will, Camille, und wenn man spürt, was richtig ist, dann spielt es keine Rolle, wie lange eine Beziehung schon dauert. Und wir wollen schließlich den Rest unseres Lebens zusammen verbringen.« Er seufzte. »Ich habe die Papiere für Tanners Adoption schon hier im Haus. In dem Augenblick, da Tyler seine Rechte vom Staat New York offiziell aberkannt werden, will ich meinen Namen auf einer neuen Geburtsurkunde unseres Jungen sehen.«

Unser Junge.

Nate betrachtete Tanner als seinen Sohn. Er beanspruchte mein Kind für sich – genau wie ein richtiger Dad. Tränen traten mir in die Augen, und Nate umfing mein Gesicht. Tanner würde alles bekommen, was ich nicht gehabt hatte. Und ich würde es ihm geben. Ich und dieser fantastische Mann. Das war wahre Gerechtigkeit, ein Ausgleich für die Hölle, die ich als Kind und alleinerziehende Mutter hatte durchmachen müssen.

»Du willst Tanner wirklich zu deinem Sohn machen?« Meine Stimme klang bewegt.

»Goldstück, das ist er doch schon. Am Tag, als ich ihn zum ersten Mal traf und ihm in die Augen sah, erkannte ich meine Zukunft. In ihm und in dir, der Frau, für die ich bestimmt bin und die ich liebe.«

»Okay.« Ich ließ los. Die Angst, die Sorge, die Vergangenheit. Nate und Tanner waren meine Zukunft, und die schaute mir geradewegs ins Gesicht. Ich würde ausnahmsweise keine Angst mehr haben. Ich würde mich einfach nur fallen lassen.

»Okay was?« Nate wischte mir mit den Daumen die Tränen ab.

»Okay zu allem. Zur Ehe. Zur Familie, aber vor allem dazu, dass du Tanners Vater wirst. Ich hätte mir auch dann keinen besseren Mann wünschen können, wenn Gott mir die Möglichkeit gegeben hätte, mir selbst einen zu basteln.«

Nate lächelte breiter denn je. Er sprang auf, zog mich in seine Arme und wirbelte mich herum. »Meinst du das ernst, Liebes?«

»Ja«, entgegnete ich lachend, denn so war es.

»Du machst mich zum glücklichsten Mann der Welt. Ich werde dich und Tanner auf Händen tragen. Und wir machen sofort ein eigenes Baby!« Er presste mich an sich.

Ich lachte und erwiderte seine Umarmung. »Eigentlich bin ich total schockiert, dass wir nicht schon längst schwanger sind, wenn man bedenkt, wie oft du ›praktischerweise‹ vergessen hast, dich zu schützen.« Ich grinste.

»Ich hab's nicht vergessen. Ich hab nur einfach keine Kondome benutzt. Nichts soll zwischen mir und meiner Frau sein. Und wenn wir schwanger werden, umso besser.«

Ich riss die Augen auf. »Du hast versucht, mich zu schwängern?« Ich schlug ihm auf den Arm.

»Nicht wirklich versucht. Ich hab mir einfach nur gedacht, wenn du mein Kind erwarten würdest, wären wir schneller weitergekommen. Aber jetzt hast du ja auch so Ja gesagt. Läuft also hervorragend für mich!« Er hinderte mich mit einem Kuss, der mir den Atem raubte, an der Antwort.

Ich löste mich aus seiner Umarmung. »Also, wann willst du mit all dem anfangen?«

Er sah jetzt aus wie ein Raubtier. Ich kannte diesen Blick. Noch vor kaum einer Stunde hatte er mich genauso angesehen, als er mich auf unserem Schreibtisch in den Himmel katapultiert und wieder auf die Erde zurückgeholt hatte. Langsam wich ich zurück. Er folgte mir. »Was du heute kannst besorgen, das verschiebe nicht auf morgen, Goldstück. Wenn du nicht willst, dann lauf lieber davon, denn gleich werde ich dir die Seele aus dem Leib vögeln!«

»Das geht nicht!« Ich blieb stehen, als mein Rücken auf die Doppeltüren traf. Ich tastete nach dem Griff hinter mir. »Ich habe meine Tage, weißt du noch?«

»Das interessiert mich einen Dreck, meine Geliebte.«

»Was, wenn es *mich* stört?« Ich legte den Kopf schräg, als er meine Taille umfasste.

»Du wirst darüber hinwegkommen.« Und dann nahm er meine Lippen in Besitz.

Nate

»Ich werde Camille heiraten«, verkündete ich, als ich Colliers Büro betrat. Er war gerade am Telefon.

»Beauty, ich fürchte, ich muss dich gleich zurückrufen. Anscheinend verliert mein Bruder gerade den Verstand. Ich rufe dich gleich wieder an.« Er lächelte und legte auf. »Also, was war das eben über den Hafen der Ehe?«

»Ich mach's. Ich hab heute Morgen den Ring ausgesucht.« Ich legte die blaue Samtschachtel auf den Tisch, und Collier nahm sie in die Hand. Er öffnete sie und musterte den in antikes Weißgold gefassten Prinzess-Diamanten, der zu beiden Seiten von Baguette-Diamanten umrahmt wurde. Er pfiff laut durch die Zähne.

»Ein richtiges Prachtexemplar.« Collier blickte auf. Seine Lippen verzogen sich zu einem Grinsen. »Sie ist schwanger?«

»Nein, du Blödmann! Sie ist nicht schwanger ... leider«, grummelte ich und nahm ihm gegenüber Platz.

Mein Bruder machte große Augen. »Du *willst*, dass sie ein Baby bekommt?«

»Ich hätte nichts dagegen, ein Kind mit ihr zu zeugen. Mit Camille hat sich alles verändert, Colly. Ich will jede Minute mit ihr zusammen sein. Ich möchte, dass sie meinen Namen trägt und dass jeder Mann auf der Welt weiß, dass sie vergeben ist. Und ich werde sogar Tanner adoptieren.«

Collier führte die Fingerspitzen unter dem Kinn zusammen. »Du legst aber ein ziemliches Tempo vor. Ist das nicht ein bisschen übereilt?«

»Bruderherz, du sitzt im Glashaus. Du bist der Letzte, der in Liebesdingen mit Steinen werfen darf.« Immerhin war er innerhalb eines einzigen Jahres mit einer Frau zusammengezogen und hatte sie zudem kürzlich geheiratet.

»Touché.«

Ich verstaute den Ring wieder in der Schachtel und schob sie in meine Tasche zurück. »Es ist nicht übereilt. Ich weiß, dass Camille die Richtige für mich ist. Etwas an ihr und ihrem Sohn hat mich magisch angezogen, und jetzt will ich mich nie wieder von ihr trennen. Ich möchte mich um die beiden kümmern und sie mit allen Mitteln beschützen. Kennst du das Gefühl?«

Collier nickte und stieß die Luft aus. »Aber klar, ja. Am Anfang hätte ich London am liebsten irgendwo eingeschlossen und nie wieder aus den Augen gelassen. Mittlerweile bin ich immerhin so weit, einen Tag durchstehen zu können, ohne ständig mit ihr reden zu wollen, aber ehrlich gesagt ist das immer noch eine Tortur.«

Ich lächelte und stand auf. »Na ja, jedenfalls kann ich es kaum abwarten, Camille endlich zu meiner Frau zu machen. Ich will ihr die Hochzeit schenken, von der sie immer geträumt hat.«

»Verdammt, meinen Segen hast du! Schließlich habe ich dann zumindest Mum vorläufig vom Hals. Sie betont ständig, dass ich ihr wenigstens ein Enkelchen schenken soll, wenn ich ihr schon das Vergnügen meiner Hochzeit versagt habe.«

Ich grinste. »Nun, Bruder, das Enkelchen könnte ja dann auch ich produzieren.« Ich zwinkerte, und er ließ sich auf seinen Stuhl zurückplumpsen und schüttelte den Kopf.

»Meine Güte, wie sehr du dich verändert hast! Aber es steht dir.«

»Das liegt an der Liebe einer guten Frau. Dadurch kommen einem plötzlich total verrückte Ideen.« Ich wandte mich zur Tür. »Du bist doch mein Trauzeuge, oder?«

Collier folgte mir und streckte die Hand aus. »Kannst ja mal versuchen, mich daran zu hindern.« Er schüttelte mir erst die Hand, dann zog er mich in die Arme. »Ich bin stolz auf dich, Kumpel. Hätte nie gedacht, dass ich den Tag mal erleben würde, an dem sich der große Frauenheld in eine süße Sahneschnitte wie Camille verlieben würde, aber ich freue mich darüber. Ich mag sie. Sogar sehr. Sie ist die perfekte Ergänzung unserer Familie.«

»Jetzt muss ich sie nur noch fragen und ein Datum festsetzen. So, nun muss ich aber los. Ich hab meiner Frau einen Heiratsantrag zu machen.«

»Tu das. Aber vergiss nicht, dass du auch noch zwei Fälle vor Gericht gewinnen musst.«

Ich lachte. »Shit. Beinahe hätte ich vergessen, dass ich heute ja auch noch arbeiten muss. Diese beiden Prozesse gewinne ich mit verbundenen Augen!«, prahlte ich siegessicher. Und so war es. Ich hätte Bäume ausreißen mögen.

Ring in der Tasche. Zwei Fälle gewonnen. Und die perfekte Location ausgewählt. Am Abend war alles bereit.

»Wo gehen wir hin?«, fragte Camille bestimmt zum hundertsten Mal.

»Ja, wo gehen wir hin?«, wiederholte Tanner. Der Kleine war genauso ungeduldig wie seine Mum.

Ich schüttelte den Kopf und fand es urkomisch, dass die beiden mit Überraschungen so gar nicht klarzukommen schienen. »Abwarten.« Die Limousine fuhr an den Straßenrand, und Camilles Augen weiteten sich, als wir ausstiegen. Tanner betrachtete die funkelnden Lichter und hüpfte aufgeregt auf und ab.

Inmitten des Theaterviertels stand ein Tisch mit einem rotweiß-karierten Tischtuch. Ein rotes Seil grenzte den Bereich ab. Und auf dem für drei Personen gedeckten Tisch standen eine Flasche Champagner und eine mit Apfelschorle. Ich führte Camille und Tanner zu ihren Stühlen. Ein Pizzalieferant öffnete ein paar Schachteln und ließ eine Käsepizza auf Tanners Teller gleiten. Dann servierte er auch mir und Camille ein paar gut belegte Stücke.

»Pizza ist mein absolutes Lieblingsessen!« Tanner schob sich ein riesiges Stück in den Mund. Camille staunte, als ich den Champagner in Gläser füllte und dann Tanner ein Glas Schorle einschenkte. Die Lichter der Theaterschilder funkelten und wurden von den Kristallgläsern zurückgeworfen, sodass sich das Licht brach und wir von sämtlichen Regenbogenfarben umgeben zu sein schienen.

»Das ist … mir fehlen die Worte. Warum?« Sie sah sich um und strich ihrem Sohn übers Haar.

Ich stieß mit ihr an und sah ihr tief in die Augen. »Das hier, Goldstück, ist der Ort, an dem ich mich in dich verliebt habe. Genau an dieser Stelle, wo du eine Pirouette gedreht und mich angesehen hast, als sei ich der Mann deiner Träume.«

»Du *bist* der Mann meiner Träume«, bestätigte sie mir.

»Und du bist die Frau meiner Träume. Deshalb will ich es hier und jetzt offiziell machen.« Ich ließ mich auf ein Knie nieder. Ihre Augen füllten sich sofort mit Tränen, und sie hielt sich die Hand vor den Mund. Sie sah sich um und warf einen Blick auf die Zuschauer, die stehen geblieben waren, um die Show zu genießen.

Ich zog die Schachtel aus meiner Brusttasche und öffnete sie. Camille betrachtete den Ring in all seiner Größe und Pracht. »Camille, ich habe dich beinahe vom ersten Augenblick an geliebt. Ich möchte mein Leben an deiner Seite verbringen. Ich will deinen Sohn aufziehen und ihn zu meinem eigenen machen. Würdest du mir die Ehre erweisen, meine Frau zu werden?«

»Oh mein Gott, Nate. Bist du sicher?« Die Frage verblüffte mich. Wusste sie denn immer noch nicht, wie sehr ich mich nach ihr verzehrte?

»Noch nie im Leben war ich einer Sache sicherer. Ich liebe dich, und ich will, dass du mich heiratest. Sag, dass du meine Frau werden willst.«

Tränen liefen ihr über die Wangen. Dann ließ sie sich ebenfalls auf die Knie nieder und umfing mein Gesicht mit beiden Händen. »Dich meinen Ehemann zu nennen würde mich zur glücklichsten Frau der Welt machen. Ich liebe dich, Nathaniel Walker. Ich werde dich immer lieben.«

Ich schob ihr den Ring an den Finger, und sie atmete tief ein. An ihrer Hand sah er riesig aus, aber das war mir egal. Ich wollte, dass jeder Typ im Umkreis von dreihundert Metern von meiner unsterblichen Liebe zu ihr geblendet war. Mit einer schwungvollen Bewegung zog ich sie hoch und küsste sie. Mit diesem Kuss ließ ich die Einsamkeit meiner Vergangenheit hinter mir und besiegelte, dass Camille die Einzige für mich war.

»Yippie, Mommy tut heiraten!«, kreischte Tanner und umarmte unsere Beine. Ich legte die Hand auf seine kleine Schulter und küsste meine Verlobte noch einmal. Sie gab jenes leise Stöhnen von sich, das nur für mich bestimmt war. Dann hockte ich mich wieder hin.

»Weißt du noch, wie du mich gefragt hast, ob ich deine Mum heiraten würde, und ich antwortete, dass ich es nicht wüsste?«

Er nickte eifrig.

»Na ja, ich heirate sie. Und weißt du noch, dass du mich gefragt hast, ob ich dein Daddy werden würde, wenn ich deine Mum heirate?«

Er nickte wieder, und seine großen, blauen Augen wurden feucht.

»Nun, Sportsfreund. Ich werde dein Daddy sein. Würde dir das gefallen?«

»Wirklich?« Jetzt weinte er ebenfalls, sodass seine Nase ganz rot wurde.

»Oh Baby«, rief Camille und nahm ihren Sohn in den Arm. Keine Sekunde lang wandte er den Blick von mir ab.

»Ja, Tanner. Ich will dein Dad sein, wenn du mich lässt. Was sagst du dazu?«

»Darf ich dich Dad nennen?«

Seine Stimme klang so hoffnungsvoll, dass ich plötzlich einen Kloß im Hals hatte und meine Stimme zu versagen drohte. Aber ich riss mich zusammen. »Du darfst mich nennen, wie du willst.«

»Dann nenn ich dich Dad.« Nun brach auch seine Stimme, und er weinte noch mehr. Ich zog ihn in die Arme, wobei ich darauf achtete, ihn nicht zu fest zu drücken.

»Ich liebe dich, Tanner. Ich werde dir der beste Vater sein und deiner Mum der beste Ehemann. Okay? Ich verspreche es.«

»Okay, Dad.« Camille keuchte und ich schluckte die Tränen herunter, als wir diese neue Anrede hörten. »Darf ich jetzt noch Pizza haben?«, fragte er und wischte sich die Nase am Ärmel seines Shirts ab.

Camille und ich mussten lauthals lachen, ebenso wie die New Yorker, die stehen geblieben waren, um uns zuzusehen.

»Ja, mein Sohn. Jetzt kriegst du noch mehr Pizza.« Ich zerzauste sein Haar und gab meinem Jungen noch ein Stück.

Da saßen wir drei nun als kleine Familie. Camille starrte ihren Ring an und hob ihr Glas. Ich nahm meines ebenfalls in die Hand, und Tanner tat es uns gleich. »Worauf stoßen wir an?«, fragte Camille.

»Auf uns. Mum, Dad und meinen Sohn.«

Tanner strahlte, und wir ließen die Gläser klingen, besiegelten alles mit einem Toast auf die Liebe und eine strahlende Zukunft.

Kapitel 17

Cami

Wenn eine Frau sich verlobt, verändert sie sich. Sie ist von einem Selbstvertrauen erfüllt, das sie vorher nicht besaß. Sie läuft beschwingter und hat ständig ein Lächeln auf den Lippen. Und genauso fühlte ich mich. Wie eine selbstbewusste, glücklich verliebte Frau, der die Welt zu Füßen liegt. Dieses Geschenk hatte Nate mir letzte Woche gemacht, als er mir den funkelnden Diamantring an den Finger schob, mir auf den Straßen New Yorks seine Liebe gestand und mich bat, seine Frau zu werden. Und als sei das nicht schon genug, hatte er auch noch Tanner gefragt, ob er sein Vater sein könnte.

Ich summte zur Melodie auf meinem iPod, als ich unseren Doppelschreibtisch abstaubte. Nate und Tanner spielten mit den Legosoldaten in Tanners Zimmer am Ende des Flurs. Das fröhliche Lachen meines Sohnes war Musik in meinen Ohren. In den letzten drei Wochen hatte er sich ebenfalls ungeheuer verändert. Er war Nate gegenüber überhaupt nicht mehr scheu. Auch er schien mehr Selbstvertrauen zu haben, was eindeutig die Folge eines sicheren, stabilen Familienlebens war.

Ich lächelte beim Putzen fröhlich vor mich hin und schob die Papier- und Aktenstapel auf Nates Schreibtisch beiseite in dem Versuch, sie zumindest ansatzweise zu ordnen. Plötzlich erstarrte ich. Da stand mein Name. Ich setzte mich auf Nates Ledersessel und zog den leuchtend roten Schnellhefter aus dem unordentlichen Stapel. Jep, *Camille Johnston – vollständiges Dossier* stand in ordentlichen Lettern auf dem Deckblatt. Am oberen Rand des

Schnellhefters klebte ein gelber Klebezettel, auf dem das Logo einer Firma namens Spark Investigations mit einer Adresse in Manhattan samt Telefonnummer und Website zu sehen war.

Ich entzifferte die beinahe unleserliche Handschrift darunter:

Walker-
Hoffe, die Info hilft dir, die Frau zu kriegen.
Jonny

Was zur Hölle war das? Nate hatte mich von einem Privatdetektiv durchleuchten lassen? Warum? Wann? So viele Fragen gingen mir durch den Kopf, als ich die Mappe öffnete. Darin fanden sich etwa zehn bis fünfzehn Seiten mit Informationen über mich. Die erste enthielt eine Zusammenfassung. Ich überflog das Blatt, entdeckte meinen Namen, meine Adresse, ein Foto aus meinem Führerschein, meinen Lebenslauf – so kurz er auch war. Auf Seite zwei fanden sich eine Kopie meines Highschool-Zeugnisses, der Titel meiner aktuellen Collegearbeit und meine Noten. Die folgenden Seiten waren als »vertraulich« markiert worden und enthielten Informationen über meine Pflegefamilien. Jede einzelne von meiner Geburt an bis zu meinem achtzehnten Geburtstag war dort aufgeführt. Außerdem der Bericht eines Sozialarbeiters, dass ich aus verschiedenen Familien genommen werden musste, weil ich dort misshandelt worden war.

Während ich die Seiten las, kehrten die Erinnerungen an mein damaliges Leben mit aller Macht zurück und schlugen über mir zusammen. Mein Herz pochte schneller, während ich alles über die Misshandlungen und den nachfolgenden Besuch im Krankenhaus oder beim Kinderpsychologen las. In jüngeren Jahren hatte ich offenbar noch mehr gelitten. Ich erinnerte mich gar nicht mehr an die gebrochenen Arme, Beine und die Hämatome. Außerdem fand sich in der Mappe ein ausführlicher Bericht meiner Erzieherin aus dem Kindergarten. Sie war davon überzeugt, dass ich geschlagen wurde, und hatte sich ans Jugendamt gewandt, das meinen damaligen Pflegeeltern einen Besuch abstattete. Es stellte sich heraus, dass in der Familie insgesamt zehn Pflegekinder untergebracht worden waren. Es handelte sich um zwei Schwestern, die als Prostituierte arbeiteten.

Mein Gott. Schockierend, an wie wenig ich mich erinnerte. Ferner enthielt die Mappe die medizinischen Berichte der Ärzte, nachdem man mich wieder aus der jeweiligen Familie genommen hatte. Darin wurde bestätigt, dass ich immer noch unberührt und mein Jungfernhäutchen intakt war. Mir drehte sich der Magen. Es war, als würde sich ein schweres Gewicht auf meinen Bauch, meine Brust und mein Herz legen und mich auf dem Stuhl niederdrücken. Ich konnte mich kaum mehr bewegen, als die Erinnerungen auf mich einströmten. Jahre der Misshandlungen, des Kummers und der Trauer schlugen wie eine tosende Welle über mir zusammen und raubten mir die Luft zum Atmen. Wieder wurde mir übel, und ich griff nach dem Mülleimer und erbrach die Reste meines Frühstücks. Auch danach hörte das Würgen nicht auf, und ich zitterte am ganzen Körper. Als ich wieder ins Hier und Jetzt zurückkehrte, spürte ich ein kühles Tuch auf der Stirn.

»Schon gut, Liebes. Alles in Ordnung«, drang Nates Stimme durch den Schrecken meiner wiedererwachten Vergangenheit. Ich klammerte mich an ihn, hielt mich so fest, dass er womöglich blaue Flecken davon bekam. Aber das kümmerte ihn nicht. Er hielt mich im Arm, flüsterte mir liebevolle Nichtigkeiten ins Ohr, strich mir über Haar, Rücken und die Arme, bis ich mich wieder beruhigt hatte. Ich nahm mir ein Taschentuch von seinem Schreibtisch, putzte mir die Nase und ließ mich dann in den Stuhl zurücksinken.

»Was ist passiert? Warum wurde dir übel?«

Ich holte tief Luft und sah ihm forschend in die Augen, in denen ich nur Sorge und Liebe entdeckte.

»Wie konntest du nur?« Ich griff nach der Akte und schwenkte sie vor seinem Gesicht hin und her. Er sah sie an, als hätte er sie noch nie gesehen.

Dann nahm er die Mappe, las den Namen und sah die Notiz. Seine Augen wurden groß. »Goldstück, es ist nicht das, wonach es aussieht.«

»Tatsächlich nicht? Denn es sieht so aus, als hättest du mir einen Detektiv auf den Hals gehetzt. Warum? Warum hast du das getan?«

Er umfasste meinen Oberarm und schob das Gesicht ganz dicht an meines. »Hör mir zu. Ja, ich habe Nachforschungen über dich anstellen lassen. Und zwar kurz nachdem wir uns kennengelernt hatten.« Ich machte mich in seinen Armen ganz steif und versuchte, mich ihm zu entziehen. »Nein, keine Chance. Du läufst jetzt nicht weg. Du hörst mir zu.«

»Dann sprich schnell«, stieß ich zwischen zusammengebissenen Zähnen hervor. Meine Stimme war voller Wut und Schmerz.

»Ich gebe zu, dass ich einen Detektiv mit Nachforschungen beauftragt hatte. Aber das war, wie gesagt, kurz nach unserem ersten Zusammentreffen. Du wolltest nicht mit mir ausgehen. Mein Gott, ich musste dir ja regelrecht auflauern. Und ich … Shit, Camille. Ich wollte dich wirklich unbedingt kennenlernen.«

»Also hast du meine Privatsphäre verletzt. Mein Vertrauen missbraucht. Warum hast du mich nicht einfach gefragt, anstatt mein gesamtes Leben hier drin nachzulesen?« Ich tippte auf die rote Mappe.

»Das habe ich gar nicht. Ich schwöre es. Ich habe den Bericht nicht gelesen. Jonny hat mir die Unterlagen vor Monaten gegeben. Seitdem liegen sie auf meinem Schreibtisch, und ich hatte sie vergessen. Ich schwöre dir bei allem, was mir heilig ist, dass ich sie nicht gelesen habe!« Sein Ton war bittend und voller Angst. »Camille, ich schwöre bei deiner Liebe und bei Tanners Leben, dass ich diese Akte nicht gelesen habe.«

Ich sah ihm tief in die Augen. Er zuckte nicht zusammen, wich nicht zurück oder tat sonst irgendetwas, was auf eine Lüge schließen ließ.

»Trotzdem finde ich es bodenlos!« Ich stieß ihn gegen die Brust. Er trat einen Schritt zurück und gab mir den Raum, den ich so unbedingt brauchte. Ich nahm die Akte in die Hand. »Ich muss jetzt eine Weile allein sein. Entweder gehst du, oder ich tue es.«

Nates Pupillen weiteten sich. »Nur eine Zeit lang. Nicht für immer. Ich lasse nicht zu, dass du mich für immer verlässt. Nicht wegen etwas so Idiotischem. Es war ein Fehler, Camille. Ein dummer, verdammter Fehler. Ich bedaure ihn! Ich wusste nicht, dass ich mich in dich verlieben würde. Ich wusste es nicht!«, brüllte er und warf die Hände in die Luft. Dann ließ er die Schultern sinken und holte tief Luft. »Sag mir, dass du mich nicht verlässt?«

Die Trauer in seinen Augen traf mich tief. »Ich verlasse dich nicht. Aber ich brauche etwas Zeit, um es zu verarbeiten. Um diese Akte allein zu lesen. Verstehst du das?«

Er nickte feierlich. »Wenn du willst, dass ich gehe, dann gehe ich. Aber ich würde lieber hier bei Tanner bleiben. Ich würde es im Moment nicht ertragen, ohne euch beide zu sein.« Seine Worte setzten mir zu. Ich ging zu ihm hin, legte ihm die Hand an die Wange und gab ihm einen flüchtigen Kuss. Eine winzige Berührung, um ihm zu zeigen, dass ich ihn nach wie vor liebte.

»Ich komme später zurück.«

»Wann?« Seine Frage klang verzweifelt, unsicher.

»Wenn ich bereit dazu bin. Wenn ich nicht mehr so wütend auf dich bin. Wenn ich wieder klar denken kann.«

»Gut. Deine Männer werden hier sein, wenn du wieder nach Hause kommst. Sie warten auf dich. Ich liebe dich mehr als alles, Camille. Bitte mach nicht mehr aus der Sache, als es ist. Ein verfluchter Fehler. Okay?«

Ich nickte nur, denn ich traute meiner Stimme nicht. Ich brauchte Zeit zum Nachdenken, um zu verstehen und zu verzeihen. Mein Leben lang war ich davongelaufen. Aber im Moment wollte ich nur einen Schritt zurücktreten, um später wieder zurückzukehren.

Schweren Herzens ging ich ins Kinderzimmer und sagte Tanner, Mommy hätte eine Besorgung zu machen. Dann zog ich mich ins Bad zurück, putzte mir die Zähne und machte mich nach meiner Übelkeitsattacke frisch. Als ich ins Wohnzimmer kam, wartete Nate schon auf mich. Die Tür war geöffnet, und er hielt meinen Mantel in den Händen. Mein Gott, ich liebte ihn so wahnsinnig. Trotzdem war meine Wut noch nicht verraucht.

Als ich mich auf den Weg zur Wohnungstür machte, zog er mich an sich und gab mir einen innigen Kuss. Als ich mich von ihm lösen wollte, hielt er mich dicht an sich gepresst und vertiefte seinen Kuss, dass mir Hören und Sehen verging. Mein ganzes Sein wurde von Licht durchflutet. Ohne ihn war mein Leben dunkel, doch in seinen Armen strahlte die Sonne gleißend hell. Mit diesem einen Kuss vertrieb er sämtliche Zweifel, Sorgen und Bedenken, die ich in Bezug auf seine Liebe und seine Absichten hatte. Endlich machte ich mich doch los.

»Ich liebe dich, Nate. Und ich werde wieder nach Hause kommen. Ich brauche nur ein wenig Zeit.«

»Nimm dir alle Zeit, nur … komm zurück.« Seine sanften blauen Augen flossen förmlich über vor Traurigkeit. »Ich liebe dich.«

»Ich liebe dich mehr. Ich bin bald wieder da.« Ich wandte mich um und ging.

Statt ein Taxi zu rufen, beschloss ich, zu Fuß durch die Straßen New Yorks zu gehen, bis ich am Central Park anlangte. Dort setzte ich mich auf eine Bank und überblickte die weite, grüne Fläche. Es war ein wunderschöner Frühlingstag in der Stadt. Einige Kinder spielten Fangen, ein paar Leute warfen Frisbeescheiben oder gingen mit winzigen Hunden Gassi. Die meisten davon waren nicht größer als ein Bierglas. In New York sah man nicht allzu viele große Hunde. Falls wir uns mal einen Hund anschafften, dann einen *richtigen*. Einen, der so groß war wie Butch, der Hund von Hank und Aspen.

Nachdem ich ein paar Minuten damit verbracht hatte, im Stillen beruhigend auf mich selbst einzureden und die Szenen um mich herum zu betrachten, zog ich die Akte hervor.

Nate hatte behauptet, sie nie gelesen zu haben, und ich glaubte ihm. Das musste ich auch. Welchen Wert hatte eine Beziehung ohne Vertrauen? Außerdem hatten wir schon Schlimmeres überstanden. Meine Tätigkeit als Striptänzerin beispielsweise und das Geheimnis, das ich um Tanners Existenz gemacht hatte. Beides waren einschneidende Vertrauensbrüche gewesen, und Nate war verletzt gewesen. Wir würden diese Prüfungen und Kümmernisse hinter uns lassen und wieder zueinander finden. Wir würden auch über das hier hinwegkommen.

Ich blickte auf meine linke Hand hinab. Die Erinnerung an Nates Liebe funkelte und blitzte an meinem Finger.

Nate liebte mich. Das wusste ich von ganzem Herzen. Ich würde mir von diesem dummen Fehler nicht unser Glück kaputtmachen lassen. Was geschehen war, war geschehen. Meine Kindheit anhand einer Vielzahl medizinischer Berichte und durch die Perspektive der Sozialarbeiter noch einmal zu durchleben war sicher kein Spaß, aber das alles gehörte nun mal zu meiner Vergangenheit. Ich konnte sie nicht ändern. Aber ich konnte endgültig über meine Kindheit hinwegkommen und von vorn anfangen.

Mein jetziges Leben war vollkommen anders, denn ich war keine arme Waise mehr. Ich hatte einen Job, ich ging aufs College, hatte einen wunderschönen Sohn und einen Mann, der mich um meiner selbst willen liebte. Eine strahlende Zukunft lag vor mir, und ich war glücklicher denn je.

Mit neuem Selbstvertrauen öffnete ich die Mappe und blätterte zu den letzten Seiten vor. Auf einer war mein Krankenhausaufenthalt verzeichnet, als ich Tanner entbunden hatte, sowie eine Kopie seiner Geburtsurkunde zu finden.

Die beiden letzten Dokumente waren jedoch ein absoluter Schock. Es handelte sich um meine eigene Geburtsurkunde mit den Namen meiner leiblichen Eltern, die nicht geschwärzt worden waren.

Ich hielt den Atem an, als ich den Namen meiner Mutter las.

Name: Constance Camille Johnston
Alter: 19
Status: verstorben

Meine Mutter war am Tag meiner Geburt verstorben. Ich blätterte um und entdeckte eine weitere Urkunde: Ihre Sterbeurkunde. Todesursache: Komplikationen bei der Entbindung.

Eine Träne tropfte auf das Blatt Papier. Ich hatte gar nicht bemerkt, dass ich weinte. Meine Mutter war gestorben, als sie mir das Leben schenkte. Und sie war damals nur ein Jahr älter gewesen als ich selbst bei Tanners Geburt. Mein Vater – oder jemand anders – hatte mir ihren Namen gegeben. Mir wurde warm ums Herz bei der Vorstellung, dass ich ihren Namen trug. Ein Bild ihres Führerscheins war dem Bericht beigefügt. Ihr langes braunes Haar war ebenso gelockt wie meins, und sie trug es in der Mitte gescheitelt. Soweit man es auf dem kleinen Foto erkennen konnte, waren ihre Augen haselnussbraun. Ihr Lächeln ähnelte meinem, breit und strahlend. Sie war eine schöne Frau gewesen.

Ich holte tief Luft und fragte mich, wie es gewesen wäre, bei ihr aufzuwachsen. Wie war ihr Leben wohl gewesen? Ihre Familie? Irgendetwas? Ich las ihre Sterbeurkunde und entdeckte die Namen meiner Großeltern. Beide waren anscheinend ebenfalls verstorben. Ich ließ die Schultern hängen.

Dann wurde mir klar, dass ich noch gar nichts über meinen Vater entdeckt hatte. Ich blätterte ein paar Seiten zurück und las den Namen.

Vater: William Robert Devereaux
Alter: 30
Status: lebend

Das bedeutete, mein biologischer Vater war mittlerweile dreiundfünfzig. Ich überflog die Seite, auf der seine letzte bekannte Adresse stand. Sie befand sich in New Jersey. In der gleichen Stadt, in der ich aufgewachsen war. Warum hatte er mich nicht bei sich behalten? William Devereaux – mir fiel auf, dass er den gleichen Namen trug wie mein neuer Freund Tripp. Die Welt war klein.

Und im Verlauf der weiteren Lektüre wurde die Welt noch um verdammt vieles kleiner. William Devereaux war zum Zeitpunkt meiner Geburt verheiratet gewesen und hatte mittlerweile zwei weitere Kinder. Marcus Devereaux war zwanzig Jahre alt, studierte an der Michigan State University und spielte dort im Football-Team. Tripp Devereaux arbeitete als Model für AIR Bright Enterprises sowie als Barkeeper. Er war sechsundzwanzig Jahre alt. Letzte bekannte Adresse: downtown Manhattan.

Heiliger Strohsack.

Meine Haut kribbelte. Ich bekam eine Panikattacke. Der ehemals blaue Himmel verblasste, und mir wurde schwarz vor Augen. Meine Augäpfel verdrehten sich. Bevor ich das Bewusstsein verlor, war mein letzter Gedanke, dass Tripp Devereaux mein Halbbruder war.

Nate

Ich stürzte durch die Krankenhaustüren in die Notfallabteilung. »Camille Johnston, meine Verlobte! Wo ist sie?«, brüllte ich alle und jeden an.

Eine zierliche, unscheinbare Frau in Schwesterntracht kam auf mich zu. »Beruhigen Sie sich. Hier entlang.« Sie ging voran, und Tanner und ich folgten ihr, vorbei an Notfallsanitätern und zahlreiche Betten, die durch Vorhänge voneinander getrennt waren. Tanners kleine Füße strauchelten, weil ich es so eilig hatte, zu Camille zu gelangen. Ich zog ihn hoch und setzte ihn auf meine Hüfte. Er klammerte sich an meinen Hals, sagte aber keinen Ton. Schließlich zog die Schwester einen pinkfarbenen Vorhang beiseite. Dahinter saß meine Frau im Bett.

»Goldstück, Baby, was ist passiert?«

»Mommy!«, schrie Tanner und streckte die kleinen Ärmchen nach seiner Mum aus. Ich setzte Tanner aufs Bett, und er kroch in ihre Arme. Sie umarmte ihn innig und gab ihm einen Kuss auf den Scheitel. Ich legte ihr die Hand auf die Wange, und sie lächelte. Sie sah eigentlich ganz fit aus, doch dann strich ich ihr über den Hinterkopf, und sie zuckte zusammen.

»Was ist passiert?« Ich konnte meinen Zorn kaum zurückhalten. Wenn jemand meine Frau geschlagen hatte, war der Betreffende ein toter Mann.

»Ich bin ohnmächtig geworden. Habe mir den Kopf an einer Parkbank im Central Park gestoßen.«

»Warum?« Ich schüttelte den Kopf, verstand nicht. »Warum wurdest du ohnmächtig?«

Sie zuckte mit den Schultern. »Ich glaube, ich hatte eine Panikattacke.« Die Worte trafen mich wie ein Schlag in die Magengrube. Das, was ich getan hatte, dass ich eine Akte über sie hatte anlegen lassen, hatte sie dermaßen gestresst, dass sie ohnmächtig geworden war. Ich wusste ja, dass ich sie nicht hätte allein lassen sollen.

»Es tut mir so leid, Camille.« Ich küsste sie auf die Lippen. »Es ist alles meine Schuld. Ich hätte Jonny niemals beauftragen sollen, in deiner Vergangenheit herumzuschnüffeln.«

Meine süße Geliebte schüttelte den Kopf und griff sich dann an den Kopf. Ich warf einen Blick auf die Stelle und entdeckte eine hässliche Beule.

»Mir geht es gut. Wirklich. Das war nicht der Grund. Vielmehr … hmm … lag es an dem, was ich in den Berichten gelesen habe. Das hat mich einfach überwältigt.« Sie biss sich auf die Unterlippe, und ich setzte mich zu ihr aufs Bett.

Ich streichelte ihre Wade und ihr Knie. »Was denn genau?«

»Du wirst es nicht glauben. Ich weiß selbst noch gar nicht, ob ich es glaube.« Sie schüttelte den Kopf.

»Versuch's.«

Sie leckte sich über die Lippen, und ich nahm den Becher auf dem Nachttisch und goss ihr etwas Wasser ein. Sie nippte daran. »Ich habe Geschwister.«

Erstaunt riss ich die Augen auf. »Wirklich? Hast du herausgefunden, wer deine Eltern sind?«

Ein trauriges Lächeln stahl sich auf ihr Gesicht. »Ja. Meine Mom ist tot. Ist bei meiner Geburt gestorben. Sie war so jung, erst neunzehn.« Ich merkte, wie betrübt sie über diese Information war. Herauszufinden, dass nächste Angehörige gestorben waren, bevor man Gelegenheit hatte, sie kennenzulernen, war mit Sicherheit sehr schmerzhaft.

»Das tut mir so leid. Was ist mit deinem Dad?«

Camille nickte und presste kurz die Lippen aufeinander. »Das ist der verrückte Teil. Er ist am Leben und wohnt in New Jersey.«

»Das ist doch fantastisch! Wir finden seine Nummer heraus und rufen ihn an!«, rief ich glücklich.

Sie schüttelte den Kopf. »Keine Ahnung. Vielleicht. Aber da ist noch etwas. Er heißt William Devereaux.«

Ich kratzte über mein Ziegenbärtchen und den Dreitagebart an meinen Wangen. Ich hatte vor unserem Streit keine Gelegenheit gehabt, mich zu rasieren, und während Camille fort war, war ich so außer mir gewesen, dass ich nicht mehr daran gedacht hatte. Natürlich fiel mir sofort auf, dass unser Freund den gleichen Nachnamen hatte. Aber solche Zufälle gab es eben. »Was sonst noch?«

»Ich habe zwei Brüder.«

»Und inwiefern ist das ein Problem? Goldstück, das sind doch fantastische Neuigkeiten! Du hast dir doch immer Geschwister gewünscht. Jetzt können wir nach ihnen suchen.« Ich verstand nicht, warum sie immer noch so besorgt aussah.

»Nate, einer meiner Brüder heißt Marcus. Er spielt Football am College in Michigan.«

»Toller Sport! Wir könnten uns eins seiner Spiele ansehen. Was ist mit dem anderen Bruder?« Sie war einfach nicht sie selbst. Ich hätte angesichts dieser Neuigkeiten eher mit Luftsprüngen gerechnet und nicht damit, dass sie trübsinnig in ihrem Krankenhausbett saß und den Kopf hängen ließ. Und warum hatte sie eine Panikattacke gehabt? Das alles war doch fantastisch und kein Grund zur Panik.

Camille holte tief Luft. »Nate, mein anderer Bruder ist Tripp Devereaux.« In diesem Augenblick schwirrte mir buchstäblich der Kopf.

»Das ist fucking unmöglich!«

»Daddy! Du hast versprecht, dass du nicht mehr fluchst. Mom sagt F-Bomben dazu, und du darfst keine Bomben schmeißen. Keine A-Bomben, keine B-Bomben ...« Er sprach weiter, bis er zum richtigen Buchstaben im Alphabet kam. »Mommy sagt, die F-Bomben sind die allerschlimmsten!«

Ich zerzauste Tanner das Haar. »Du hast recht, Sportsfreund.

Keine F-Bomben mehr.« Ich grinste. Er lächelte und umarmte dann wieder seine Mum.

»Das ist doch Wahnsinn! Ich meine …« Ich schüttelte den Kopf. In diesem Augenblick betrat der Arzt das Krankenabteil.

»Ms. Johnston, auf Ihrem Röntgenbild ist alles in Ordnung. Nichts passiert, nur eine riesige Beule. Gut kühlen, dann ist es bald wieder verschwunden. Und lassen Sie es für ein paar Tage langsam angehen, nehmen Sie Ibuprofen und melden Sie sich, falls Ihnen schwindelig wird. Sind Sie der Ehemann?«, fragte der Arzt mich.

»Ja«, antwortete ich, ohne groß nachzudenken. Ihn ging es schließlich nichts an, dass wir noch nicht offiziell verheiratet waren. Bis dahin war es sowieso nicht mehr lange hin.

»Wecken Sie sie vorsorglich heute Nacht alle vier Stunden. Sie hat keine Gehirnerschütterung, aber man kann bei Kopfverletzungen nicht vorsichtig genug sein.«

Ich salutierte vor dem Arzt. »Mach ich. Aber es geht ihr gut?«

»Ja. Sie braucht einfach nur Ruhe. Hier steht, dass Sie früher häufiger unter Panikattacken litten?«

Camille nickte. »Als Kind, ja. Aber seit ich den Kleinen hier zur Welt gebracht habe, ist es zu keiner mehr gekommen.« Sie zog Tan Man an ihre Brust, und er kicherte. »Wird schon wieder. Ich habe vorhin nur wirklich schockierende Neuigkeiten erfahren. Demnächst bin ich vorsichtiger.«

Der Arzt reichte ihr die Entlassungspapiere.

Wir verließen das Krankenhaus und hielten ein Taxi an, um nach Hause zu fahren. Nachdem ich Camille in unsere Wohnung und dort ins Bett gebracht hatte, kümmerte ich mich um Tanner, der sein Mittagsschläfchen machen sollte. Er war sofort eingeschlummert. Schon erstaunlich, wie tief der Kleine schlafen konnte.

Ich kochte einen Tee und holte ein paar Sandwiches mit Huhn und Salat aus dem Kühlschrank, die ich in Camilles Abwesenheit gemacht hatte. Beides brachte ich ins Schlafzimmer. Das Tablett stellte ich aufs Bett und küsste meine Frau auf die Stirn.

»Wie geht es dir jetzt, Liebes?«

Sie lächelte erschöpft. Mein Herz pochte schneller. Was für ein wunderschöner Anblick, sie hier in unserem Bett und unter der Decke liegend zu sehen. Hoffentlich ging sie nie wieder fort. Noch nicht mal einen Nachmittag lang. Hätte ich ihr gleich von der Akte erzählt, hätte sie sich nicht verletzt und wäre auch nicht allein gewesen, als sie diese erstaunlichen Neuigkeiten erfuhr. Ich hätte ihr eine Stütze sein können.

»Mir geht es gut. Du musst nicht dauernd auf mich Acht geben. Wirklich nicht. Ich brauche einfach nur Zeit, um das alles zu verarbeiten«, sagte sie schläfrig.

»Ja, das ist wirklich eine ganze Menge. Ich möchte mich noch mal bei dir entschuldigen. Ich fühle mich verantwortlich für das, was passiert ist. Wenn ich dir das alles früher gesagt hätte …«

»Stopp, Nate. Wir machen alle mal Fehler. Ich hätte dir ja auch gleich von Tanner und vom Gems erzählen sollen. Aber ich habe es nicht getan. Manchmal treffen wir die falschen Entscheidungen. Doch gemeinsam damit klarzukommen, das ist es, was uns stärker macht.«

Mein Gott, wie sehr ich sie liebte.

»Ich würde alles tun, um dich glücklich zu machen. Das weißt du doch, oder?«

»Oh Nate, das weiß ich, und Baby, du *machst* mich glücklich. Noch nie in meinem ganzen Leben war ich glücklicher. Schon bald werden wir verheiratet sein und unsere Familie vergrößern. Aber ich muss mir trotzdem noch überlegen, wie ich mit diesem neuen Wissen umgehe. Wie ich es Tripp sage. Ich meine, er ist unser Freund.« Sie legte sich die Hand auf die Stirn und schüttelte den Kopf. »Er ist der beste Freund deines Bruders. Ganz schön schräg, das Ganze.«

Ich nickte. »Ja, es ist ungewöhnlich, aber wenn ich länger darüber nachdenke, dann gibt es durchaus Ähnlichkeiten zwischen euch. Das dunkle Haar, die gleichen Augen. Euer Lächeln ist verschieden, und offensichtlich ist er etwas männlicher.« Ich kitzelte ihr Knie, und sie lachte. »Aber ja, jetzt sehe ich es.«

Ich legte ihr das Tablett mit den kleinen Sandwiches und dem Tee auf den Schoß, dann nahm ich mir meinen eigenen Teller und setzte mich ihr im Schneidersitz gegenüber. Schweigend aßen wir und nippten an unseren Tassen, beide zufrieden und tief in Gedanken.

»Was er wohl sagen wird, wenn ich ihm die Akte zeigen?« Sie kaute auf ihrer Unterlippe herum.

Ich blickte in ihr nervöses Gesicht und dachte kurz darüber nach. »Kann ich nicht sagen. Es gibt nur einen Weg, um das herauszufinden. Du musst es ihm sagen. Soll ich ihn zu uns einladen?«

»Ja, aber nicht sofort. Lass mich noch mal überlegen, wie ich ihm das alles am besten beibringe.«

Ich respektierte ihre Entscheidung, noch etwas abzuwarten. Sie musste die Neuigkeiten erst selbst noch verdauen und dann herausfinden, wie sie damit umgehen wollte. Als wir fertig mit dem Essen waren, wurden ihre Lider schwer. Sie konnte die Augen kaum mehr offen halten.

»Nimmst du mich in den Arm?«, fragte sie.

Ich zog die Jeans aus und stieg – nur mit Unterhose und T-Shirt bekleidet – zu ihr ins Bett. Sie schmiegte sich an meine Brust. Das beste Gefühl der Welt. Meine Frau in meinen Armen zu halten, genau dort, wo sie hingehörte. »Wozu du dich auch entschließt, ich bin für dich da. Zum Reden, um Luft abzulassen, um zu weinen, zu lachen, egal, was du brauchst, du kannst auf mich zählen, Liebes.«

»Das weiß ich doch. Danke.«

Ich zog mich ein Stückchen zurück und sah sie an. »Warum dankst du mir?«

»Dafür, dass du mich liebst«, flüsterte sie und kuschelte sich dichter an meine Brust. Sie schloss die Augen und atmete leise aus.

»Das werde ich immer, Goldstück. Immer.«

Kapitel 18

Cami

Geheimnisse waren ätzend. Ich wusste jetzt seit fast einer Woche, dass Tripp mein Bruder war, und war noch immer zu keinem Schluss gekommen, was ich mit dieser Information anfangen sollte.

Schlimmer noch: Ich hatte Collier und London ganz gemieden aus Angst, dass ich mich verplappern und das Geheimnis ausplaudern würde, das mich die ganze Zeit über beschäftigte.

Nate war einfach wundervoll gewesen. Er hatte mich nicht gedrängt, obwohl ich wusste, dass er sich Sorgen um mich machte. Wir fanden zwar beide, dass es *mein* Problem war, aber er würde bei jeglicher Entscheidung hinter mir stehen und mir den Rücken stärken. Er hielt es für das Beste, einfach ein Treffen mit Tripp zu arrangieren. Als ob das so einfach gewesen wäre! Fast dreiundzwanzig Jahre lang hatte ich keinerlei Angehörige gehabt außer Tanner. Und jetzt hatte ich herausgefunden, dass ich nicht nur einen Bruder, sondern gleich zwei hatte. Und welche Wirkung würde diese Nachricht auf Marcus haben? Er war mit seinem Studium und seiner sportlichen Karriere sicher vollauf beschäftigt. Dass ich unangekündigt vor seiner Tür stand und verkündete: *»Hey, ich bin deine große Schwester Cami. Willst du mit mir abhängen, damit wir uns besser kennenlernen?«*, war sicherlich das Letzte, was er brauchte. Außerdem klang das echt lahm. Ich brachte es einfach nicht fertig, die Nummer zu wählen, die der Privatdetektiv den Unterlagen beigefügt hatte.

William Devereaux anzurufen stand ebenfalls nicht zur Debatte. Der Name dieses Mannes war zwar auf meiner Geburtsurkunde zu lesen, aber mit zwei Federstrichen hatte er mir einen Vornamen gegeben und dann seine väterlichen Rechte abgetreten. Wahrscheinlich ging er davon aus, dass mich jemand adoptiert hatte. Vielleicht wäre das ja sogar geschehen, wenn das junge Paar, dem man mich seinerzeit anvertraut hatte, sich nicht hätte scheiden lassen und mich im Alter von zwei Jahren wieder in staatliche Obhut gegeben hätte. Wer konnte das schon wissen? Und obwohl das alles schon lange her war, brodelten die Gedanken daran immer wieder an die Oberfläche – wie kochendes Wasser, das über den Topfrand spritzte.

Ich schaute zur Uhr hinauf und bemerkte, dass es beinahe Mittag war. Gerade als ich mir meine Tasche schnappen und zu dem kleinen Sandwich-Shop an der Straßenecke laufen wollte, öffneten sich die Bürotüren und herein kam Oliver, gefolgt von einer hochschwangeren Aspen. Ich hatte die beiden im letzten Monat kaum gesehen, zumal ich vollauf damit beschäftigt gewesen war, mein Leben mit Nate auf die Reihe zu bekommen.

»Hey, Sweetie.« Oliver winkte mir zu. »Du gehst jetzt mit uns Mittag essen.«

Ich schlang mir die Tasche über die Schulter. »Ach ja?«

»Ja.« Aspen rieb sich über den vorstehenden Bauch. Er war riesig. Sie sah aus, als habe man ihr einen perfekt gerundeten Wasserball unter ihr eng anliegendes Kleid geschoben. Obwohl sie an Gewicht zugelegt hatte, sah die zarte Frau immer noch fantastisch aus. Makellos.

»Habe ich etwas verpasst?«, fragte ich und kam um meinen Schreibtisch herum.

Oliver schüttelte den Kopf. »Nope. Wir wollen nur feiern.« Eingehend musterte er seine Fingernägel.

»Feiern? Das Baby?«, fragte ich unbeschwert.

Aspen war im letzten Drittel ihrer Schwangerschaft, und ich war zu keiner Babyparty eingeladen worden. Vielleicht war so etwas bei megareichen Leuten wie ihr ja auch gar nicht üblich. Allerdings hatte ich selbst auch keine veranstaltet, auch wenn ich damals extrem arm gewesen war. Abgesehen von Jin hätte Tanners Geburt nämlich sowieso niemanden interessiert.

»Babypartys sind total out. Wir werden ein Fest geben, nachdem unser Mädchen zur Welt gekommen ist. Aspen hat für die Kleine alles gekauft, was es unter der Sonne gibt, und braucht keine weiteren pinkfarbenen Outfits. Ich schwöre, wenn ich auch nur noch ein einziges Paket mit pinkfarbenem Kleidchen öffnen muss, kotze ich.« Er steckte sich den Finger in den Mund und gab ein würgendes Geräusch von sich. »Neugeborene in Pink sehen aus wie alte, ausgespuckte Kaugummis.« Er verzog angewidert das Gesicht und schauderte.

Aspen lächelte. »Klingt zwar witzig, aber trotzdem hat er recht. Du solltest mal sehen, wie viele pinkfarbene Klamotten mir schon geschickt wurden. Als ob ein Neugeborenes tatsächlich vierzig rosa Partykleider tragen könnte? Ich habe sie allesamt dem Frauenhaus gespendet. Hank findet sowieso, dass wir das Kind während seines ersten Lebensmonats höchstens guten Freunden und der Familie zeigen sollten. Alles andere lehnt er ab. Sagt, dass er in einem Buch gelesen habe, dass Babys ihre Ruhe brauchen.« Sie verdrehte ihre blauen Augen, und ihre Lippen zuckten.

»Er will nur euer Bestes, und während des ersten Monats möchtest du deine Kleine sowieso einfach nur kennenlernen. Ihre Vorlieben, ihre Abneigungen, ihre kleinen Eigenheiten.« Ich holte tief Luft und erinnerte mich an meine erste Zeit mit Tanner. Als Baby war er mein allerhübschester kleiner Engel gewesen. Ich freute mich schon darauf, das irgendwann noch einmal erleben zu dürfen – zu spüren, wie sich ein Kind in meinem Bauch regte, diese Erfahrung aber diesmal mit dem Vater und

Tanner zu teilen. Dadurch würde es umso außergewöhnlicher werden.

»Kommen wir aufs Essen zurück. Unsere Aspen hier …« Er rieb ihren Bauch, und sie seufzte. »… hat Hunger, und wir wollen deine bevorstehende Hochzeit mit meinem Gandy-Candy-Doppelgänger feiern. Dem Leckerchen!«

Aspen schüttelte den Kopf. »Du darfst dich nicht so unverblümt über den Verlobten einer anderen äußern, Ollie. Wie oft muss ich dir das noch sagen?«

»Vielleicht kapier ich es ja beim einhundertfünfundvierzigsten Mal«, witzelte er.

Ich lachte. Das Geplänkel der beiden war einfach köstlich. Ich fand ihre Beziehung großartig und war froh, mit ihnen jetzt befreundet zu sein. Da kam mir eine Idee: Vielleicht konnten sie mir ja einen Rat geben, was ich im Hinblick auf Tripp unternehmen sollte. Ich konnte sie fragen – natürlich ohne den beiden zu verraten, um wen es sich bei meinem neu gefundenen Bruder handelte.

»Worauf hast du denn Appetit?«, fragte ich, als wir Aspens privaten Aufzug bestiegen.

»Ich sehne mich nach einem Frühstück. Habe momentan totalen Heißhunger auf Eier mit Bacon.«

Oliver hielt sich vor Lachen die Hand vor den Mund.

»Was?«, fragte ich amüsiert.

»Na ja, das sagt sie in dieser Woche jeden Tag. Ollie, bestell mir was zum Frühstück. Hank, lass uns doch zum Abendessen frühstücken. Wenn wir nicht achtgeben, kommt das Baby gelb zur Welt und hat vielleicht sogar ein paar Federn, weil sie so viele Eier isst.«

Aspen schnaubte. »Eier und Bacon sind das beste Essen der Welt.« Sie schloss die Augen und leckte sich über die Lippen. »Ich habe den Geschmack beinahe schon auf der Zunge.« Sie rieb sich den Bauch. Wir lachten schallend, als die Tür sich öffnete.

»Was ist so lustig?«, fragte eine tiefe Stimme, als wir ausstiegen.

Mein Herz setzte einen Schlag lang aus. Dort stand – lächelnd und fröhlich – ein unglaublich gut aussehender Mann mit smaragdgrünen Augen.

»Hey, Tripp. Wir wollten gerade zum Lunch. Willst du mitkommen?« Aspen legte ihm die Hand auf den Arm, und er tätschelte ihren Unterarm.

»Wollten wir uns nicht sowieso um zwölf treffen?« Er sah auf die Uhr.

Oliver kniff die Augen zusammen, stemmte eine Hand in die Hüfte und stampfte mit dem Fuß auf.

»Du hast meine Textnachricht also nicht bekommen.« Aspen grinste.

»Du hast doch gesagt, dass Tripp unsere Verabredung von zwölf auf eins verlegt hat?« Oliver verzog die Lippen. Seine markanten Züge wirkten verärgert.

»Hab ich das? Weiß ich gar nicht mehr.« Aspen warf sich das Haar über die Schulter und griff Tripps Arm fester.

Ich schwieg beharrlich. Tripp warf einen Blick über seine Schulter und zwinkerte mir zu. Er hatte mich also durchaus bemerkt.

»Versuch jetzt bloß nicht, das Thema zu wechseln, Missy. Du hast unser Treffen absichtlich verlegt! Ich hasse es, wenn du dich in meine Terminplanung einmischst.«

Aspen atmete tief ein und hörte auf dem ganzen Weg zu der blitzenden schwarzen Limousine nicht auf, mit ihm zu zanken.

Wow. Daran würde ich mich wohl nie gewöhnen. Meine Freunde fuhren in Limos herum, während ich bisher noch nicht einmal ein Auto besessen hatte. Gewöhnlich fuhr ich mit öffentlichen Verkehrsmitteln von A nach B. Oliver sprach mit dem Chauffeur. »Bringen Sie uns zum Lunch in das gleiche verdammte Restaurant, in das wir schon die ganze Woche gehen«, schnaubte er.

Der Fahrer grinste und reihte sich in den Verkehr ein.

»Also hast du wohl Hunger«, fragte Tripp leichthin.

Aspen rieb sich wieder den Bauch. Dann verkrampfte sie sich kurz. Ich bemerkte es, aber sie überspielte es sofort. Vielleicht hatte sie ein Ziehen verspürt oder Rückenschmerzen. Ich konnte mich entsinnen, dass ich im letzten Drittel der Schwangerschaft immer irgendwelche Beschwerden gehabt hatte. »Wenn du es unbedingt wissen willst: Ich habe Heißhunger auf Eier, okay? Unmengen von Eiern mit knusprigem Bacon. Ich hab keine Ahnung, wieso. Normalerweise ist so etwas gar nicht mein Fall.«

»Ich weiß noch, dass ich während meiner Schwangerschaft mit Tanner so viele Ananas aß, dass ich von der Fruchtsäure Entzündungen im Mund bekam. Aber das konnte mich trotzdem nicht daran hindern, weiterzumachen. Ich aß gegen den Schmerz an. Heute rühre ich die Dinger kaum noch an. Ich bin fest davon überzeugt, dass Babys ihren Moms sagen, was sie im Mutterleib benötigen. Vielleicht braucht Baby Jensen ja Proteine?«

Oliver lachte. »Kann ich mir gar nicht vorstellen! Die Kleine kriegt schließlich jede Nacht ein ordentliches Stück Fleisch von meinem Cowboy-Herkules!«

Aspen versetzte Oliver einen Stoß, und er fiel auf seinem Sitz vornüber, wobei er vor Lachen brüllte.

Schnaubend und prustend stieß er hervor: »Hank versteckt sich momentan in meiner Wohnung! Seine verdammte Frau ist so scharf auf ihn, dass er schon glaubt, sich den Schwanz gebrochen zu haben, und Angst hat, dass er ihm abfällt!«

Verdammt. Ich erinnerte mich genau an diese Phase. Ich war damals megascharf gewesen, hatte nur leider keinen Mann gehabt, der mir über diese Gefühle hinweghelfen konnte. Armer Hank.

»Sag bloß, er beklagt sich auch noch darüber?« Tripp lachte. »Ich kann es gar nicht erwarten, ihn damit aufzuziehen. Welcher Mann versteckt sich denn vor Sex?«

Aspen biss die Zähne zusammen und holte tief Luft. »Um ehrlich zu sein: Ich war in letzter Zeit ein wenig bedürftig.«

»Bedürftig! Ein Obdachloser ist bedürftig, Prinzessin. Doch dem Cowboy zufolge willst du ihn stündlich bespringen! Der arme Junge ist jetzt in unserer Wohnung, um seinem Babymaker eine Verschnaufpause zu gönnen.« Oliver grinste, und wir anderen drei lachten. Ich konnte nicht anders. Es war wirklich witzig.

Im Restaurant ließen wir es uns so richtig gut gehen. Aspen hatte einen verträumten Blick, und wenn es nach mir gegangen wäre, hätte ich ihr Eier gegeben, bis sie ein für alle Mal genug davon hatte. Sie wirkte erschöpft, aber wunderschön.

»Wie lange hast du noch?«, fragte ich.

»Noch vier Wochen. Kommt mir vor wie eine Ewigkeit.« Sie runzelte die Stirn.

Ich nahm ihre Hand. »Du wirst sehen: Es geht ganz schnell.«

Sie lächelte, aber dann presste sie die Lippen aufeinander, die ganz weiß vor Anspannung wurden. Leise zischend stieß sie den Atem aus. Ihre Augen weiteten sich, und ihr Gesicht wurde leichenblass.

»Was ist los?« Ich hielt ihre Hand fester, und sie drückte sie.

»Ähm, keine, hmm, keine Ahnung.« Sie legte sich die Hand auf den Magen und zog meine Finger auf ihren Bauch. Erst war er nur ein bisschen hart, dann plötzlich steinhart. »Ich glaube, ich habe gepinkelt«, flüsterte sie mir ins Ohr. Ich blickte hinab und bemerkte Nässe auf ihrem königsblauen Rock. Das war mehr als nur ein bisschen Pipi.

Ihre Hand umklammerte meine noch fester, und ihr fiel der Kopf auf die Brust. Sie atmete schwer und stöhnte auf vor Schmerz.

»Oh nein, Aspen. Ich glaube, du hast Wehen!«

Ruckartig sahen die beiden Männer mir in die Augen. Sie waren genauso geschockt wie ich. Oliver sprang auf und malträtierte sein Mobiltelefon. Tripp und ich halfen Aspen von ihrem

Platz auf. Oliver warf eine Hundertdollarnote auf den Tisch. Ich wusste, dass das doppelt so viel war, wie unser Lunch gekostet hatte, sagte aber nichts. Gemeinsam führten wir Aspen aus dem Restaurant und bugsierten sie in die Limo.

»Fuck! Ich kann Hank nicht erreichen. Wo zum Teufel ist er?« Oliver tippte wie ein Wilder auf seinem Handy herum.

Im Geiste ging ich seinen Terminplan durch. »Er hält vor einigen Investoren eine Präsentation. Das wird eine ganze Weile dauern. Die Präsentation, die ich zusammengestellt habe, ist jedenfalls auf zwei Stunden ausgelegt. Danach wollten sie den ganzen Nachmittag im Konferenzzimmer bleiben und die Zahlen durchgehen.«

»Jesus Christus, was sollen wir denn jetzt tun?« Olivers Augen wurden feucht, während er Aspens Hand hielt. »Sie bricht mir noch die verdammten Finger!«

Oliver war nicht geschaffen für Krisensituationen.

Ich holte mein Handy hervor. »Ich kümmere mich darum.« Ich wählte Nates Nummer und stellte ihn auf laut, damit ich mich beim Sprechen um Aspen kümmern konnte.

»Hey, Goldstück …«

»Nate, du musst mir einen Gefallen tun«, unterbrach ich ihn.

»Durchatmen. Einfach nur ein und aus.« Hinter mir folgte Tripp den Anweisungen, die ich ihm vorher gegeben hatte.

»Wer zum Teufel ist das im Hintergrund?« Mein Alphamännchen hörte eine andere männliche Stimme und reagierte sofort. Ich verdrehte die Augen, obwohl ich seine besitzergreifende Art insgeheim liebte. Dadurch fühlte ich mich besonders und begehrenswert.

»Das ist Tripp. Wir sind in Aspens Limo …«

»Brillant! Dann hast du Tripp endlich gesagt, dass du seine Schwester bist?« Oh mein Gott! Konnte Nate nicht wenigstens mal zwei verdammte Sekunden lang den Mund halten. Warum zum Teufel hatte ich ihn nur auf laut gestellt?

Schweigen senkte sich über das Auto. Nur noch Aspens leises, schmerzerfülltes Seufzen war zu hören. Oliver stöhnte, als sie bei der nächsten Wehe seine Hand zusammenquetschte. Tripps Blick bohrte sich in mich hinein. Hilflos drehte ich den Kopf zur Seite.

»Wovon, verdammt noch mal, spricht er, Cami?«

Nate

»Später, Tripp. Dann reden wir«, hörte ich Camille sagen. Shit, ich hatte nicht mitbekommen, dass alle mich hören konnten. Mein Gott. Ich hatte es vermasselt. Sie würde stocksauer sein. Ich sah es schon vor mir, wie sie wegen dieses verdammten Schnitzers in absehbarer Zeit jegliche Vögelei abblocken würde.

»Shit, Liebes. Tut mir so leid«, sagte ich leise.

Im Hintergrund hörte ich ein Geräusch und ein lautes Stöhnen, begleitet vom mädchenhaften Kreischen eines Mannes. »Sie tut mir weh! Aspen, du tust mir verdammt weh!«, hörte ich Oliver schreien.

»Was ist los?«, fragte ich.

»Aspen hat Wehen. Ihre Fruchtblase ist geplatzt, und wir können Hank nicht erreichen. Ich möchte, dass du ihn holst und mit ihm ins Krankenhaus kommst.«

Ich schlüpfte in mein Jackett und schob das Handy von einem Ohr zum anderen, während ich den Mantel überzog. »Wo ist er?«

»Nicht weit von deinem Büro entfernt.« Sie las mir den Namen der Firma vor. Ich googelte sie auf meinem Laptop und stopfte alles in meine Aktentasche, was ich an diesem Nachmittag womöglich noch brauchen würde.

»Okay. Verstanden. Ich hole ihn. Wir sehen uns im Krankenhaus. Sag dem Baby, es soll drinbleiben, bis sein Dad da ist!« Ein lauter Schrei ertönte am anderen Ende der Leitung.

»Ich muss auflegen.« Noch ein lautes Stöhnen. »Liebe dich.«

»Ich liebe dich auch«, antwortete ich und beendete das Gespräch.

Ich eilte zum Büro hinaus und rannte zu Collier hinüber. »Aspen hat Wehen. Ich muss Hank finden. Ruf London an«, rief ich, als die Türen des Aufzugs sich bereits öffneten.

Collier fragte nicht lange, woher ich wusste, dass Aspen in den Wehen lag, oder warum ich loslief, um Hank zu holen. Er nickte lediglich. Das war typisch für unsere Partnerschaft. Häufig waren weniger Worte besser als ein langer Sermon.

Innerhalb einer Viertelstunde gelangte ich zu dem schwarzen Glasgebäude, das nur wenige Straßen von unserer Kanzlei entfernt lag, sprang in den Aufzug und drückte auf den Knopf für den fünfundzwanzigsten Stock. Eine Textnachricht traf auf meinem Mobiltelefon ein. Ich zog es aus der Tasche und las:

An: Nate Walker

Von: Aspen Reynolds-Jensen

Wo zur Hölle ist der Cowboy? Aspen bringt mich um! Wir sind in zehn Minuten am Lenox Hill Hospital.

Das hatte wahrscheinlich Oliver geschrieben. Die Aufzugtüren öffneten sich. Ich überlegte mir, dass sich Hank zurückmelden würde, sobald ich ihn hier aufgetrieben und herausgeschafft hatte. Schnell hatte ich das richtige Büro gefunden und ging zur Dame an der Rezeption. Sie schien ein scharfer Hund zu sein. Dünne Haut spannte sich über ihr verhärmtes Gesicht wie Fondant über einen Totenkopf. Ihr scharfer blonder Bob und der blutrote Lippenstift betonten ihre grimmigen Züge.

Während ich vor ihrem Empfangspult auf und ab tigerte, telefonierte sie unbeirrt weiter. Schließlich drückte ich mit dem Finger auf ihr Telefon und unterbrach das Gespräch. »Ich brauche Hank Jensen. Jetzt!«, sagte ich, jeden Widerspruch im Keim erstickend. Sie runzelte das komplette Gesicht. Ich hätte so etwas nie für möglich gehalten, aber wenn man als Frau ganz und gar aus Plastik besteht, reicht anscheinend ein einziger Muskel, um alles zu bewegen. »Hören Sie, er ist hier irgendwo in einem Meeting, und seine Frau liegt in den Wehen. Sie ist auf dem Weg ins Krankenhaus. Können Sie mir also helfen, oder muss ich hier erst einen verdammten *Aufstand* machen?«

Ihre Miene hellte sich um eine winzige Nuance auf und zuckte kaum merklich. »Kommen Sie mit.« Grimmig stand sie auf und stakste auf den höchsten Spike Heels, die ich außerhalb eines Stripclubs je gesehen hatte, davon.

Sie klopfte an eine Tür und wartete, dann presste sie das Ohr gegen die Tür.

»Oh, verflucht noch mal!« Ich griff die Klinke und riss die Tür auf. Vier Männer in Anzügen und mein Mann, Hank Jensen, wandten die Köpfe von einem riesigen LCD-Schirm ab.

»Nate, Partner?«

»Wir müssen gehen. Deine Frau ist auf dem Weg ins Lenox Hill Hospital. Die Wehen haben eingesetzt!«

Hank machte sich nicht die Mühe, noch irgendetwas zu den Anwesenden im Raum zu sagen. »Das ist zu früh! Das Kind soll erst in einem Monat kommen.« Er klang verängstigt.

»Ich weiß. Gehen wir.«

Wir schafften es in Rekordgeschwindigkeit ins Taxi. Hank wählte die Nummer seiner Frau, und anscheinend nahm Oliver das Gespräch entgegen.

»Kumpel, nein, ich kann dich nicht verstehen. Verdammter Mist! Gib mir meine Frau. Sie ist was? Mein Gott, dann gib mir halt Cami.«

»Was ist los, Cami?« Anscheinend hatte er jetzt meine Frau am

Apparat. Er atmete langsam aus. »Okay, Fruchtblase geplatzt, Muttermund sechs Zentimeter geöffnet, Gebärmutterhals um achtzig Prozent verkürzt.« Hank fuhr sich hastig mit der Hand durch das sandfarbene Haar. Er stand unter Hochspannung. »Was sagt der Arzt?« Er holte tief Luft und lehnte den Kopf gegen die Kopflehne des Autositzes. »Wir sind in zwanzig Minuten da. Bleib bei meiner Frau. Ollie liebt sie, aber er ist eine verdammte Dramaqueen. Sorg für sie, bis ich da bin. Okay, Sweetie?«

Einen Augenblick lang stellten sich mir bei dem Kosenamen die Nackenhaare auf, aber ich wusste ja, wem Hanks Herz gehörte. Er mochte Camille wirklich, und London nannte er ebenfalls Sweetie. Das war seine altmodische Texaner-Art. Diese Kerle hatten ständig ein Honey, Baby oder Sweetie auf den Lippen.

Er legte auf und schlug heftig gegen die Rückenlehne des Vordersitzes. »Bringen Sie uns in zehn Minuten zum Krankenhaus, dann ist noch ein zusätzlicher Hunderter für Sie drin«, rief Hank dem Fahrer zu. »Kapiert?«

»Verstanden, Mister!« Der junge Kerl drückte aufs Gaspedal.

Exakt zehn Minuten später waren wir am Krankenhaus. Hank warf dem Fahrer hundertdreißig Dollar zu, die diesem zweifellos den Tag versüßten. Wir rannten ins Krankenhaus und fragten nach der Gynäkologie.

Noch nie im Leben war ich so schnell durch ein Krankenhaus gerannt, auch nicht vor sieben Monaten, als mein Bruder eingeliefert worden war. So einen Mist machen die Leute sonst nur in Filmen. Aber Hank ließ sich nicht aufhalten. Er schoss durch die nüchternen, weißen Flure, als habe er glühende Kohlen unter den Füßen. Seine Sohlen schienen kaum den Boden zu berühren, und ich konnte nur mit Mühe mithalten.

Am Ziel angelangt war ich vollkommen außer Atem, während Hank noch immer in Bestform war. Verdammte Hacke, wie oft trainierte der Kerl eigentlich?

»Aspen Jensen! Meine Frau!«, brüllte er einem zierlichen Ding in pinkfarbener, geblümter Schwesterntracht zu.

»Raum 4 im ersten Stock, der private Kreißsaal«, rief die Krankenschwester, und schon war Hank auf der Treppe und hielt sich gar nicht erst damit auf, auf den Aufzug zu warten. Ich folgte ihm, doch meine Schuhe waren so glatt, dass ich mich am Geländer festhalten musste. So wie wir durch die Treppenhaustür preschten und auf die obere Etage stürmten, wirkten wir vermutlich wie Bankräuber auf der Flucht.

Hank fand das Zimmer und hörte seine Frau schreien. »Gottverdammt. Ich brauche verdammt noch mal Hank, und zwar verdammt noch mal jetzt!«, schrie sie Oliver an.

So heftig hatte ich Aspen noch nie fluchen hören … wirklich noch nie.

Meine süße Camille eilte mit einem kühlen Tuch an ihre Seite.

»Oh Gott, das tut gut. Danke, Cami«, meinte Aspen atemlos.

»Engel.« Dieses Wort war voller Liebe. Hank und seine Frau streckten einander die Hände entgegen, und beiden strömten Tränen übers Gesicht.

»Hank, sie kommt zu früh. Keine Ahnung, wieso.« Aspen schüttelte den Kopf, und ihre Stimme klang angsterfüllt. »Ich hab doch alles richtig gemacht«, rief sie.

Er ließ unzählige Küsse auf ihr Gesicht herabregnen, bis er schließlich ihre Lippen liebkoste.

Camille machte Platz. Sie hielt sich die Hände vor den Mund, und ihr rannen Tränen über die Wangen. Wie weichherzig meine geliebte Frau war.

Oliver ging vor dem Fenster auf und ab. Tripp lungerte vor dem Zimmer herum, saß auf einem Wartestuhl und drehte Däumchen.

»Camille, Liebes, ich bin da, wenn du willst«, flüsterte ich.

Sie sah auf. Ihre Augen leuchteten vor Liebe und Glück. Sie kam mir entgegen und griff auf dem Weg noch nach ihrer Tasche.

»Nein! Hank, nein. Ich brauche sie!« Aspen streckte die Hand nach Camille aus. Meine Frau eilte zurück und drückte Aspens Finger mit beiden Händen.

»Schon gut. Ich bin da«, versicherte Camille ihr.

»Darlin', möchtest du eine Frau an deiner Seite haben?«, fragte Hank.

Sie nickte, und Camille lächelte. »Wenn ihr möchtet, dass ich bleibe, würde ich mich geehrt fühlen.«

»Du hilfst mir so sehr. Bitte geh nicht«, bat Aspen. Wieder wurde sie von einer schmerzhaften Kontraktion heimgesucht. Sofort eilte Camille ihr zu Hilfe und blickte zu einer Maschine hinüber, von der ein Kabel zu Aspen führte.

»Okay, Aspen, die Wehen werden heftiger.« Aspen griff nach Camilles Hand und hielt sowohl ihre als auch Hanks fest. »Okay, mach Folgendes. Fünf Sekunden einatmen, fünf Sekunden ausatmen … Ja, genau so. Die Wehe lässt nach, wird weniger, ist fast weg.« Sie zog das letzte Wort in die Länge. »Gut gemacht bei dieser. Du hast dich kaum gekrümmt.«

Aspen schenkte ihr ein schwaches Lächeln. Camille warf mir über die Schulter hinweg einen Blick zu.

»Baby, ich bin draußen, wenn du irgendetwas brauchst. Ich frage Jin, ob sie heute Abend auf unseren Sohn aufpasst, okay?«, sagte ich.

Sie nickte und lächelte. Es war das hübscheste Lächeln der absolut schönsten Frau auf der ganzen Welt. Sie war offensichtlich in ihrem Element, weil sie einer Freundin helfen konnte.

Ich sah zu dem leeren Stuhl neben Tripp hinüber und setzte mich.

»Verrückt, was?«, sagte ich. Tripp nickte nur, schwieg aber. Endlich wandte er den Kopf und sah mich an.

»Cami ist meine Schwester?«

Kapitel 19

Cami

Die zehn Stunden, die ich selbst in den Wehen gelegen hatte, waren mir damals unendlich lang vorgekommen. Die zehn Stunden, in denen Aspen kreißte, fühlten sich jedoch wie eine Ewigkeit an, während man das Gefühl hatte, bei einem Hurrikan in Shorts durch meterhohe Schneeverwehungen zu stapfen. Die letzten fünf Stunden waren noch schlimmer, absolute Folter für die angehende Mutter und ihr Helferteam. Sie neigte nicht zum Klagen, aber endlich bekam sie eine PDA. Es war, als seien die Wolken aufgerissen. Der Himmel verwandelte sich in pures Gold und regnete Liebe und Licht auf uns herab.

Zwei Ärzte hatten währenddessen Schicht gehabt, hatten sich wegen der vorzeitigen Geburt beratschlagt und darüber, ob ein Kaiserschnitt ratsam wäre. Der zweite Arzt war der Überzeugung, dass Aspens Schwangerschaft schon etwa eine Woche weiter fortgeschritten war, als ihr Frauenarzt es berechnet hatte.

Endlich war der Muttermund zehn Zentimeter weit geöffnet, und sie lag in den Presswehen.

Ich trat zurück, damit Hank und Oliver jeweils an ihre Seite treten konnten, und gesellte mich zu London an den Rand. Wir umarmten einander, als Aspen heftig presste, einen gellenden Schrei ausstieß und ihre Tochter auf die Welt brachte.

»Oh mein Gott, Engel«, rief Hank, als sie Aspen ein puppengroßes Kind auf den Bauch legten, das sie vorher abgetrocknet hatten. Voller Ehrfurcht blickten die drei auf das kleine Mädchen herab. Hank durchtrennte die Nabelschnur nach den Anweisungen des Arztes. Die Augen des großen Mannes waren voller Stolz und Tränen, als er seine Frau und seine Tochter betrachtete.

»Sie ist so … eklig. Was ist das für ein Schmier auf ihrem Körper?«, fragte Oliver.

Aspen lachte, und Hank stieß Oliver mit der Hand gegen die Stirn, damit er aus dem Weg ging. Oliver zuckte zusammen und kam zu uns, die Arme weit ausgebreitet. Wir drei umarmten uns.

»Sie ist perfekt, Engel. Genau wie ihre Mama«, meinte Hank und liebkoste das Haar seiner Tochter mit einem Finger. »Unser kleines Mädchen Hannah.« Wir anderen drei wandten uns um und lächelten. Hannah. So ein hübscher Name.

Nun ging London zu ihrer Schwester, spähte über Hanks Schulter und betrachtete ihre kleine Nichte, die man mittlerweile etwas gesäubert hatte. Oliver und ich warfen ebenfalls einen Blick auf sie. Sie war absolut goldig.

»Oh, sie ist atemberaubend!« Oliver klatschte in die Hände. »Baby Hannah ist jetzt schon ein Supermodel-Baby«, schwärmte er. »Man sehe sich nur diesen perfekten Schmollmund an.« Ich grinste und betrachtete den kostbaren Engel, der diesem wundervollen Paar geschenkt worden war.

»Darlin', das hast du super hingekriegt.« Hank strich seiner Frau übers Haar und küsste sie.

»Nimm deine Tochter hoch«, flüsterte Aspen mit vor Rührung erstickter Stimme.

Er nahm das kleine Bündel in die Arme. »Daddys perfektes Mädchen. Ich liebe dich, Hannah.« Hank küsste die kleinen, goldenen Haarbüschel auf dem Oberkopf seiner Tochter.

Ehrfürchtig beobachtete ich, wie dieser Herkules seine Tochter hin und her wiegte und eine Bindung zu ihr aufbaute. Ich machte einen Schnappschuss mit der Kamera, die auf dem Seitentisch lag. Ich hatte aus diesen ersten Stunden keine Fotos von Tanner, denn im Kreißsaal waren Jin und ich allein gewesen.

Aber Hank und Aspen sollten eine Erinnerung an diesen wundervollen Moment haben.

»Oliver, Kumpel. Darf ich dir deine Nichte vorstellen. Hannah Olivia Jensen.« Oliver sah Aspen an, und sie lächelte. Eine Träne rann seine Wange hinab. Sie wischte sie ihm fort.

»Du hast sie nach mir benannt?«

»Wir lieben dich und alles an dir. Das ist unser Geschenk an dich«, antwortete sie Oliver.

Oliver gab ein ersticktes Schluchzen von sich und umarmte Aspen, küsste sie auf beide Wangen, auf die Stirn und kurz auf die Lippen. »Danke. Mir fehlen die Worte.«

»Sag einfach, dass du sie immer lieben und immer für sie da sein wirst, wie du es für mich auch bist«, flüsterte Aspen. Im Zimmer war es so still, dass wir ihre Worte alle verstanden.

»Bis zum letzten Atemzug«, versprach er und lehnte seine Stirn an Aspens. Diese Menschen einte ein unverbrüchliches Band tiefer Zuneigung. Wie bei Bruder und Schwester.

»Jetzt lass mich unser kleines Mädchen ansehen, wo es ganz sauber und perfekt aussieht!« Er tänzelte zu Hank hinüber und wischte sich die Augen.

»Willst du sie halten?«, bot Hank an.

Oliver wirkte ergriffen. »Nein, ich will sie nicht halten! Das mache ich, wenn ich ganz bequem sitze, vorzugsweise auf einem Bett mit Kissen überall, damit sie bloß sicher ist …« Hank streckte die Arme aus und führte Oliver zu einem Stuhl hinüber.

»Jetzt nimm deine Nichte auf den Arm und halt den Mund«, befahl Hank streng, aber breit lächelnd.

»Du Grobian!«, meinte Oliver und turtelte dann mit dem Bündel in seinem Arm herum.

Ich ging zu Aspen, nachdem man sich um die Plazenta gekümmert hatte und sie genäht worden war. London umarmte sie und schwärmte unaufhörlich davon, wie perfekt die Aura des Babys war.

Dann sah sie mir in die Augen. »Du hast Pen so sehr geholfen. Du kennst dich wirklich aus«, meinte sie.

Ich zuckte mit den Schultern. »Schließlich habe ich selbst auch schon ein Kind bekommen. Das hilft.«

Aspen streckte die Hand nach meiner aus und nahm sie. »Danke. Für alles«, sagte sie schwach und zutiefst erschöpft.

Ich legte ihre Hand auf meine Wange. »Ich habe jede Sekunde genossen. Danke, dass du diese Stunden mit mir geteilt hast. Ich werde die Erinnerung daran immer im Herzen tragen.«

London blieb bei Aspen, während Hank, Oliver und ich ins Wartezimmer zurückkehrten. Hank hielt seine Tochter dicht an seiner Brust. Der Raum war voller wartender Familienangehöriger und Freunde. Ich entdeckte meinen Mann in der Ecke. Als er mich sah, lächelte er strahlend. Hanks texanische Sippschaft war vollzählig erschienen. Alle lächelten und warteten geduldig. Alle außer einer, von der ich vermutete, dass es sich um Julia Jensen handelte. Sie sprang sofort auf, als Hank eintrat, und breitete die Arme aus.

»Du legst dieses perfekte Bündel jetzt sofort in meine Arme. Ich muss unbedingt sofort eine Beziehung zu meiner Enkeltochter aufbauen. Wie heißt sie, mein Sohn?«

»Aspen und ich freuen uns, euch allen, Freunden und Familie, Hannah Olivia Jensen vorzustellen. 3005 Gramm schwer, 50,8 Zentimeter groß.« Er gab seiner Tochter noch einen Kuss auf den Kopf und legte sie seiner Mutter in den Arm.

Julia sah zunächst ihre Enkeltochter an und dann wieder zu ihrem Sohn auf. Ihr Blick war voller Stolz und Freude. »Du und Aspen habt das super hingekriegt, junger Mann. Sie ist ein kleiner Engel, geradewegs vom Himmel. Unsere kleine Hannah. Der Name passt gut zu ihr und hält unsere Tradition aufrecht, dass alle Vornamen mit H anfangen.« Hinter Julia blähte Henry stolz die Brust, als er den Namen seiner Enkeltochter erfuhr. Wie sehr ich mir Traditionen wie diese mit Nate wünschte. Eines Tages.

»Gut gemacht, Sohn.« Henry Jensen klopfte seinem Sohn auf den Rücken und lächelte. Er ähnelte Hank sehr.

Nun schlugen alle möglichen Männer Hank auf den Rücken, und alle Anwesenden gratulierten. Ich machte ein Foto von Julia mit ihrem Enkelkind auf dem Arm, während Hanks Vater ihr über die Schulter sah.

Schließlich trat ein sehr elegant gekleidetes Paar an Julia heran. »Darf ich mein erstes Enkelkind auch mal in den Arm nehmen?«, fragte der Mann im Anzug mit gerührter Stimme. Die Frau neben ihm sah genau wie eine ältere, unglücklichere Version von Aspen aus. Auf ihrem Gesicht lag Erstaunen.

»Trägt das Baby den Doppelnamen Reynolds-Jensen?« Aspens Mutter blickte zu Hank auf und fixierte ihn. Sie hatte die Augenbraue zu einem Dreieck hochgezogen und die Lippen fest aufeinandergepresst.

Hank schüttelte den Kopf. »Nope. Sie ist durch und durch eine Jensen. Genau wie ihre Mama«, verkündete Hank voller Stolz.

Aspens Mutter verdrehte die Augen und seufzte. »Nun, sie sieht genauso aus wie meine Tochter. Sie ist sehr schön.«

»Das ist sie, Ma'am.«

Nachdem das Baby ein paar Minuten lang allen vorgeführt worden war, nahm Hank sein kostbares Bündel und verkündete, dass er jetzt zurück zu seiner Frau müsse. Er dankte allen für ihr Kommen. Er würde sich melden, wenn sie wieder zu Hause waren und sich eingewöhnt hatten.

Auf dem Weg nach draußen blieb Hank noch mal bei mir stehen. »Ich kann dir für das, was du heute getan hast, gar nicht genug danken.« Ich legte die Finger auf Hannahs feuchte Härchen. Sie bewegte sich an der Brust ihres Vaters und schnüffelte herum.

»Gern geschehen«, sagte ich lachend und beobachtete die Kleine, deren Mund sich an der Brust des Vaters öffnete und schloss. »Aber jetzt bringst du sie besser zur Mutter. Sie hat nämlich Hunger. Komm einfach ins Büro, wann es dir passt. Ich schreibe dir, falls irgendwas anbrennt, aber ich denke, wir kommen auch eine Weile ohne dich aus.«

Hank nickte und ging. Zwei Arme umfingen meine Taille, und ich wurde an eine muskulöse Brust gezogen. »Goldstück, bist du bereit, jetzt nach Hause zu gehen? Du siehst völlig erschossen aus.« Ich schloss die Augen und merkte erst jetzt, wie recht Nate hatte.

Also nickte ich. »Wie geht es Tanner?« Ich lehnte mich an seine Brust. Die Wehen und die Entbindung hatten mich an Tanners Geburt erinnert. Ich vermisste meinen kleinen Mann.

»Er amüsiert sich mit Jin und Zach. Sie behält ihn über Nacht da, damit du dich ausruhen kannst. Komm, meine Geliebte. Ich bringe dich ins Bett.«

Wir wollten gerade gehen, da legte sich eine schwere Hand auf meine Schulter. Ich wandte mich um und sah in die grünen Augen meines Bruders. Ich holte tief Luft und blickte zu Boden. Plötzlich waren meine Schuhe das Interessanteste, was ich je gesehen hatte.

»Wir müssen reden«, sagte Tripp. »Ich weiß, dass das ganz schön seltsam ist. Für mich ist es sogar mehr als merkwürdig, aber Nate hat mich über die Nachforschungen ins Bild gesetzt, die er über unsere Familie anstellen ließ.« Tripp schob die Hände in die Taschen und sah sich im Zimmer um. Er sah überallhin, nur nicht zu mir. Mein Herz pochte heftig in meiner Brust.

»Tripp, ich weiß nicht, was ich sagen soll. Ich wollte es dir unter vier Augen in einer weniger … dramatischen Situation erzählen, aber ich bin froh, dass es jetzt heraus ist. Zumindest weißt du jetzt Bescheid. Ich bin deine Halbschwester. Wir haben den gleichen Vater.« Ich hielt den Atem an, dann stieß ich langsam die Luft aus.

Nate presste mich an sich und ließ mich wieder los, als Tripp meine Hand nahm. Er zog mich zu sich heran, schlang die Arme um mich und ließ die Hand in meinem Nacken ruhen. Sämtliche Tränen, die ich bislang zurückgehalten hatte, über das Elend meiner Kindheit und das Fehlen einer Familie, brachen sich mit einem Mal Bahn. Während ich schluchzte, hielt mein Bruder mich fest. »Alles ist gut«, flüsterte er in mein Haar, immer und immer wieder. Was er dann sagte, raubte mir den Atem. »Ich bin so froh, dass du mich gefunden hast.«

Ich lehnte mich ein Stück zurück. »Wie meinst du das?«

»Unser Dad ist ein trunksüchtiger Schürzenjäger. Eines Nachts, als er total einen in der Krone hatte, vertraute er sich mir an. Sagte, er habe die Liebe seines Lebens verloren, als sie seine Tochter zur Welt brachte. Er war damals für eine Weile wieder mit meiner Mom zusammen. Ich war zwölf oder dreizehn. Er meinte, seine Tochter müsse neun oder zehn sein. Dann kippte er aus den Latschen.« Seine Augen waren voller Trauer bei der Erinnerung an jenen Abend. Anscheinend war auch Tripps Kindheit nicht nur eitel Sonnenschein gewesen. Ich hoffte, er würde mir später noch mehr erzählen.

Ich legte die Hand auf seine Wange und blickte in seine feuchten Augen, die meinen so ähnelten. Dann strich ich ihm das Haar aus der Stirn. Auch unser Haar war ähnlich, wenn auch nicht komplett gleich. Doch bei den Augen war es anders. Ihre Form, Farbe und die Intensität, mit der sie blickten, waren vollkommen identisch. Gleiches galt für unsere Nasen. »Das habe ich mir immer gewünscht. Einen großen Bruder«, flüsterte ich. Er schluckte schwer, dann lehnte er seine Stirn an meine.

»Ich will dich besser kennenlernen. Zeit mit dir verbringen. Wäre das okay für dich?«

»Allerdings«, stieß ich mühsam hervor und erschauerte, überwältigt von dem Gefühl, zum ersten Mal im Leben eine Familie zu haben. Durch mein Shirt hindurch spürte ich Nates warme Hand in meinem Kreuz.

»Ich wäre überglücklich. Und ist dir bewusst, dass du ab sofort einen Neffen hast?« Tripp riss die Augen auf, und ein breites, strahlendes Lächeln erhellte sein Gesicht. »Tanner wird begeistert sein, seinen Onkel Tripp kennenzulernen.«

Tripp gab mir noch einen letzten Kuss auf die Wange, als London sich zu unserem Grüppchen gesellte. Sie legte ihm die Hand auf die Schulter. Collier folgte ihr auf dem Fuße. »Alles okay, Kumpel?«, fragte er Tripp. »Bruder?«, fragte er Nate.

»Ging mir nie besser. Ich hab gerade zum ersten Mal bewusst meine Schwester getroffen«, gab Tripp zur Antwort. Collier und London blickten schockiert drein.

»Darf ich dich anrufen?« Tripp zückte sein Handy.

»Wann immer du willst.« Ich lächelte und gab ihm meine Nummer. Er tippte auf ein paar Tasten seines Mobiltelefons, und ich hörte es in meiner Tasche summen.

»Das bin ich. Jetzt hast auch du meine Kontaktdaten. Ich rufe dich morgen an«, fügte er aufgeregt hinzu.

Nate grummelte und zog mich an seine Brust. »Wie wär's, wenn du dich erst in ein paar Tagen meldest, Kumpel? Wir laden dich zum Abendessen ein. Jetzt ist meine Frau müde und braucht eine ordentliche Mütze voll Schlaf, was zu essen und etwas Zeit mit unserem Sohn.«

Tripp machte große Augen und fuhr sich mit der Hand durch das bereits zerzauste Haar. »Okay, ja. Du hast recht. Sorry.« Er grinste. »Ich war ein bisschen vorschnell. Diese Neuigkeit, das ist wahrscheinlich …« Er holte tief Luft und sah mich an. »Wahrscheinlich ist das die beste Nachricht, die ich je bekommen habe.«

Ich schmolz dahin und warf mich wieder an seine Brust, umarmte ihn fest. Er erwiderte die Umarmung und wirbelte mich herum. »Mein Bruder«, flüsterte ich an seinem Ohr. »Ich habe einen Bruder.« Ich lachte, als er mich wieder absetzte.

Als wir uns endlich voneinander trennten, strahlten wir förmlich um die Wette. »Bis bald … Schwester«, witzelte er.

»Bis in ein paar Tagen, Bruder!«, rief ich, während Nate mich lachend fortzog. Ich winkte ein letztes Mal zum Abschied und umarmte meinen Verlobten.

»Mein Leben ist perfekt!«, sagte ich, als er mich zu sich umdrehte, mich rücklings gegen eine Krankenhauswand drückte und mir einen langen, innigen Kuss gab.

»Und das ist erst der Anfang«, versprach er.

»Du hast recht, denn ich werde dich heiraten.«

Nate

Camille verschlief den halben Tag und war danach immer noch völlig platt. Ich holte Tanner ab und brachte ihn nach Hause.

»Okay, mein Sohn, jetzt bringe ich dir bei, wie du deiner Mum Frühstück machst.«

Tanner zog sich einen Hocker heran, dessen Beine über den teuren Pinienholzboden kratzten. Dann hüpfte er hinauf. Ich schüttelte den Kopf, ließ es ihm diesmal aber durchgehen.

»Na gut, folgendermaßen bereitet man Eier zu.« Ich schlug das Ei an der Kante der Edelstahlschüssel auf. Dann warf ich die Schalen in die Spüle. »Und jetzt du.«

Konzentriert streckte Tanner die kleine Zunge heraus und kämpfte eine Weile mit dem Ei. Schließlich legte ich meine Hand auf seine und schlug heftig genug auf den Rand, um die Schale zu zerbrechen.

»Jetzt musst du die Hälften hier auseinanderziehen.« Ich drückte seine Daumen in die Mitte, öffnete die Eierschale und ließ den Inhalt in die Schüssel gleiten. Seine Augen leuchteten auf.

»Ich hab's geschafft, ich hab's geschafft! Hast du gesehen,

Dad? Ich bin so ein guter Koch!« Er blähte die kleine Brust vor Stolz.

»Du machst das großartig!« Ich schlug auch die restlichen Eier auf und ließ sie von ihm verquirlen. Diese Aufgabe genoss er sichtlich, obwohl mehr auf die Arbeitsfläche schwappte als in der Schüssel blieb.

Sicherheitshalber gab ich ein paar weitere Eier hinzu und goss das Gemisch dann in die Pfanne. Ich briet etwas Bacon mit Kartoffeln und ließ Tanner das Obst, das ich kleingeschnitten hatte, auf dem Teller arrangieren.

»Mom wird dieses Frühstück lieben!«, rief er und wollte den Flur hinabrennen.

»Nein, Sportsfreund, warte«, flüsterte ich laut genug, damit er mich hörte, aber immer noch so leise, dass Camille nicht aufwachte. Er blieb vor der Tür stehen. Ich gab ihm eine leuchtend gelbe Sonnenblume. Der restliche Strauß stand in einer Vase auf dem Küchentisch. Ich wusste ja, wie sehr Camille Blumen liebte, und zwar jede Sorte. Am liebsten aber war ihr die Sonnenblume. Ich ließ jede Woche einen Strauß in unsere Wohnung liefern, damit sie sich jeden Tag daran freuen konnte. Jeden Morgen mitzubekommen, wie sie sich über den Tisch beugte und dabei ihren süßen Hintern in ihren winzigen Pyjamashorts nach hinten streckte, um sie aus der Nähe zu betrachten, war Belohnung genug. Wie sehr ich es doch genoss, meinen Tag mit einem Schuss Camille-Po zum Tee zu beginnen.

Ich legte die Finger auf die Lippen, um ihm zu bedeuten, leiser zu sprechen. Er kicherte und hielt sich die Händchen vor den Mund. Der Junge bekam sich vor lauter Aufregung fast nicht mehr ein. Wir betraten das Zimmer so leise, wie es für einen überdrehten Vierjährigen überhaupt möglich war. Er näherte sich ihrer Bettseite und hielt ihr die Blumen an die Nase. Ich grinste, und sie lächelte. Offensichtlich hatte sie schon mitbekommen, dass wir uns angeschlichen hatten.

»Hmmm, hier duftet irgendetwas einfach göttlich.«

»Das ist die Blume hier, Mommy.« Tanner schob ihr die Blume unter die Nase. Sie öffnete die Augen und versuchte, den Kopf zu drehen, während er sie unaufhörlich gegen ihre Nase drückte. »Riech dran! Hör auf, dich zu bewegen, dann kannst du auch richtig daran schnüffeln«, sagte er ernsthaft.

Sie hörte auf, sich zu regen, und sog lautstark den Duft ein, dann schob sie die Blume fort und setzte sich auf.

»Toll, Baby. Danke schön.« Verschlafen sah sie erst mich und dann das Tablett in meinen Händen an. »Was ist das?«

»Frühstück im Bett, Liebes. Du hast es verdient.«

Tanner sprang aufs Bett. »Ich hab geholfen, ganz bestimmt. Ich hab kocht und Eier aufmacht!«, rief er stolz.

»Wirklich? Ich bin am Verhungern und werde alles aufessen!«, versicherte sie ihm.

»Okay, kleiner Mann, hör mit dem Hüpfen auf. Ich kann ja Mommys Essen gar nicht abstellen.« Er sprang vom Bett und setzte sich im Schneidersitz auf den Boden.

»Kann ich Comics und Pops haben?«

Ich lachte. »Wir haben doch gerade Frühstück gemacht. Willst du nichts davon essen?«, fragte ich erstaunt. Normalerweise aß er alles, was da war.

»Heute will ich Lucky Charms und Batman!« Er rannte aus dem Zimmer, wobei er lauthals die Batman-Melodie schmetterte. Wir stellten die Pops und Schüsseln auf einen niedrigen Tisch in der Küche, damit er sich selbst bedienen konnte. Normalerweise verschüttete er keine Milch mehr. Das machte er schon toll.

Anschließend stellte ich Camille das Tablett auf den Schoß und beobachtete sie beim Essen. Sie verschlang alles heißhungrig, denn sie hatte seit mehr als einem Tag keine vernünftige Mahlzeit mehr gehabt. Als sie fertig war, nahm ich das Tablett vom Bett und schmiegte mich an ihre Seite, küsste ihre süßen Lippen. Sie schmeckte nach Tee und Butter.

»Hmm, dieser Kuss ist der perfekte Nachtisch.«

»Ach ja? Nun, dann muss ich dich wohl nach jeder Mahlzeit küssen, meine Geliebte.«

»Versprochen? Jeden Tag?«

»Ganz bestimmt. Und das bringt mich auf etwas, über das wir noch gar nicht gesprochen haben.«

Sie runzelte die Stirn. »Und das wäre?«

»Die Hochzeit. Mum hat angerufen und möchte wissen, wann sie in die Staaten kommen soll.«

Camille kaute auf ihrer Unterlippe herum. »Wir könnten doch eine ganz einfache Hochzeit feiern. Zum Friedensrichter gehen, zum Beispiel? Ich bin sicher, du kennst ein paar, die uns trauen würden. Wir könnten uns irgendeinen x-beliebigen Tag aussuchen, und alles wäre okay. Mir ist das Drumherum eigentlich egal. Ich will einfach nur deine Frau sein.« Diese Antwort, zusammen mit ihrem Mangel an Aufregung, war nicht das, was ich von einer zukünftigen Braut erwartete.

»Willst du denn keine richtige Hochzeit?«

Sie zuckte mit den Schultern. »Eigentlich habe ich weder Freunde noch Familie – außer Jin und jetzt Tripp und Marcus. Also was soll das? Niemand wird mich zum Altar führen. Wir könnten genauso heiraten wie Collier. Das wäre super.«

»Meine Mum bekommt einen Herzinfarkt, wenn wir nicht wenigstens irgendeine Zeremonie haben. Wie wäre es damit? Wir feiern eine kleine Hochzeit, nur mit den engsten Freunden und der Familie? Wir haben jeder einen Trauzeugen. Du könntest Jin nehmen. Ich nehme Colly. Tanner trägt die Ringe. Würde es dir denn nicht gefallen, ihn in einem kleinen Smoking zu sehen, der so aussieht wie meiner?«

Sie lächelte breit, und ihr Gesicht leuchtete auf. Dies war genau die aufgeregte Braut, die ich sehen wollte. »Ich liebe es, wenn ihr Jungs wie Zwillinge ausseht. Und ihm gefällt das auch.«

»Und du könntest dir das Kleid deiner Träume aussuchen. Egal, was es kostet. Da fällt mir noch etwas ein.« Ich sprang aus dem Bett, holte meine Brieftasche und gab ihr zwei Karten. Eine war eine Geldkarte, die andere eine Kreditkarte. Auf beiden stand ihr Name.

»Was ist das?«

»Neue Karten für unsere Bankkonten. Ich habe dich eintragen lassen. Du kannst dein eigenes Konto behalten oder mit mir ein Gemeinschaftskonto führen. Bald sind wir verheiratet. Ich will, dass von jetzt an alles auf unser beider Namen lautet.«

»Aber ich dachte, du wolltest einen Ehevertrag?«

Ruckartig hob ich den Kopf und sah sie an. »Wie kommst du denn auf diese verrückte Idee? Was mein ist, ist dein, Goldstück. Und was dir gehört, gehört auch mir. Genau wie Tanner. Wenn du offiziell eine Walker bist, wird auch er einer werden. Wir unterschreiben gleichzeitig die Heiratspapiere und die offiziellen Adoptionspapiere.«

Sie musste erst noch begreifen, dass niemals wieder irgendetwas zwischen uns stehen würde. Keine Lügen, keine Geheimnisse, keine schlimme Vergangenheit, nur wir drei, die zusammenlebten und sich ein gemeinsames Heim schufen.

Camille stürzte aus dem Bett und flog in meine Arme. »Ich liebe dich, Nathaniel Walker. Du bist das Beste, was mir oder Tanner je passiert ist. Wir werden deinen Namen voller Stolz tragen.« Sie küsste mich leidenschaftlich. Ich presste sie an mich und war der glücklichste Mann der Welt.

Epilog

Cami

Ein Jahr später …

Ich saß am Schreibtisch von Jensen Construction und betrachtete das Hochzeitsfoto von Nate, Tanner und mir. Die Erinnerung an jenen Tag vor sechs Monaten erfüllte mich mit tiefer Freude. Unsere Hochzeit auf einem Kreuzfahrtschiff in der Karibik war ein absoluter Traum gewesen. Wie versprochen trugen Nate und Tanner identische Smokings, jeder mit auberginefarbener Weste und Fliege. Jin hatte ein dazu passendes atemberaubendes trägerfreies Cocktailkleid in Violett angelegt. Collier, der als Nates Trauzeuge fungierte, sah in einem ähnlichen Smoking ebenfalls sehr gut aus. Das Cockpit des Kreuzfahrtschiffes war mit gelben Hortensien geschmückt, und auf einem mit Bändern verzierten weißen Rundbogen explodierte eine Flut von Sonnenblumen. Hank begleitete mich den Gang hinab. Er trug einen dunkelgrauen Anzug mit lavendelfarbener Krawatte. Ich hätte mich auch von Tripp begleiten lassen können, hatte aber vermeiden wollen, dass Marcus sich zurückgesetzt fühlte. Außerdem war Hank von Anfang an für mich da gewesen; wir waren einander zutiefst verbunden und achteten einander. Unser Verhältnis ähnelte also durchaus dem von Vater und Tochter, auch wenn er nur elf Jahre älter war als ich.

Der Himmel war makellos blau und das Meer ruhig gewesen, als wir uns schworen, einander zu lieben, zu ehren und füreinander zu sorgen an jedem Tag unseres Lebens. Außerdem fügten wir der Zeremonie noch einen Teil hinzu, in dem Tanner Nate offiziell als seinen Vater anerkannte. Wir unterzeichneten unsere Heiratsurkunde und Tanners Adoptionspapiere vor Gott und allen anderen.

Alle Menschen, die wir liebten und die uns etwas bedeuteten, waren anwesend. Die Jensens, die Stones, Dean und Oliver und meine Brüder Tripp und Marcus. Nates Familie war aus England angereist.

Nach der Zeremonie verbrachten wir zehn Tage mit Freunden und Familie auf einer Kreuzfahrt durch die Karibik. Anschließend gingen alle ihrer Wege, während Nate und ich noch eine weitere, ganz private Flitterwoche auf Jamaika verlebten. Zum ersten Mal seit fünf Jahren war ich von meinem Sohn getrennt, aber Jin und Tripp versicherten mir, dass sie alles im Griff hatten. Täglich schickte Tanner uns Textnachrichten und witzige Bildchen. Meine Brüder und ich hatten einander mittlerweile ganz gut kennengelernt. Marcus musste noch ein Jahr aufs College gehen, meldete sich aber regelmäßig. Er hatte eine sympathische Freundin, in die er ganz verschossen war und die er eines Tages heiraten wollte. Sie hatten vereinbart, nach Ende seines Studiums nach New York zu ziehen, um Tripp und mir näher zu sein.

Tripp wohnte immer noch in Londons Wohnung und bot Marcus und seiner Freundin an, bei ihm einzuziehen. Er meinte, es sei ihm verhasst, dort allein zu leben.

Tripp und ich waren mittlerweile beste Freunde. Wir aßen jeden Mittwoch zusammen zu Mittag, und am Sonntagabend besuchte er Nate und mich regelmäßig zum Abendessen. Wir hatten diese Sonntagsdinner zur Dauereinrichtung erklärt, zu der jeder, der Zeit und Lust hatte, eingeladen war. Allen stand unser Haus offen: Collier, London, Emma sowie unseren Freunden Hank, Aspen, der kleinen Hannah, Dean, Oliver, Jin und Zach. Tanner liebte Hannah und behandelte sie wie seine kleine Cousine. Das war ganz in unserem Sinne, denn wir betrachteten unsere Freunde als Wahlfamilie.

»Was tust du denn noch hier? Komm, lass uns die Kinder holen«, sagte Hank, denn nach Feierabend taten wir das stets gemeinsam. Wir betraten den Privataufzug. Ja, ich hatte mittlerweile Sonderstatus, sodass mir sogar ein eigener Zugangscode zugewiesen worden war. Ich kam mir vor wie in *Mission Impossible*, wenn ich ihn eingab. Ich tippte die Ziffern, und wir fuhren in den fünften Stock. Dort stiegen wir aus und mussten an der Eingangstür erneut einen Sicherheitscode eingeben, denn dieser Teil des Gebäudes war geschützt wie ein Hochsicherheitstrakt. Alles andere wäre für Oliver undenkbar gewesen.

Schon beim Hereinkommen hörten wir wildes Gekreische. Hannah watschelte vor sich hin brabbelnd und mit weit ausgebreiteten Ärmchen auf ihren Vater zu. Ein langer Speichelfaden lief ihr aus dem Mundwinkel, als Hank sie hochhob. »Wie geht's meiner Hannah-Banana heute?«, fragte Hank und küsste sie ab. Sie sabberte weiter und umfing den Hals ihres Daddys, wobei sie ihm ihrerseits ebenfalls jede Menge Küsschen gab. Ihr goldblondes Haar ringelte sich um ihre Ohren. Eine leuchtend rote Schleife hielt die winzigen Löckchen zusammen, sodass sie mich an Pebbles aus *Familie Feuerstein* erinnerte.

Jemand stürzte sich von der Seite auf mich. »Mommy!« Tanner umarmte mich innig und legte dann das Ohr an meinen Bauch. »Was macht mein Baby da drin?«

Ich beugte mich vor und nahm meinen Sohn in den Arm. »Schlafen.« Er lauschte konzentriert und runzelte die Stirn. »Mein Bruder schläft aber viel.« Er seufzte und ließ die kleinen Schultern hängen. Hinter mir vernahm ich zwei weitere Stimmen.

»Hey, Goldstück, ich dachte, *ich* sollte heute unseren Jungen abholen?« Er umarmte mich und küsste meinen Hals, wobei er ganz leicht in die Haut biss. Sofort sandte der Funke seiner Berührung süße Schauer meinen Rücken hinab. Lust regte sich zwischen meinen Schenkeln, und ich wurde feucht und bereit für ihn. Nate gab an meinem Hals ein Knurren von sich. »Ich kenne diesen Blick. Nicht, dass ich meine Frau gleich ins Stillzimmer zerre, um ihr dann die Seele aus dem Leib zu vögeln.«

»Oh ja, bitte«, murmelte ich, denn mit jeder Sekunde wurde mein Verlangen heftiger. Meine verdammten Hormone spielten verrückt. Ich begehrte ihn morgens, mittags, abends. In der vergangenen Woche hatte ich ihn sogar angefleht, sich auf einen Nachmittagsquickie in der Wohnung mit mir zu treffen. Und stets kam er meinen Bitten nach. Was für ein toller Ehemann.

»Später, Liebes.« Er küsste mich noch einmal, streichelte meinen Babybauch und hockte sich hin, um Tanner zu umarmen.

Aspen war anscheinend hinter ihm eingetreten, denn sie trug nun Hannah auf der Hüfte und unterhielt sich mit Jin über ihre Absicht, ihre Tochter abzustillen und an Folgemilch zu gewöhnen. Über Jins Kopf prangte der Schriftzug *AIR Bright Children's Center*. Ich lächelte voller Freude darüber, dass sich der Kreis geschlossen hatte.

Nachdem Aspen Hannah bekommen hatte, konnten sie und Hank es nicht ertragen, von ihrer Tochter getrennt zu sein. Andererseits wollte aber auch keiner von beiden seinen Job aufgeben. Zunächst wollte man eine Nanny engagieren. Aber dann schlug Oliver vor, eine Kindertagesstätte zu eröffnen. Nate wiederum hatte die Idee, Jin als Leiterin der Kita einzustellen. Sie war im vergangenen Jahr wieder aufs College gegangen, hatte gerade ihren Abschluss gemacht und war pünktlich zur Eröffnung des Kindergartens bereit, eine neue Aufgabe zu übernehmen. Ich war glücklich, Jin so zufrieden zu sehen.

Mittlerweile war sie mit einem der Anwälte zusammen, die bei Stone, Walker & Associates arbeiteten, wodurch unsere Verbindung sogar noch enger wurde. Jetzt leitete sie die gesamte Kindertagesstätte, verdiente gutes Geld und war in eine der Wohnungen gezogen, die Nate und Collier im Stadtzentrum besaßen.

Die Kindertagesstätte für Kids zwischen vier Monaten und zwölf Jahren nahm den gesamten fünften Stock des AIR-Bright-Gebäudes ein. Auf fünf Kinder kam eine Betreuungsperson, und insgesamt gab es nur eine Handvoll Babys. Diese Plätze waren unserer kleinen Gruppe vorbehalten.

Oliver stellte das Personal höchstpersönlich ein, führte die Vorstellungsgespräche, checkte den Background und holte Referenzen ein. Er war fest entschlossen, das Center zum sichersten Ort für die AIR-Bright-Kinder zu machen. Wahrscheinlich war der Grund dafür nicht nur Hannah, sondern auch seine und Deans Tochter, Isabella.

Das war eine weitere Riesenveränderung, die nach Hannahs Geburt ihren Anfang genommen hatte. Oliver und Dean hatten eine einfache Trauung, nahmen jeweils einen Doppelnamen an und suchten sich eine Leihmutter. Sie hatten während Aspens Schwangerschaft alles genau durchgesprochen. Niemand weiß, wer von den beiden der »tatsächliche« leibliche Vater ist, aber beide nehmen ihre Rolle sehr ernst und betrachten sie offenbar als Lebensaufgabe.

Das Beste an der Kindertagesstätte aber war, dass Personen über einer bestimmten Verdienstmarge Gebühren zahlten. Verdiente man aber weniger und arbeitete für AIR Bright, war die Kinderbetreuung für bis zu zwei Kinder kostenlos.

Aspen beharrte darauf, dass ein Kind für ihre Mitarbeiter kein Hindernis sein durfte. Seit der Eröffnung der Tagesstätte hatte sich der Gewinn der Firma um zwanzig Prozent erhöht, und die Personalfluktuation war auf einem absoluten Tiefstand.

In diesem Augenblick kamen auch London und Collier herein, was sowohl Nate als auch mich überraschte.

»Hey, Kumpel, was machst du denn hier?«

»Ich dachte, Aspen und Hank hätten heute Abend ein Date? Sollten wir heute nicht Hannah abholen?«, fragte London, während sie sich heftig ihren gewölbten Bauch rieb. Im Nachhinein hatten sich unsere Flitterwochen als äußerst fruchtbar erwiesen. London und ich trennten nur wenige Tage, obwohl ihr Babybauch erwartungsgemäß ein wenig größer war.

Hank schlug Collier auf den Rücken und streckte dann die Hände nach Londons Bauch aus. Sie verdrehte die Augen. »Na los, mach schon.«

Er grinste und legte seine riesigen Pranken seitlich darauf. Wir waren beide im sechsten Monat, und ich hatte gerade erst erfahren, dass wir einen Jungen erwarteten. Sie selbst war diese Woche bei der Untersuchung gewesen.

»Und? Was bekommt ihr?«, fragte ich aufgeregt.

London sah Collier an. »Einen Jungen!«, antwortete er und sah London an.

»Ein Mädchen!«, sagte sie.

Hank machte große Augen. Aspen gesellte sich zu uns und strich über Londons Bauch. »Einen Jungen und ein Mädchen? Oh, das ist ja perfekt!« Sie umarmte ihre Schwester. Dass sie Zwillinge erwartete, war nichts Neues, das Geschlecht der Kinder aber durchaus. Das Paar wirkte begeistert. Ursprünglich war London vor Angst vollkommen ausgeflippt, als sie erfuhr, dass sie schwanger war. Aber nachdem sie erfahren hatte, dass sie Zwillinge erwartete, hatte sie sich in ihr Schicksal ergeben und darauf eingelassen. Diese ehemals so freie und ungebundene Frau hatte jetzt alles genauestens organisiert. Vermutlich war das Colliers Einfluss zuzuschreiben.

»Engel, wir müssen aufholen.« Hank umfasste Aspens Hüften und rieb sich an ihr wie eine Katze am Kratzbaum. »Lass uns heute Abend nach unserem Date anfangen. Ich will noch ein Baby.«

Aspen sah ihrem Mann ins Gesicht. »Meinst du das ernst? Ich habe gerade erst meine alte Figur zurück!« Sie zog einen Schmollmund. Er zog sie an seine Brust und umfing ihren Po.

»Ja, und die ist zum Sterben schön. Ich will unbedingt ein

Baby mit dir machen!« Er stieß die Hüften gegen ihre, und sie grinste und legte ihm die Hände um den Nacken.

Ich schüttelte den Kopf und lachte. Ihre kleine Show rief mir das schmerzhafte Verlangen zwischen meinen Schenkeln allzu deutlich in Erinnerung.

»Okay, okay, das reicht, ihr beiden. Meine Güte! Das sind mir zu viele Informationen!« Nate runzelte die Stirn und zog mich an seine Seite. Ich kitzelte ihn im Kreuz und umfasste dann seinen Hintern, um ihn an meine Notlage zu erinnern. Er sah mich an, und in seinem Blick wirbelten dunkelblaue Strudel. Dann knabberte er an meinen Lippen. »Benimm dich«, raunte er und gab mir noch einen schnellen Kuss. Doch das war nicht annähernd genug.

Ich holte tief Luft, versuchte, meine Libido zu zügeln, und konzentrierte mich auf London und Collier. »Wir bekommen einen Jungen, ihr bekommt beides, und wir haben bereits Hannah, Isabella, Zach und Tanner. Unsere Familie wächst, und ich für meinen Teil könnte kaum glücklicher darüber sein.«

Daraufhin war ein kollektives »Hört, hört« und »Amen« von den Anwesenden zu hören. Nate schmiegte sich erneut an meinen Hals. »Meine Frau ist ganz schön weichherzig!«

Alle verabschiedeten sich voneinander und drängten aus den Räumlichkeiten der Kindertagesstätte hinaus. Jeder war zufrieden mit seinem Leben. Ich hatte Nate und Tanner und erwartete unser Baby. Mein Abendstudium hatte ich beinahe beendet und würde bald an der Grundschule unterrichten. Das allein bewies, wie sehr das Leben sich verändern konnte, wenn man liebte und sich der Liebe eines anderen Menschen öffnete.

Hank und sein Engel Aspen stammten aus vollkommen verschiedenen Welten, aber die Liebe hatte sie zusammengeführt und derlei Unterschiede weitgehend ausgebügelt. Nate hatte mir berichtet, dass Collier London regelrecht verfolgt hatte, bis sie ihre Trauer um den Tod ihres Mannes überwunden hatte und diesem gegenüber auch keine Schuldgefühle mehr empfand, weil sie sich in einen anderen verliebt hatte. Nates und meine Geschichte war wieder anders. Ich war fest davon überzeugt gewesen, seiner Liebe nicht würdig zu sein. Aber letztlich hatten das Leben und die Liebe meine Unsicherheiten vertrieben und über meine schlimme Vergangenheit triumphiert.

Aber eins war uns allen als Paar gemeinsam: Wir hatten dem Schicksal die Stirn geboten und uns unsterblich verliebt. Und diese Liebe würde ewig währen.

An meine Leser*innen

Ich kann euch gar nicht genug dafür danken, dass ihr mir während der Entstehung und Veröffentlichung der Finding-us-Serie treu geblieben seid. Die zahlreichen liebevollen und ermutigenden Worte, die mich erreichten, bedeuten mir unglaublich viel. Es hat mich einigermaßen überrascht, dass Hanks und Aspens Reise euch genauso sehr am Herzen lag wie mir und ihr die London-Collier-Episode gleichermaßen genossen habt. Nun kennt ihr also endlich auch die Liebesgeschichte von Nate und Camille. Ich fühle mich schon geehrt, wenn auch nur ein einziger Mensch meine Romane liest. Dass es so viele tun, ist der Wahnsinn! Mit dem Schreiben dieser Reihe habe ich mir einen Traum erfüllt, und jeder Einzelne von euch hat dazu beigetragen, dass dieser Traum Wirklichkeit wurde.

Viele von euch haben mich um Tripps Geschichte gebeten, und eines Tages schreibe ich sie wahrscheinlich auf. Aber im Augenblick ist meine Muse ganz wild darauf, dass ich mich um andere Lovestorys kümmere, die ihr sündig heißes Netz bereits in meinem Kopf spinnen.

Wenn euch die Finding-us-Serie gefallen hat, dann schreibt doch bitte eine Rezension auf den Online-Portalen. Diese Beurteilungen bedeuten für eine Indie-Autorin wie mich die Welt.

An alle Autor*innen: Bitte lest euch die Liste der Leute durch, denen ich gedankt habe, und auch die krassen Blogs, die ich erwähne. Jeder einzelne ist der Wahnsinn und kann euch dabei helfen, eure Träume ebenfalls wahr werden zu lassen.

Ich danke euch allen. Bis zum nächsten Mal … Namaste.

Audrey

NAMASTE

DAS LICHT IN MIR VERBEUGT SICH VOR DEM LICHT IN DIR.

WENN ICH AN DIESEM ORT IN MIR BIN,

UND DU AN DIESEM ORT IN DIR,

DANN SIND WIR EINS …